野望の満州

伊東潤

中央公論新社

目次

主な登場人物

坂田留吉　坂田家の末息子
平井ぬい　留吉のめんどうをみていた老婆
坂田庄三郎　留吉の祖父、一代で財を成した立志伝中の人物
坂田善四郎　留吉の父親、庄三郎の跡を継ぎ、妓楼を経営
坂田慶一　坂田家の長男
坂田正治　坂田家の次男
坂田登紀子　坂田家の長女
坂田いさ　善四郎の妻、留吉の継母
鈴木八重　留吉の実母
鈴木敦彦　八重の兄
市川貞一　八重の従弟
岩井壮司　留吉の藤澤中学時代からの親友
又吉健吉　いさの弟。予備役海軍大尉
井口昇平　留吉の藤澤中学時代の同級生
八重樫春子　留吉の大学時代の恋人
樋口新平　学生運動家
中林金吾　「満洲日報」編集員
米野豊實　「満洲日報」編集局長
臼五亀雄　「満洲日報」編集長
田中隆吉　陸軍少佐（最終階級は少将）
郭子明　中国人通訳
周玉齢　中国人通訳
王谷生　阿片中毒者
石原莞爾　陸軍中佐（最終階級は中将）
禄山　匪賊の親玉
朱春山　阿片特売人
鈴木武男　登紀子の夫
中原中也　詩人
草野心平　詩人、帝都日日新聞の文化部長
高田博厚　彫刻家
長谷川泰子　中原中也の愛人
長田正則　日本石油から出向した満州石油社員
松沢実　京大教授、地震学の権威
横田英樹　実業家

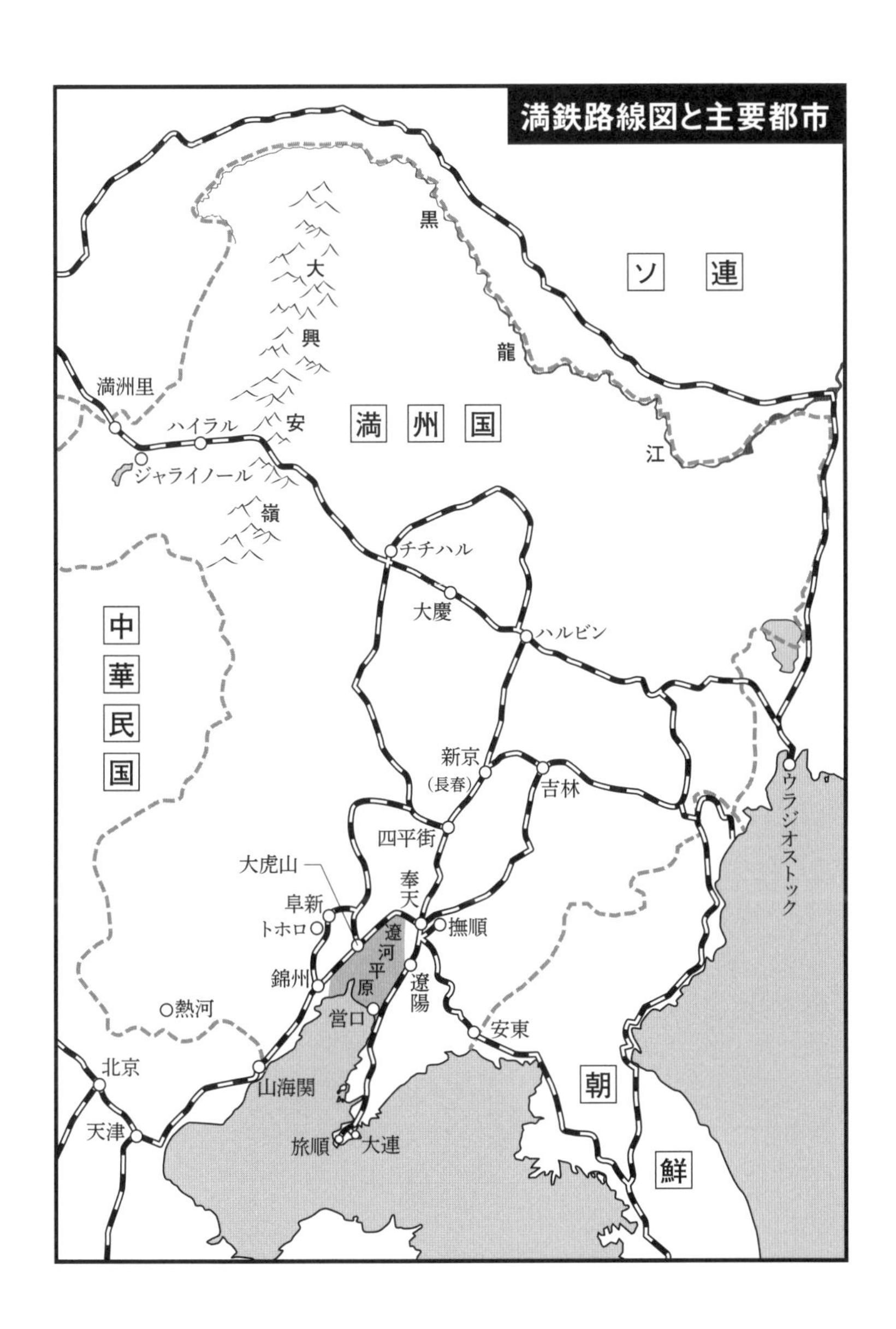
満鉄路線図と主要都市
ソ　連
黒
龍
江
大
興
安
嶺
満洲里
ハイラル
ジャライノール
満　州　国
チチハル
大慶
ハルビン
中
華
民
国
新京
（長春）
吉林
ウラジオストック
四平街
大虎山
奉天
阜新
トホロ
撫順
遼
河
平
原
錦州
遼陽
熱河
営口
安東
北京
山海関
朝
天津
旅順
大連
鮮

装画　岡田航也
装幀　泉沢光雄

夢燈籠　野望の満州

第一章　暁闇に起つ

一

江ノ島にある実家の「弁天楼」には、大きな石燈籠があった。それはごつごつした花崗岩でできていて、触れるとざらざらしていた。何か特別な時、例えば来客があり、祖父が庭を見せながら酒食を楽しむ時など、石燈籠に灯が入る。すると不思議なことに、それは処女のように頬を朱に染めるのだ。

石燈籠に照らされた庭は、昼間に駆けまわっていた庭とは異なり、次兄が読む講談本に出てくるような魑魅魍魎が跋扈する世界だった。

だが留吉にとって、その燈籠だけは気味悪いものには思えなかった。

その燈籠がいつからそこにあったのか、ついぞ知ることはなかったが、他所から運んできたとは聞かなかったので、おそらく明治の中頃、祖父が「弁天楼」を買い取った時からあったのだろう。その薄く苔むした基礎部分を見れば、相当年季が入っているのが分かる。

留吉はよく夢を見た。それは他愛のないものばかりだったが、なぜか家の石燈籠が出てくることが多かった。何か恐ろしいものに追われた時は、石燈籠に辿り着けば救われた。いわば石燈籠は留吉を守ってくれていたのだ。

だが石燈籠は救いの手を差し伸べるでもなく、ただ黙って見ているだけなのだ。とにかくそこに辿り着かなければ留吉は何物かに捕まってしまう。つまり自ら事態を打開しないと、石燈籠は留吉を守ってくれないのだ。

留吉にとって石燈籠は、そんな存在だった。

何の変哲もないその石燈籠こそ、留吉にとって、実家の思い出の中で最も記憶に残るものだった。その石燈籠は庭の隅にひっそりと立っているだけなのだが、喩えようのない存在感を示していた。

坂田家の家父長である祖父の庄三郎は、常に家族の頂点に君臨していた。横浜で外国人相手の妓楼を経営する庄三郎は、一代で財を築いた伝説的な男で、全盛時には東京と横浜に大小四つの妓楼を所有していた。

しかし明治も終わる頃、経営の実権を息子、すなわち留吉の父にあたる善四郎に譲り、庄三郎は隠居することにした。それで自らの隠居所として物件を探していたところ、江ノ島の旅館「弁天楼」が経営不振から売りに出されていると聞き、迷わず買い取った。

祖父の父、すなわち留吉にとっての曽祖父は、小田原藩の下級藩士だったこともあり、当初、庄三郎は幼年時代を過ごした小田原近辺に隠居所を構えるつもりでいたが、いつしか江ノ島をいたく気に入り、隠居所を江ノ島にしようと心変わりしたようだ。

明治時代になると、江ノ島では参詣者用の宿坊だった施設が払い下げられ、岩本楼、金亀楼、恵比寿楼、さぬき屋といった旅館が次々と営業を始めていた。弁天楼はそうした老舗旅館よりも一段格下だったためか、参詣客を思うように集められず、経営不振に陥っていたようだ。

一代で財を成した立志伝中の人物である庄三郎には、莫大な蓄財があった。それゆえ「弁天楼」では旅館業を営まず、隠居所として使うことにした。だが弁天楼は十八部屋もある中堅クラスの旅館だったので、祖父は長男一家を呼び寄せることにした。

明治四十一年（一九〇八）生まれの留吉にも多少の記憶が芽生えていた同四十五年（一九一二）頃、一家は横浜の本牧にあった自宅を引き払い、江ノ島に引っ越した。

かくして祖父、祖母、父、母、長兄、次兄、長女の七人に留吉を加えた八人家族が、同じ屋根の下で暮らすことになった。むろん住み込みの使用人もいるので、常時二十人前後が起居していたことになる。祖父や父の部屋は、二つの部屋の間の壁を壊して一部屋として使っていたが、ほかの者たちは旅館の一部屋を与えられた。

留吉は末っ子だからか、庭の片隅にあった離れをあてがわれ、平井ぬいという名の老婆が面倒を見てくれた。離れに住むことが特別な意味を持っているとは、幼い留吉が知るはずもなく、留吉は自由奔放な幼少年時代を送ることができた。

江ノ島は海に囲まれ、その景観は風光明媚なことこの上なく、また魚介類も新鮮なので、庄三郎にとっては申し分のない隠居所だった。

子供たちにとっても、遊ぶ場所には事欠かず、一種の楽園のようなところだった。

龍池と呼ばれる潮溜り、かつて稚児の白菊という少年が身を投げたという伝承から名付けられた稚児ヶ淵、晴れた日には富士山が望める西浦、江ノ島の南に遠慮がちに鎮座する聖天島、そして神秘的な海蝕洞窟の岩屋といった江ノ島の名所旧跡は、幼い留吉にとっての全宇宙だった。

また砂州と木橋で腰越とつながっていることから、島にありがちな不便さもなく、行商人らがひっきりなしにやってきていた。そのため留吉も紙芝居、ひよこ売り、カタ屋といった、あらゆる子供向けの行商を知ることができた。

カタ屋とは、素焼きの焼き物に般若の面や武土の姿などが彫られたもので、そこに粘土を押し付けると、形になるという他愛のない玩具のことだ。

　ある時、カタ屋に、なぜ粘土も一緒に売らないのか問うと、カタ屋は「親方が違うんで売らせてもらえないんだよ」と答えた。それを聞いた留吉は、大人の世界の難しさの一端を垣間見た気がした。

　江ノ島は、江戸時代以前から庶民に親しまれた信仰の島でもある。昔からその奇岩の織り成す奇景が、人知の及ばぬ造形に思えたのだろう。それゆえ修験や宗教者が移り住み、「江島縁起」と呼ばれる仏教説話的歴史を育み、江ノ島は弁財天のまします神の島と化していった。

　弁財天こそ江ノ島の象徴だ。

　江ノ島には、嚴島神社と竹生島と共に弁財天を主神とする本宮（岩屋）、上之宮（中津宮）、下之宮（辺津宮）があり、それぞれに弁財天が祀られていた。神仏習合だった江戸時代には、三社それぞれにいた別当たちが競い合うように開帳や祭礼を行ったので、その噂が江戸まで及び、「江ノ島詣」は「お伊勢参り」に次ぐほどの人気を博していた。

　ぬいによると、江ノ島は「神仏の住まう島」なのだという。それゆえ江ノ島にある三社やそれらに付属する小さな宮に、幼い留吉はよく連れていかれた。

　行く度に、ぬいは「神仏を敬うのですよ」と留吉に言い聞かせ、長い時間手を合わさせられた。こうしたことから留吉は終生、弁財天を信仰することになる。

　夏になると、岩場から海に飛び込み、蛸を取ってくる少年たちのたくましい姿が見られる。その中に長兄の慶一もいた。その頃、慶一は十になるかならないかだったろう。それでも、年長の少年たちと一緒に飛び込み、競うように蛸を取っていた。それを竹籠に入れ、留吉のいる場所まで走ってくると、「ほれ、触ってみろ」

と言って竹籠の蓋を開けてくれた。

それは大きな吸盤のある足をくねらせ、留吉の手を伝って竹籠から這い出ようとしていた。それが怖くて手を引っ込めると、慶一が笑いながら言った。

「触れんか」

「ううん、触れる」

そう答えて恐る恐る吸盤に触れてみると、吸盤が指先に巻き付いてきた。再び手を引っ込めると、慶一とぬいが大笑いした。なぜか二人の声に安堵して、留吉も一緒に笑った。

十歳くらいの時、留吉も蛸を取ろうと思い、見よう見まねで海に飛び込んだ。しかし蛸のいる場所は深くて潮の流れが速かった。それまで浅瀬でしか泳いだことのない留吉は、飛び込んだとたん潜るどころではなくなった。それで足をばたつかせていると、次第に沖に流されていくのが分かった。突然死の恐怖が込み上げてきた。「助けて」という声を上げたが、蛸を取っている少年たちは誰も気づかない。それでも声を限りに叫んでいると、いくつかの顔がこちらを向いた。その中の一つが抜き手を切って近づいてきた。それが慶一だと分かると、うれしさで涙が込み上げてきた。慌てて慶一にしがみつこうとしたが、慶一は留吉の背後に回り込むと、両腕の下を抱きかかえ、後ずさるように泳いだ。すぐに仲間たちもやってきたので、留吉は皆に担がれるようにして岩場に引き上げられた。留吉は声を限りに泣いた。

慶一は留吉の背を叩いて水を吐かせながら、「泣くな、留吉。もう大丈夫だ」と言ってくれた。

――自分には頼れる兄さんがいるのだ。

あの時の安心感は今でも忘れられない。

姉の登紀子は年が十も離れていたので、さほど思い出はない。いつも母親のいさと口喧嘩していた記憶があるが、同じくらい談笑していたので、仲は悪くなかったのだろう。いさと登紀子は留吉に優しく、いつも菓子などをくれたが、留吉を連れて出歩くことは、ついぞなかった。一家そろってどこかに出掛けたりする際も、留吉は常にぬいと留守番だった。当時、ぬいは「坊ちゃんは小さいからだよ」と言っていたが、本当の理由を知るのに、さほど時間はかからなかった。

長兄は父が理想とするような好青年に育っていったが、次兄の正治(まさはる)は長兄とは対照的だった。元々、喘息(ぜんそく)の持病があり、部屋に引き籠もりがちだった次兄だが、十をいくつか超えたくらいになると、その傾向はさらに強くなった。鵠沼(くげぬま)にある尋常(じんじょう)小学校に次兄は通っていたが、一度、学校で喘息の発作を起こし、生死の境をさまよってからは、学校に行くこともなくなった。それでも両親は、次兄に何も言わなかった。病がちなこともあり、長くは生きられないと思い、好きにさせていたのだろう。だからといって、次兄は難しい性格だったわけではない。いつもにこやかな笑みを絶やさず、口数は少ないが、その口から出る言葉は、わくわくするようなものばかりだった。

部屋に遊びに行くと、次兄は難しい本ばかり読んでいた。中には科学雑誌のようなものもあり、宇宙の不思議について熱く語ってくれた。

留吉は夜空を見上げることはあっても、宇宙などというものについて考えたこともなく、次兄の話に魅せられた。その話の数々は、尋常小学校の教師たちの話とは比べ物にならないくらい面白かった。

こうした家族に囲まれ、留吉は何不自由ない幼少時代を送っていた。

そうした日々がいつまでも続くと思っていた矢先、突然不幸が襲ってきた。祖父の庄三郎が亡くなったのだ。

庄三郎は身体頑健なことが自慢で、七十を過ぎているにもかかわらず、毎朝木刀の素振りを三百回こなすことを日課にしていた。また外出することも多く、パナマ帽をかぶり、ステッキを持ち、ステテコ姿で腰越や鵠沼まで散歩に出掛けていた。

　そんなある日、東京で寄り合いがあり、帰宅後に「気分が悪い」と言い出し、早めに床に就いた。祖母は「飲みすぎですよ」と言ってさほど案じていなかったが、翌朝、祖父は冷たくなっていた。医者の診断によると、死因は脳内の血管が詰まったか切れたということだった。

　これにより家父長は父の善四郎になった。父は嬉々として祖父の葬儀を執り行い、それが一段落した後、家族を集め、「これからは、わしが家父長だ」という宣言をした。つまりすべて自分の命令に従えということだ。

　それから一年もしないうちに祖母も逝去した。横暴な祖父に対し、いつも一歩引いた形で付き従っていた祖母だが、祖父の死でほっとしたのか、それからは気の抜けたようになり、自分が誰かも分からなくなった末、起きられなくなってから数日で亡くなった。

　祖父と祖母の死という一大事はあったものの、坂田家に大きな変化はなかった。留吉も、これまでと変わらず勉学と遊びの日々を送っていた。

　そんな少年時代が、瞬く間に過ぎていった。

二

　ぬいの様子がおかしいと思ったのは、留吉が高等小学校の二年、すなわち十二歳の頃だった。

　この頃、留吉は中学校に入学すべく、懸命に勉強していた。そのためぬいの変調に気づくのが遅れたが、ぬいの方も体の不調を堪えていたらしいのだ。次第にぬいは、女中部屋から出てこないことが多くなり、別の女中が留吉の世話をするようになった。

　これまでは、離れでぬいと二人で食事をすることが習慣になっていた留吉だが、父の善四郎が突然「これからは皆と一緒に食事を取るように」と命じてきたので、留吉は家族と一緒に食卓を囲むことになった。これまでそうではなかったことが不自然だとは思わず、一人前と認識されたものと思い込み、留吉はうれしかった。

その後、ぬいが留吉のいる離れに顔を出すことはなくなった。さすがに不審に思い、女中に尋ねたが、誰も言葉を濁して本当のことを教えてくれない。ぬいのいる女中部屋の方に行っても、常に誰かがいて「旦那様から、ここから先へは通すなと命じられています」と言われ、ぬいの様子を知ることはできなかった。

思い余って父に問うと、ぬいは肺の病だという。「治る見込みはあるのですか」と問うと、父は「敷島（しきしま）」をふかしつつ「分からん」とだけ答えた。それでも留吉は一時的な病と信じ、学業に精を出していた。ところがある日、噂話の好きな女中から、ぬいの病が癒えることはないだろうという話を聞いた。

ぬいは七十五歳だと聞いていたので、寿命と思えば致し方ない一面もある。だが、物心がついてから、常に留吉の傍らにあったぬいがいなくなるなど、留吉には想像もつかなかった。

ある深夜、離れから忍び足で母屋に向かった留吉は、女中たちが寝ている棟に入り込み、ぬいの部屋の様子を窺（うかが）った。すると薄ぼんやりと灯火がついているので、起きていると分かった。

後で思えば、この時の行動が、留吉の人生を狂わせていくのだが、この時の留吉は、ただぬいのことが心配でならなかった。

「ぬい、おるか」

「へっ、まさか坊ちゃんで」

ぬいは一瞬驚いたようだが、かすれた声で返事をしてきた。

「そうだ。様子を見に来た」

「来てはいけません」

ぬいの声が険しいものになる。

「どうしてだ」

「この病は――、この病は伝染するからです」

ぬいが留吉を避けている理由が、これで分かった。

「構わん。行く」

「いけません」

ぬいに会いたいという衝動が恐怖に打ち勝ち、留吉は襖(ふすま)を開けた。

「ぬい、か——」

しばらく見ぬ間に、ぬいの姿は激変していた。かつて艶やかな髪を丸髷(まるまげ)に結っていたが、今は白髪を結いもせずに垂らしているだけだ。その顔は皺(しわ)深くなり、病み疲れたかのように生気がない。浴衣(ゆかた)の合わせから見える胸には、あばらが浮き出ていた。

「近づいてはいけません」

上半身を起こしたぬいが白い手を出して、留吉を制止する。

ぬいのあまりの変貌ぶりに、留吉も呆気(あっけ)にとられ、敷居のところで止まっていた。

「これならよいだろう」

落ち着きを取り戻した留吉は、口に手拭いを巻いた。尋常小学校の時に見た教科書で、医師が伝染病を治療する時にそうしていたからだ。

ぬいがあきらめたように言う。

「致し方ありません。襖を閉め、窓を開けて下さい」

女中の中でも古株のぬいは、角部屋を使っていた。そのため二つの窓を開け放つと、寒気と共に潮の香りが吹き込んできた。後に知ることだが、肺結核は窓を開け放てば、結核菌の飛沫(ひまつ)核(かく)が外に出てしまうので、空気感染する可能性は低くなる。

「横になって構わん」と留吉が言うと、ぬいは素直に従った。上半身を起こしているだけでも辛(つら)いのだろう。蒲団(ふとん)の傍らには痰壺(たんつぼ)らしきものが置かれ、ガーゼが幾重にも掛けてある。それを見れば、ぬいが深刻な病に罹患(りかん)しているのは明らかだった。

「苦しくはないのか」

「はい。結核と診断されましたが、発見が早かったので、まだ咳や痰の症状は出ていません」

「だが、いつかは表れるのだろう」

「はい。その時は絶対にお会いできません」

ぬいが悲しげな顔をする。

「病は気からという。気を強く持てば必ず癒えると医者も言っていた」

「気休めは結構です。この病は治りません」

この時代、肺結核は死病であり、ストレプトマイシンなどの効果的な薬もなかった。そのため、空気のよい場所で安静にし、栄養価の高いものを食べて療養するしかなく、治癒する者はまれだった。本来ならサナトリウム（長期療養施設）に入れた方がよいのだが、その定員にも限りがあり、抵抗力の弱い老人の場合、咳や痰が激しくなると時をおかずに死に至るため、なかなか入れてもらえなかった。

ぬいが、しんみりとした口調で言う。

「いつかこんな日が来るとは思っていましたが、こんなに早いとは――」

「どこでもらったのだ」

「私はよく買い物に行っていましたから」

ぬいは幼い留吉の世話をするために雇われたが、留吉が育つにしたがい手が掛からなくなったので、この頃は台所の指揮を執っていた。そのため江ノ島の漁港はもとより、鵠沼や腰越の市まで買い出しに行くことがしばしばあった。その時にもらった可能性が高い。

用がなくなれば容易に解雇される時代なのだ。それは、ぬいなりの存在意義の主張だったのだろう。

「これも神仏の決めた運命です。素直に受け容れねばなりません」

「しかし、どうしてぬいなのだ」

ぬいの姿を見ていると、悲しさが込み上げてくる。

「いいえ、ぬいでよかったのです。ご家族ではなく――」

「わしは、ぬいのことをあまりに知らなかった。

せめてどこの生まれで、いつから当家に来たのか教えてくれないか」

「私のことなど」と言いながら、ぬいは簡単にそれまでの人生を語ってくれた。それは留吉もおおよそ知っていることだったが、若い頃に結婚し、息子を産んだにもかかわらず、乳飲み子のうちに失ったことまでは知らなかった。

「亭主は寒川神社の社前で車力をしていました。だから勇ましい人でね。それで息子の名を勇にしました」

ぬいが頬を朱に染め、昔を懐かしむような顔で言う。

「い、さ、み、か。よい名だな」

「はい。勇ましい子になると思っていたのですが――」

ぬいの顔がとたんに曇る。

「辛いことを思い出させてしまい、すまない」

「いいんです。あれがあの子の運命だったんです。そのおかげで、坊ちゃんとも出会えました」

「旦那さんはどうしたんだい」

ぬいが苦笑いを浮かべる。

「車力なんて仕事は、荒っぽいことこの上ありません。博奕で稼ぎをすった挙句、毎晩大酒を飲んでばかり。勇を失ったのを機に、お暇いたしました」

「そうだったのか」

ぬいにとって唯一の結婚は、子供の死を機に破綻したという。

「だから坊ちゃん、連れ添う相手は、よく吟味せねばなりませんよ」

「分かった。だがわしが連れ添う相手は、父が連れてくるだろう」

それがこの時代の常識だった。

ぬいの顔に一瞬、戸惑いの色が走る。

「そ、そうですね」

「何か気になることでもあるのか」

「いいえ――。でも、それをあてにしない方がよいと思います」

「どうしてだ」

「何事もそうですが、自分でよいと思った相手でないと、後で悔やむことになります」

「それはそうだが、父は常々『結婚は家と家との結び付きだ』と言っている。それゆえ――」

ぬいが悲しげな顔で言う。

「それは慶一様と正治様のことです」

「三男のわしは自由の身ということか」

ぬいが困ったような顔をする。

――何かを言おうか言うまいか迷っているのか。

「ぬい」と、明るい調子で留吉は問うた。

「何か隠しているなら言ってくれないか」

「隠すなんてとんでもない」と言いながら、ぬいはまだ躊躇（ちゅうちょ）していた。

「頼む。どうせいつか知れることなら、ぬいの口から聞かせてほしいのだ」

この時、留吉は養子に出されるのだと思っていた。

この時代、次男はまだしも、三男は養子に出されることが多かった。養子に出されるのは、十五歳くらいまでなので、年齢的にも、そうした話が舞い込んでいてもおかしくはない。

「でも、それはお父様から聞いた方が――」

「なんだ、口止めされているのか。それなら、どのみちいつかは知れることだ」

「そうですね。その通りだと思います。しかし――」

「構わん。いつかは養子に出されると思っていた。その覚悟はできている」

それまで天井に向けられていたぬいの顔が、留吉に向けられる。

「養子ではありません」

「では、何の話だ」

ぬいの顔色が変わる。だが意を決したかのように言った。

「おそらく坊ちゃんも、いつかは知ることでしょう。しかしこの話を聞いても、決して怒ったり悲しんだりしてはいけません」

　何か尋常ならざることを聞かされると、留吉にも分かってきた。

「それは何だ。包み隠さず教えてくれ」

「実は――」

　ぬいはふうっと息をつくと、巫女（みこ）が託宣を下すように言った。

「坊ちゃんは妾の子なのです」

「えっ」

　その後に続く言葉が出てこない。

　――わしは、姉や兄たちと母親が違うのか。

　まさかりで脳天を叩き割られたような衝撃が走る。

「坊ちゃん、どうかこのことは心の奥にしまっておいて下さい」

「どうしてだ」

「この話を明るみに出しても、誰も幸せにならないからです」

「では、なぜそれをわしに告げた」

「それは――」

　ぬいの頬に一粒の涙が流れる。

「この家の方は、誰もそれを告げないと思うからです。しかし年を取ってくれば、坊ちゃんも『何かおかしい』と思うはずです。その時、誰も真実を告げてくれなければ、坊ちゃんは思い悩むはずです」

「それはそうかもしれぬが、わしの実母はどこにおるのだ。生きているのか」

　ぬいの顔が悲しげに歪（ゆが）む。

「おそらく生きています」

「では、なぜここに置かない。これだけ広い家だ。妾だろうと一緒に住めるはずだ」

「もしそうなっていたら、私は不要でした」

「いや、そういう意味ではない」

「すいません。私のことは気になさらないで下さい」

　ぬいが寂しそうな顔をする。おそらく留吉を育て上げることが、この家に来てからのぬいの生き甲斐だったのだろう。

「では、理由を聞かせてくれ」

「分かりました」と言うと、ぬいは少し咳き込んで、すぐに手近にあるガーゼを口に当てた。

「何を聞いても怒ったり嘆いたりはしない。どのような理由だ」

「坊ちゃんのご母堂は、春をひさいでいました」

「春をひさぐというと——」

その言葉に留吉は愕然とした。

「ま、まさか——」

——わしの母は女郎だったのか。

胸底から劣等感が湧き上がってくる。

「残念ながら、それは事実なのです」

「ぬいは母と会ったことはあるのか」

「あります」

「どのような母だった」

「心根の美しい弁財天のような方でした」

そう言われても、少しも救いにならない。

「写真はないのか」

ぬいが首を左右に振る。

「それで、父はどうしたのだ」

「子ができたと分かった時は、もはや堕ろせませんでした。それゆえ坊ちゃんを産ませた後、お祖父様が多額の手切れ金を渡して追い出しました。ご母堂は、お祖父様の店で働いていたからです」

——父は祖父の店で女を買っていたのか。

いつも偉そうにしている父がただの男にすぎないという事実に、留吉は衝撃を受けた。

「それゆえお祖父様は激怒されました。しかしお父様は、お祖父様にとって唯一の男子です。勘当でもすれば、ご母堂と駆け落ちしてしまうかもしれないので、最後には許しました」

「どうして、わしは母方ではなく、この家で引き取ってもらったのだ」

「ご母堂の家は貧しく、またご母堂が女手一つで坊ちゃんを育てていくのも難しいので、こちらに託したのです」

「そうだったのか」

留吉の思いを察したのか、ぬいが言う。

「ご母堂は坊ちゃんのことを見捨てたわけではありません。私に坊ちゃんを託した時、ご母堂がどれだけ泣いたか――」

感極まったのか、ぬいが嗚咽を堪える。

「わしの名は誰が付けたのだ」

留吉は母親という答えを期待した。名だけでも母の痕跡がほしかったからだ。

「お祖父様です」

「つまり、こんなことは、これで留めておきたいという謂か」

「おそらく――」

自分の名前にさえ否定的な意味が込められていることに、留吉は落胆した。

「で、わしはなぜ養子に出されなかったのだ」

「それは――」

いったん言いよどんだぬいだったが、勇気を出すようにして言った。

「妾の子ならまだしも、ご母堂が春をひさいでいたことが知れ渡り、引き取り手がいなかったのです。それで私が雇われたのです」

ぬいの話は理路整然としており、一切の隠し事はないように思えた。

「事情は分かった。で、母の名は何という」

「鈴木八重と――」

――鈴木八重、か。

それが初めて知る実母の名だった。

「で、母は今どこにいる」

ぬいが力なく首を左右に振った。

「知りません」

「何か手掛かりはないのか」

ぬいがため息をつく。

「ありません」

「実家はどこだ」

ぬいが再び首を左右に振る。

「知っているな」

ぬいは何も答えない。

「頼むから教えてくれ」

「行ってはいけません。行けば何もかもが壊れてしまいます」

「よいか――」

留吉が諭すように言う。

「人は成長する。われわれ兄弟も、いつまでも子供ではない。それほど遠くない将来、それぞれの道を歩み始めるだろう。わしとてそうだ。それは家族が壊れるのではない。それぞれが次の舞台に進むということだ。それゆえ、わしに心置きなく次の舞台に進ませてくれ」

「そのために、ご母堂に会いたいのですね」

「そうだ。それで踏ん切りをつけたい」

「もし会えたとしても、二度目はないと約束してくれますか」

「どうしてだ」

ぬいが言葉に詰まる。

「母の出自が、わしが世に出る妨げになると言いたいのだな」

「そうです。私は、坊ちゃんは一廉(ひとかど)の人物になると思っています。その妨げにならないことを祈るばかりです」

「それでも、一度でいいから会いたい」

「分かりました」

そう言うと、ぬいは大きく息を吸い込み、思い切るように言った。

「ご母堂の実家は、小田原近郊の栢山(かやま)郷で農業を営んでいると聞きました。おそらくご兄弟は、その地に残っているでしょう」

「そこに行けば、母の消息は知れるのだな」

「それは分かりません。家を出てしまえば、たとえ兄弟姉妹だろうと、他人も同然ですから」

それは、ぬい自身のことを言っているようにも聞こえた。

「ぬい、長い時間すまなかった」

「いいんです。これで私も胸のつかえが取れた気がします。でも、くれぐれも無理してご母堂に会おうとはしないで下さい。留吉さんのことは、ご母堂にも忘れ去りたい過去かもしれませんから」

――わしは忘れ去りたい過去なのか。

それを思うと、悲しみが込み上げてくる。

「分かった。当面は会いに行かないと約束する。このことも内密にしておく」

「坊ちゃん、大人になりましたね」

ぬいが涙を堪える。

「ぬいに、もっと立派な姿を見せたい。せめてわしが二十歳（はたち）になるまで生きてくれ」

「それは草葉の陰、いえ、坊ちゃんの好きな燈籠の陰で見ています。どうか一廉の人物になって下さい」

「それも約束する。必ずや世のため人のために役に立つ人になる」

「ああ、坊ちゃん、名残惜しい」

堰（せき）が切れたようにぬいが泣き出した。

それを見つつ、留吉は「では、行く」と言い残し、ぬいの部屋を後にした。

ぬいの嗚咽が漂う廊下を歩いていくと、庭が見えてきた。いつもと変わらぬ庭だが、なぜか空気が一変しているように感じられた。そして燈籠はいつもと変わらず、そこに立っていた。

――すべて知っていたんだな。

――ああ、知っていたさ。

燈籠がそう答えた気がした。

――だがな留吉、出自などどうでもよいではないか。胸を張って自分の人生を歩いていけ。

――どうして胸を張れる。

――母上のことを誇りに思え。

――どうしてだ。

燈籠は黙して語らない。

――そうか。今聞いた話は、わしの重荷であり、また誇りでもあるのだな。

なぜそれが誇りなのかは、うまく説明できない。だが母親、すなわち鈴木八重は、留吉にとって誇れる人物という気がした。

それから三月後、ぬいは旅立った。咳と痰による苦しみはさほどでもなく、安らかな最期だったという。

死の直前、留吉は何度もぬいの部屋の前まで行ったが、ぬいは部屋に入れてくれなかった。それゆえ最後の会話は襖越しだった。しかも若い女中が控えていたので、自分の出自の秘密を知った時のような話はできなかった。

かくして留吉の幼少時代、常に傍らにあったぬいは冥府へと去っていった。だが時は待ってくれない。その悲しみに浸る暇もなく、留吉は旧制中学校に入学する。

三

留吉が生まれた年と同じ明治四十一年（一九〇八）の町制施行以来、藤澤町には、藤澤・明治・鵠沼という三つの尋常高等小学校があった。

商人の息子の大半は尋常高等小学校に進学するが、坂田家は裕福だったこともあり、長兄と次兄は私立藤澤中学校に進学していた。

留吉も中学受験をするつもりでいたが、父親が「お前は尋常高等小学校にしろ」と言い出すかもしれないので、不安な日々を過ごしていた。だが父親は何も言わず、留吉も晴れて私立藤澤中学校に進学できた。

かつて藤澤中学は、西富にある遊行寺（清浄光寺）の僧侶養成機関だったため、学則には厳しく「修養」を旨としていた。それでも学校から離れると、若者たちは伸び伸びとしており、留吉にも多くの友人ができた。

友人の中でも、平塚から通ってくる岩井壮司とは、とくに親しくなった。壮司は十三歳にしては早熟で、様々なことを知っていた。とくに文学に詳しく、森鷗外や夏目漱石の作品まで読んでいた。

壮司は平塚の酒屋の次男坊だが、幼い頃から賢かったらしく、兄が尋常高等小学校に行ったにもかかわらず、壮司は中学に進学できた。

壮司の実家は酒屋といっても手広く商売をしており、父親は七夕祭りで役員に名を連ねるほどの地域の名士だった。

午前だけで授業が終わる土曜など、壮司は学校の帰途にしばしば江ノ島に立ち寄り、留吉と様々なことを語り合った。

壮司には煙草を吸う習慣があった。それに留吉が感化されないわけがなく、すぐに煙草の味を覚えた。全くうまいとは思えなかったが、なぜか煙草をもてあそんでいるだけで、大人になったような気がした。

壮司が好きなのは「朝日」で、一箱六銭で買えた。ちなみに父の善四郎の好みは「敷島」で八銭もした。

二人が主に行くのは西浦だ。西浦の岩場からは相模湾の向こうに富士山が望めるので、壮司はいたく気に入っていた。

西浦では、たまに海苔を取りに来るおばさんに出会うが、それ以外、ほとんど人は来ない。そのため学生服を着ているにもかかわらず、二人は堂々と煙草を吸った。

初夏のある日、夕日がまさに沈まんとしている海を見ながら、壮司が言った。

「煙草を吸うと、大人になった気がするだろう」

「ああ、そうだな」

「煙草はいい。肺に吸い込まなくても、大人の気分を味わえる」

留吉が煙草の煙を肺に入れていないことを、壮司は見抜いていた。

「それが悪いか」

「悪くはない。俺も初めはそうだったからな。煙草を吸う恰好をするだけで、人生が開けてくるような気がした」

「安易な人生だな」

「うむ。酒屋の次男坊の人生だからな。安易なことこの上ない。しかし君も中学に入れば、人生が急に開けてくると思っただろう」

「まあな――」

「ところが全く変わらない」

ほくそ笑む壮司に、留吉は鼻白んだ。

「その通りだ。だが君とて同じだろう」

「ああ、そうだ。中学に入ったからとて、周囲は大人として見てくれない。親は頭上に君臨し続け、些細なことにまで口出しする。兄貴は常に俺の頭を叩く」

留吉が噴き出す。

「それが人生ってものだろう」

「ああ、そうだ。かの鷗外も、『足ることを知ることが幸福である』と言っている。酒屋の次男坊にとっては、何もかも足りないのだが、鷗外は足ることを知れという。何とも不条理ではないか」

壮司が不条理などという難しい言葉を使ったので、留吉はまた噴き出した。

「そんな偉そうなことを言っても、鷗外自身が不満を抱えて生きていた。彼も中学に入れば新たな人生が開けてくると思っていたが、そうではなかった。その上の学校に進学しても、何も変わらなかった。最後に医者になればと思ってなったのだが、それでも変わらなかった。それで、自分が変わろうとしなければ何も変わらないと気づいたのだ」

「鷗外も学習したのだな」

壮司がにやりとして続けた。

「その通りだ。自分が発光体かどうかが、何よりも大切なのだ。鷗外はこうも言っている。『日の光を借りて照る大いなる月たらんよりは、自ら光を放つ小さな灯火たれ』と」

「『鶏口牛後』か」

「鶏口牛後」とは、「大きな集団の末端にいるより、小さな集団でも長となれ」という意味だ。

「まあ、少し違うがよしとしよう」

壮司が新たな煙草に火をつけると続けた。

「それで、君はどういう人生を歩む」

「突然来たな」

だが留吉にも、それは皆目分からない。そのため沈黙していると、壮司が質問を変えた。

「世のため人のため、国家のための人生にしたいのか。自分のことだけ考えて自己満足の人生を送りたいのか。大雑把に分ければ、人生はその二つになる」

「他人のためか、自分のためかの二者択一か」

ここで言う「自分のための人生」とは、エゴ丸出しで生きるという意味ではなく、文豪や哲学者のように自分の内面と向き合い、自分とは何かを突き詰めていく生き方という意味だ。

「そうだ。人生など大別すれば二つしかない」

「そう言い切れるのか」

「ああ、言い切れる。他人のために生きる人生は美しいが、人生を突き詰められない。いつまでも同じ価値観の周りを旋回しているだけだ。あの飛行機のようにな」

壮司が顎で頭上を示す。橙色に染まった空には、いかにも古そうな双発機が爆音を轟かせて飛んでいた。だがフロートが付いているからか、やけに低速だ。

「あれは金沢辺りから飛び立った軍の練習機だ。まあ、そんなことはどうでもよい。で、どっちにする」

「わしには分からん」

中学に入ってから、留吉は自分のことを「僕」か「私」と呼んでいたが、それまで使っていた「わし」という言葉が、口をついて出てしまった。

「そうだな。わしも同じだ」

壮司がからかうように言う。

「君にも分からないのか」

「ああ、分からん。だがうちの兄のように、お国のために軍に入りたいとは思わない」

「そうか。兄上は軍人になりたいのだな」

「そのようだ。元々脳味噌が足りない兄だ。結句、父から問い詰められ、『軍服に憧れて軍人になりたい』と、その理由を告白してしまった」

幼い頃から暴力で支配してきた兄に対し、壮司は反発心を抱いていた。

「それで親父さんは何と言った」

「むろん大反対さ。『あきれてものが言えない』とさ。それで兄は殴られ、『出ていく』『出ていけ』の大騒動だ」

　壮司が高らかに笑う。

「そうか。だが、国のために尽くすのも一つの生き方だろう」

「くだらん。俺はそんな生き方はしたくない」

「では、自分のための人生を歩みたいのか」

　壮司が先ほど言ったもう一方のことを、留吉は忘れていなかった。

「そうとも言えん。どうすべきか、まだ見極められないのだ」

「どうやって見極める」

「それが分からないから本を読んでいる」

「本を読めば分かるのか」

「それは分からんが、参考にはなる。だから読書を続ける。そのうち曖昧模糊（あいまいもこ）としたものが凝固してくるはずだ」

「凝固しなかったらどうする」

「面白い質問だな。確かにそうかもしれん」

　壮司が自信のなさそうな顔をする。

　――こいつもわしと同じ年なのだ。

　それで少し自信が湧いてきた。

「さっきの質問に答えてやろう。僕は自分のためでも他人のためでもない人生を生きる」

「それはどんな人生だ」

「成り行き任せの人生だ」

「そいつはよかった」

　壮司が手を叩いて喜ぶ。

「自分で光り輝く者になろうと努力はする。だが人生は、自分だけでどうにかなるものではない。多くの出会いがあり、多くの別れがある。それも弁財天が導いてくれた御縁だ。いかに堅固な自己を持とうが、そうした御縁を大切にしていきたい」

「つまり確固とした自分の考えを持ちながらも、

流れも大切にしていきたいのだな」
「うむ。人生は先が見えないから面白いのではないか」
「その通りだ。われらの前には、いくつもの道が開けている。どの道を選ぶかは自分だ」
――そうだ。すべては自分次第だ。留吉の胸内から、大海に乗り出す意欲が湧いてきた。

四

大正十一年（一九二二）の新年早々、坂田家で大騒動が持ち上がっていた。

皆で食卓を囲んでいる時、長兄の慶一が、陸軍士官学校を受験したいと言い出したのだ。

これに父の善四郎は激怒した。祖父から引き継いだ事業を慶一に継がせたいと思っていたからだ。

最後は「出ていけ！」「出ていきます」という岩井家と同じようなやりとりになったが、翌日、母のいさから急を聞いてやってきた母の弟で予備役海軍大尉の又吉健吉の仲介により、二人は仲直りした。

士官学校を卒業してから軍務に就かず、別の仕事に就いたり、家業を継いだりする者もいるという健吉の話を聞いた父は、落ち着きを取り戻し、「では、やってみろ」となったからだ。

とりあえず慶一は、又吉の家に居候して受験の準備をすることになった。

かくして慶一が、家族で初めて家を出ることになった。

その前日、留吉は慶一の部屋を訪ねた。
「慶一兄さん、よろしいですか」
年が五歳も離れていることから、留吉は慶一に遠慮があった。だが慶一の方は、いつも留吉に優しかった。
「留か。入れ」
慶一はランニング姿で荷造りをしており、部屋は散らかっていた。

「失礼します」

留吉の視線が、大量に積まれた漫画本や「少年倶楽部」に行く。「少年倶楽部」とは大正三年（一九一四）に創刊された少年向け雑誌で、この頃、爆発的な人気を博していた。

「これらは処分するつもりでいたが、ほしければやる」

「よろしいのですか。正治兄さんがほしいものもあるのでは」

「あいつは高尚なものしか読まん。だからお前にやる」

「ありがとうございます」

留吉は心中うれしかったが、そのことで来たのではないことを告げねばならない。

「何でも好きなものは持っていけ」

かつて触らせてもくれなかった軍艦や飛行機のおもちゃが、畳の上に乱雑に置かれていた。

「それらをいただけるのは、とてもうれしいのですが、何かほしくて来たのではありません」

「ほう、では何の用だ」

慶一が雑誌の束を縛り終わると、その場に胡坐（あぐら）になった。

それに合わせるように、留吉も正座する。

「実は、軍人になりたいという兄さんの本意が聞きたいのです」

「本意だと」と言いつつ、慶一が首をかしげる。

「はい。実は私の友人の兄も『軍人になりたい』と言い出し、その理由を親から問い質（ただ）され、つい『軍服に憧れて』と言ってしまったそうです」

慶一が白い歯を見せて笑う。

「そいつはよかった。実は俺もそうだ」

「えっ」

「嘘（うそ）だよ。俺が軍人になりたいのは、もっと単純な理由からだ。これを見ろ」

慶一は、荷造りしかけたものの中から筒状に丸めたものを取り出すと広げた。

「これが何か分かるな」

「はい。世界地図です」

「日本はこれほど小さい」

　そう言われると、日本がいっそう小さく見えてきた。

「なるほど小さいですね」

「今の世界情勢を考えてみろ」

　慶一が簡単に世界情勢を説明する。

　第一次世界大戦が終結し、二月にはワシントン会議が開催され、世界は軍縮ムードに包まれていた。だが軍縮の目的には、拡大路線を取ろうとし始めた日本を抑えたいという米国（アメリカ合衆国）の思惑があった。

　またロシア帝国は崩壊し、その後の主導権争いの内戦が激しくなっていたが、それが収まれば再び南下策を取るのは目に見えており、日本は窮地に立たされる。

　こうしたことから、世界が小康状態を保っている今のうちに、軍部は有為の若者に危機感を共有させ、士官学校に入るよう勧めていた。

「ということだ。こうした世界情勢を踏まえ、俺は日本を守る仕事に就くことにした」

「立派なお考えです。しかし家業はどうするのです」

「俺の知ったことか。俺の人生は俺のものだ。妓楼の親父などに収まってたまるか」

　慶一がうそぶく。その気持ちは十分に分かる。

「でも慶一兄さんが軍に入ってしまえば、正治兄さんが跡を継ぐことになりますよ」

「奴は病弱だから、それもよいのではないか。好きなこともできるしな」

「そうでしょうか。でも正治兄さんにも考えがあるのでは――」

「確かに難しい本ばかり読んでいる正治に、妓楼の経営は無理だろうな」

　慶一と正治は仲が悪いわけではないが、全く対照的だった。慶一は外向的で、いつも仲間に囲まれていた。一方の正治は内向的で、部屋に閉じ籠もって本ばかり読んでいた。

「私は家業を継ぎませんよ」

留吉は予防線を張っておいた。

「そうなのか。一生楽に食えるぞ」

「でも妓楼の経営者では、誇りを持って生きられません」

「そこよ」と言って慶一がうなずく。

「俺もそう思った。人生は一回きりだ。誇りを持って生きられないでどうする」

「では、士官学校を出ても、家業を継ぐつもりはないのですね」

「ない。俺はそのまま職業軍人になるつもりだ。それで世界の平和を維持していく」

「でも軍部は、平和よりも日本の権益拡大を考えているのではないですか」

慶一の顔が曇る。

「そうかもしれん。だが、それは日本国を守ることにつながっているのだろう」

「私もそう信じています。しかしあまりに台頭しすぎると、列強から寄ってたかって叩かれませんか」

「大丈夫だ。日本国は、これまで幾度となく難局を切り抜けてきた。これからもそうなるだろう。微力ながら、俺もそれに貢献したいのだ」

そこには、慶一特有の前向きな楽観主義があった。

「立派なお考えです。でも軍人というのは、死と隣り合わせの仕事では」

「問題はそこなのだ」

慶一の顔に一瞬不安の色が走る。

「敵と干戈を交えることになれば、死を覚悟せねばならぬ」

「若くして死んでしまってもよいのですか」

慶一が驚いたように留吉を見る。

「お国のために命を捧げるのも、一つの生き方ではないかな」

「そういう考え方もありますが、慶一兄さんの人生は、それで終わりではないですか」

「まあ、そういうことになるが――、で、お前は何が言いたい」

「もっと別の方法で、日本国のために役立つこともできるはずです」

「ああ、そういうことか」

　少し考えると慶一は言った。

「俺は、まどろっこしいことが嫌いだ。それは別の者の仕事だ」

「それが慶一兄さんなんですね」

「ああ、そうさ。それが俺だ。それよりも、お前はどうする」

　突然話を振られた。

「私ですか。まだ何をしたいのか見当もつきません」

「そうか。それも今のうちだ。卒業までに進路を決めておけ」

「はい。その言葉を肝に銘じておきます」

　それで慶一との会話は終わった。

　翌朝、慶一は朝食の席で父母に育ててくれた礼を言うと、弾むような笑顔で家を出ていった。母のいさは長男の門出に涙を抑えきれなかったが、父の善四郎は、遂に玄関口にさえ顔を出さなかった。

　慶一が家を出ることで、坂田家の一つの時代が終わりを告げた。

五

　大正時代は、何もかもが民衆に解放された時代だった。とくに江戸時代から明治半ばまで、民衆は政治について批判的なことを言えない雰囲気が、どことなく漂っていた。だが明治も後半に差し掛かる頃から、議会制民主主義の導入などによるデモクラシーの潮流が押し寄せ、また知識階級の子弟が次々と欧米から帰国し、その自由な空気が日本にも流れ込んできた。

　これにより大正に入ると、政治、社会、労働などの分野で大衆運動が盛んになり、それと比例するように、教育の普及によって新聞が爆発的に売れ始め、大衆を煽ることになった。
かくして大正デモクラシーと後に呼ばれる時代が到来したのだ。

こうした潮流は止まらず、第一次世界大戦での輸出超過によるインフレと、米商人や地主による米の投機的買占めによる米価急騰によって、全国八十八カ所で米騒動が勃発し、大正七年（一九一八）、寺内正毅内閣は総辞職に追い込まれた。

後任には、平民宰相と呼ばれた原敬が就任し、本格的政党内閣が発足する。大衆はこれに力を得て、政治を動かせる自信を深めた。だが大正九年（一九二〇）三月、株価暴落をきっかけに戦後恐慌が始まり、日本経済の不透明感は増していった。

そうした不景気が長引く大正十二年（一九二三）九月一日の土曜日正午前、未曾有の大事件が勃発する。

夏休みが終わった翌日、誰もが眠そうな目で数学の授業を受けていると、足下に不自然な微動を感じた。誰かの「あれ、地震かな」という声が聞こえ、皆が顔を見合わせていると、黒板に向かっていた教師が手を止めた。

一瞬、微動が止まったので、教師が再び黒板に向かおうとした時だった。船に乗って時化に遭遇した時のような大きな揺れが襲ってきた。上下動を伴っているので、立ち上がることもままならない。誰もが机を摑んで体を支えようとしたが、その体勢を取るのが精いっぱいだ。

立っていた教師は黒板に背を張り付けて天井を見上げている。それでも再び揺れが収まりかけたので、周囲に安堵のため息が広がった。

だが次の瞬間、木造校舎のすべての木が軋み音を上げるような、凄まじい揺れが襲ってきた。
「うわー、でかいぞ！」という誰かの叫び声が聞こえた。その後も長周期の揺れが続く。

職務を思い出した教師が、「落ち着け。机の下に潜(もぐ)れ」と命じる。激しい横揺れの中、皆は次々と机の下に潜り込んだ。もちろん留吉も同じようにした。

次の瞬間、どこかで何かが崩れるような大きな音が聞こえた。

誰かの「校舎が崩れるぞ。外に出ろ！」という声が聞こえる。それを聞いて飛び出していく者もいれば、教師の指示に従って、机の下にうずくまったままの者もいる。

――どうする。

揺れが一時的に収まったので、机の上に顔を出した留吉は、皆が廊下に出ようとしているのを見て、つられるように立ち上がった。

――よし、出よう！

こうした場合、机の下にうずくまり、動かないようにと教えられてきたが、本能の命じるままに外に出ることにした。

廊下に出ると、三度目の揺れが襲ってきた。眼前で転倒する者もいる。それを助け起こそうとしたが、足元が揺らいで膝をついてしまった。

――まさか、死ぬのか。

死の恐怖が押し寄せてくる。身動きが取れないので、皆で体を寄せ合っているしかない。頭上でぶらぶらしていた電球が落下し、天井から埃(ほこり)が落ちてくる。どこかで「崩れるぞ！」という声が聞こえる。だが揺れが激しく、立ち上がっても歩けない。

遠くから「助けて」「母さん」「死にたくない」といった声も聞こえる。窓から外を見ると、町全体がぐらぐらと揺れており、学校の前にあった木造家屋が一切姿を消していた。土煙が視界を閉ざし、その間から幾筋もの煙が空高く上がっており、町中で火災が発生しているのは明らかだ。

――たいへんなことになった。

ようやく大地震に襲われたと分かってきた。それでも揺れは次第に大きな周期になったのか、立ち上がろうとする生徒の姿も見えた。

留吉も立ち上がると、壁を伝いながら階段に着いたが、留吉の学年は二階なので、階段は大混雑となっていた。大きな揺れの中、押し合いへし合いしながら、それでも何とか一階に下りることができた。

その時、大きな軋み音と絶叫が聞こえた。どうやら校舎の一部が崩れたらしい。

「火だ。火が見えるぞ！」

誰かの声が聞こえた。

火元がなくても、乾燥した木がこすれ合えば火がつくこともある。留吉は理科の実験で習ったことを思い出していた。

それでも何とか校舎の外に出られた。

皆で校庭の中央付近に寄り集まり、残る者たちが校舎から出てくるのを茫然（ぼうぜん）と眺めていた。

教師たちが崩れた校舎の方に走っていく。崩れた瓦礫（がれき）の中に生徒がいるかどうか、確認に行ったようだ。

「手伝いに行こう！」という誰かの声がすると、その辺りにいた全員が立ち上がった。すでに揺れは収まってきている。

西側の校舎の一部が崩れていたが、下敷きになった生徒はいないようだ。

「点呼だ。点呼を取れ！」

校長らしき声が聞こえると、担任が「集まれ！」と号令をかけ、生徒たちを組ごとに集めた。

留吉も担任のいる場所に行き、点呼に応えた。点呼を終えた担任は「よし、全員いるな」と確認すると、「ここを動くな！」と命じて校長の許に走っていった。

皆が心配顔を見交わす中、校長は朝礼台に上ると、高らかな声で叫んだ。

「全校生徒無事！」

次の瞬間、校長が膝をついた。責任の重さから解放されたからか、ハンケチを出して目頭を拭っている。あの厳しい校長が泣いているのだ。

生徒たちは互いの無事を喜び合い、笑顔で肩を叩き合った。だが誰かの一言で、状況は一変する。

「家はどうなっている！」

皆が浮足立つ。集団がばらけ始め、一斉に門の方に向かおうとする。その背に校長の声が追いすがる。

「学校から出てはいけない。状況が分かるまで、ここにいるんだ！」

それを聞いた教師たちが、正門まで走っていって通せん坊をする。

「駄目だ。出てはいけない！」

制止されれば出たくなるのが人情だ。皆は正門に殺到した。

「裏門には誰もいないぞ！」

その声は教師たちにも聞こえたらしく、何人かが裏門に走っていった。

「出てはいけない！」

校長が声を嗄らす。ようやく落ち着きを取り戻した生徒たちは、家のことが心配で気もそぞろながら、校庭の中央付近に戻ってきた。それを教師たちが押し包むようにする。

この有様を見れば、誰もが家のことが心配だろう。教師の中には、新婚ほやほやの者もいれば、赤子が生まれたばかりの者もいる。だが教師たちは職務を全うすべく、生徒たちの安全確保に努めていた。

「井戸から水を汲め！」

誰かの声でわれに返ると、校舎から出ていた煙は赤い炎と化していた。もはや校舎は救えないが、周囲への延焼を防ぐためにも消火せねばならない。教師は生徒たちを並ばせ、バケツリレーを行おうとしていた。それに気づいた生徒たちは、すぐに一列に並ぶ。普段の防災訓練の成果だった。

やがてバケツリレーが始まったが、そんなもので火が消えるはずがない。それでも教師も生徒も必死になってバケツを回していった。

だが次第に火勢は強くなり、手の施しようがなくなった。生徒たちは火の粉をかぶり、咳き込みながら、校舎が焼け落ちるのを見つめるしかなかった。

　そこに遊行寺の坊さんたちが助けを求めてきた。どうやら遊行寺も倒壊したらしい。だが校長が首を左右に振っているところを見ると、助けを出すことはできないようだ。生徒の安全確保があるので致し方ないと覚ったのか、坊さんたちはあきらめて戻っていった。

　しばらくして再び校長が朝礼台に上がる。

「安全な場所に誘導してもらえるよう警察や消防に依頼しようとしたが、電話がつながらない。連絡に走った教師も戻らない。見ての通り、周囲は煙に包まれている。どうやら東京も横浜も、たいへんなことになっているらしい。ここを出るのは危険だが、ここも安全とは限らない。だからといって、列を成して海岸に向かうのは難しい。苦渋の決断だが、それぞれの判断に任せたい」

　校長が涙ながらに訴える。確かに校庭にも煙が立ち込め始め、安全とは言えない状況になりつつある。広い場所が安全とは限らないのは、東京の本所区（現・墨田区）にある被服廠跡で起こった火災旋風でも、後に証明されることになる。理科の教師が、校長にその危険性を指摘したのかもしれない。

「どうする」

　突然声を掛けられて振り向くと、岩井壮司が心細げな顔で立っていた。

「どうもこうもない。いったん海岸に逃れるしかあるまい」

「そうだな。その後で江ノ島に帰るのか」

「ああ、そうなるだろう」

　鵠沼方面からは江ノ島に渡れないので、海岸沿いに東方に向かい、腰越方面に出なければならない。

　正門の方を見ると、通せん坊をしていた教師たちはすでにおらず、何人かの生徒が校外へと走り出るのが見えた。だが校外は煙に包まれ、時折人の叫び声が聞こえてくる。その中に飛び込むのは危険すぎる。

　多くの生徒が躊躇していると、黒煙でかすむ朝礼台に三度校長が上った。

「みんな聞いてくれ。どうやらここは危険だ。それぞれ何人かに分かれて海岸を目指せ。友が倒れても――」

　校長の上ずった声が聞こえた。

「振り向かず走れ。最後に走っていくわれわれが、倒れている生徒を背負っていく！」

　その声を聞いた生徒たちは、五人から十人のグループに分かれて走り出した。

「壮司、行くしかないな」

「ああ、そのようだ」

　近くにいた級友を誘い、留吉たちも駆け出した。海岸までの道は分かっているが、黒煙に包まれた中を行くのは恐ろしい。

　――倒れても先生たちが助けてくれるのか。

　いや、いかに先生でも他人を頼りにはできない。

　生徒たちを校外に出すのは危険だったが、校長としては、一人でも多くの生徒を救うための苦肉の策なのだろう。

　校外に飛び出してみると、家々は黒煙に包まれ、住民たちが何事か叫びながら消火活動に従事している。道路上に積み重なる瓦礫の山の間を縫いながら、留吉は走った。

　海が近づくと、松林の中なので走りやすくなった。小走りから全力疾走に切り替わる時、壮司の声が聞こえた。

「みんな、自分の命は自分で守れ。誰も守ってくれないぞ！」

　――その通りだ。生きたければ、自分の力で生きるんだ。

　留吉はそう自分に言い聞かせると、グループの先頭を切って走り出した。

　黒煙に行く手を遮られながらも、鵠沼海岸に着いた。先着していた者たちが砂浜に倒れ込んでいる。どうやら津波は来ていないようだ。

先に避難してきていた住民たちが、バケツの飲料水を生徒たちに分け与えている。

知らぬ間に黒煙で喉をやられたのか、声が出ない。留吉は這いずるようにして水の方に向かった。

「兄ちゃんたち、よう助かったの」

そう言いながら、どこかの主婦が柄杓で水を飲ませてくれた。

「あ、ありがとうございます」

何とかそれだけ言った留吉は、その場に大の字になった。曇天で南風が強く吹いている。それが火災をさらに激しいものにしているようだ。

――そうだ。江ノ島はどうなっている。

上体を起こして江ノ島の方を見ると、幾筋もの黒煙が上がっていた。西は岩場なので、いつもと変わらない風景だが、これまでとは違って、岩場が何段にもなって見える。

――海面が下がっているのか。

だが、それよりも、留吉は家がどうなっているかが心配だった。空には幾筋もの黒煙がたなびいており、死角となっている東側で火災が発生しているようだ。

――家はだめかもしれない。

不安と同時に、何かから解放されたような不思議な感覚を、留吉は味わっていた。

「おい、坂田。ここにいたのか。心配したぞ」

まだ息を切らしながら、壮司が言う。

「壮司、お前こそ無事でよかったな」

なぜか涙が込み上げてきた。その理由は定かでない。非日常の中で日常の象徴のような親友を見つけ、安心したこともあるのだろう。

「泣くな。お前らしくない」

「ああ、分かったよ。泣くのはここまでだ」

「家が心配だな」

「うむ。お前はすぐに平塚に帰るのか」

壮司が西の方を向く。

「急いで帰って、火災に巻き込まれてはたまらんからな」

　壮司はいつもと変わらず冷静だった。

「しかし心配ではないのか」

「俺が何を心配する」

「お前にも家族がいるだろう」

「家族は家族で何とかしているだろう。それより、ここまで集めてきた『少年倶楽部』が焼けていないか心配だ」

「そうだな。慌てて帰宅するのは危険だ」

「では、お前はどうする」

「僕の家は目と鼻の先だ。全島が燃えていたら別だが、さほどでもなかったら腰越から出る船で戻るつもりだ」

　その言葉に、壮司も動かされたようだ。

「そうだな。僕も慎重に戻るとするか」

「気をつけろよ」

「分かっている。お前こそな」

　そう言ってにやりとすると、壮司は西の方に歩いていった。その後ろ姿を見送り、周囲を見回すと、級友の姿もまばらになっている。家のことが心配で、誰もが家路に就いたのだ。

　留吉は起き上がると、江ノ島の家に戻ることにした。

　案に相違せず、江ノ島へと至る桟橋（さんばし）は落ちていた。そのため江ノ島と腰越漁港の間には、多くの漁船が行き来していた。

　腰越漁港に行くと、知った顔の漁師がいたので、江ノ島の損害を問うと、さほどでもないという。それで安堵して、臨時の受付所のようなところに行き、島に渡りたい旨を伝えると、名前を書いて待つように言われた。

　かれこれ一時間ばかり待ち、ようやく漁船に乗ることができた。すでに日は沈み始めており、江ノ島は巨大な黒い影となっていた。江ノ島の子供のように南端部にあった聖天島が随分と大きく見える。

　後に知ることになるが、江ノ島は地盤が一メートルほど隆起し、聖天島は江ノ島と陸続きとなり、これまで海中にあった波食台(はしょくだい)が陸上に顔を出すことになる。

船着き場に船が近づくと、島を出ようとしている人々が桟橋に集まっていた。

ざっと島を見回しても、いつも変わったところはとくにない。おそらく先ほど見た煙は、島のさらに東の腰越辺りの民家から出ていたのだろう。

後に分かったことだが、江ノ島は全島が岩礁なので地震の被害はさほどでもなく、倒壊したのは江島神社の古い建物、岩本楼と恵比寿楼が増築していた部分などで、全壊家屋は十一戸、半壊十八戸という軽微な損害だった。

桟橋で船を下りた時は、さほどの損害でもないと分かっていたので、顔見知りに頭を下げながら弁天楼に向かうと、次兄の正治に出会った。

昨年、正治は早稲田大学に入学し、大学に通うようになっていたが、この日はまだ夏休みだったので家にいた。

「留吉か。無事でよかった」

「兄さんも」

正治の顔を見たら、また涙が出てきた。

「泣くな。家族も使用人も皆無事だ」

「ああ、よかった」

「皆が心配しているから、早く行ってやれ」

「兄さんはどこへ」

正治は空の一升瓶とズダ袋を持っていた。

「桟橋まで行って水と食料を調達してくる」

「僕も行きます」

「皆に無事を知らせるのが先だ」

それもそうだと思い直した留吉は、正治と別れると階段を駆け上がった。やがて無傷で立つ弁天楼が見えてきた。

玄関口で「留吉、戻りました」と声を上げると、どやどやと廊下を走ってくる音が聞こえた。

珍しい動物でも見つけたかのように、善四郎が大きく目を見開く。

「留吉、無事か」

いつもは不愛想な善四郎も、留吉の無事を確認してほっとしたようだ。

「よう帰ってきた」

継母のいさと姉の登紀子は涙ぐんでいる。

「お前、怪我(けが)はないかい」

「ありません」

「留ちゃん、よかったね」

肩に触れる姉の手が、やけに温かく感じられる。皆が無事だったことが、実感を持って迫ってきた。

――家族とはいいもんだな。

だがすぐに、自分だけ母親が違うということが思い出された。

「慶一は無事だろうか」

いさが心配そうに言う。

「横須賀方面が、火山のように見えたと言っている人がいました」

いさの弟の又吉健吉の家は浦賀だが、横須賀に近いので、誰もが心配なのだろう。時間的に、慶一は又吉宅で士官学校の受験勉強をしていたはずだ。だが電話が不通なので、安否を確かめようがない。

「火山とは大げさだ」

善四郎が威厳を取り繕いつつ言ったが、不安そうに見える。

登紀子が明るい調子で言う。

「ここで心配していても仕方がないわ。無事を祈りましょう」

「そうだな。まずは家の被害を調べよう」

そう言うと、善四郎は老執事と一緒に家の周囲を見にいった。ほとんど被害がなかったとはいえ、瓦(かわら)の大半は落ちているので、台風が襲ってくれば屋根が飛ぶかもしれない。

「これだけ瓦が割れてしまっては、修繕に金がかかるな」などと執事に語り掛けながら、善四郎は歩き去った。

そこに正治が戻ってきた。

「わずかだが水と食料を調達してきた」と言いながらも、水は一升瓶を満たし、袋の中には魚介類が随分と入っていた。

「お米と味噌はあるから、これなら全員分の夕飯が作れるわ」

それを見たいさと登紀子の顔に笑みが浮かぶ。

「僕は離れに行ってみます」

誰も聞いていなかったが、そう言い残すと、留吉は離れに向かった。

離れに入ると、仏壇は無事だったが、仏具が散乱していた。ぬいの位牌も落ちていたので、慌てて仏壇に戻した。

――ぬいが守ってくれたのだな。ありがとう。

窓の外を見ると、燈籠も変わらず立っていた。それに安堵した留吉は、仏壇に手を合わせてから片づけに入った。本棚も倒れていたので、室内は見るも無残な有様だ。それでも本棚を起こし、最初の一冊を手に取ると、なぜかやる気が出てきた。

――何事も最初の一歩からだ。今回の震災で、関東はひどいことになっているだろう。だが必ず元に戻せる。

離れの片づけが終わり、母屋の手伝いに行くと、正治が「若い衆は江島神社に集まれとさ」と言うので、二人で集合場所の江島神社に向かった。力仕事に駆り出されるのだろう。

かくして江ノ島でも、復興への第一歩が踏み出された。

この後、各地の被害状況が明らかになってきた。中学の友人の中には、家が倒壊して家族に犠牲者が出た者もいた。それでも横浜や横須賀に比べれば藤沢市の被害は軽微だった。

その後、慶一の無事も確認され、坂田家は大震災を乗り切った。

岩井壮司の家も無事だったが、後に壮司は、「家が倒れて親父の一人でも死んでくれないと、何も変わらん」とうそぶいていた。

後に分かったことだが、震源地は相模湾だったが、直接的な地震の被害、つまり地震による家屋の倒壊よりも、火災による被害の方が大きかった。とくに家屋が密集している東京や横浜の一部の地域でひどかった。大震災の死者と行方不明者は、おおよそ十万五千人で、うち火災による死者は九万二千人にも上った。

六

関東大震災の後処理も一段落した大正十三年（一九二四）一月、皇太子の裕仁(ひろひと)親王が久邇宮(くにのみや)良子(ながこ)女王と結婚し、日本全国が前年とは一転した明るい雰囲気に包まれた。

六月、仮校舎が完成し、生徒たちは新たな気持ちで学業に励み始めていた。

そんなある日のことだった。

いつものように学校の授業が終わり、帰途に就くと、通学路に顔見知りの生徒たち数人がたむろしていた。その中には、皆から嫌われている井口昇平(いぐちしょうへい)もいる。

「おい、坂田、聞いたぞ」

黙って通り過ぎようとすると、昇平が唐突に声を掛けてきた。何のことか分からないのでやり過ごそうとしたが、昇平が「お前の噂を聞いたぞ」と繰り返したので、立ち止まって問い返した。

「何の噂だ」

「お前の出生の秘密さ」

「えっ」

突然、天地がひっくり返るほどの衝撃が走る。

「横浜にいる親戚の叔父(おじ)さんが事情通でね。いろいろ情報が入ってくるらしい。それで先日、酔っぱらった時、『お前の学校に坂田っていうのがいるだろう』って言うんだ。それで『います』と答えたところ、お前の出生の秘密を話してくれたのさ」

「何のことだか分からないが、単なる噂話だ。取るに足らん」

「そうかい。それなら学校中に広めてもいいんだな」

「何だと」

「いいのかい。ここにいる連中には、まだ話していないんだぜ」

――しまった。

意表を突かれたせいで、留吉は手も足も出なくなっていた。

「坂田から許可が下りた。皆聞いてくれ。実はな――」

「待て」

「ほう、待ってほしいということは、やはり出生の秘密は真実なんだな」

「いや、そんなものはない」

「では、いいだろう。実はな――」

留吉は衝動的に昇平の胸ぐらを摑んだ。

「何だよ」

「二人で話さないか」

「嫌なこった。こいつは犬の子も同然だ。嚙みつかれるかもしれんからな」

昇平が勝ち誇ったように笑うと、留吉の手を振り払った。

――犬の子だと。

後頭部を殴られたような衝撃の後に、沸々とした怒りが込み上げてきた。

「この野郎！」

つい手が出てしまった。

「うわっ」と言いつつ、昇平が大げさに転がる。

「みんな、今坂田が殴ったのを見ただろう」

起き上がりつつ、昇平が唇の端に付いた血を拭う。

「はっきり見たぞ」

「暴力はご法度だ」

「これで退校だな」

取り巻きが囃し立てる。

留吉は、その場に茫然と立ち尽くすしかなかった。

「この話を広めるのをやめてやろうと思ったが、

殴られたんだから堪忍ならない。実はな、こいつの母親は妾どころか商売女なんだ」

取り巻きが驚かないところを見ると、すでに昇平は告げていたようだ。

「そ、そんなことはない」

慌てて否定したが、説得力がないのは歴然だった。

「いや、真実だ。こいつの親父が自分の店の商売女に手を付けて産ませたのが、坂田留吉君というわけさ」

口惜しくて涙が止め処なく流れてきた。

――母だって好きで商売女をやっていたわけではない。

だが、それを言ってはおしまいだ。

そこに教師の一人が駆けつけてきた。知らぬ間に取り巻きの一人が呼びに行ったらしい。

「何をやっている」

昇平が泣きそうな声で言う。

「先生、坂田君に殴られました」

「何だと。坂田、それは本当か！」

「は、はい」

「暴力を振るえば退校だぞ」

成績優秀で品行方正な部類に入る留吉だ。その留吉が暴力を振るったなど、教師も信じられないのだろう。

「申し訳ありません」

「どうして殴ったんだ」

留吉が口籠もっていると、昇平が言った。

「僕のことを『態度がでかい。生意気だ』と言って、坂田君は殴りました。なあ、みんな」

昇平の言葉にうなずく者もいたが、巻き込まれたくないのか、半分くらいは黙っていた。

「そうなのか、坂田！」

――ここで真実を告げれば、学校中に知れわたる。

となれば、家族にも迷惑が掛かる。

「その通りです」

「分かった。今日のところは帰れ。数日中に家の人に来てもらうことになる。その日まで家で謹慎していろ」

留吉は一刻も早くその場から離れたかった。それゆえ教師に一礼すると駆け出した。怒りとも口惜しさともつかない得体の知れない感情が、胸底からとぐろを巻くように湧き上がってきた。

——自分ではどうすることもできない十字架を、俺は背負わされているんだ。

それは一生、留吉に付いて回ることになるはずだ。


家に帰った留吉は、洗いざらい父に語った。だが父は、自分に後ろめたいところがあるにもかかわらず激怒し、「級友を殴るなど言語道断だ！」と言って留吉の頰に平手を見舞った。

その数日後、学校から呼び出しがあり、父の善四郎と継母のいさを伴って学校に向かった。出がけに正治が出てきて、「何を言われても謝り通すんだぞ」と忠告してくれた。

一方、善四郎は不愉快を絵に描いたような顔で、祖父の遺品のパナマ帽をかぶり、ステッキを持って先に歩いていった。継母のいさもその背後に付き従ったので、留吉はさらにその後をついていく形になった。

校庭を行く三人は注目を集めた。ちらりと校舎の方を見ると、多くの顔がこちらを向いている。どこかの教室から「黒板を見ろ！」という教師の怒鳴り声も聞こえてきた。

刺すような視線が辛かった。その中に、井口昇平の冷ややかな視線があるのは間違いない。

ふだんは全く用のない受付で善四郎が来校を告げると、女性事務員が校長室に案内してくれた。煙草の臭いが充満した校長室には、校長と教頭が険しい顔つきで待っていた。

坂田一家の来訪が告げられるまで、二人は煙草を吸っていたのだろう。天井には紫煙がたゆたっている。

善四郎はにこにこしながら、「いやいや、この度は愚息がご迷惑をおかけしました」と言いながら名刺を出している。

やがてソファーを勧められて座ると、お茶が出された。見るからに薄くて熱そうなお茶だ。留吉の前にも茶碗が置かれたが、もちろん手を付ける気にもならない。

やがて事件のあらましが教頭の口から語られた。もちろんすべて昇平の言い分だったが、留吉は口を挟まないでいた。

教頭が語り終わると、校長が言った。

「子供さんの間のことは、私にもよく分かりません。ただ『態度がでかい。生意気だ』と言って殴ったというのは、ちと不可解です。どうだ、坂田君、井口君の言っていることは本当かい」

――この場で、それを問うてくるのか。

だが父の前で、真実を告げるわけにはいかない。むろん善四郎は黙っているが、腹の中では「言うなよ」と思っているに違いない。

気まずい沈黙に堪えられなくなったのか、校長が咳払いすると言った。

「これまで坂田君は問題を起こしたこともなく成績も優秀でした。しかし校則では、暴力を振るった生徒は退校と決まっています。殴られた井口君に何らかの落ち度があれば別ですが――」

どうやら校長たちは井口の説明に不信を抱き、真実を知りたがっているようだ。

「どうだ、坂田君、殴った理由を教えてくれないか」

ふだんとは全く違った優しい声音で、校長が語り掛けてきた。

――いっそのこと真実を言ってしまおうか。

「実は――」

留吉が口を開こうとした時、善四郎が口を挟んできた。

「いやいや、子供どうしのことですから、理由などないも同然です。どうでしょう。この場で留吉に謝罪させますので、それで矛を収めていただけませんか」

「そうですね」と答えつつ教頭に目配せすると、教頭がうなずいた。

「分かりました。当該生徒の井口君を連れてきますから、坂田君が謝罪することで一件落着といたします」

「ありがとうございます」

善四郎がひときわ大きな声で礼を言うと、いさが仕方なさそうに頭を下げた。

――これが大人の世界なのだ。

善四郎は自分の恥部を知られたくないがために、都合のいい落とし所を見つけたと言える。当然、留吉が謝ると思っているのだろう。

――父さんにとっては、俺は弱みであり恥部なのだ。

それを思うと居たたまれなくなる。

教頭が昇平を連れて戻るまで、善四郎と校長は他愛のない政治の話に花を咲かせていた。

やがて教頭が昇平を連れてきた。昇平はいつになく殊勝な態度で、留吉の両親がいるのに気圧されたのか、ドアのところにとどまってもじもじしている。

――しょせん、この程度の奴なのだ。

それを思うと、昇平の罠にはまった自分が情けなくなる。

「こちらが井口昇平君です」

校長が紹介すると、昇平が消え入らんばかりに恐縮して頭を下げた。教頭は背後から昇平の腕を摑み、前に押し出した。

教頭が「井口君には、こちらに来る道すがら事情を話しました」と言うと、校長が「そうか」と言って留吉に向き直った。

「坂田君、君が井口君を殴った事実だけは、いかんともし難い。大人の世界では暴力を振るったら相応の処罰を受ける。だが、ここは校内だ。幸いにして井口君もご両親も、すべてを私に一任している。あえて理由は詮索しないが、井口君に謝罪するんだ」

――この場は、謝罪して終わらせるしかない。大人の世界の嫌らしさには辟易する。だが留吉が日常を取り戻すには、謝罪しかないのだ。

留吉が立ち上がると、昇平と目が合った。その時、昇平の口の端が少し開いた気がした。

――こいつ、今笑ったのか。

胸底から怒りが込み上げてきた。

――先ほどの殊勝な態度も演技だったのか。

大人たちも、昇平の掌の上で踊らされているのだ。

昇平は無表情で留吉に視線を据えている。

校長が促す。

「さあ、坂田君」

それでも留吉が沈黙していると、善四郎が苛立ったように言う。

「留吉、校長先生も謝罪だけで水に流すと仰せだ。しかも殴ったのはお前の方で、井口君は殴り返さなかったというではないか。悪いのはお前だ。殴ったことを詫びるのだ」

いさまで口を挟む。

「留吉さん、ここは聞き分けなさい。この生徒さんに暴力を振るったという事実は変わらないのです」

――その通りだ。

いさにまで言われて、留吉の心は軟化しかけたが、眼前に立つ昇平の心の内が分かるだけに、素直には謝れない。

「謝らなければ何も始まらないな」

校長がぶつぶつと文句を言った。自分の顔が潰されるかもしれないと思い、次第に不機嫌になってきたのだ。

校長が留吉に問う。

「では、暴力を振るった相応の理由があるのだろうね」

昇平の口の端がまた緩んだ。その顔には「言えるもんなら言ってみろ」と書かれている。

留吉が沈黙していると、善四郎が言った。

「留吉、理由などないのだろう。とにかく井口君に謝罪するのだ」

——ここで謝ってしまえば、俺も事なかれ主義の大人になるだけだ。

だからといって真実を告げない限り、悪いのは留吉になる。

「仕方ありませんな」

遂に校長が匙を投げた。

「当校の校則に則って処分させていただきます」

「いや、お待ち下さい」

善四郎が待ったをかけたので、校長はなおさら不機嫌になったようだ。

「坂田さん、私だって、暴力を振るった者を謝罪で許すなどという前例を作りたくはないんです。これまで二、三の例はありますが、前任者たちは迷わず退校処分にしてきました。私だけが甘い顔をするわけにはいきません」

「いや、しかし——」

いさが再び口を開く。

「留吉さん、あなたの気持ちは分かります。しかしあなたが謝罪しないことで、あなたの人生は変わります。それでもよいのですね」

その一言は胸を抉った。

——このまま退校処分になれば、おそらく家を放り出され、どこかで丁稚でもしなければならなくなる。それで人生は終わる。だが謝罪すれば大学に行って様々な可能性が広がる。

だが、それは敗北を意味する。そんな負け犬に、輝かしい人生が待っているとは思えない。

「留吉さん、自分の未来を閉ざしてはいけません。あなたの将来には——」

いさの目には涙が浮かんでいた。

「われわれのほかにも期待している人がいるはずです」

それが実母なのは明らかだった。

——万事休したのだ。

留吉は大きく息を吸うと言った。

「殴ったことは謝罪します。井口君、申し訳ありませんでした」

「それでよい」

善四郎がため息を漏らすのが聞こえた。自分の恥部を暴かれずに済んだからだ。

「井口君、これでよいな」と校長が確かめると、昇平が「はい」とだけ答えた。その顔には、明らかに落胆の色が広がっていた。

「しかし坂田さん、お宅の息子さんが素直に謝らなかったことに、私は納得がいきません」

「ど、どうしてですか。先ほど仰せになったこととは違いますが」

「坂田君は素直に謝らず、ここまでこじれさせたのです。退校にはしませんが、停学三カ月とさせていただきます」

「しかしそれでは――」

なおも反論しようとする善四郎を抑えるように、いさが言った。

「それで結構です」

「しかしお前、留吉の学業が遅れるぞ」

「それは何とかします」

校長が咳払いすると言った。

「学業のことは家族で論じて下さい。それでは夏休みも含めて停学三カ月。実質的には一カ月半です。それでよろしいですね」

「ありがとうございます」と答え、いさが立ち上がった。

校長が目配せすると、教頭が昇平を連れて部屋から出ていった。

善四郎は憤然としつつも、「では、これで」と言ってパナマ帽をかぶった。すでに校長は自分の席の方に戻り、皆に背を向けて校庭を見ている。

「失礼します」と言って三人が出ていこうとした時、校長から声が掛かった。

「坂田君、これは君の負けではない」

三人が茫然としていると、校長が続けた。

「井口君は問題を抱えている。そのくらいのことは、われわれも把握している。彼がどのような大人になるか、われわれも心配だ。それゆえ君が殴った理由は分からないが、君の気持ちはよく分かる。今回のように、大人の世界では、いかに理不尽でも折れねばならない時がある。それを君はわきまえた。これを糧(かて)にして立派な大人になってくれ」

その言葉を聞いた時、嫌な気分が一掃された。

——校長だって馬鹿ではないのだ。

くだらない大人の象徴のように思っていた校長は、一廉の教育者だった。

「あ、ありがとうございました」

留吉は涙を堪えて校長室を後にした。

七

その後、すぐに夏休みになったため、留吉の秘密はさほど広まらなかった。その点では、さすがの昇平も誤算だったはずだ。一つは皆も成長し、留吉の出生の秘密などを広めたところで、意味はないと思っていることと、これまでの留吉の人間性から、気の毒とは思っても噂を広める気にはならなかったのだろう。

だが停学になったことで、夏休みは三カ月になった。それならそれで、この機会にどうしてもやりたいことがあった。小田原の栢山郷へ行くことだ。

継母のいさに「友だちと会う」と告げた留吉は、東海道線に乗って小田原駅に行き、そこからバスで栢山郷に向かった。

バスの排気ガスと土煙が晴れて周囲を見回すと、栢山郷は田畑しかないだだっ広い地だった。それでも酒匂(さかわ)川が流れているので、肥沃で農業が盛んな地なのは間違いない。遠くを望むと、北、東、西の三方を山に囲まれていた。東は曽我(そが)丘陵、北は丹沢(たんざわ)、西は箱根山だ。

——ここで母さんは生まれたのか。

バス停に立ち、母が確実に見たと思われる風景を眺めていると、感慨深いものがある。

——母も、少女の頃は夢を持っていただろう。

それがどんな夢だったのかは、留吉には想像もつかない。だがこの山野を眺めながら、小さな胸を弾ませていたに違いない。

小田原の駐在所で見せてもらった地図から書き取ったメモに従って歩き始めると、「二宮尊徳（にのみやそんとく）誕生之地」という石柱と生家があった。

——尊徳は、こんなところで生まれたのか。

二宮尊徳と言えば、どこの小学校にもある薪（まき）を背負って本を読む石像が有名だが、柏山郷の生まれとは知らなかった。

尊徳の生家の石柱を過ぎて歩いていくと、前方に集落らしきものが見えてきた。

そこは十軒前後の家が寄り集まる、見るからに小作農たちの集落だった。二宮尊徳の家とは比べ物にならない大きさだが、そこが実母のいた集落だと思うと、この上なく愛（いと）おしく感じられる。

大人たちは野良仕事に出ているのだろう。真夏の日の下、集落の中央付近と思（おぼ）しき広場で、数人の幼子が遊んでいた。彼らの視線は留吉に釘付（くぎづ）けになっている。きっと見慣れない人が来たのが珍しいのだろう。どこかの家の犬が、けたたましく吠えている。

子供たちに「やあ」と言って手を挙げたが、誰も反応を示さず、黙って留吉を見ていた。

——きっと母も、この場所で、この子たちと同じように、見知らぬ人が来たら見ていたのだろう。

母の家が近づくにつれ、次第に緊張が高まる。

——ここだ。

地図にあった場所には、何の個性もない小さな農家があった。軒下には芋か大根と思しきものが、紐（ひも）に通して干してある。

その家の表札には鈴木とあった。もちろん事前に実母の名は聞いていたが、鈴木というありきたりな名字にも、なぜか実母のイメージを具体化するものがあった。

表札を見つめていると、背後から声を掛けられた。

「何かご用ですか」

そこには四十前後の女性が立っていた。

「あっ、失礼しました。実は——」

留吉が事情を説明すると、女性は驚いた様子で「間もなく主人が帰ってきますので、こちらでお待ち下さい」と言い、客間に通してくれた。

客間には実母の父と母、すなわち留吉にとって祖父と祖母と思しき人の遺影が飾られている。

正座していると、夫人が茶を運んできた。

「あの遺影はどなたですか」

「うちの主人の父と母です」

「ということは——」

「はい。八重さんのご両親でもあります」

二人の遺影をじっと見つめたが、自分に似ているようで似ていないような気がする。

「鈴木八重、つまり母の写真はありますか」

「さあ、私は見たことがありません。もうすぐ主人が帰りますから」

そう言うと夫人は下がっていった。それから三十分ほどして外が賑やかになり、主人らしき人物が誰かを伴って帰ってきたようだ。夫人が事情を説明している声が、かすかに聞こえる。

やがて主人らしき人物が現れた。

「あんたが八重の子かい」

「はい。坂田留吉と申します」

「わしは八重の兄の敦彦だ。こいつは従弟の市川貞一だ。うちの畑を手伝ってもらっている」

五十を少し超えたくらいの敦彦が、三十半ばほどの貞一を紹介する。貞一は少し話を聞いてから、「では、これで」と言って帰っていった。

だが、そこから話は進まなかった。敦彦は八重の行方を知らないと言い、写真も持っていないと言う。そのため三十分ほどして、気まずい雰囲気のまま鈴木家を去ることになった。

母への手掛かりが断たれたことで、留吉は落胆していた。

帰り際、一人の少年が先ほどの夫人と土間にいた。おそらく二人の子なのだろう。夫人が「挨拶しなさい」と言うと、少年は頭を下げた。

「では、これで失礼します」

三人に一礼し、留吉は肩を落としてバス停に向かった。バス停に着いて時間を調べると、三十分後に小田原駅行きのバスがあると分かった。母が見たと同じ栢山郷の夕焼けを眺めながら、バス停のベンチに座っていると、こちらにやってくるワイシャツ姿の人影が見えた。

――あれは、さっきの人か。

それは、先ほど鈴木家にいた市川貞一だった。先ほどとは服装が違っていたので、気づくのが遅れたのだ。

「話は聞いた。母さんに会いたいのだろう」

「はい。何かご存じですか」

「ああ、知っている」

貞一の言葉に、留吉は衝撃を受けた。

「母は――、鈴木八重はどこにいるのですか」

「遠いところだ」

「それはどこですか」

「学生の行けるところではないぞ。それでも聞きたいか」

留吉がうなずくと、貞一が思い切るように言った。

「福岡の筑豊（ちくほう）炭鉱で働いている」

「炭鉱で――。ということは、あちらに良縁でもあったのですか」

「そうじゃない。君にも分かるだろう。あちらは未曾有の景気だ」

「あっ」

――母は、炭鉱夫を相手に春をひさいでいるのか。

良縁どころではない。母は割のいい商売をするために筑豊に行ったのだ。

「住所までは知らない。俺が知るのは、八重ちゃんが筑豊に連れていかれたことだけだ」

「どうしてそれを教えてくれたのですか」

「君が不憫（ふびん）になったのさ。実は、君の祖父（じい）さんと交渉したのは鈴木さん、つまり今会ってきた敦彦だ。あの多額の手切れ金を、全て懐に入れたのは敦彦だ」

「えっ、では母は――」

「そう、売られたんだ。自分から筑豊に行ったんじゃない。連れていかれたんだ。そもそも、まだ幼い八重ちゃんを女衒に売ったのは敦彦なんだ」

――何ということだ。

両親が死んだ後、敦彦は八重を女衒に売り、それをさらに留吉の祖父の庄三郎が買ったことになる。

「ひどい話さ。本来なら、どこかに嫁にやるだろう。それを目先の金ほしさに、敦彦は女衒に売ったんだ。八重ちゃんは泣きながら連れていかれた」

「そ、そうなんですか」

「ああ、俺たちの目の前をな――」

貞一がポケットから煙草を取り出した。

「やるかい」と問われたので、留吉が首を左右に振ると、貞一は煙草に火をつけ、自嘲するように言った。

「俺は三男坊なので、あんな男に雇われて野良仕事を手伝い、生きるのにぎりぎりの金をもらっている。何とも情けない人生だ。でも仕方ないのさ」

留吉にとって、貞一の人生などどうでもよかった。

「すいません。母のことを知る手掛かりは、ほかにありませんか」

貞一はポケットに手を突っ込むと、古い写真を取り出した。

「これが、八重さんだ」

息をのむように受け取った留吉が写真を見ると、何人かの子供が写っていた。

「どれが母なのですか」

「右から二番目だ。俺はその左隣だ」

留吉が食い入るように写真を見る。

「十歳くらいの時のものだが、これしかない」

「これをお借りできますか」

「ああ、くれてやる」

「でも、記念ではないのですか」

「俺のような男には、過去を懐かしむ余裕などない」

その言葉には、日々の生活で精いっぱいという思いが込められていた。

「ありがとうございます」

そこにちょうどバスが来た。

「では、これで失礼します。何のお礼もできませんが――」

「いいさ。でも八重さんを捜すのは苦労するぞ。その世界で本名は名乗らない。だから鈴木八重という名で見つけるのは困難だ。無駄足になると思うが、せいぜい頑張るんだな」

「はい」

バスのドアが開いた。中から若い女車掌が促すような視線を向けてきたので、留吉は慌ててステップに足を掛けた。

その時、貞一の声が聞こえた。

「お前さんにはバスが来る。だが俺のバスは決して来ない」

留吉がその意味を聞き返そうとした次の瞬間、派手な空気音と共にバスのドアが閉まった。

貞一は煙草を捨てると、手を振るでもなく、自分の人生に戻るべく、元来た道を引き返していった。

八

――筑豊とはどんなところだろう。

百科事典を紐解いてみても、図書館に行ってみても、たいした情報はない。そこで働く人々が過酷な環境に置かれていることだけは分かったが、それ以上の情報は得られない。だが母は、その炭鉱町のどこかにある花街らしきところで働いているのだ。

——福岡の筑豊炭鉱なるところに行けば、母を捜し出すことができるのか。

花街で働く女なら、聞いて回れば捜し出せないこともない。だが捜し出せたところで、落籍する金がなければ、連れ戻すことはできない。

これまでの貯金で、旅費は何とか工面できそうだが、女衒に売られた母を落籍する金まではない。それが、どれほどかかるのか見当もつかない。

そこで留吉は、兄の正治に知恵を借りることにした。

「兄さん、よろしいですか」

「おう、珍しいな。入れ」

蒲団に入ったまま何かの本を読んでいた正治が、本を閉じて胡坐になる。

かつては中学を休みがちだった正治だが、どうやら大学生活には順応できたらしく、学校が休みでない限り、朝早くから小田急線に乗って早稲田に向かう日々を送っていた。

「何を読んでいたのですか」

「これか。ヴィクトル・ユゴーというフランス人が書いた『あゝ、無情』という小説だ」

「面白いですか」

「抜群に面白い。だが、こんな悲惨な人生があったのかと思うと暗然とする」

「それほどですか」

「ああ、十九世紀のフランスはひどいものさ。パンを一つ盗んだだけで、十九年も牢獄に入れられたんだからな」

——それは僕の母とて同じではないか。

だが正治は、そんなことを思いもしないのだろう。屈託のない笑顔で本を撫でている。

「人には、とんでもない強さと弱さがある」

「そうなんですか。いつか私も読みたいです」

「ああ、読み終わったら貸してやる」

そんな会話をしながら、大学生活などの近況を聞いていると、逆に兄が問うてきた。

「お前も早稲田に行きたいのか」

「はい。できれば」

「早稲田は私学の雄だ。懸命に勉強せねばならんぞ」

「分かっています。今のままでは到底合格できません」

留吉は、復学してから心を入れ替えて勉強しようと思っていた。

「分かっているならそれでよい。今日は大学の話が聞きたいのだな」

「いや、実は違うんです」

「ほう、では、何だ」

留吉の顔から思いつめたものを感じ取ったのか、正治の顔から笑みが消える。

「実は、私の母のことなのです」

停学の理由について、すでに正治には話していた。もちろん正治は、留吉の母が自分たちと違うことも知っていた。

「そのことか。まさか居場所を突き止めたのではないだろうな」

「どうやら母は、福岡の筑豊炭鉱に連れていかれたらしいのです」

留吉が事情を説明すると、正治が「実の兄なのにひどいことをする」と言って天を仰いだ。

「それで何が知りたい」

「福岡まで行って母親をもらい受けてこようと思うのですが、お金もありませんし、父さんも協力してくれないでしょう」

「だろうな。しかし落籍せるのは容易なことではないぞ」

「分かっています。でもそれをやらないと、母は——」

「そうだな」と言ってしばらく考えた末、正治が言った。

「やはり父さんしかない。最近、父さんは大豆相場で当てて金が入ったという。一緒に来い」

そう言うと、正治は封筒らしきものを懐にねじ込み、父の書斎に向かった。

二人が連れ立って善四郎の書斎に行くと、善四郎はラジオを耳に当て、何かをメモしていた。流れているのは株価の情報のようだ。

「父さん、よろしいですか」

「今はよろしくない。後にしろ」

善四郎が顔の前で手を振る。

「株価なら、夕刊でも分かります」

「うるさいな。二人そろって、いったい何だ」

善四郎がうんざりした様子で、ラジオのスイッチを切った。

「大事な話です」

「早く用件を言え」

「分かりました。実は金がほしいのです」

「お前には学費と小遣いを与えているはずだ」

「私ではありません。留吉にです」

「留吉も同じだ」

そう言い捨てると、善四郎は再びラジオのスイッチを入れようとした。

「父さん、待って下さい。実は――」


正治が事情を語り、留吉が補足する。それを聞き終わった善四郎の顔は真っ赤になっていた。

「お前ら、何を言っている。あの女には手切れ金を与えて縁を切ったのだ。今更ここに連れてこられても困る」

「ここに連れてくるとは言っていません。しっかり身が立つようにしてあげたいのです」

ここで言う「身が立つようにする」とは、落籍せた上で、こちらに連れてきて生活を軌道に乗せることだ。

「わしは関係ない。祖父様は手切れ金を払った。それを懐に入れたのは、栢山の兄ではないか」

「その通りです。では、二人で脅しに行きます」

「何を言っている。祖父様の昔とは違うんだ。そんなことをすれば、お前らはお縄となり、学校も退学させられるぞ」

「だったらお金を出して下さい。この件は元々、父さんが原因ではないですか」

「その話はもうよい。しかし落籍せるとなると、尋常な額ではない。しかも吹っ掛けてくるぞ」

落籍の交渉は何度もしてきているはずなので、その相場にも、善四郎は詳しいに違いない。

「ですから、一筆書いていただけませんか」

曲がりなりにも善四郎は横浜の顔役だ。闇の世界にも多少の顔は利く。闇の世界は金と顔で片がつくので、一筆は最大の効果が見込める。

「で、いくら要る」

「五百円ほどで何とかなるでしょう」

五百円は、現代の価値だと二百万円ほどだ。インフレ率を加味すると、さらに何倍かになる。

「馬鹿も休み休み言え」

善四郎が椅子を半回転させて背を向ける。

「では、妾のことを母上に言います」

「八重のことは、いさも知っている」

善四郎が勝ち誇ったように言う。

「昔のことではありません。父さんが今、横浜に囲っている若い女のことです。毎月、執事に金を届けさせているではありませんか」

「そんなことは知らん！」

「では、母上に言いつけます」

「ああ、言いつけろ。何の証拠もあるまい」

「ありますよ」と答えつつ、正治が懐から封筒を取り出した。

「私がカメラを趣味としていることは、ご存じのはずです」

「こ、これは――」

その写真には、善四郎と妾と思しき女が、見たこともない家の前で笑っていた。

「なんでこんな写真を撮った！」

「こういう時に役立てるためです」

「この女はただの知り合いだ。証拠にはならん！」

「では、母さんに知らせます」

「待て」

母のいさとて馬鹿ではない。興信所に調査を依頼することくらいはできる。

「では、五百円とこの写真を引き替えましょう。

ネガも付けます」

「わしを脅すのか。何て奴だ」

　それでもしばらく善四郎は考えていたが、やがて逃れる術はないと観念したようだ。

「分かった。その代わり、八重をわしの前に連れてくるな」

「父さん」と、それまで黙っていた留吉が言う。

「連れてこないと約束します。しかしかつては契りを交わした女性に対し、あまりの言いぐさではありませんか」

「知ったことか！」

　そう言うと、善四郎は手文庫から五百円を取り出した。

「ありがとうございます」

　それを頭上に頂くようにもらうと、正治は留吉に渡した。

「大事に使えよ。相手は海千山千だ。必ず証文をもらえ」

「終わったら、さっさと行け」

「まだ一筆もらっていません」

　善四郎は不機嫌そうに一筆書くと、実印を捺した。

「留吉、女衒がお前を騙そうとしたら、わしの名を出せ。そうだ。これを持っていけ」

　そう言うと、善四郎は手文庫から留吉も写っている家族写真を取り出すと続けた。

「これがあれば、お前がわしの子だとはっきりする」

「父さん、このご恩は忘れません」

「もうよい。わしもあの女、いや、そなたの母には悪いことをしたと思っている。この金で奈落から救ってやってくれ」

　善四郎は、最後は父親らしくそう言った。

　かくして留吉の初めての旅が始まる。

九

　大正十三年（一九二四）の夏、留吉は片道切符を握り締め、福岡県の筑豊に向かった。

　筑豊とは、かつての筑前国と豊前国の頭文字を合わせた通称で、当初は漠然と福岡県の中央部を指しており、炭鉱を中心産業とした一種の経済圏のことだった。いわば湘南が神奈川県南部の海岸のある地域全体の総称というのと同じだ。

　それでも昭和になってから、福岡県が飯塚市を中心としたいくつかの市町村を筑豊と定義したことで、筑豊と呼ばれる地域が明確になった。

　県外に出たことさえ一度か二度しかない留吉にとって、九州はどれだけ汽車に乗っていれば着くのかと思うくらい長い道のりだった。京都、大阪、神戸辺りまでは、車窓から風景を見ていたが、そこから先は同じような田園風景が続くだけなので飽きてしまった。できるだけ荷物を軽くしたかったので、本も持ってきていない。

時折、話し掛けてくれる人もいたが、留吉が不安と心細さから緊張しているためか、話が弾むことはなかった。それでも乗り合わせた人たちは皆親切で、切り干しの芋やら羊羹をもらうこともあった。

　懐は温かかったので、途中の駅でやってくる駅弁の立ち売りから弁当と茶を買い、腹が減ることはなかったが、用足しに行く時も席の確保を隣の人に依頼し、盗難に遭わないように荷物を背負っていかねばならず、それがめんどうだった。

　機関車はもうもうと黒煙を上げながら、岡山、広島、山口と過ぎ、ようやく下関に達した。ここで下車し、船で対岸の門司港に渡った留吉は、そこで鹿児島本線に乗り換えた。

　だが、どこで降りればよいのかは分からない。車掌からもらった路線図には、添田線、勝田線、上山田線といった石炭輸送に使われる分岐線も描かれていたので、そちらの終点を目指そうかとも思ったが、あてが外れれば時間を浪費してしまう。それゆえ鹿児島本線と筑豊本線の乗換駅となる折尾（おりお）という駅で降りることにした。

汽車を降りると、自分の体におびただしい煤（すす）が付いていることに気づいた。その煤を手で払うと、手が真っ黒になった。蒸気機関車の場合、冬場は煤が入るので車窓を閉め切っているが、夏場は暑くて堪えられないので車窓を開けるのが普通で、そこから容赦なく黒煙と煤が入ってくる。しかも九州は関東とは比べものにならないくらい蒸し暑く、改札を出る頃には、額から流れる汗が目に入り、シャツが背中に張り付いていた。

――なんて暑さだ。

手拭いで顔を拭きながら、校舎のような形をした駅舎を出ると、駅前広場に人が溢（あふ）れていた。その大半は立派な体格の男たちで、居並ぶ屋台を囲み、飲み食いしながら談笑していた。考えてみたら今日は日曜日だ。一日三交代で昼夜分かたぬ労働環境の炭鉱でも、さすがに日曜は休みとなるのだろう。

大声で笑い合う男たちの間を縫うように歩き、駅前から少し遠ざかったところで、今後どうするか考えていると、駅前の電柱や商店の壁に、ところせましと「坑内作業員募集」と書かれたポスターが貼ってあるのに気づいた。それらのポスターの多くは、清潔そうな作業着を着てキャップランプ付きのヘルメットをかぶった青年が、白い歯を出して笑っているものだった。

その時、背後から肩を叩かれた。

「兄ちゃん、仕事を探しているのかい」

振り向くと小太りで背の低い男が、黄色い歯をせり出すようにして笑っていた。彫りの深い顔は黒く焼け、無精髭（ぶしょうひげ）が顔中に広がっている。関東では見られない亜熱帯系の顔をした男だ。

「どうした兄ちゃん、日本語が分からんのか」

「いや、分かります」

「ああ、よかった。最近は半島から出稼ぎでやってくる者もおるで、そっちの手合いかと思った」

男は、「手合い」という外国人労働者を蔑視するような言葉を使った。

「いいえ、日本人ですから言葉は分かります」

「それなら話は早い。うちの山は労働条件が一番よいので有名だ。経験は不問で道具も貸し出す。あそこに車を待たせてあるんで一緒に来なよ」

男は一方的にそう言うと、留吉の名前も聞かずに腕を取った。視線の先には、泥だらけの四トントラックが止めてある。そのまがまがしい姿を見ると、腰が引けた。

「待って下さい。違うんです」

「何だい。訳ありかい。ここではみんな訳ありさ。でも働けば、みんな仲間だ。前科もんだって差別はしない」

「いいえ、違うんです。僕は――」

留吉がやっと事情を話す。

「そいつはたいへんだな」

「心当たりはありませんか」

「さあ、知らないね。女はたくさんいるんでね」

「そ、そうなんですか」

自分の母が、ここにたむろしているような男たちに抱かれているかと思うと、暗澹とした気持ちになる。

「わしはこちらに来て一年くらいなので、ここのことはよく分からない。でもうちの親方なら、ここの暮らしが長いんで知っているかもな」

「では、親方に会わせて下さい」

「いいよ。これも乗り掛かった船だ。あのトラックに乗って待っていなよ」

結局、トラックの荷台に乗せられることに変わりはなかった。しかしこの地に何の伝手もない留吉は、藁にもすがる思いで、石炭片が転がる荷台に座った。

そこには二人の男がいたが、留吉が挨拶しても会釈を返しただけで、それぞれ別の方角を向いている。どちらの顔も憂鬱そうに見えるのは、これから就く仕事が過酷なものだと知っているからだろう。

しばらくすると、一人が問うてきた。

「兄ちゃん、煙草を持っているかい」

「いいえ。吸わないので持っていません」

留吉がそう答えると、男は関心をなくしたかのようにそっぽを向いた。

やがて追加で二名ほど乗せると、先ほどの小柄な男が運転席に座った。どうやら男は、関東の飯場にもいる手配師らしい。

その場から逃げるように急発進したトラックが、ぬかるんだ凸凹道を走り始めた。あまりに乱暴な運転に気分が悪くなる。だがトラックは容赦なく、はるかかなたに見える三角形の山を目指していた。どうやらそれが「ボタ山」と呼ばれる鉱山らしい。

やがて町並みがまばらになり、大きな川（遠賀川）を渡ると、トラックは川の上流に向かって走り始めた。先ほどより道は平坦なので吐き気は収まってきたが、駅から離れることで不安になってきた。ほかの男たちは、あまりにうるさいエンジン音に会話する気も起こらないらしく、周囲の景色を見るともなく見ている。

――こんな山奥に母がいるはずがない。

だが、トラックを止めてくれと言い出す勇気はない。

河原には、無限に続くかと思えるほど薄が密生し、その穂が風に揺れている。よく見ると、その周囲に飛んでいるのはトンボのようだ。

――もうそんな季節か。停学期間を過ぎて学校に行かないと退学にされてしまう。

だが留吉には、開き直りにも似た気持ちも湧いてきていた。

――どうとでもなれだ。

それが成長だと知るのは、もっと後になってからだった。

小高い丘の上に出た時、小さな駅が見えた。そこの駅名板には、平仮名で「こたけ」と書かれていた。たとえ炭鉱鉄道の小さな駅でも、汽車が通っていると知り、少し安心した。

やがてトラックは「ボタ山」の麓に着き、いくつもの棟割長屋が立ち並ぶ一帯を通り抜けると、急に止まった。そこには、「明治赤池炭鉱鯰田一坑」という看板が掛かっていた。門衛所のような小さなボックスもあり、当直らしき老人が、ぼんやりとこちらを見ている。

――とんだところに来てしまった。

トラックに乗って、かれこれ二時間ほどかかっているので、折尾駅に徒歩で戻るのは並大抵のことではない。

――鯰田というのは、どこなのだろう。

今の自分がどこにいるのかさえ分からない。

「おう、来たか！」

飯場らしきバラックの中から、親方と思しき人物が出てきた。

「はっ、五人連れてきました」

先ほどの小柄な男が親方に走り寄る。

「五人か。まあまあだな。後で経理から歩合をもらえ」

「へい」と答えると、男はトラックに乗り込もうとする。それを見た留吉は慌てた。

「待って下さい」

「何だよ」

「僕は、ここで働きたいわけじゃないんです」

「分かってるよ。だが俺は、次の汽車が着く前に駅に戻らねばならない。だから詳しいことはあの人に聞きな」

そう言うと小男はトラックに乗り込み、元来た道を引き返していった。

トラックが残していった土埃が晴れると、親方がおいでおいでをしている。すでに同乗者たちは、飯場の中に招き入れられたらしい。

それでもその場に立ちすくんでいると、親方の怒号が聞こえた。

「何をやっているんだ。早くこっちに来い！」

弾かれたように親方の許に走り寄ると、親方が優しげな顔で問うた。

「今日の夜から働くんだな」

「いいえ、違うんです。実は――」

留吉は必死に事情を説明した。

「なんだ、そういうことか」

「はい。何か知っていたら教えて下さい」

「関東から来た娼婦か。心当たりはないな」

「知り合いの方に、聞いていただけませんか」

「そうだな。母を訪ねて三千里か。今時泣かせるじゃないか。分かったよ。聞いておく」

「ありがとうございます」

留吉は何度も頭を下げた。

「だが、お前のために話を聞きに行くほど俺も暇じゃない。何かのついでに事情通に尋ねてみるが、いつになるかは分からない。それでもいいな」

「は、はい。それはもちろん――」

「そうかい。それなら待っていなよ」

「どこで待てばよろしいですか」

親方が乱杭歯（らんくいば）をせり出すようにして笑う。

「ここに決まってるじゃないか。折尾の駅前の旅館に知らせろっていうのかい」

「いや、そういう意味ではありませんが――」

「だったらここにいなよ。ちょうど人手不足なんだ」

「待って下さい。ここで皆さんと一緒に働くのですか」

「そうだよ。ただ飯は食わせられない」

親方の顔が次第に厳しくなる。

「それは分かりますが、僕には雑用の仕事くらいしかできません」

「だろうな。だが雑用や賄い方に空きはない」

「ということは――」

「炭鉱に入ってもらう」

「待って下さい。それは困ります」

「どうして困る！」

親方が凄（すご）んだので、留吉は数歩後ずさった。

「僕は、ここに働きに来たんじゃありません」

多額の金を持っていることがばれれば、身ぐるみ剥がされるだろう。つまり「滞在費を払います」とは、口が裂けても言えない。

「だったら、どこへでも行っちまえ」

「でも、ここからどこに行けばよいのですか」

すでに日は陰ってきており、広場は慌ただしい雰囲気に包まれ始めている。

「俺の知ったことじゃない。お前は自主的にトラックに乗ってきたのだろう」

「は、はい」

言われてみればその通りなので、抗弁のしようもない。

「俺のいる会社は、明治赤池炭鉱という大きな会社の下請けだ。給金も出すし、三度の飯や寝る場所もある。怪我をしても治療してくれる。ここは、そんなに悪いところじゃねえ」

「しかし――」

「なあ」と言いながら、親方が留吉の側に来ると、肩に手を回した。

「さっきの運転手がどんどん人を連れてくる。それで人がいっぱいになれば、駅まで送り返してやる。それまでの辛抱だ」

「でも僕は、母を捜しに来たんです」

「そいつは分かっている。だから知り合いをあたってやると言っただろう。それで行き先が知れたら、ここを出ていけばいいじゃないか」

一瞬、野宿しながら折尾駅まで戻ることも考えたが、道順が分からないので戻りようがない。

「分かりました。そうさせていただきます」

「よし、そうと決まれば話は早い。飯をたらふく食ったら山に入れ」

「えっ、山に入れって、もう夜じゃないですか」

「ここは三交代だ」

「僕は、炭鉱の仕事の経験がありません」

「誰でも最初は経験がない。先輩たちに指導するよう伝えておくので心配するな」

もはや道は一つしかなかった。

「分かりました」

「よし、いい子だ」

結局、炭鉱夫として働くことになってしまったが、停学期間が終わってからすぐに登校しないと、自動的に退学にされてしまうので気が気でない。

――これが運命なのか。

それを心配する反面、留吉は運命に身を任せてもよいと思うようになっていた。

十

結局、留吉は三番方と呼ばれる夜番に固定されてしまった。三番方は夜番なので皆が嫌がり、人手が不足していると知るのは後になってからだ。

それでもキャップランプ付きのヘルメット、飯が五合は入る凸凹の弁当箱、同じく表面の塗りが剝げ落ちた水筒、ツルハシ、石炭運搬用の笊（ざる）、バール、鋸（のこぎり）、手斧（ておの）など、山に入るのに必要な道具一式が貸与（たいよ）された。

親方が「これらは先日、落盤事故で死んだ奴のものだ」と言って渡してきたので、留吉が驚くと、「冗談だよ」と言って笑った。

いよいよ最初の山入だ。到着してから二時間と経（た）っていない。

三番方のリーダーは坑口の前に立つと、「みんなしっかり働け」と檄（げき）を飛ばし、坑口の出入口付近に作られた神棚の前で柏手を打った。それを見た留吉は、この仕事が重労働というだけでなく、死の危険と隣り合わせだということに初めて気づいた。

坑内には鎖で連結されたトロッコで入る。留吉はその一つに乗せられると、歯の根が合わなくなってきた。

「兄ちゃん、心配するなって。落盤事故や爆発事故はそんなに起きるもんじゃねえ」

誰かの言葉に、皆がどっと沸く。

――だが、皆無ではないのだろう。

ここで死ぬようなか細い運なら、生きていても仕方ないが、中に閉じ込められでもしたら、死に至るまでの辛さは想像もつかない。それを思うと、ツルハシを握る手が汗ばんでくる。

　誰かの合図でベルが鳴ると、巻き上げ機の嫌な音が聞こえてきた。続いてトロッコが「ガッタン、ガッタン」と動き出した。初めはゆっくりだったが次第に加速していく。いよいよ入坑だ。一瞬にして真っ暗闇の中に入ると、レールの軋み音がけたたましく響き、火花が明滅する。トロッコは、傾斜が三十度はあろうかという急勾配をものともせずに疾走していく。

　――そうだ。僕には弁財天が付いているんだ。

　懸命に弁財天に祈りを捧げていると、次第に落ち着いてきた。

　やがてトロッコが止まった。どうやら終点のようだ。トロッコを下りて皆の後に付き従い、中腰で奥へ奥へと進んでいくと、採炭現場、いわゆる切羽（せっぱ）に着いた。

　そこで指示されるままに、掘り出された石炭を笊にすくってトロッコまで運んだ。ずっとその繰り返しで、休憩も取らせてくれない。

　永遠とも思える時間が過ぎ、頭が朦朧（もうろう）としてきた。疲労というより空気が薄いからだろう。だが男たちは、平然と仕事を続けている。

　石炭をトロッコに載せていると、元来た道から生暖かい風が吹き寄せてきた。それが死を誘（いざな）っているような気がした。まれとはいえ事故は皆無ではないのだ。運が悪ければ、初日に事故に巻き込まれてしまうこともあり得る。

　どのくらい時間が経ったのか分からないが、「作業終了！」という声が聞こえた。這いずるようにしてトロッコに乗り込むと、トロッコは上に向かって動き出した。

　――早く、早く。

　うわ言のようにそう呟きながら行く手を見据えていると、突然明るい光が差した。

「太陽を見るなよ」という誰かの声がしたので、留吉は両手で目を覆（おお）った。

やがて、まばゆいばかりの光の中でトロッコは止まった。

「お疲れさん」という親方の声が聞こえる。

留吉はトロッコを下りると、顔を覆っていた手を外して空を見上げた。

空は信じられないほどの群青色で、山の端から入道雲が湧き出していた。

――ああ、美しい。

昨日まで当たり前だった風景が、これほど愛おしく感じられるとは思わなかった。

「おい」という声に振り向くと、親方が立っていた。

「どうだ、楽しかったか」

それを聞いた者たちが笑う。何か答えようとした留吉だったが、煤が喉に詰まっているのか、咳き込むだけだ。

「浴場に行って体を洗え。そしたら飯が待っている」

それだけ言うと、親方はトロッコに乗り込んだ。どうやら親方は一番方で、皆と同様の仕事をしているようだ。

茫然とした顔で一番方を見送っていると、飯場の中から賄い方のおかみさんらしき人が顔を出し、「早く風呂に行きなよ」と言ってくれた。

留吉は慌てて皆の後を追った。

煤で黒ずんだ湯船で体を温めた後は、いよいよ食事だ。盆を持って並んでいると、山盛りになった麦飯、味噌汁、そして晩酌代わりの焼酎が載せられた。

席に着いた留吉は空腹だったので、流し込むように飯を食べたが、飯には妙な臭みがあった。味噌汁も焼酎も独特の臭みがあり、とても飲めるものではない。飯と味噌汁だけは何とか腹に収めたが、焼酎を残すと、隣の男が「いただくよ」と言って飲み干してしまった。

その後は大部屋で就寝となった。怪しげな人物もいたが、誰も留吉が大金を所持していると思わないのか、こちらを窺う気配はない。それでも煎餅蒲団に潜り込むと、金の入ったズダ袋を抱くようにして眠った。

十日ほど経ち、思い余って親方に母の消息を尋ねると、親方は首を振り、「手掛かりは、まだないね」と言った。それで落胆していると、「もうすぐお偉いさんたちが見回りに来るので、そしたら聞いてやる」と答えた。しかしそれが、留吉を引き留める口実なのは明らかだ。

働いた分の給料はまだもらっていないが、時間を無駄にするわけにはいかない。

翌朝、坑内から飯場に戻った留吉は、留吉の焼酎に手を伸ばそうとする男を抑えるようにして焼酎を飲み干した。

飯も腹いっぱい詰め込むと、皆が長屋に戻るのとは反対に広場に出た。そのまま何気ないふりをして外に出てみた。

「おい、待て」

するとと門衛の老人がボックスから出てきた。

「何ですか」

「どこに行く」

「出ていくんですよ」

留吉が不貞腐（ふてくさ）れたように言ったので、門衛が少したじろいだ。

「そういうわけにはいかない。やめたければ親方に話をつけてからにしろ」

留吉がポケットから一円札を取り出すと、門衛は跳び上がらんばかりに驚いた。

「これで見なかったことにして下さい」

「こんなに――。いいのか」

「はい。構いません」

「分かった。だが、わしも仕事を失いたくないので、捕まったら裏から出たことにしてくれ」

捕まるつもりはないので表も裏もないのだが、留吉が笑ってうなずくと、老人は一円札を素早くしまった。

それからは遠賀川沿いをてくてく歩いた。遠くから炭鉱のものらしいトラックが近づいてくると、物陰に身を隠した。

そんなことを繰り返していると、行きに渡った橋に出た。そこを渡って元来た道を引き返すと、何とか折尾駅前に辿り着いた。すでに周囲は暗くなってきている。

警察署や駐在所を探したが見つからない。腹も減っていたので、駅前の飯屋に入り、飯を食べてから、それらの場所を聞くことにした。

久しぶりにまともな食事にありつけ、留吉は心底ほっとした。腹も落ち着いたので、飯屋の女将(おかみ)さんに駐在所の場所を聞くと、親切に教えてくれた。

「ありがとうございます」と答え、銭を置いて立ち上がろうとすると、女将さんが問うてきた。

「兄ちゃん、困っていることでもあるのかい」

どうやら留吉が若すぎるので、心配してくれたらしい。

――そうか。こうした場所で相談した方がよいかもしれない。

そう思い直した留吉が事情を説明すると、女将さんは親切に教えてくれた。

「なんだ、そういうことかい。こうした場所ではね、それぞれの出身地ごとに郷友会のようなものができているんだよ」

「郷友会、ですか」

「そう。互いに支え合う集まりさ。それを出身県や地域でやっているんだよ」

「そうだったんですか」

そんなことは全く知らなかったので、とんだ無駄足を踏んでしまったが、今からでも遅くはない。

「私の母は神奈川県出身です」

「ああ、関東か。そちらから来る人は少ないんで、一緒くたになっているよ」

「では、関東の郷友会はどこにあるんですか」

「この近くの堀川沿いに『くじら屋』という料理店があるんだけど、そこの大将が関東出身でね。関東から来る女たちの世話をしているよ」

その場所を聞いた留吉は、何度も頭を下げながら飯屋を後にした。

　折尾駅近くの飯屋から少し歩くと、堀川という川に出た。そこには、川にせり出すように作られた居酒屋やあいまい宿が四十軒ばかり軒を連ねていた。

　――あった。あれだ。

　看板を見ながら歩いていくと、「くじら屋」という看板の懸かった店があった。

　勇を鼓して引き戸を開けると、「いらっしゃい！」という声が聞こえた。まだ早いのか、平日だからか、客は一人もおらず、カウンターの中に大将と思しき中年男性がいた。

「す、すいません。人を捜しているんです」

　客ではないと分かったからか、大将の顔に落胆の色が広がる。それでも何か頼もうと、カウンターに座った留吉は、飯屋の女将さんからここを聞いたと告げた。

「申し訳ないので何か飲みます」

「そうかい」と答えつつ店主がサイダーの栓を抜くと、菊正宗と白字で書かれたコップと一緒に出してきた。

「飯はいいのかい」

「ええ――、いや、鯨の刺身をいただきます」

「そいつはよかった。今日はいいネタが入ったんだ」

　大将は、手際よく刺身を皿に盛って出してくれた。腹はいっぱいだったが、無理して一切れつまむと口に入れた。

「おいしいです」

「当たり前だ。兄さんは関東もんだね」

「はい。そうです」

「で、こんなところまで来たということは、近親者か親しい人を捜しているんだな」

「はい。そうなのです」

　それを聞いて察したのか、大将の顔が険しくなる。

「分かった。名前を言ってみな」

「鈴木八重という名です」

「鈴木――、鈴木八重か」

大将が記憶をまさぐるような顔をする。ここでは本名を名乗っていないはずなので、何らかの事情がない限り、さすがの大将でも、すぐには思い出せないのだろう。

「写真はこれです」

留吉が市川貞一からもらった写真を見せたが、あまりに幼すぎたためか、店主は一瞥しただけで返してきた。

「心当たりはありませんか」

「ああ、ないね。いや、待てよ」

大将の顔が険しいものに変わっていく。

「あんたは、その鈴木八重さんの何にあたるんだい」

「息子です」

大将が瞑目する。嫌な予感が胸中に広がる。

「そうか。息子さんか」

大将は包丁を置くと、仕込み作業を中断し、鉢巻を取って白髪交じりの頭を拭いた。

「母の身に、何かよくないことでも起こりましたか」

少し逡巡した後、大将は思い切るように言った。

「いいか、気をしっかり持てよ」

「えっ、母に何かあったんですか」

「あんたの母さんはな、昨年の二月に肺炎をこじらせて亡くなった」

その言葉を聞いた瞬間、目の前が真っ暗になった。

――母さんは、もうこの世の人ではないのか。

絶望が波のように押し寄せてくる。

「間違いないですね」

「ああ、間違いない」

大将によると、母は客からうつされた風邪をこじらせて寝ていたが、置屋の主人に働くことを促され、無理して働いていたところ、突然倒れ、急性肺炎で亡くなったという。

「まさか母が、そんな仕打ちを――」

母の過酷な運命を知り、留吉は天を呪った。

――母さんが何をしたというんだ。どうしてこんな目に遭わねばならないんだ。

だが嘆いたところで、どうにもならない。

留吉の様子をじっと見ていた大将が、しんみりした口調で言った。

「兄ちゃん、人生というのは辛いことだらけだ。しかし生きていれば、いいこともある」

「本当にそうでしょうか」

「ああ、だが選択を誤れば、人生は煉獄（れんごく）になる」

「母は選択などできませんでした」

それだけで大将は、すべてを察したようだ。

「そうだったのか。自分で道を選べなかったんだな」

――母さんは何一つ自分で道を選べなかった。

そんな母のことを思うと、不憫で仕方がない。

母は運命の渦に巻き込まれ、こんな見ず知らずの土地で生涯を終えねばならなかった。その辛さは言語に絶する。

「母さんのことが口惜しかったらな、兄ちゃんは自分で運命を選択できる人になるんだ」

大将の目に真剣な色が宿る。

「いいかい兄ちゃん、この世はな、運命を選択できる者とできない者がいる。例えば、俺は曲がりなりにも店主だ。何を仕入れるかから、どんな料理を『おしながき』に並べるのかを選択できる。だが宮仕えのお役人や会社勤めの月給取りは、偉くならない限り、上の者の選択した仕事をするだけだ。そんな人生、俺は真っ平だ」

「つまり、自分で選択できる地位や仕事に就けばよいのですね」

「そうだ。それが、母さんが残してくれた教訓だ」

「ありがとうございます」

留吉が席を立ちながら問うた。

「母の墓はどこにあるのですか」

「この近くの高台に妙應寺（みょうおう）という法華宗のお

寺さんがある。そこに無縁仏として葬られている」

「妙應寺ですね。行ってみます」

「ああ、そうしてやんな」

席を立ちながらお代を払おうとした留吉だったが、大将が首を左右に振るのを見て、もう一度礼を言って店を出た。

その日は遅いので近くの宿に泊まり、翌朝、妙應寺に行き、無縁仏の墓の前で線香を上げた。念のため母の骨壺があるか寺に尋ねたが、無縁仏の骨は皆一緒にしているので「ない」とのことだった。

母を連れても帰れず、骨も持ち帰れなかったのは残念だが、これで一区切りついた気がした。

――母さん、僕は自分で自分の運命を摑み取る。見ていて下さい。

無縁仏の墓に向かって手を合わせてそう念じると、留吉は寺を後にした。

――人生は自分で選び取るのよ。


母がそう言った気がした。

帰宅するとどっと疲れが出た。炭鉱での十一日間の重労働がよほど堪えていたのだろう。だが世の中には、常人では堪えられないような労働環境で働かねばならない人たちがいると知っただけでも、よい経験だった。それは留吉の母にも言えることで、見知らぬ地で病いに倒れ、身寄りのいない心細さと死の恐怖と戦いながら逝ったのだ。どれほど辛かったか想像もつかない。留吉が自分のことを自分で決められる男になることだけが、今となっては母への供養になるのだ。

帰宅して父の許に挨拶に赴き、九州での顚末を話すと、父は「それは可哀想なことをしたな」と一言漏らしただけだった。それでも今回の資金を出してくれたのは父なのだ。残った金を返して礼を述べると、「お前も大人になったな」と言ってくれた。

その後、復学も叶い、それから受験までの一年半、留吉は真面目に勉学に励んだ。その結果、大正十五年（一九二六）四月、晴れて早稲田大学商学部に入学することができた。親友の岩井壮司も同じ早稲田の法学部に入れたので、学部は違えど、二人は再び学友となった。

その後、長兄の慶一は晴れて陸軍士官学校を卒業し、千葉県の松戸にある陸軍工兵学校に入ることになった。

次男の正治は大学卒業後、東京の建築関連の出版社に就職し、江ノ島の家を出ていった。

長女の登紀子は何度か見合いをしたものの条件が折り合わず、まだ家にいた。

この年は加藤高明首相が在任中に病死し、若槻礼次郎内閣が成立するなどの政局の混乱はあったものの、さしたる事件もなく終わろうとしていた。だが十二月、大正天皇が四十七歳という若さで薨去し、摂政の裕仁親王が践祚することで昭和と改元された。こうして昭和元年はわずか七日で終わり、すぐに昭和二年がやってくることになる。

第二章　青く熱い炎

一

ガクランの上にマントを羽織り、角帽の下に無精髭を生やした留吉は、下駄を鳴らして大隈講堂の前を闊歩していた。

——ここが俺の居場所だ。

学生生活も二年目に入り、留吉はすっかり早稲田の街の住人になっていた。

「おう」と言って片手を挙げると、似たような恰好をした岩井壮司が、「おう」と返してきた。

「留吉、遅いぞ」

「遅くはない。時間通りだ」

「いや、五分遅れた」

壮司がうれしそうに腕時計を見せた。金色のオメガだ。留吉も腕時計くらいは持っているが、国産品なので気後れして見せなかった。

「どこで盗んだ」

「人聞きの悪いことを言うな。親父が死んで保険金や遺産が入ったので質流れを買った」

「そうだったな。父上は残念だったな」

留吉が改めて真面目な顔で言った。

「構わんさ。酒屋の主が酒好きだったんだ。早死にするのは当然だろう」

壮司の父は仕事中に突然倒れ、帰らぬ人になった。脳血管系の疾患だという。

「それにしても壮司の兄貴が、よく遺産を分けてくれたな」

　二人は、新刊書店や古本屋の並ぶ鶴巻通りを歩いていた。

「俺は法学部だからな。大学に行かなかった兄貴から金を分捕るくらい簡単だ」

「そうか。文学好きのお前が法学を志すのは意外だったが、そういう狙いがあったのだな」

「それだけではない。文学で飯は食えないが、法学部ならつぶしが利く」

　世間話などをしながら歩いていると、書店は少なくなり、飯屋や下宿屋が立ち並ぶ一角に出た。窓が開け放たれた雀荘からは麻雀牌をかき混ぜる音が、ビリヤード場からは玉を弾く音が聞こえてくる。銭湯や居酒屋も軒を連ね、どの店も盛況らしく、学生らしき若者が出たり入ったりしている。

「法学部はつぶしが利くのか」

「うむ。どの業界にも就職できる。でも小説は今でも読んでいる」

　その言葉には、多少の悔恨が籠もっていた。

　そんなことを話しながら、一軒の居酒屋の前で歩みを止めた壮司は、「ここだ」と言って薄汚れた暖簾（のれん）を潜（くぐ）った。

　一歩中に入ると、煙草と焼き物の臭いが混じった熱気が押し寄せてきた。

　――こいつはまいった。

　だが、留吉も習慣的に煙草を吸うようになっていたので、文句は言えない。

「いらっしゃい。二階が空いてるよ」

　坊主頭に鉢巻きを締めた店主が、何かを焼きながら不愛想に言う。店主の背後には、黄ばんだ「おしながき」がところ狭しと張られている。

　それを見て注文するのかと思いきや、壮司が恰好をつけるように言った。

「じゃ、いつものもので頼むよ」

「へーい」という間延びした店主の声が帰ってきた。

狭い階段を上りながら留吉が問う。

「いつものって何だ」

「ビールと焼き鳥だ。お前に好き嫌いはないだろう」

「まあな」

二階は座敷になっていて、座卓と座布団が乱雑に並べられている。そのいくつかを学生らしき一団が囲んでいるが、誰もが煙草を吸っているので、室内の空気は極めて悪い。

空いている座卓の一つを占めた二人は、ビールを飲みながら歓談した。

「震災の時はたいへんだったな」

留吉が水を向けると、壮司が「ふん」と鼻を鳴らした。

「家が半壊したんでまいったよ。せっかく集めていた『少年倶楽部』もお釈迦さ。でも自然災害では、誰を恨むことはできない。あの時だけは、両親と兄貴と力を合わせて家を片づけた」

「そうだったのか。手伝えなくてすまん」

「気にすることはない。お前は江ノ島の青年団に所属しているんだから、近所を助けなければならなかったんだからな」

「まあな。江ノ島と弁天様とは腐れ縁さ」

壮司が声を上げて笑う。指の間に挟まれた「ピース」からは紫煙が上がっている。これまで「朝日」を吸っていた壮司だが、どうやら好みを変えたらしい。

「弁天様か。俺は現実の弁天様が恋しいよ」

「おっ、何かあてはあるのか」

中学時代は大震災の後に停学とされ、その後、すぐに受験勉強が始まったので、女性に関心を持つこともなかったが、大学に入ってからは多少の余裕もできたので、晩稲の留吉でも、町を行く女性に目が行くようになった。

「あてなどないさ。貧乏学生に彼女は要らん」

留吉がゴールデンバットに火をつける。留吉は父や兄と異なる煙草を吸いたかった。それで選んだのがゴールデンバットだった。

「バットか。俺は好かんけどな」

「好みは女と同じで、人それぞれだ」

「おっ、どうやらお目当てはいるようだな」

「いないさ」

そうは言ってみたものの、留吉は下宿にたまに遊びに来る女学生が気になっていた。だがそれだけのことで、こちらから話し掛ける勇気はない。

その後、二人はビールから日本酒に転じ、したたかに酩酊した。

「なあ、留吉、お前は何を仕事にするんだ」

「何をと言われても、今は考えていないな」

「おい、もう俺たちは大学二年だぞ」

――その通りだ。いつまでも子供ではない。

留吉も壮司も、自分の進路を決めねばならない時期に差し掛かってきていた。

「そんなお前はどうする」

「俺か」と答えた壮司は、焼き鳥を頬張った後に言った。

「今の流れから行けば、法曹関係の仕事に就くことになるだろうな」

「法曹関係といえば弁護士か」

「まあ、先々そうなればよいが、その前にどこかで修業せねばなるまい」

「法律事務所だな」

「そういうことだ」

コップに注がれた日本酒を、壮司が得意げに飲み干す。

「そこまで考えていたのだな」

「ああ、法律はなくならないからな」

「壮司はいつもしっかりしている」

「そんなことはないさ。俺だってやりたいことをやって生きたい。だが先立つものがなければ、やりたいこともできない。それがこの世の原理ってもんだ」

「原理とは大げさだな」

二人は再び笑い合う。

――俺はどうする。

かつて母の墓前で「自分で運命を選択できる人間になる」と誓った留吉だったが、そのために何をしたらよいのかは、いっこうに見えてこない。

実は、留吉には懸念があった。長男の慶一は軍人になり、次男の正治が妓楼の経営などに全く向いていないことに父も気づいたのか、ここのところ留吉に期待しているらしい。

――このまま成り行きに任せていれば、妓楼の親父にされるということか。

いくら多額の金が安定的に入ってきたとしても、それだけは嫌だった。

「で、留吉はどうする」

「どうするって何がだ」

「仕事だよ」と言って、壮司が眼鏡の奥の目を細めて笑う。

「そうだな、事業でもやるか」

「事業って何の事業だ」

留吉が口籠もったので、壮司が続ける。

「意地悪で聞いているんじゃない。そろそろ本気で考えた方がよいと思うから聞いたのだ」

「分かっている。そうだな、何か人様の役に立つような事業を興したい」

「そうか。どんな仕事に就いても、その精神だけは忘れるな」

壮司が自分に言い聞かせるように言った。

それから一時間ほどとりとめのないことを語り合い、留吉は西早稲田の下宿に戻った。

曇りガラスに「青山荘」と書かれた引き戸を開けると、脱ぎ捨てられた靴や下駄が溢れていた。その悪臭が凄まじい。靴や下駄はそれぞれの下駄箱に入れるようにと、大家から厳しいお達しが出ているが、それを守る者はいない。

留吉はもう寝るだけなので、自分の下駄箱に下駄を入れた。廊下を軋ませながら自分の部屋に向かうと、廊下の曲がり角で人とぶつかりそうになった。

薄暗いので、最初は学生仲間だと思っていたが、「あっ」という声が漏れた。そこには予期せぬ人物が立っていた。下宿屋の主人の縁者だという八重樫春子（やえがしはるこ）だ。

「すいません。確か坂田さんでしたね」

「そ、そうです。よくご存じで」

「知ってますよ。だって恰好いいんですもん」

春子の顔が恥ずかしげに赤らむ。

「そうですか。それはありがとう」

自分でも馬鹿な受け答えだとは思ったが、つい口をついて言葉が出てしまった。

「よかった」

「えっ、何が」

「坂田さんはいつも難しい顔をしているから、私がけたたましく笑うのを嫌がっているかと思っていました」

「そんなことはないよ。笑うのはよいことだ」

またしても馬鹿な物言いだと思うが、胸が高鳴って、こんな言葉しか出てこない。

「ありがとうございます。では、お休みなさい」

いい匂いを残して去っていこうとする春子の背に、留吉が声を掛けた。

「春ちゃんは、まだ寝ないの」

「玄関を片づけてくれと、叔母（おば）さんから頼まれたんで――」

「玄関って、ここの玄関かい」

「ええ、よその玄関までは片づけられないわ」

留吉の愚問に春子が笑って答える。

「そんなことはやらせられない。だいいち、どれが誰の履物だか分からないだろう」

「ええ、だから当てずっぽうで下駄箱に入れるしかないの」

春子がまた笑う。その八重歯がかわいらしい。

「俺だったら誰の履物か分かる。よし、一緒に片づけよう」

春子と一緒に玄関に戻った留吉は、「それは誰それの下駄だ」などとやりながら二十分ほどで片づけと玄関の掃除を終わらせた。その間、誰の出入りもなかったので、二人だけで話をすることができた。

「坂田さんは、どうして誰の履物か分かるんですか」

「どうしてって言われても、同じ屋根の下に住んでいるんだ。何となく分かるもんさ」

留吉は幼い頃から記憶力がよいので、誰が何を履いていたのか、おおよそ覚えている。

「ありがとうございました。では、これで引き取らせていただきます」

「そうだね。帰るのは明日かい」

春子が初めて恥ずかしげに言った。

「はい、明日です。でも叔母の具合がよくないので、また近いうちに来ます」

頬を朱に染めながら、春子は去っていった。

玄関に一人取り残された留吉の胸内を、一陣の風が吹きすぎた。

二

大学生活は充実したものだった。知識欲旺盛な留吉にとって、どの講義もそれなりに興味深く、教師たちの難しい話も、のめり込むように聞いた。学生の中には漫然と講義に出ている者や、試験のために講義に出ている者もいたが、留吉は純粋に講義が楽しくて大学に通っていた。

平日は下宿と大学を往復し、たまには壮司か別の誰かと盃を傾け、土日は近くの中華料理屋「栄来軒（えいらいけん）」で、出前のアルバイトをしていた。

そんなことをしなくても、親からの仕送りだけで十分に生活できるのだが、アルバイトは学生時代にしかできないことだと割り切り、出前という仕事を選んだ。

そんな平穏な日々が卒業まで続くかと思っていたが、大学三年の春、すなわち昭和三年（一九二八）の春に珍事に見舞われた。

いつものようにアルミ製の岡持ちを持ち、西早稲田のあるアパートに出前を運んでいった時のことだ。

　表札を見て注文主と確かめてからノックすると、中からドアが開けられた。

「ご注文をお届けに参りました」

　この部屋から注文が入ったのは初めてだった。

「お前は誰だ」

「誰だって――、出前持ちですが」

眼鏡をかけた優男が室内に向かって問うた。

「おい、誰か出前を頼んだか」

　室内からは「知らねえな」という声が返ってきた。

「間違いですかね」

　留吉がもう一度住所を確かめようとした時、眼鏡が息をのむように言った。

「お前、特高だな」

「とっこう、ですか。いや栄来軒ですが」

「いいや、特高だ！」

　そう言うや、男は強い力で留吉を室内に引っ張り込むとドアを閉めた。岡持ちは外に置いたままだ。

「何をするんですか！」

「うるさい！」

　中にいた男たちも、どやどやと玄関口までやってきた。

「いったい僕が何を――」

　奥に連れていかれた留吉は、男の一人に羽交い絞めにされた。だが客は客なので、強い抵抗は憚（はばか）られる。

　続いて「静かにしろ」と言われ、猿轡（さるぐつわ）を嚙まされた。

「あっ、やめて下さい」

「おい、電気を消せ。外を見ろ！」

　別の声で電気が消された。

　――まさか殺されるのか。

　次の瞬間、留吉は引き倒されると、体の上にのしかかられた。

蒲団蒸しにされた時のように息が詰まりそうな中、留吉は声にならない声を上げた。

——息ができない。

だが、のしかかっている男たちに容赦はない。

——ああ、苦しい。

気を失いそうになったが、気を失えば死ぬと思い、少しでも息ができる態勢に体を動かそうとした。

「察の姿は見えない」

「本当か」

「ああ、外に動きはない！」

その時だった。

「お前ら何をやっている」

「先輩！」

突然体を押さえる力が弱まったので、体をにじらせて男の腕から脱し、息ができるようにした。戸口の方を一瞥すると、留吉の岡持ちを持った髭面の男が立っている。羽織に袴を穿いたその姿は、明治初期の不平士族を思わせた。

——もうだめだ。

こんな男に来られては、命がいくつあっても足りない。

不平士族は留吉を見下ろすようにして言った。

「お前ら、そいつは本物の出前持ちだぞ」

「どうしてそれが分かるのです」

「俺が出前を頼んだからだ」

——ああ、助かった。

その言葉を聞いたとたん、留吉の意識は薄れていった。

「さっきはすまなかったな」

どうやら不平士族は、この集まりのリーダーらしい。

「こっちは死にそうだったんですよ」

「分かっている。本当にすまなかった」

不平士族によると、自分のアパートで人数分の出前を頼んでから、こちらに向かったが、自分が到着する前に、留吉が出前を運んできてしまったということだった。

「まずはこれを飲め」

不平士族が、コップ一杯になった日本酒を渡してきた。

「いや、仕事中なので——」

「いいから飲め。気つけ薬だ」

留吉は気圧され、飲むしかなかった。

「俺たちは、全日本学生社会科学連合会という社会思想研究団体だ」

「そ、そんなことはどうでもいいです。なぜ僕をこんな目に遭わせたのですか」

「申し訳ない。実は先日、明大の七日会という同じような団体が、特高に急襲されたんだ。その時、特高は部屋に押し入るために中華料理店の出前持ちを装ったというわけだ」

後輩たちは正座して悄然（しょうぜん）としている。

「よく分かりませんが、あなたたちは悪いことをしているんですか」

「そうではない。正しいことをしているんだが、弾圧されているんだ」

「そんなこと、私には関係ありません。早く金を払って下さい」

ポケットから取り出した財布から一円札を抜き取った不平士族が、「釣りは要らない」と言って寄越した。

「よろしいんですか」

「ああ、こっちが悪いんだ。ただしな——」

不平士族が声を潜（ひそ）める。

「このことは黙っていてくれないか」

——そういうことか。

全日本学生社会科学連合会というたいそうな名前がついているが、どうやら非合法の集まりらしい。

「どうだ。君も早稲田の学生だろう」

「それとこれとは関係ありません」

「そうだな。しかし、この場所を警察に言わないでほしいんだ」

——どうする。

密告という行為は好かないが、非合法な活動をしている集団を見逃すわけにはいかない。

「あなたたちは非合法な団体ですね」

「俺たちは正しいことをしているんだ」

「それは本当ですか」

「ああ、確信を持っている。このままでは、この国は滅ぶ」

「滅ぶって、どういうことですか」

「諸悪の根源は軍部さ」

不平士族が昂然と胸を張る。

「大正デモクラシーは知っているだろう」

「ええ、藩閥政治に嫌気がさした政党政治家たちが、民衆を焚き付けて起こした様々な分野の社会運動ですよね」

「そうだ。十年ほど前まで盛んだったが、藩閥に代わる軍部の弾圧によって、今は下火になっている」

ノンポリを自認する留吉だったが、新聞は読むので、それくらいは知っている。

「大正デモクラシーは、資本家から搾取されている労働者の地位向上を謳い、ストライキなどを行ったと聞きました」

「そうだ。よく知っているな。日露戦争で多大な犠牲を出したにもかかわらず、日本政府は戦死したり、怪我をしたりした兵士たちの遺族にろくな補償をしなかった。しかも戦費増大の皺寄せを増税で補ったのだ。その結果が日比谷焼き討ち事件になる」

その後も、不平士族の熱弁は続いた。それは興味を引くものだったが、留吉には仕事がある。早々に引き取ろうとしたが、不平士族は「君は見込みがある。一緒に戦おう」と言ってガリ版刷のチラシを渡してきた。

「これは――」

「集会のチラシだ。誰にも見せるな。君を信じて渡すんだ」

「ありがとうございます」

礼を言って、連中がアジトと呼んでいるアパートの一室を後にした。慌てて「栄来軒」に戻ると、店主にこっぴどく叱られた。仕方なく「旧友に出会って」と言い訳をしたものの許してくれるはずもなく、しかも「酒臭い」と罵られた。結局、その場で首を言い渡された。

　自分が悪いので仕方ないが、これまでの精勤ぶりを全く評価されなかったのが残念だった。

　その後、秘密の集会に顔を出した留吉は、不平士族と親しくなった。不平士族の名は樋口新平(ひぐちしんぺい)といい、何年か留年しているらしい。顔も老けているので、年齢は二十代半ばなのだろう。その弁舌は流れるようで、いちいち納得できたが、たまにしか歯を磨かないのか、茶色くなった歯の間から漂う口臭には閉口した。

　夏休み前の六月下旬、再び樋口に誘われたので、全日本学生社会科学連合会、いわゆる学連の集会に顔を出した。集会といっても、街頭で政治的主張をアジるのではなく、皆でアジトに集まって政治的なことを話し合うだけだが、それが知識欲をいたく刺激されるのだ。

　新聞で国内外の情勢を知ることはできても、それをどう解釈し、どう行動に移していくかは分からない。だが彼らは、それを語り合っている。そこに留吉は惹(ひ)かれた。

　いつもは威勢のいい学連の連中も、この日ばかりは深刻な顔をしていた。少し遅れて着くと、樋口が「おい、出前、これを知っているか」と言って新聞を差し出してきた。

　留吉は、学連内では「出前」という渾名(あだな)で通っていた。

「これは何ですか」

　その新聞の一面には、「奉天驛(ほうてんえき)に近づける矢先、張(ちょう)氏の列車爆破さる。張作霖(さくりん)氏始め負傷多数」と書かれていた。さらに読むと、この爆破は蔣介石(しょうかいせき)ら国民革命軍なる団体の仕業(しわざ)だという。

「見ての通り、これは六月五日の新聞朝刊だ」

「この記事は私も読みましたが、これが何か――」

「いいか、これは嘘だ」

「嘘ってどういうことですか」

　留吉は、新聞は常に正しい記事を書くものだと思い込んでいた。

「ここに蔣介石率いる国民革命軍の犯行だと書かれているだろう。これは嘘だ。本当は、関東軍が国民革命軍の犯行に見せかけてやったのだ」

「なぜ、そうだと言い切れるのですか」

「それだと辻褄が合うからだ」

「待って下さい。関東軍が張作霖を殺して、どんなメリットがあるのですか」

「それを口実にして南満州に進駐しようというのさ」

「でも張は、関東軍が支持していた傀儡ではないのですか」

　張作霖は、日露戦争で日本に協力したことで関東軍の庇護を受けて有力な軍閥となり、満州の実効支配を遂げていた。

「それが違うんだ」

　樋口が意味ありげな顔をする。

「当初、双方は歩調を合わせていた。だが張という男も野心家で、関東軍の意向を聞かずに満州から中国本土へと侵攻しようとした。既成事実を作ってしまえば、日本政府と関東軍も張を支援せざるを得なくなるからな。しかし大正十一年（一九二二）の第一次奉直戦争で、張は欧米の支持する直隷派に敗れた。これにより関東軍の言うことを聞き、鉄道建設や産業育成に力を尽くすと誓ったのだ。しかしそれは、時間を稼いで態勢を整えるための方便だった」

　樋口の顔が近づいてくる。その口臭が鼻をつくが、留吉は我慢した。

「そして大正十三年（一九二四）の第二次奉直戦争で勝つと、張は関東軍の許可を得ずに長江まで攻め寄せた。ところが、兵站が延びきり窮地に陥った。だが関東軍は張の予想通り、支援のために兵を出した。それで張は得意満面になったというわけだ」

「張は関東軍を手玉に取ったのですね」

「その通り。張という男はしたたかさ。そして大正十五年（一九二六）、蔣介石率いる国民革命軍の北伐で直隷派が壊滅させられると、今度は日本から欧米に乗り換えようとした」

樋口が得意満面に話す。張作霖が、日本政府と関東軍を手玉に取るのが楽しくて仕方がないのだろう。

「しまいには北京（ペキン）に入城し、大元帥の地位に就くと、『自らが中華民国の主権主になる』と宣言し、反共・反日の旗を掲げた。そして昨年の国共合作の破棄で、共産党とも手を切った」

昭和二年（一九二七）、国共合作が破綻し、張は北伐の継続が叶わなくなったが、それが逆に欧米から好感を持たれ、欧米、とくに米国との関係が強化される。

「それだけならまだしも、張は関東軍の虎の子でもある南満州鉄道に対抗する路線を、欧米の支援で築こうとしたんだ」

「なるほど、たいした男ですね」

「ああ、大胆にして細心。駆け引きにかけては、歴史上並ぶ者がないほどだ。ところがだ！」

樋口が講釈師のように机を叩く。

「今年（昭和三年）の四月、南京（ナンキン）国民政府の蔣介石が国民革命軍を編成し、張に戦いを挑んだ。これまで張は圧政を敷いていたため、配下も国民もついてこず、蔣介石に惨敗を喫した。関東軍は第二次山東出兵によって蔣介石軍と対峙（たいじ）するが、『満州には侵攻しない』との条件で講和し、遂に張を見捨てたのだ」

樋口が折れ曲がった煙草に火をつけた。どうやらここまで熱弁を振るったので、煙草を吸うのさえ忘れていたようだ。

「それで張は関東軍に殺されたのですね」

「ああ、張は自らの本拠の奉天に戻り、反攻態勢を整えようとした。ところがその途次、関東軍に爆殺されたのさ。張が手に余るのは、関東軍も身に沁(し)みて分かっていたからな」

反政府主義者の樋口だが、いつの間にか日本の立場で語っていた。

「国際政治というのは凄まじいものですね」

「そうだ。これが現実だ。こうした裏話は新聞には載らない。政府の検閲があるからな」

「では、なんで樋口さんはご存じなのですか」

樋口が薄ら笑いを浮かべる。

「それは聞かない方がいいぜ」

「どうしてですか」

「情報源はいろいろある」

樋口の顔が厳しく引き締まった。しゃべりすぎたと感じたのだろう。

「さすがですね」

「このことは黙っていろよ。しゃべれば特高が来る」

「分かっています。僕は雑魚(ざこ)ですから口を閉ざします」

そのうちアジトに人も集まってきたので、話はここまでとなった。

これだけなら国際情勢の話なので他人事(ひとごと)だが、何の運命のいたずらか、この事件は後年、留吉にも大きな影響を及ぼすことになる。

三

昭和三年（一九二八）の夏、夏休みで江ノ島に帰った留吉は、鵠沼海岸で海水浴の監視員をしながら夏を過ごしていた。

鵠沼海岸は明治の中頃に海水浴のできる海岸として開発され、明治三十五年（一九〇二）に藤沢駅から片瀬駅（現・江ノ島駅）まで江ノ島電鉄が開通したことで、賑わいを増していた。

この翌年にあたる昭和四年（一九二九）には小田急江ノ島線も開通し、都心から海水浴客が押し寄せ始めたので、この年の夏は、湘南の住人たちだけの避暑地として、最後の落ち着いた雰囲気を漂わせていた。

鵠沼海岸では毎日のように地引網も行われ、アジ、サバ、イワシなどの水揚げがあった。

漁師たちは親切で、余った魚やサザエを監視員たちに分けてくれた。そのため夜は焚火を囲み、焼き魚やサザエに舌鼓を打ちながら、皆で酒盛りをした。

留吉は夏休みを満喫していた。

そんなある日の夕方、海岸で仲間と焚火にあたっていると、白い開襟シャツを着た正治が、ぶらりとやってきた。

「兄さんが、浜に来るなんて珍しいですね」

「ああ、海の近くに住んでいても、めったに海に行かない俺だからな」

正治は相変わらず色が白く、江ノ島で生まれたとは思えない。

「ひとつどうですか」

留吉が串に刺したアジを差し出したが、正治は顔の前で手を振った。

「遠慮しておくよ」

「そうですよね。兄さんが、ここで魚にかぶりつく姿など想像できませんからね。それで、今日はどうしたんですか」

「兄貴のことだ」

「慶一兄さんが何か」

「まあな」と言いながら正治が話しにくそうにしているので、留吉は「帰って話しましょう」と言ってシャツを着ると、江ノ島大橋に向かって歩き出した。

「慶一兄さんに何かあったんですか」

「うむ。ここのところ手紙が途絶えていたので、母さんが心配していたろう」

慶一は筆まめだった。ところが今年に入ってから手紙は途絶えがちになり、春以降は音信不通になっていた。父の善四郎によると、「軍人になると、その行動の大半は秘匿されるので、手紙が書けないのだろう」ということだった。

しかし慶一は工兵隊に配属されたので、重大な任務に就いているとは思えない。

「忙しくなったのでは」

「それが違うらしいんだ」

「何かあったのですか」

「俺も父さんに『何の件ですか』と問うたところ、兄さんの所在が不明になったとだけ告げられた」

「えっ、国内で行方不明になったのですか」

「僕にもよく分からない。とにかく一緒に話を聞こう」

話しているうちに江ノ島に着いた。

二人は重苦しい雰囲気の中、石段を上がって、自宅に入った。

父の善四郎は、自宅の居間で「敷島」を吸いながら二人を待っていた。

「そこに座れ」

やけに改まった様子なので、嫌な予感がした。

「留吉、正治から用件は聞いているな」

「慶一兄さんのことですね」

「そうだ。最後に届いた手紙が二月で、それ以降、どこで何をしているのか不明だったが、実は先ほど陸軍省から通達が届いた」

そう言いながら善四郎が「陸軍省」と印刷された封筒を取り出す。

「ここには、慶一が満州で行方不明になったと書かれている」

「ええっ、満州ですか」

正治と留吉が同時に声を上げた。

深くため息をついた後、正治が問うた。

「父さん、兄さんは内地にいたのではないのですか」

「わしもそう思っていた。最後に来た手紙が千葉の松戸の消印だったので、てっきり陸軍工兵学校にいるとばかり思っていた。だが慶一は、いつの間にか満州に渡っていたようだ」

慶一は、陸軍工兵学校で築道や橋梁(きょうりょう)建設といった工兵の勉強をしていた。

留吉が慌てて問う。

「満州で何をしていたのですか」

「全く分からない。ただ戦闘ではないらしいので、何かの事件に巻き込まれたのだろう」

「では、戦死というわけではないのですね」

「そうだ。先ほど陸軍省に電話したのだが、行方不明の状況は伝わってきていないらしい」

正治が問う。

「母さんは――」

「奥の仏壇の前で、登紀子と一緒に泣いている」

「何とか捜し出す方法はないのですか」

「陸軍省の担当によると、今は情報を収集している段階とのことだ」

「では、見つけられる見込みはあるのですね」

「分からん。」

と言って、善四郎がため息をつく。

「われわれができることはないのですか」

「陸軍省からは『こちらで捜すので任せてくれ』と言われている」

善四郎が苛立ちもあらわに煙草をもみ消す。

「父さん」と正治が思いつめたように言う。

「私が会社を辞めて満州に行きます」

「馬鹿を言うな。お前に何ができる」

「父さんは、そうやって私を否定ばかりしてきました。私だって兄さんが心配です」

正治が嗚咽を堪える。

「お前が満州などに渡れば、流感にやられていちころだぞ」

「たとえそうだろうと、何もしないよりはましです！」

「わしの言うことが聞けんのか！」

「聞けません！」

留吉が割って入る。

「待って下さい。今内輪もめして何になるというのです」

「お前は黙っていろ！」と言うや、正治が善四郎を指差す。

「父さんは慶一兄さんばかり可愛がってきた。

私と留吉は眼中になかった」

腕組みした善四郎は、さも当然のように言い放った。

「長男を大切にするのは当たり前だ。だが、可愛がってばかりではないぞ。お前らの知らないところで、奴には辛く当たっていた」

「だから兄さんは出ていったんだ！」

「それは違う。奴は――」

善四郎の唇が震える。

「わしの仕事を軽蔑し、他人から尊敬される仕事に就きたかったんだ」

善四郎と慶一の間でも、様々な確執があったのだろう。この時代、長男が家業を継がないというのは、それだけ重大なことなのだ。

「それは、われわれも同じです。われら兄弟は、女性たちが春をひさいで稼いだお金で飯を食ってきたんです」

「いいかげんにしろ！」

善四郎の平手が飛び、正治が頰を押さえてのけぞる。

留吉がすかさず善四郎の右手首を押さえた。

「父さん、暴力はいけない！」

「放せ！」

「暴力を振るわないと約束して下さい」

「分かった」と言って、善四郎は渋々従った。

「正治兄さんも、家業を悪く言うのはやめて下さい」

正治は頰に手を当てて横を向いたままだが、反論しないので了解したのだろう。

善四郎がため息交じりに言う。

「家族を食べさせていくことが、いかにたいへんか、お前のような遊民には分かるまい」

正治がすぐに反論する。

「遊民ではありません。今は出版社の編集という立派な仕事に就いています」

「そんなものは遊民と同じだ」

「それは違います。皆で必死に建築の将来を考えています」

正治は建築関連の出版社に勤めている。

「では、お前の仕事は立派で、わしの仕事は立派でないと言うのか」

「胸を張って、お天道様の下を歩ける仕事ではないでしょう」

「もう一度言ってみろ！」

善四郎は立ち上がると、正治のところまで行き、その胸倉を摑んだ。今度は拳を固めている。

咄嗟に留吉が間に入った。

「二人ともやめて下さい。たとえ汚れた金だろうと、われわれ兄弟が大学まで通えたのは、父さんのおかげです。それには感謝しています」

「留吉、お前まで私の仕事を馬鹿にするのか」

「――」

留吉は何と答えてよいか分からなかった。

「わしだって――、こんな仕事に就きたくなかった。だが、あの時のわしに何ができたというんだ。祖父さんは有無を言わさぬ男だった」

祖父の庄三郎は一代で財を成した立志伝中の人物だった。一人息子の善四郎が跡を継ぐ前提で、すべてを運んでいったのは想像に難くない。明治時代の家父長の権力は絶大で、逆らうことなどできなかったのだ。

――父さんも辛かったに違いない。

留吉が善四郎の立場だったとしても、庄三郎に逆らうことなどできなかっただろう。

正治が頭を下げる。

「父さんの気持ちも知らずに勝手なことを言い、すみませんでした」

「分かったならよい。今は家族が一丸となり、慶一の吉報を待つしかない」

それで話し合いは終わった。もはや何を話し合おうが、家族にできることはないのだ。

奥の間からは、継母のいさの嗚咽といさを慰める登紀子の声が聞こえてくる。

――慶一兄さん、どうか無事に帰ってきて下さい。

留吉も慶一の無事を祈った。

四

慶一の行方は杳として摑めなかった。善四郎は毎日のように陸軍省に電話をかけ、また何度か足を運んだが、陸軍省も情報を摑んでおらず、「関東軍からは、捜索中という連絡が届いているだけです」の一点張りだった。

父は政治家に伝手があるので相手をしてくれているが、何の伝手もない者だったら、けんもほろろにあしらわれたに違いない。この時代、それだけ軍部は増長し、国民に対して強圧的だった。

夏休みも終わり、留吉は早稲田に戻ることになった。善四郎に「慶一のことはわしに任せ、お前らは仕事や学業に専心してくれ」と言われたので、従わざるを得なかった。

正治は「何かあったら駆けつけます」と両親に告げ、先に仕事に戻っていた。

慶一のことで浮かない気分だったが、再び学生生活が始まると、勉強するのが楽しかったので、心配でならないということもなくなった。

そんな中、一つの事件が起こる。

下宿から近い場所に早稲田水稲荷神社という古社がある。そこでは、九月九日の重陽の節句に例大祭が行われる。この年は九日が日曜日なので、常の年より盛り上がっていた。

前日の土曜、八重樫春子が下宿にやってきた。いつものように挨拶を交わすと、「明日のお祭りに一緒に行きませんか」と誘われた。断る理由もないので、留吉は「いいよ」と答えた。

この時は、下宿の連中も一緒に行くものだと思っていた。

日曜日の夕方、二人は浴衣に着替えて祭りに出掛けた。気づいたら二人だったので戸惑ったが、今更後には引けない。

神社の周囲には、様々な露店が店を広げていた。いつもは閑散としている参道が、それだけで別世界のように見える。

すでに日は陰り、露店にはランプが灯ってい た。それがまた美しさを際立たせている。

参道には、ゴム風船、ヨーヨー、けん玉、ビー玉、めんこ、面などの玩具を売る店から、バナナの叩き売り、金魚すくい、しんこ細工、かるめ焼き、飴細工といった店が軒を連ねていた。

その時、町内を練り歩いてきたと思しき神輿が帰ってきた。ゴールとなる神社は近いので、「わっしょい、わっしょい」という掛け声にも熱が籠もる。

「神輿は威勢がよくていいいな」

「江ノ島にも、お祭りはあるんですか」

「ああ、七月にあるよ。江ノ島で最大の祭りは、天王祭と呼ばれる八坂神社の例大祭になる。下之宮を出た神輿が参道を下り、弁天橋際から海に入って小動神社まで渡御するんだ。神輿を担ぐ者たちは頭まで波をかぶり、それでも掛け声を合わせながら進むという勇壮な祭りさ」

「留吉さんは、その神輿を担いだことがあるんですか」

「そういえばなかったな。でも、いつかは担ぎたい」

「留吉さんが担げるの」

「こいつ！」

二人は和気あいあいとしながら神社に詣でた。

神社の裏手には高田富士と呼ばれる人工の小山がある。そこは小さな庭園となっていて腰掛けもあるので、どちらが言うともなく、二人はそこに向かった。境内の賑やかさとは裏腹に、そこは人気もなく閑散としていた。

「ここに来たのは初めてです」

春子が高田富士を見つめながら言う。その声には多少の緊張が漂っている。

「僕もだ。東京の名所の一つなので来られてよかった」

そう言いながら留吉が木製のベンチに腰掛け

ると、春子が一瞬躊躇した。

「気づかなくてごめん」

留吉がハンケチを置くと、春子は「でも――」と言って座ろうとしない。

「ハンケチのことは気にせず座れよ」

「申し訳ありません」

ベンチが小さいので、二人は肩が触れ合うようにして座った。

「留吉さんは、来年卒業したら、どんな仕事に就くんですか」

「そろそろ考えておかないとね」

「うそ。考えているんでしょう」

「ああ、実は新聞記者になりたいんだ」

留吉は大手新聞の記者になり、満州への赴任を希望するつもりでいた。働きながら慶一を捜そうというのだ。

「それは素晴らしいわ。留吉さんが書く記事なら、面白いこと請け合いですね」

「うん。そうだといいね。でも、実は満州に行きたいんだ」

「えっ」と言って春子が啞然とする。

「満州で長兄が消息を絶ったんだ。すぐにでも飛んでいきたいが、大学中退では仕事が見つけにくい。だからあと半年辛抱してから新聞社に就職しようと思っている」

留吉は満州に渡りたい理由を率直に話した。

「でも、満州なんて――」

――春子さんは、まさか俺と一緒になるつもりでいたのか。

そのことは薄々気づいていた。そうでもなければ、女性の方から祭りに誘ってくるなどあり得ない。

「先のことは分からない。兄さんが見つかったという知らせが届けば、新聞社に就職したとしても、満州赴任など希望しない」

「そうよね」

春子はほっとしたようだ。

「春子さんは、どんな人生を歩みたい」

「私は女ですから、結婚して子供を産んで、旦那さんを支えていくだけです」

「それでいいのかい」

「うちは貧乏だから大学にも行かせてもらえそうにないし、それ以外何ができるんです」

　留吉は愚問を悔いた。

「それだって立派な生き方だ。男は家庭をしっかり守ってくれる妻がいてこそ、社会で活躍できる」

「でも私だって、世の中の役に立ちたいと思う時があります。津田梅子さんのように」

「梅子さんのことを知っているのかい」

「はい。明治維新間もない頃、官費留学生として満六歳で米国に渡った方ですよね。帰国後は女子英学塾（後の津田塾大学）を創設しました」

「よく知っているな。その通りだ。春ちゃんも梅子さんのようになりたいのかい」

　少しはにかんだような口調で春子が答える。

「はい。たった一度の人生ですから、自分の持てる力を試したいと思う時があります」

「そうか。今からでも遅くはない。女性も、自分の道は自分で選び取る時代だからね」

　留吉は、母の死に際して学んだことを受け売りした。

「でも、うちは父が厳しいから無理なんです。だから社会で飛躍する方の妻となり、その方を支えていくしかないんです」

　その言葉は、心の底から自己実現を願っているのではなく、父親のせいにして運命を受容するつもりでいるような気がした。

「それも大事なことだ」

「私は、旦那様にどこまでもついていきます」

　それが、一緒に満州に行く覚悟があるという意思表示なのは明らかだった。

　――だからといって連れていけるか。

　満州には、何があるか分からない。たとえ結婚したとしても、他人様の娘を連れていけるようなところではない。

二人の間に気まずい沈黙が漂う。もう秋も近いのか、コオロギらしき虫の音が、沈黙をいっそう深いものにする。

「留吉さん」と言いつつ、春子が顔を留吉の肩に載せた。

「春子さん、いいのかい」

「うん」

留吉は震える手で春子の肩を摑むと接吻した。

胸底から、何か得体の知れないものが込み上げてくる。思わず胸をまさぐろうとしたが、春子は身をよじってそれを拒んだ。

「やめて」

「すまなかった」

「うん、いいの。でもここでは――」

「そうだね。もう遅いから帰ろう」

留吉が立ち上がると、春子もうなずいてそれに従った。

――これでよかったのか。

留吉には当面結婚する気などない。だが春子にはある。接吻したことで後ろめたさが湧いてきた。

賑やかな場所に出ると、現実に立ち帰ったような気がした。春子の顔を見ると、もう笑みが浮かんでいる。

「留吉さん、あれを買って」

春子が指差す先には、しんこ細工の屋台があった。しんこ細工とは、白米を臼で引いて粉にし、それを水でこねて蒸したものに、少量の砂糖を付けながら動物などの形にこねた菓子のことだ。

「いいよ。どれがいい」

「これ」と言って春子が指差したのは鶏だった。

「なんで鶏がいいの」

「可愛いから」

留吉は犬にした。二人はそれを食べながら帰途に就いた。その時の春子の屈託のない笑顔が、いつまでも留吉の脳裏に焼き付いていた。

――この笑顔を、どうやって満州で守っていくのだ。

留吉には、そんな無責任なことはできない。

——今夜のことは真夏の夜の夢にしよう。

留吉は、その夜のことをシェイクスピアの戯曲のタイトルになぞらえた。

人生という大海に漕ぎ出すだけでも、若者にはたいへんな重荷なのだ。新妻を連れて大陸に渡るなど、まさに真夏の夜の夢以外の何物でもなかった。

五

その後、春子は何度か下宿にやってきたが、二人は挨拶を交わすだけの関係になっていた。春子の方は留吉に親しく話し掛けようとするのだが、留吉は機先を制するように「じゃ、また」と言って避けたので、春子も微妙な空気を感じ取ったようだ。

留吉の様子が変わったことに春子は不満らしく、うらめしそうな視線を向けてきた。それを留吉は笑みを浮かべてやり過ごした。

留吉とて男だ。春子のように魅力的な女性には惹かれる。だが満州に渡るという大望がある限り、妻帯はできない。あちらに渡れば自分一人のことで精いっぱいになるはずで、妻のことなど顧みるゆとりはないからだ。

そんな十二月、大学から下宿に戻ると、部屋で誰かが待っていた。

「父さん、突然どうしたんですか」

「ああ、やっと帰ってきたか。先にいただいていたぞ」

善四郎は部屋に置いていた「白雪」の一升瓶を抱え、コップで飲んでいた。

「それは構いませんが、何かあったんです」

「陸軍省に行ってきた」

「慶一兄さんのことですね。新しい情報を得られたのですか」

「うむ。本来なら機密事項だが、政治家の伝手を使ったので、大佐が出てきて教えてくれた」

善四郎は少し自慢げだった。

「それでどうしたのです」

「実はな、慶一は工兵として張作霖爆殺事件にかかわっていたようだ」

「そ、それは本当ですか」

「ああ、間違いない」

善四郎がコップ酒を飲み干す。

「ということは、あの事件は日本軍の仕業だったんですか」

「しっ」と言って口の前に指を一本立てると、善四郎がうなずいた。

「陸軍の跳ね返りが勝手にやったようだ」

――あの話は事実だったんだ。

留吉は、樋口新平の話を思い出していた。

「ちょっと待って下さい。ということは、張作霖を殺したのは関東軍なんですね」

「厳密には、一部の将校が画策したらしい」

「でも、爆殺事件と慶一兄さんが行方不明という事実は、どうつながっているんですか」

「跳ね返りたちの間で揉め事があったらしく、慶一は自分から姿を消したようだ」

「首謀者たちはどうしたんです」

「もう拘束されているらしい。それで慶一のことが分かったのだ」

善四郎が肩を落とすと続けた。

「関東軍としても手を尽くして捜しているそうだが、あれだけ広い満州だ。容易には見つからないようだ」

「でも、軍隊がよくそんな話をしましたね」

軍隊は機密性が高い組織なので、外部の人間に機密事項を伝えるのは珍しい。

「実は陸軍も困り果てていて、慶一からわしに何らかの連絡が入ったら、知らせてくれとのことだ」

「そういうことですか」

こうした場合、逃亡者が自らの無事を家族に伝えるのは、十分に考えられる。

「いずれにしても、逃亡とは不名誉なことだ」

「名誉、不名誉などどうでもよいことです。で、このことを正治兄さんには伝えたのですか」

「伝えようとして、あいつの会社に行ったのだが、悪性の流感を患ったらしく入院している」

「流感ですか」

「そうだ。入院しているという病院にも回ったのだが、流感なので面会できなかった。それで手紙を置いてきた」

また心配事が増えたが、流感ならいつかは治癒する。

「で、どうしますか」

「わしは満州に行く」

一升瓶を抱え、善四郎が嗚咽を漏らす。

——父さんも衰えたな。

これまで息子たちに一切弱音を吐かなかった善四郎が、酒に酔ったとはいえ、こんな一面を見せるとは思わなかった。

——慶一兄さんを頼りにしていたからな。

「父さんの気持ちは分かります。でも父さんはお年です」

留吉は善四郎が四十二歳の時の息子なので、善四郎は今年六十三歳になる。すでに頭髪は白くなり、顔にも深い皺が幾本も刻まれている。

「それは分かっている。だが、慶一のために何もしてやれん自分が情けないのだ」

「では——」

留吉が思い切るように言う。

「私が行きます」

「もうすぐ卒業なのに学業を放り出すのか」

「はい。試験も終わり、単位は取れているので、これで大学に行かなくても卒業証書はいただけます」

「しかし何の資格もなく満州に行けば、慶一から連絡があったのかと関東軍に疑われ、拘束されるぞ」

——その通りだ。

軍部の前では、民間人は無力に等しい。それどころか、このような重大事件に身内が関与しているのだ。人権を無視された厳しい尋問を受け、捜索活動など覚束ないだろう。

「では、どうしたらよいのです」

「そうだな」と言いつつ、善四郎がコップ酒を再びあおる。

「父さん、少し過ぎています」

「分かっている。もうやめる」

そう言いながらも、善四郎は一升瓶を抱えたままだ。

「私にも下さい」

飲みたくはないが、そう言って善四郎から一升瓶とコップを取り上げた。

「お前は新聞記者になりたいと言っていたな」

「はい。絶対になりたいというわけではありませんが」

「新聞記者なら軍部も多少遠慮する」

――その手があったか。

善四郎の言う通り、大正デモクラシー以降、いかに軍部でも、言論の自由は尊重するようになっていた。軍部批判の急先鋒の大隈重信は、今でも政界に隠然たる影響力を持っており、双方の微妙な均衡の上で、日本の民主主義は保たれていた。

「もう新聞社の試験は受けたのか」

「年が明けたら、いくつかの新聞社に履歴書を郵送しようと思っています」

この頃の就職活動にはルールもなく、各自が勝手に活動していた。

「そんなことで、受け容れてくれるわけがあるまい」

「何事もやってみなければ分かりません」

「何をするにも、大人の世界では伝手が要る」

「やはりそうなのですか」

何事も伝手次第なのが、大人の世界なのだ。

「わしに任せてくれんか」

「父さんの顔を利かせるのですか」

「ああ、こんな時のために政治家に金を使ってきたんだ」

　父の伝手を使うのは本意ではないが、この際だから仕方がない。

「分かりました。すぐに満州特派員にしてもらえますか」

「いや、そんなことをせずとも、『満洲日報』に潜り込んでしまえばよい」

「満洲日報」とは、明治四十年（一九〇七）に大連で創刊された日本語新聞のことだ。当初は満洲日日新聞という名だったが、昭和二年（一九二七）に遼東新報と合併して「満洲日報」という名に改められていた。

「その手がありましたね。でも『満洲日報』の本社は大連でしょう。どうやって採用してもらうのですか」

「東京には支社がある。支社長の友人の政治家が、うちの常連になっている」

　こうした時の善四郎の人脈は半端ではない。客となった政治家や商人たちの伝手を手繰り寄せ、思い通りにしてしまうのだ。

「恐れ入りました。すべてお任せします」

　それで話は決まった。

「留吉、あちらに渡ったら気をつけるんだぞ」

「私のことも心配していただけるんですか」

　留吉は皮肉を言ってみた。

「馬鹿を言うな。お前も大切な息子の一人だ」

「ありがとうございます。でも私が満州に渡って新聞記者になったら、家業を継げませんよ」

「そのことか」

　善四郎がにやりとする。

「家業は、わしが隠居する時に手じまいとするさ。そうすれば、まとまった老後資金も手にできる」

　どうやら善四郎も廃業の覚悟を決めたようだ。おそらく慶一が軍隊に入った時、決心していたのだろう。

「申し訳ありません」

「何もお前が謝ることはない。お前はお前の道を行け」

「ありがとうございます」

この時から、留吉は善四郎を少し見直す気になった。

六

昭和四年（一九二九）になり、留吉の身辺も慌ただしくなってきた。

三月、卒業式が終わり、岩井壮司らと一杯飲んだ後、下宿に戻って荷物をまとめていると、突然の来訪者があった。

「よろしいですか」

「あっ、春子さん」

「お久しぶりです」

「うん。久しぶりだね。見ての通り、明日の朝、この下宿を後にすることになった」

春子が、部屋に入りたがっているのは明らかだった。

「まあ、入れよ」

立ち話も何なので留吉は春子を招き入れた。ただでさえ狭い部屋が荷物でさらに狭くなっている。それでもわずかな空間を見つけ、二人は対座した。距離が近づいたからか、春子が突然抱きついてきた。

「これでお別れなんですか」

「ああ、うん」

「そんな――」

春子が嗚咽を漏らす。

「春ちゃんには、もっとふさわしい人が現れる。俺なんかつまらん男さ」

「私にとっては、かけがえのない方です」

「ありがとう。でも君はまだ女学生だ。満州に連れていくわけにはいかない」

留吉とて春子のことは憎からず思っている。だが結婚するとなると、春子に対する責任が生じる。それで後ろ髪を引かれ、慶一の捜索に深く踏み込めないことがあってはならない。

「私は待っています」

「いつ帰国できるか分からない。そういう仕事なんだ」

「でも、私は待っていたいんです」

「ありがとう。気持ちだけで十分だ」

「やめて」と言うと、春子が唇を重ねてきた。留吉がそれに応える。

――駄目だ。

　このままでは、春子の気持ちを弄ぶことになる。だが抑え難い衝動が湧き上がってきた。

――いけない！

　理性と欲情の狭間で留吉は逡巡していた。

　その時、春子は留吉の手を取り、自分の胸に当てた。

「いいのかい」

「いいんです」

　その後は一気呵成だった。

　事が終わり、二人は黙って雨音を聞いていた。

　春子は処女だった。

――なんてことをしてしまったんだ。

　衝動を抑えられなかった己を、留吉は恥じた。

「雨が降ってきたみたいです」

「ああ、いつも雨は降っている」

「それは、どういう意味ですか」

「意味なんてないさ。でも人生は雨ばかりじゃない」

「私たちのことを言っているのですか」

「いや」と答えて、留吉は春子の頰にキスした。

「人には出会いもあれば別れもある」

「これで終わりなんですね」

――何と答えるべきか。

　期待を持たせるべきでないのは分かる。だが留吉にも、離れ難い思いが芽生えていた。

「どうしたらよいか、俺にも分からない」

「では、聞き方を変えます。私に待っていてほしいですか」

　ここで「待っていてくれ」と言えば、大きな重荷を背負うことになる。

「いや、待たなくていい」

「何て冷たいの」

留吉の胸で春子は泣いていた。

「俺は満州に行く。だから君の人生に責任を持てないんだ」

「どうして一緒に連れていってくれないの」

「そこには、深い事情があるんだ」

軍の機密にかかわるので、春子に兄のことを語るわけにはいかない。

「どんな事情なんですか」

「聞かないでくれ」

「ひどい。ひどいわ」

「ごめんね。今は黙って雨音を聞いていよう」

しばらく泣いた後、春子が言った。

「これで、さよならなんですね」

「そうだ。すまない」

「いいんです。一生の宝物になるような思い出ができました」

「そう言ってくれるか」

図らずも留吉は声を詰まらせた。

「私のことを好いてくれていたんですね」

「もちろんだ。できることなら一緒になりたい。でも、できないんだ」

「どうして、どうしてなの！」

春子が留吉の胸を叩く。それに留吉は応えようがない。

「突然雨音が聞こえたら、遠い地で俺が君のことを思い出していると思ってくれ」

「雨音なんて聞きたくない！」

「お願いだ。俺を困らせないでくれ」

留吉の胸で泣く春子を抱き締めながら、留吉にとっても、春子とのことが掛け替えのない思い出になるという予感がしていた。

――それでも前に進まなければならない。

雨音が激しくなる中、春子は突然立ち上がると身づくろいをした。

「ありがとうございました」

「春ちゃん、幸せになってくれ」

「留吉さんもね」

　軽く左手を挙げてわずかに笑みを浮かべると、春子は出ていった。それが春子の姿を見た最後となった。

　後年、同じ時期に同じ下宿にいた後輩とばったり出会った折、留吉が問わずとも、後輩は春子のその後を話してくれた。それによると、春子は女子英学塾を出た後、新潟の医者に嫁いだとのことだった。

　それを聞いた時、留吉は手を伸ばせば触れられた女性が、大陸よりも遠いところに行ってしまったことを覚った。

　留吉の青春が瞬く間に過ぎ去っていった。

七

　三月末、いよいよ数日後に満州に出発する段になり、留吉は正治の入院しているサナトリウムを訪れた。

　サナトリウムは富士見高原療養所（通称：高原サナトリウム）といって信州諏訪（すわ）にある。

　汽車に乗り、バスに乗り換え、ほぼ一日がかりで療養所に着いた留吉は、夕方になり、ようやく正治と面会が叶った。

　正治は青白い顔をさらに青白くさせ、頬はげっそりとこけていた。

　正治が「夕焼けを見ながら話そう」と言うので、留吉は正治の乗る車椅子を押し、庭の端にある四阿（あずまや）まで行った。そこから諏訪湖は見えないものの、高遠（たかとお）方面に沈む夕日が望めた。

「美しいところですね」

「ああ、ここから見る八ヶ岳は雄大だろう」

　東に目を転じると、八ヶ岳が峻険（しゅんけん）な峰々に夕日を反射させていた。

　だが正治は一瞥しただけで、懐から「敷島」を出すと吸い始めた。

「久しぶりだな」

「ええ、昨年の夏以来です」

「あの時は俺も元気だった」

留吉には何とも答えようがない。

「だが、今は見ての通りだ」

正治が苦笑いを浮かべつつ煙草を勧めてきたが、留吉は首を左右に振った。

「なんだ、結核患者の煙草はもらえんのか」

最初は流感だと思っていた正治の病気は、診察の結果、初期の肺浸潤、すなわち結核だと診断された。この時代、肺浸潤は死病だった。

「満州では煙草も十分にないと聞きます。だから禁煙しているんです。それよりも兄さんは、肺浸潤なのに煙草を吸って大丈夫なのですか」

「大丈夫なわけがあるまい。先生からは禁じられている。だが、もう長くはないのだ。勝手にさせてもらうさ」

「そんなことはありません。先ほど先生に病状を尋ねたところ、ここでは、ましな方とのことです」

「それはそうだろう。もう動けない人もいる。だが、よくなる病ではない。俺もこれから徐々に悪くなるだけだ」

この時代の肺結核の治療法は、空気の澄んだ場所で日光にあたり、栄養価の高いものを食べるだけだ。それで快復したケースも皆無ではなかったため、患者たちは一縷（いちる）の望みを抱いて、療養に専念していた。

「弱気なことを言わないで下さい。肺浸潤から快復した方もいます」

「いや、それは、胸郭成形手術で何とかなるレベルの肺浸潤だ。俺の場合は『右上葉肺門部に鶏卵大の空洞一個、下葉中部に撒布性浸潤あり』という診断だ。つまり成形では、こんな大きな空洞を潰すことはできない」

自分の病だけあって、正治は肺結核について熟知していた。

「では、どうするのです」

「さて、どうするかね」

正治が他人事のように苦笑すると、紫煙を吐き出した。

「治す方法はないのですか」

「ある。肺摘と呼ばれる肺葉摘出手術、すなわち片側の肺全体を切除する手術なら、何とかなるかもしれない」

「でも、それで治ったとしても、その後はたいへんなのでは」

「ああ、一生不自由な身になる。おそらく長くは生きられないだろう」

「なんでこんなことに――」

「出版社の仕事は人と会うことが多く、様々な場所に出入りせねばならない。そのどこかで肺浸潤の菌をいただいちまったというわけだ。しかしそれも運命だ。どこでもらったのか詮索するつもりはないし、誰を恨むつもりもない」

正治が自嘲的な笑みを浮かべる。

「とにかく養生を心掛けて下さい」

「そしてお前は満州か。前途洋々だな」

「そんなことを言わないで下さい」

正治の言葉に羨望の色が漂うのが、留吉には耐え難かった。

「すまなかった。それより就職おめでとう」

「はい。『満洲日報』に就職先が決まりました」

「そうだってな。仕事の傍ら慶一兄さんを捜すんだな」

「そうなると思います」

正治が二本目の煙草に火をつけた。その横顔には、あきらめの色が漂っていた。

「無理するなよ。大陸では何があるか分からん」

「危険は承知の上です。しかし軍部に任せていたら、慶一兄さんは見つからないでしょう」

「どうしてだ」

周囲に気を配りつつ、留吉は小声で、慶一が張作霖爆殺事件に絡んでいることを伝えた。

「そういうことか。だったら、なおさら深入りはできんぞ。わが国の軍部のことだ。内地でもないし、お前一人を殺すくらい平気だ」

「その通りかもしれません。私も死にたくはないので、慎重には慎重を期します」

「そうだな。すばしこい慶一兄さんのことだ。きっとうまく逃げおおせているはずだ」

「軍部は、慶一兄さんが中国軍に秘密を漏らすことを恐れているのでしょうか」

「おそらくそうだろう。中国軍の背後にいるロシア改めソ連や欧米諸国がこのことを知れば、日本の孤立は深まる」

「慶一兄さんは、日本の軍部に捕まれば殺されるんですね」

「分からん。だが、その可能性は高い」

かつて顔を真っ黒にし、岩場で素潜りしていた慶一のことが思い出された。その頃、慶一は十代前半だったが、大人よりも素潜りがうまく、誰よりも多くの蛸を捕ってきた。そのため坂田家の食卓には、いつも蛸料理が並ぶことになった。その時はうんざりしていたが、今となっては慶一の捕まえた蛸が食べたい。

「われわれ兄弟も、離れ離れになってしまいましたね」

「ああ、それが人生というものだ」

「でも江ノ島の実家があると、どことなく安心ですね」

「そうだな。姉さんは、まだ縁談を断っているようだしな」

二人が声を合わせて笑う。

「正治兄さん、世界の中で日本はどう見られているのでしょう」

「突然、大きな話になったな。だが、そうした視点を持つことは大切だ。日本は狭い。きっと外の世界から眺めると、そのみみっちさが実感できるだろう」

「そんなに小さいですか」

「ああ、小さい。取るに足らん存在だ。しかし政治家や軍人は、無理して大きく見せようとしている」

「でも日本は日清・日露の両戦役で勝利し、一流国の仲間入りを果たしました」

「それこそ分不相応なことだ」

正治が皮肉な笑みを浮かべる。

明治維新によって急速に近代化を進めた日本だったが、国力では欧米の比ではなかった。しかし日清・日露の両戦役を勝ち抜き、さらに大正三年（一九一四）から大正七年（一九一八）にかけて戦われた第一次世界大戦で勝者の側に付くことで、中国大陸への影響力を拡大してきた。だが識者たちの中には、度が過ぎていると感じ、このままでは孤立に拍車を掛けると警鐘を鳴らす者もいた。

「第一次世界大戦で勝者の側に立ったとはいえ、日本の国力は欧米諸国の比ではない。その事実が軍部には分かっていない。張作霖を爆殺し、大陸の争乱に深入りすれば、取り返しのつかないことになる」

「では、正治兄さんは大陸から兵を引けと仰せですか」

「それが、日本という国を保全する最もよい方法だ。欧米を甘く見てはいけない。何事も分をわきまえることが大切だ」

「では、満州も手放せと――」

「そこまでは無理だとしても、欧米にも何らかの権益を与えていかないと、奴らも黙ってはいまい」

かつて南満州鉄道の権益をめぐり、米国の実業家エドワード・ヘンリー・ハリマンと当時の首相だった桂太郎の間で、共に権益を分け合う「桂・ハリマン協定」が締結された。しかし対米強硬派の反対によって、その協定は撤回され、ハリマンと米国政府を立腹させた。これがきっかけとなり、それまで良好だった日米と日英の関係に亀裂が入り、日本は徐々に孤立の道を歩んでいた。

「それは尤もなことですが、軍部が権益を分かつことはないでしょう」

「うむ。奴らの根は薩長の下級士族だ。唯我独尊この上ない。今は大隈さんや西園寺公が軍部の台頭を抑え込んでいるが、彼らとて永遠に生きられるわけではない」

彼らの後継者たるべき原敬はすでに暗殺され、ほかに軍部の抑えとなる大物政治家はいない。

「では、軍部の暴走を抑えられなかったらどうなるのです」

「いつの日か、大陸でソ連や欧米諸国と軍事衝突が起こるだろうな。まあ、そこまで軍部も馬鹿ではないと思うがね」

正治が笑った拍子に咳き込んだ。留吉は背後に回って背をさすってやった。

「兄さん、そろそろ戻りましょう」

「そうだな。それよりも少し離れていろ」

正治が留吉を押しやる。

「兄さん――」

「いかに外とはいえ、この病は空気感染する。みだりに近づくな」

「すいません」

「お前は大事を成す身だ。自分を大切にしろ」

「そのお言葉を忘れません」

煙草を懐にしまった正治は、四阿の椅子から独力で車椅子に移った。

「これが最後になるかもしれん」

一瞬「そんなことはありません」と言おうとした留吉だったが、自分は満州に赴任するのだ。次にここに来られるのは、いつになるか分からない。

「お前に好きな女性はいないのか」

「いや、はい――」

「煮え切らない答えだな」

留吉の脳裏に春子の面影が浮かぶ。

「います。いや、いました」

「つまり、いたが置いていくのだな」

「はい。あちらでは、何があるか分かりませんから」

「それがよい。本人はもとより、親御さんにも迷惑は掛けられないからな」

「その通りです。ですから別れを告げました」

「そいつは辛かっただろうな」

　正治の言葉が胸に沁みる。

　――致し方なかったのだ。

　何度も自分に言い聞かせてきた言葉を、留吉は反芻（はんすう）した。

　車椅子を押していくと、玄関口で看護婦が待っていた。

「兄さんをよろしくお願いします」と言いつつ、車椅子を看護婦に託すと、突然寂しさが押し寄せてきた。

「兄さん、私の帰りを待っていて下さい」

「どうかな。こればかりは分からん」

「かつてのように、慶一兄さんも交え、江ノ島で捕れた魚介類を鍋にぶちこんで、皆で食卓を囲みましょう」

「それができたらどんなによいか」

　正治が遠い目をする。

「兄さん、また会えると約束して下さい」

「分かったよ。また会おう」

「今までお世話になり、ありがとうございました」

「もうよい。バスの時間があるだろう。行けよ」

　正治はバスの時間を知っていた。

「では、これで――」

「元気で暮らせよ」

　最後に白く細い手を着物から出し、正治は左右に振った。それを合図に、看護婦は車椅子を反転させた。

　――兄さん、必ず戻ります。

　留吉は涙を堪え、サナトリウムを後にした。

八

　四月一日、「満洲日報」の東京支社に出社すると、その日のうちに満州行きの辞令を受け取った。二週間ほどは研修と身辺整理に当てられたが、四月中旬に神戸港を出港する大連行きの旅客船に乗れとのことだった。

　神戸と大連を結ぶ大阪商船の日満連絡航路は、なんと週二便も出ていた。

　むろん留吉に否はない。もっと早く行きたいくらいだ。

　留吉は友人や知人に葉書で一時的な別れを告げたが、岩井から返信が来て「四月十日に会いに行く」とのことだった。こちらの都合も確かめずに来るというのは岩井らしかったが、とくに用事もないので会うことにした。

「こんな気取った場所を指定してくるとは、壮司らしくないな」

　指定された時間に上野精養軒（せいようけん）に着くと、珍しく岩井は時間前に待っていた。

「構わんさ。今日は俺におごらせろ」

「いいのか。まだ新米弁護士だろう」

「俺は司法試験に受かっていないので弁護士見習いだが、学生時代に弁護士事務所で働いていたので、給料はもらっていた」

「そうか。では、お言葉に甘えさせていただく。満州で頼りになるのは金だけだからな」

「生きて帰ってきたら、今度はお前がおごれ」

「よし、約束しよう。だが、それが嫌で内地に戻らないかもしれんぞ」

「それは許さん。大金持ちになって戻ってこい」

　二人が声を上げて笑ったので、近くの客が非難するように顔を向けてきた。

「おっと、ここは居酒屋じゃなかったな」

「そうさ。由緒正しい上野精養軒さ」

　二人は忍び笑いを漏らした。

　新橋・横浜間で鉄道が開通した明治五年（一八七二）、精養軒は築地で開業した。実はこの年、明治天皇が肉食を宣言し、宮中において国賓やＶＩＰを招く時の正餐（せいさん）がフランス料理となった。これによりフランス料理の一大ブームが起こる。精養軒はその波に乗って繁盛し、上野公園開園の際に上野に移り、高級フランス料理店の草分けとなっていた。

「ところで正治さんの具合はどうだ」

「よくはない。どうやら大きな手術をせねばならないようだ」

「正治兄さんは若い。手術をすればよくなる」

「ありがとう。俺もそれを信じている」

　壮司がナプキンを胸に掛けたので、留吉もそれに倣った。それを見た給仕がワインを勧めてきたので、壮司は赤ワインのボトルをオーダーした。

「それにしても、よく満州行きを決意したな」

「ああ、前から行きたかったこともある」

「嘘をつけ。行方不明になった兄さんを捜しに行くのが目的だろう。となれば、お前を馬賊などから守ってくれるはずの軍部からもにらまれる。それを覚悟しているのか」

　壮司には、慶一が張作霖爆殺事件に関与しているとは言わず、作戦行動で行方不明になったとだけ伝えていた。

「その通りだ。陸軍省は『こちらで捜すので任せてくれ』と言ってきた。それを無視するのだからな」

「何とも無鉄砲な奴だ」

「無鉄砲は承知の上だ。しかし『満洲日報』の伝手は使える」

「仕事でもないのに誰も手伝ってくれないぞ。しかもお前は、あちらに知己はおらず、中国語もしゃべれん」

「そうだ。だから当たって砕けろだ」

「本当に当たって砕けるなよ」

　運ばれてきた前菜の「伊勢海老の凍疑物（ジェリー寄せ）」に、二人は早速手をつけた。

「どうだ。うまいだろう」

「いつも来ているような言い方はよせ」

　二人が再び笑い合う。

「で、見込みはあるのか」

「全くない。現地に行ってから、どうするか考える」

「そうか。それはたいへんだな」

「ああ、満州は広大だからな」

感覚的にその広大さが摑めていないが、とにかく広い範囲を捜すことになるだろう。

「お前が羨ましい」

「なぜだ。満州には何もないぞ」

「いや、広漠とした大地がある。人間を鍛えるには絶好の舞台だ」

「人間を鍛えるか。それもそうだな」

続いて青豌豆羹（グリーンピースのスープ）が運ばれてきた。

「音を立てずに飲むのが西洋のマナーだ」

「それくらい知っている」

そのスープは胃の腑に沁み込むようだった。

「あちらの生活は、よほど過酷なんだろうな」

「おそらくな。でも大陸浪人になるわけではない。寄る辺ない地を放浪するのでないなら、命を取られることもあるまい」

明治から昭和にかけて、大陸浪人という言葉が生まれた。特定の組織には所属せず、大陸を股にかけて旅をし、そこで得た情報を日本軍に売るなどして礼金をもらう人々のことだ。中には、旅人のように大陸を放浪するだけの者もいたが、帰国してから大陸浪人だったことを売りにして政治活動に従事する者もいた。

スープを飲み干してスプーンを置くと、壮司がしみじみとした口調で言った。

「必ず戻ってこいよ」

「お前におごるためにか」

二人は笑い合ったが、すぐに壮司は真顔になった。

「いや、お前がいないと退屈する」

「そんなことはない。すぐに弁護士活動が忙しくなり、俺のことなど忘れてしまうさ」

「そうかもな。だが無駄死にはするな」

「ありがとう」

壮司らしい友情の表現だったが、留吉の心に沁みた。

続いて福子捏粉包焼（パイの包み焼、ソースショロン）、牛繊肉フィナンシェル盛合せ（牛フイレ肉フィナンシェル風）、天門冬マルテーズ被汁（アスパラガスのサラダ、ソースマルテーズ）が運ばれてきて、二人とも見事に平らげた。

「ああ、うまかった」

「精養軒だからな。当たり前だ」

最後に、桃糖液烹アイスクリン添え（桃のコンポートとアイスクリーム）と珈琲がテーブルの上に置かれた。

「これでフルコースは終わりだ」

「大満足だ。大陸に渡れば、こんなものは食べられないからな」

二人は最後に笑い合うと、残ったワインを互いのグラスに注いだ。

続いて壮司は立ち上がると、周囲を憚らず大声で言った。

「坂田留吉君の満州での活躍を祈り、乾杯！」

それを聞いた周囲の客から拍手が起こる。

留吉は立ち上がると、それに応えるように頭を下げた。

椅子に座り、ワインを飲み干すと熱いものが込み上げてきた。

「壮司、ありがとう」

「よせやい。友として当然のことだ」

壮司の目には、涙が浮かんでいた。

――これで心残りはない。

日本を後にするという実感が湧いてきた。

四月十七日、鉄道で神戸まで行った留吉は、「うらる丸」に乗り、一路大連を目指した。

かくして留吉の、人生の新たな一ページが始った。

九

中国東北部に広がる満州は、清朝時代に東三省と呼ばれた奉天、吉林、黒龍江の三省を指す。この東三省には多くの民族が住んでおり、漢民族とは異なる国家、文化、社会を形作っていたことから、漢民族からは北方民族と総称されていた。

　その中でも、女真族が打ち立てた清朝は漢民族を支配下に置き、大陸統一を果たした。彼ら女真族は自分たちを満州族と呼び、それが地域の名として定着していった。

　広大な満州全域を、日本がわがものにしようという野心を抱いたのは、朝鮮支配をめぐって清朝と対立した日清戦争以降で、この戦いで南満州を占領してからだった。この時、遼東半島も占拠した日本だったが、ロシア・フランス・ドイツの三国干渉によって遼東半島を返還せざるを得なくなる。

　ところがその後、ロシアは遼東半島を清国から強引に租借し、一大軍事基地を築くと、義和団事件をきっかけとして満州全域に軍を展開し、実質的に満州全土を占領した。

　これでは、日本の朝鮮支配が危機に陥る。その結果、勃発したのが日露戦争だった。この戦いはロシア国内が混乱していたこともあり、日本が勝利した。

　これによって日本が得たのは、遼東半島南端の関東州と東清鉄道の一部（南満州鉄道）だった。当初、関東州と鉄道の保護を目的として駐屯させていた部隊が、後に肥大化して関東軍になっていく。

　そして関東軍は満州事変を起こし、満州国を樹立していくことになるが、その過程で起きたのが張作霖爆殺事件だった。

　やっと大連に着いたが、二等客室のチケットしか取れなかったので船酔いがひどかった。それでも留吉は、元気よく大陸に第一歩を刻んだ。

　埠頭で船を下りた乗客は、バルコニーと呼ばれる桟橋を経て埠頭待合所に入っていく。待合所には整然と柱が立てられ、その下部には柱を取り囲むように円形のベンチが設けられている。

そこでは、雑多な人々が思い思いの姿で乗客を待っていた。

　待合所には、乗船券販売所はもとより、売店、和洋中の食堂、理髪店、玉突きなどの球戯室までそろっており、町中のように賑やかだ。新聞売りの少年たちが客を呼ぶ声の中、留吉は人の波に押されるように外を目指した。

　――ここが大連か。

　待合所の出入口は半円形の屋根が懸けられており、その前には円筒形の柱が六本整然と並んでいた。円形の階段を下りると、乗合自動車の運転手や車夫らしき者たちが殺到してきた。まだ乗合自動車は少なく、大半は小型馬車（マーチョ）や洋車（ヤンチョ）と呼ばれる人力車になる。

　だが彼らの言葉は、留吉には通じない。中には、おかしな発音の日本語で「どこ行きますか」「安いよ」という言葉も聞こえてくる。

　留吉が戸惑っていると、運転手や車夫の向こうで、白色のパナマ帽が振られているのが目に入った。丸眼鏡を掛け、白一色の亜麻（あま）のスーツを着たその人物は、帽子で「こっち、こっち」と合図している。留吉が自分のことかどうか分からないでいると、「坂田君、こっちだ」という声が聞こえた。

　右手で拝むようにして運転手らをかき分けた留吉は、何とかパナマ帽の男の許に辿り着いた。

「坂田君だね」

「はい。坂田留吉です」

「迎えを仰せつかった『満洲日報』編集の中林金吾（なかばやしきんご）です」

　中林と名乗った男は、新人の留吉に対しても丁寧語だ。

「よ、よろしくお願いします」

　自分などに迎えが来るとは思ってもみなかった留吉は、戸惑いながら中林の差し出す右手を強く握った。

「おっ、こんなに握力があるなら、ここでもやっていけますよ」

中林はそう言うと、「満洲日報」と車の横腹に大書された社用車に留吉を乗せた。運転手は現地の人のようで一言も話さない。中林と共に後部座席に座ると、中林が問うてきた。

「坂田さん、外地は初めてですね」

「そうなんです。だから不安なんです」

「ご心配には及びません。うちに入った唯一の新人なので、皆で丁寧に指導しますよ」

――俺が唯一の新人だったのか。

そういえば、「満洲日報」は新人の募集広告を出していなかった。つまり父が伝手を使って押し込んでくれたのだ。

「そうだったんですね。皆さんの迷惑にならないよう頑張ります」

その間も、車は猛スピードで広い道を走り抜けていく。歩行者や牛車が道路を横断してくるが、日本と違って道を譲るなどということはせず、クラクションを鳴らして蹴散らすようにせねばならない。

――これが満州なのだ。

歩行者を優先する日本の運転手たちとは、精神風土が違うのだ。

道行く人の大半は辮髪を結った現地人だが、明らかに日本人と分かる姿をした紳士淑女も散見される。

「随分と日本人が多いのですね」

「そうなんです。満州全土で百万人を超えたとも言われています」

在満邦人は、後のピーク時には百五十五万人を数えた。

広い街路の両側には、アカシアらしき木が整然と植えられ、ちょうど開花の季節で甘酸っぱい匂いが立ち込めている。

舗装作業をしているのか、スチームボイラーの転圧車がアスファルトを固めている。その煙をもろともせずに、自転車に乗った現地の人たちが、辮髪を風になびかせて走りすぎていく。

やがて車は、環状交差点（多心放射線状道路）

のようになっている場所に入った。

「ここが大連の中心、中山広場です」

中林によると、この広場は旧ロシアの占領下にあった時代、パリに倣った都市計画によって造られたもので、今では、この広場を囲むようにヤマトホテル、市役所、警察、横浜正金銀行、朝鮮銀行、中国銀行、英国領事館、関東逓信局といった建物があるというが、どれがどれだか、留吉には分からない。

車は環状交差点でもスピードを落とさず走るので、遠心力で体が傾く。気を利かせた運転手が、あえて環状交差点を一周半ほどすると、標識に魯迅（ろじん）路と書かれた幅広い道路に入った。

「あれが南満州鉄道の本社です」

中林が指差すのに気づいたのか、運転手が少しスピードを落とした。

「立派な建物ですね」

「元々はロシアの学校だったんですよ。だからほかの建築物に比べて地味なんです」

言われてみればそんな気もする。兄の正治に少しでも欧州の建築様式について聞いておけばよかったと、留吉は後悔した。

やがて魯迅路を通り過ぎた車は右左折を繰り返し、四階建ての建物の前で停まった。

「ここがわが社の本社です」

満鉄本社の近くなのは分かったが、魯迅路に出る道はよく分からない。

――まあ、なんとかなるさ。

不安なことが多すぎ、開き直りにも近い気持ちが湧いてきた。

「ここは日本人の事務所や住宅が多くある場所で、七七街と呼ばれています。私のアパルトメントはあちらにあります」

中林は瀟洒（しょうしゃ）な洋館を指差すと、一転して運転手にぞんざいな口調で「そこに停めろ」と命じ、車を降りた。

四階にある「満洲日報」編集部で待っていた

のは、葉巻をくわえた巨漢だった。

「局長、坂田君を連れてきました」

　靴を履いたままの足を机の上に投げ出して新聞を読んでいた巨漢は、眼鏡をずらして留吉を見ると、まず言った。

「随分ハンサムじゃないか」

　留吉はよくハンサムと言われるが、若いだけで、自分ではそれほどでもないと思っていた。

「初めまして。坂田留吉です」

「編集局長の米野豊實(よねのとよみ)だ」

「よろしくお願いします」

　留吉が差し出した手を軽く握ると、米野が電話で誰かと話している男を顎で示した。

「あれが臼五亀雄(うすごかめお)編集長。君の上司になる」

　留吉が頭を下げると、臼五も目礼を返してきた。臼五は米野と違って細面で眼光が鋭く、博徒か渡世人の趣がある。どうやら中国語で激しいやりとりをしているらしく、留吉は少し怖くなった。

「心配するな。あれでも臼五君は九州帝大卒だ。そうは見えないだろうがね」

　米野と中林がそろって笑う。

「さて、坂田君、君は殊勝にも陸軍付記者を希望していると聞いた」

「えっ、誰にですか」

「東京の山崎(やまさき)社長からだ。違うのかね」

　この時の「満洲日報」の社長は山崎武(たけし)になる。

「はい。陸軍付を希望しました」

　もちろん父の善四郎が、山崎にそう言って入社させたに違いない。

「よかった。陸軍付は、なり手がいなくて困っていたんだ」

「どうしてですか」

「決まっているだろう。何でも機密だと言い張って、ろくに情報を寄越さない。とくにわれわれは目の敵(かたき)にされている」

　――そうだったのか。

　どうやら兄の慶一の行方を捜すのは、容易なことではなさそうだ。

「でも、話の分かる御仁もいる」

　この時になって、やっと米野が対面の座席を勧めた。

「まあ、座ってくれ。中林君はもういいぞ」

「はい。後はよろしく」と言うと、中林が自席に戻っていった。

「実は明日の夜、陸軍のある方を接待することになっている。そこで、いろいろ話を聞き出そうと思ってね。君も末席に加えたい」

「ありがとうございます。ぜひお願いします」

「張作霖爆殺事件を知っているだろう」

　突然、最大の関心事に至ったので、留吉は戸惑った。むろん兄のことは伏せてある。

「もちろんです」

「その事件の調査をしている少佐だ。彼から事実を聞き出そうと思ってね」

「でも、報道できるんですか」

「満州で起こった事件を、うちが報道できないでどうする」

「それもそうですね」

　改まったように米野が言う。

「つまり報道はリスクと隣り合わせだ。新聞社の陸軍付という役割は、いつ何時、憲兵に連れていかれて尋問されるか分からない仕事だ。それでもよいな」

「望むところです」

「ははは、望むところはよかったな。君なら憲兵もたじたじだな」

　ここまで来て、「嫌です」と言うわけにはいかない。だが留吉は、この仕事が容易なものではないと覚悟した。

十

　連鎖街で乗合自動車を下りた米野、臼五、留吉の三人は、「扶桑仙館（ふそうせんかん）」という一流中華料理店に入り、少佐を待っていた。瞬く間に灰皿が吸い殻の山と化していく。

米野と臼五は、「遅いな」などと言っては腕時計を見ながら世間話をしている。それを留吉は黙って聞いていた。

やがて一人の士官が入ってきた。

「いやー、田中少佐、お久しぶりです」

米野と臼五が立ち上がったので、慌てて留吉もそれに倣った。その時、椅子を倒してしまったので、二人からにらまれた。

「おう」と答えつつ座に着いた男は、小柄だが筋肉質で、気の強そうな面構えをしている。

「初めてなので、紹介します。こちらが新人の坂田留吉です」

臼五が留吉を紹介すると、田中が鋭い眼光を向けてきた。

「陸軍付をやらせてもらうことになりました、坂田と申します」

「そうか。田中隆吉だ。上海公使館付武官をやっている。いつもは上海にいるが、こちらにもたびたび来て、貴様らマスコミの相手をしている」

マスコミを相手にする場合、陸軍報道部が担当部署になるが、田中は正式任命か自称かは不明だが、上海公使館のマスコミ相手のスポークスマンのような役割を担っている。そもそも駐在武官という仕事は、外地で情報収集に従事するのが任務なので、行動の自由度が高い。

米野が媚を売るように言う。

「ご多忙の中、夕食を共にしていただき、ありがとうございます」

「いいってことよ。何事も助け合いだ」

ちょうど運ばれてきた老酒を、臼五が田中の盃に注ぐ。本来なら留吉がやらねばならないのだが、緊張して気づかなかった。

共通の知人などの噂話でしばし盛り上がった後、米野が問うた。

「少佐、大陸の情勢をどう見ていますか」

「おっ、早速核心を突いてきたな。俺から機密情報を聞き出したいのだろう」

「滅相もない。少佐の慧眼に満ちたお話を伺いたいだけです」

老酒を飲み干すと、田中が言った。

「俺がここに来た理由は分かるだろう」

臼五が如才なく答える。

「はい。満州某重大事件の調査ですね」

露骨な表現を避けるため、関係者の間で、張作霖爆殺事件は満州某重大事件と呼ばれていた。

「その通りだ。これがなかなか難しい事案だ」

「難しいとは」

米野がすかさず問う。

「一筋縄ではいかないということだ」

「では、関東軍の一部の跳ね返りが起こした事件ではないのですか」

「君は直截だな」

田中が笑みを浮かべる。ちょうど料理が運ばれてきたので、田中が流暢な北京語で女給に何かを尋ねている。

「餃子は、満州が発祥の地だそうだ」

田中がはぐらかす。

「田中少佐、真相を掴んでいらっしゃるんでしょう。教えて下さいよ」

「ははは、馬鹿言うな。そんなことを教えたら切腹もんだ。俺の腸詰でも食べたいのか」

「やめて下さいよ」

留吉を除く三人が爆笑する。

中国の腸詰とは、牛、豚、羊の肉をミンチ状にして酒や香辛料を加え、豚や羊の小腸に詰めたもののことだ。

「いずれにしても、君らに語れることと語れないことがある」

「では、関東軍の仕業ということですね」

「俺の口からは何も言えん。そのうち様々なことが明らかになってくるだろう」

「どうしてですか。もう明らかなことではありませんか」

「それはどうかな」

田中はそう言うと、再び満州料理の蘊蓄を語り始めた。

その日の接待はそれで終わり、田中を車に乗せて送り出した後、三人も別の車に乗り込んだ。

米野と臼五が別の話題で盛り上がっているので、留吉は張作霖爆殺事件に話題を振った。

「先ほどの田中少佐のお言葉ですが、どうも奥歯にものの挟まったような言い方でした。関東軍の一部将校が犯人ではないのでしょうか」

臼五が小馬鹿にしたように言う。

「この事件は、関東軍の跳ね返りが勝手にやったことだ。だが関東軍は、それを公式には認められない。政府もそんな軍を責められない。何とも情けないことだ」

「しかし先ほどの話では、そんな単純なことではないような気がしますが」

何かピンと来たのか、米野が言う。

「そういえばそうだな。何か言いたかったようだが、ぎりぎりのところで踏みとどまった感があった」

臼五が口を尖らせて問う。

「真相は明らかなはずです。ほかにどんな可能性があるというのです」

「あの時、『そのうち様々なことが明らかになってくるだろう』と、田中少佐は言ったよな。実は、すでに明らかになっているのではないか」

「そこです」

留吉が身を乗り出すようにして言う。

「私は素人同然ですが、何か臭うんです」

臼五があきれたように言う。

「おい、お前さんは素人同然ではなくて素人なんだぞ」

「分かっています。しかし素人だからこそ、先入観を抱かずに事に当たれると思います」

「事にあたるって、お前が何をやるんだ」

「まあ、待て」と言って米野が間に入る。

「坂田は、どうせすぐには戦力にならん。だったら田中少佐に張り付いて、何か言質を取れたら、めっけもんじゃないか」

「しかし――」

「やらせて下さい。田中少佐に張り付き、必ず気に入られるようにします」

臼五が叱るように言う。

「おい、田中少佐は、われわれの大事な情報筋だ。機嫌を損ねるようなことをすれば、それだけで陸軍の情報が入ってこなくなるんだぞ」

だが米野は別のことを言った。

「臼五君、坂田は新人だから、多少の粗相をしても許してもらえるんじゃないかな。だいいち新人だと、田中少佐の口も緩む可能性がある」

「ああ、なるほど――」

「どうせ駄目元だ。坂田君にやらせてみよう」

「ぜひ、やらせて下さい」

二人が顔を見合わせた後、米野が言った。

「よし、君は田中少佐付だ。奉天でも北京でも一緒に行って、満州某重大事件の真相を摑んでこい」

「はい！」

臼五が渋々言う。

「分かりました。坂田にやらせましょう。ただ若造が田中少佐に付き合うのはたいへんです」

「どうたいへんなんですか」

「酒と女だよ」

二人が大笑いする。

「私は金を持っていませんが――」

「何も自腹を切れとは言っていない。些少なら、わが社の経費で落とせ。まあ、田中少佐は陸軍の経費を自由に使える立場だ。だから逆に奢ってもらえる」

「それは助かります」

臼五が煙草に火をつけながら言う。

「われわれだと、そうはいきませんからね」

「その通りだ。新人というのは、存外使い勝手がよいかもしれんぞ」

「それもそうですね」

米野が膝を叩くように言う。

「よし、明日からは出社に及ばずだ」

「よろしいので」

「今日は大人しく帰ったが、田中少佐は朝まで飲む。それに耐えられるな」

「もちろんです」

そうは言ったものの、朝まで付き合う自信などない。

——だが、兄さんを見つけるためにはやらなければ。当たって砕けろだ。

留吉は、希望通りの初仕事を見事射止めた。

十一

翌日から、留吉は田中少佐に張り付いた。とは言っても、始終一緒にいることはできない。田中がどこかに出掛ければ、その後を追い、誰かと会うなら、出てきたところで話を聞くという方法を取らざるを得なかった。

当初は戸惑っていた田中だったが、新人記者と見くびったのか、そのうち酒や食事に誘ってくれるようになった。「満洲日報」は関東軍の御用新聞的立場なので、他紙の記者ほど警戒されていないことも幸いした。

当初、田中は大連と旅順を行き来していたが、七月のある日、「明日、奉天まで行く」と告げられた。

ちなみに旅順も大連も同じ港町だが、旅順は軍港都市なので、民間人はあまり立ち入らない。

奉天に着いた二日後、田中は「爆殺現場に行ってみないか」と留吉を誘った。むろん留吉に否はない。

爆殺事件の現場は奉天市街から車で十分ほどの場所だった。

市街地を出てしまえば、コーリャン畑が広がっているだけだ。唯一ただの畑地と違うのは、そこに二つの線路が交差していることだった。

この二つの路線のほかにも、奉天の北西部には五つの鉄道が集中しており、まさに奉天は満州の交通の要衝だった。

　元々、関東軍は、事業の権益擁護や邦人の安全確保、さらに満鉄の路線と付属地の保護のために編成された部隊だった。それが次第に肥大化し、警備や防衛という本来の目的から逸脱していくことになる。

　二人は案内役の先導に従い、現場とされる場所に至った。一行は、田中、留吉、そして運転手兼案内役の満州人だけだ。田中は単独での行動を好み、部下を同行させない。だが留吉だけは例外のようだ。

　案内役が中国語で四方を指差し、何か説明している。

「ここか」と言って田中が鉄路の石を拾う。

　留吉は、会社のカメラで周辺の写真を撮りまくった。

「君は事件の概要を知っているか」

「はい。ある程度は知っていますが、詳しくはありません」

　すでに修復された線路を歩きながら、田中が語る。

「第二次奉直戦争に勝ち、直隷派を駆逐した張作霖は、臨時政府を北京に樹立し、蒋介石の広東国民政府に対抗しようとした。しかし張作霖の軍は軍閥の連合体にすぎない。利害が一致しなければ反旗を翻される。張作霖が南軍（国民革命軍）と対峙している間に、蒋介石がいくつかの軍閥の長を利で釣り、張作霖の後方で寝返らせ、奉天に攻め寄せさせたのだ。これで奉天が危うくなり、張作霖は関東軍に支援を求めてきた。ここまで日本政府は介入に消極的だったが、関東軍は乗り気だった。結局、関東軍に怖じ気づいた軍閥は戦う前に崩壊し、張作霖に平伏したというわけだ。しかしその頃、蒋介石の北伐軍が北上を開始していた」

「そこで再び日本が動いたというわけですね」

「そうだ。蔣介石に満州に出てこられたくない田中義一内閣が、居留民保護の名目で軍事干渉に乗り出したのだ。日本としては、張作霖と蔣介石、さらに野望たくましい連中がぶつかり合って国力を損耗してくれれば、それに越したことはない。だが張作霖はしたたかだ。日露戦争以来、日本に従順だったが、ここに来て対日依存路線を自主独立路線に転換し、東三省の支配権を確立し、自立を図ろうとしていた。だが大正十五年（一九二六）五月に入ると、張作霖の敗北が決定的となった。そうなると再び日本を頼ってくる。しかしもう日本も支えられない。そこで張作霖に北京放棄を勧めたのだ」

「それを張作霖も納得したのですか」

「ああ。昭和三年六月一日、張作霖は北京の大元帥府で盛大に送別の宴を行い、三日、午前一時少し前、軍楽隊の奏楽に送られるようにして北京を後にした」

「そして一路、奉天を目指したのですね」

「そうだ。コバルト色に塗装された二十両編成の特別列車を仕立て、まさに凱旋将軍のような帰還をするはずだった」

　張作霖が乗ったのは、京奉線下り特別列車で北京を出発し、天津や山海関を経て、渤海湾に沿って北上し、奉天駅に着く予定だった。二連の機関車の後に、貴賓車、展望車、食堂車、寝台車といった具合に車両が続く編成だ。

「ところが、凱旋とはいかなくなった」

　田中が煙草を捨てると言った。

「爆心はこの辺りだな」

　案内役が「はい」と答える。

　爆殺直後を撮った写真を見たことはあるが、今は爆破の痕跡は一切ない。

「張作霖の乗った特別列車は、奉天駅を目前とした午前五時二十三分、北京と奉天を結んだ京奉線と満鉄線がクロスした陸橋から十五メートルほど南で爆破された」

　北京から八百五十キロメートルを二十八時間

かけて走ってきて、ようやく終点が近づいたところで、張作霖は爆殺されたことになる。

「日本の新聞記事では、国民革命軍の便衣隊（べんい）がやったことになっていますが、実際は違ったんですね」

　便衣隊とは、私服を着て一般民衆になりすまして様々な工作を行う部隊のことで、日本軍はずっと悩まされてきた。

「誰もが、関東軍高級参謀の河本大作（こうもとだいさく）大佐がやったと知っているだろう」

　河本は爆殺事件当時、四十五歳。関東軍内では軍司令官と参謀長に次ぐ序列第三位にあったが、今は更迭（こうてつ）されている。

「失礼しました。河本大佐自身が口述記録や手記によって張作霖の殺害を示唆していますし、多くの関係者の証言もありますよね」

「その通り。河本大佐らは陸橋の脇に置かれていた十個ほどの土嚢（どのう）に目をつけ、土嚢の土を除き、代わりに火薬を詰め込み、元の通りに積んでいた。そこから二百メートルほど南の畑の中にある関東軍の監視小屋に点火装置を仕掛け、土嚢との間を電線でつないだ。そして列車が通過するのを見計らってスイッチを押した」

　爆心地は、三両目の展望車と続く食堂車の間と推定された。この二両の前後の貴賓車と寝台車も焼失した。

「明らかに河本大佐らの仕業ですよね」

「普通に考えればそうなる」

「普通に考えなければどうなるのです」

　田中がにやりとする。

「おい、カバン」

　田中に指示され、案内役の男が田中にカバンを手渡す。

「この写真を見ろ」

「これは事故調査時のものですね」

　留吉はその写真を見たことがある。事故直後から主要新聞社に相次いで掲載されていたからだ。むろん「満洲日報」も入手し、紙面に掲載した。

その写真を見ると、まず展望車の屋根が吹き飛び、頭上の満鉄線から落ちてきた鉄の欄干（ガード）などによって押し潰されていた。ただしどの車両も線路上に整然と停車し、台車部分はほぼ脱線しておらず、線路自体も完全に原形をとどめていた。

「これらの写真を見ると、転覆（てんぷく）や脱線をしていない。どうしてだと思う」

「つまり線路脇の爆発なら、車両は吹き飛び、台車も脱線し、爆心地には、大穴が開いているというのですね」

「そうだ。爆破された特別車両は、京奉線を走ってきた。その上には満鉄が走っているが、左右の石垣の間に二つの橋脚があり、上りの北京行き、下りの奉天行きが走っている。満鉄の欄干は展望車を直撃し、その屋根を破壊した。その線路も飴のように捻（ね）じ曲がっている。左右の石垣も上部が破壊され、下部は無傷だ。これが何を意味する」

「爆発の力が列車の上部に掛かったのかと――」

田中がうなずく。

「そうだ。捻じ曲がっているのは満鉄の線路で、京奉線の線路は無事だ。しかも、どの車両の車輪も車台も破壊されていない」

「では――」

「結論を急ぐな。では、この写真を見たことはあるかい」

田中がカバンから取り出したのは、目を疑うような写真だった。

十二

その写真を目にした留吉は驚愕（きょうがく）した。

「これは――、爆破直後どころか、爆破した時の写真じゃないですか！」

「そうだ。こんな写真を撮った者がいる」

田中が見せてくれた写真は、爆発時にその場にいなければ撮れないものだった。

「これらの写真は河本の一味が撮ったので、彼らが記録に残したと思えば不思議ではないが、問題は爆破の様子だ」

それらの写真は、線路脇の土嚢が爆発したのではなく、列車上部が爆発したことを明らかに物語っていた。

「しかし爆心地から監視所まで電線を引き、そこでスイッチを押して爆破したという証拠もありましたよね」

「ああ、電線を巻き取るのを忘れた一件か」

河本一派はよほど慌てていたのか、電線を巻き取るのを忘れていた。点火装置は関東軍の監視小屋にあるので、犯人が関東軍だというのは明らかだった。だが田中の観点は違っていた。

「これほど重大な事件を計画実行した者たちが、そんな大事なことを忘れるか」

「ということは――」

「わざと残したんだ」

留吉は頭が混乱してきた。

「しかし河本大佐とその一味は、自分たちがやったと言い張っているわけですよね」

「そのことか」

田中が一つ石を拾うと、嫌悪もあらわに投げ捨てた。

「当たり前だよな。河本らは一時的に予備役編入、停職、譴責などの罪に処されるが、ほとぼりが冷めれば、陸軍に復帰するなり、民間に下野して要職に就くなりして、これまで以上の出世ができるというわけだ」

「どういうことですか」

「いいか。張作霖を殺して事変を起こさせたい者たちは、関東軍にも日本国内にも多くいる」

「それは誰ですか」

田中が苦笑いする。

「俺に言わせるのか」

「お願いします」

「真崎甚三郎、荒木貞夫、南次郎、本庄繁、

小磯国昭、そして村岡長太郎といった面々だ」

田中は、平気で上官たちを呼び捨てにした。

「では、河本大佐らは、誰かがやった事件を自分たちがやったことにしたわけですね」

「そうだ。あの男もたいした玉だ」

この事件でいったん停職とされた河本は、後に満鉄理事を経て国策会社の満州炭鉱株式会社理事長の座に就き、満州国を代表する顔になっていく。

「では、やはり蔣介石率いる国民革命軍の便衣兵が犯人なのですか」

「その可能性は否定しきれない」

「では、別の可能性もあるのですか」

その時、ちょうど満鉄の列車が通過していった。その音がやんでから、田中が答えた。

「ああ、そうだ」

「それはいったい――」

「分からんのか。旧ロシア、つまりソ連だよ」

「コミンテルンですか」

田中が渋い顔でうなずく。

「俺はそうにらんでいる。しかも河本はロシア戦史の専門家だ」

河本は参謀本部勤務時代に参謀総長からロシア研究を命じられ、ロシア語からロシアの文化まで学び、関東軍きってのロシア・ソ連通となっていた。

「奴は『露探』、すなわちソ連のスパイにも伝手がある」

「つまりソ連と利害が一致し、結託していた可能性があるというのですか」

「そこまでは分からんが、その可能性は否定できない」

「しかし北京発の列車に、どうしてロシア人が爆発物を仕掛けられるのですか」

「ロシア人も日本人も警戒されているので、そんなことはできない。だが奉天軍の中には、ロシアに買収されている者もいる」

実は、後に事件の首謀者が、張作霖の息子の張学良の可能性が高いことが明らかになる。

　蔣介石と手を組むなど考えもしなかった張作霖と違い、父に代わって奉天軍の指揮官となった張学良は、爆殺事件の約半年後に「易幟」を断行し、満州の旗を蔣介石軍の青天白日旗に換えてしまった。つまり蔣介石の傘下に入り、日本と戦う道を選んだのだ。こうした事実から、父と折り合いの悪かった張学良が、列車の天井に爆発物を仕掛けさせた可能性はある。

「とは仰せになっても、列車の天井に仕掛けた爆薬を、河本一派の偽装工作の現場でタイミングよく爆破させるのは難しいのでは」

「いや、簡単なことだ。天井の爆弾に電線をつなぎ、別の車両にいた者が点火装置のスイッチを押せばいいだけだ」

　田中は立ち止まると、「そろそろ帰るぞ」と案内役に告げた。

「待って下さい。なんで私などに、これほどの秘密を教えるのですか」

「ははは」と笑うと、田中が言った。

「君は随時、大連の上司に連絡を入れているだろう」

「仕事ですから当然のことです」

「それで俺は助かっている」

「仰せの趣旨がさっぱり分かりません」

　田中が真剣な顔つきになる。

「こんなことを調べていれば、関東軍の河本派に俺は殺される。だが部外者でマスコミの君が一緒にいれば、俺の身は安全だ。仮に俺が一人でいる時に殺されても、すべてを知る君が紙面で騒げば、関東軍は政府から難詰される。ただでさえ今回の件をうやむやにした田中義一内閣に、天皇陛下はお怒りだ。天皇陛下の一言で関東軍など解体される」

　――そういうことだったのか。だから田中少佐は、警護の兵も付けずにこんなところに来られたのか。

　留吉は田中という人物の賢さに舌を巻いた。

「もう一つ教えて下さい」

留吉は勝負に出た。

「田中少佐は、坂田慶一という少尉をご存じないですか」

「坂田慶一、か」

田中が記憶を探るように目を細めた。

「何か知っていたら教えていただけませんか」

「ああ、思い出した。坂田少尉はこの事件の後、行方をくらました」

「どこにいるか知りませんか」

「知らんな」

ようやく気づいたのか、田中が留吉の顔をしげしげと見た。

「君も坂田姓だが、坂田少尉とは、どのような関係なのだ」

「私の兄です」

「何だと——。つまり君は兄を捜すために満州に来たのか」

「そうです。このことは内密にしていただきたいのですが」

「分かった。しかし君は兄思いなのだな」

田中が感心したように留吉を見る。

「兄に大恩があるからです。それはそれとして、なぜ兄が逃亡したのか、ご存じないですか」

「そこまでは分からん。ただ河本の下で働いていたのは確かだ」

「兄は何をやっていたのですか」

留吉の疑問には答えず、田中が強くうなずいた。

「そうか。読めてきたぞ」

「どういうことですか」

「やはり河本は、ソ連と結託していた可能性が高い」

「どうしてですか」

「一つだけ解けなかった疑問がある。実は、この事件の犯人を国民革命軍とするために、河本は阿片窟から中毒者を三人連れてきた。そのうちの一人には逃げられたが、二人を銃剣で刺し殺し、中国語で書かれた『決行趣意書』なるものを死体の胸に忍ばせた。だが逃げた一人が奉天軍に身を託し、関東軍の仕業だという証言をしたんだ」

「つまり河本大佐はソ連から偽装工作を依頼されたと――」

「そこまでは確証が持てないが、その可能性はある」

　河本は偶然の出来事を自分の出世に結び付けたのではなく、ソ連と結託していた可能性があると、田中は言うのだ。

　つまり河本ができることは、線路脇に爆薬を仕掛けることだ。しかしそれでは走ってくる列車をタイミングよく爆破し、張作霖を殺すことは至難の業だ。しかし前もって列車の天井裏に爆薬を仕掛けておけば、確実に殺せる。だが、ソ連は犯人を関東軍にしたい。一方の河本は張作霖を殺すことで、関東軍のタカ派に気に入られたい。双方の利害は、ここに一致したのだ。

「では、兄はなぜ行方をくらませたのですか」

「それを聞きたいのか」

「はい。その理由さえ分かれば、兄を捜し出せると思います」

「いいだろう。教えてやる」と言うと、田中が煙草に火をつけた。

「阿片窟から中毒者を連れてきたのは、君の兄さんなんだ」

「まさか――」

　留吉は愕然とした。

「爆発物の偽装なども、兄さんが中心になって行ったと聞いている。つまり君の兄さんは、この事件に深く関与している」

「それで、どうして逃げたのです」

「河本一派に消されそうになったのだろう。しかも公式には、国民革命軍の仕業と発表している日本政府も、君の兄さんを保護しようとしない。つまり兄さんは、どこかに隠れるしかないんだ」

「兄はどこに――、兄はどこにいるんですか」

田中が首を左右に振る。

「広大な満州のどこかにいるはずだが、捜し出すのは容易ではない。だいいち俺が見つければ――」

田中が言葉を切る。

「田中少佐が見つければ、どうするのです」

「関東軍に引き渡さねばならない。つまり兄さんは闇から闇に葬られるだろう」

留吉は暗澹たる気持ちになった。

「よく、分かりました。私は自力で兄を捜し出し、日本に連れ帰ります」

「君の健闘を祈っているが、それは難しいだろうな」

ちょうどその時、真紅に染まった太陽が地平線に沈んでいこうとしていた。

――兄さん、待っていて下さい。必ず見つけ出します。

その夕日に留吉は誓った。

十三

大連とは異なり、奉天は内陸部にある。それゆえ大連で見られたような港町特有の賑やかさはなく、郊外の静かな城郭都市という雰囲気を漂わせていた。

奉天の特徴は重厚な城壁に囲まれている点にある。この城壁の外周は六キロメートル、その高さは二十メートル前後もあり、町がこの城壁に守られているのがよく分かる。

田中隆吉が奉天に滞在している限り、留吉も奉天にいられる。その間に兄の足跡を追わねばならない。

留吉は郭子明(かくしめい)という青年を通訳に雇い、空いている時間を利用して慶一の行方を追った。だが行き当たりばったりで捜しても、見つかるはずがない。そこで、事件前に逃げ出した阿片中毒者を捜すことにした。

まず名前が分からなければ話にならない。だが関東軍が教えてくれるはずがないので、奉天軍の本拠である大帥府（だいすいふ）に尋ねてみようとした。

しかしそれでも、日本人に教えてくれる可能性は低い。

そこで一計を案じた留吉は、郭子明を守衛所に行かせて守衛に賄賂を渡し、その阿片中毒者が大帥府に駆け込んだ六月三日の「出入名簿」を書き写させた。

この名簿は大帥府に勤めている者以外で、大帥府内に入った者に記入させるもので、名前と住所が記されている。

むろん一日に五十人から百人の出入りがあるので、それらすべてを書き写させる暇はない。それゆえ住所がないか隠したい者は書かないと、留吉は推定した。つまり住所欄が空白ないしは「なし」になっている者だけを書き写させたのだ。それで三人に絞られた。

続いて郭子明を奉天郵便局に行かせ、三人の名から住所を調べさせた。こちらも賄賂で簡単に教えてくれた。

かくして三人の名と住所が分かったので、それぞれが住む場所に行ってみた。

一人目は大帥府に弁当を届けている商人で、大帥府の名簿に住所を書かなかったのは、毎日のように来ているからだった。

二人目は洗濯屋だった。こちらも一人目と同じ理由で住所を書かなかったようだ。

残るは、三人目の王谷生（おうこうせい）という男だった。

王谷生の住所は、奉天四平街南二条通七十五番地となっている。

四平街は奉天一の繁華街で、飲食店も多いが質屋も多い。その一事を取っても、この町が庶民の金融センターの役割を担っていると分かる。「當（たん）」という看板を掲げた質屋は、厳重な跳ね戸で防犯対策を取っているが、郭子明によると、それでも盗賊に押し入られることが、しばしばあるという。

さらに「哈徳門（ハアタアメン）」という看板を掛けた煙草屋、日本から輸入したと思しき「老篤（ロート）眼薬」や「銀粒仁丹」という広告で彩られた薬屋も目立つ。

店頭に湯気が立ち込めているのは焼豚屋（餃子屋）だ。物売りも道を行き来しており、立派な髭を蓄えた白系ロシア人と思しき紳士が、両肩に箱をつるして「ロシア、パン」と繰り返しながら歩いている。ロシア人が満州を放棄した後も、この地に残ったロシア人は多いようだ。

広い道の両側に立ち並ぶ雑然とした店舗を横目で見ながら雑踏を行くと、「こっちです」と言いながら、郭子明が脇道に入った。脇道には店舗がなく住居ばかりで、どれもみすぼらしい。

一歩、脇道に入るだけで腐った臭いが鼻をつき、舗装されていない路面は水たまりだらけだ。赤ん坊の泣き声が絶えず聞こえ、あばら骨もあらわな野良犬が、何かを咥（くわ）えて駆け去っていく。

「今は昼なので心配は要りません」と郭子明は流暢な日本語で言うが、目つきの悪い男たちが、そこかしこにたむろし、会話もせずに、ぼんやりと座っている。誰もが阿片中毒者特有の無表情だ。

以前は路上でも堂々と阿片が吸われていたらしいが、今は日本の官憲の取り締まりが厳しく、阿片窟でなければ吸えないらしい。だが、いったん路地に入ってしまえば、官憲の目などないも同然だ。

「ここです」と言って郭子明が指差したのは、崩れかかった一軒家だった。

その家の小さな庭では、一人の痩せた男が土をこねていた。おそらく家庭菜園なのだろう。

郭子明が「こんにちは」と声を掛けると、男が顔を上げた。

男の顔は黒ずみ、目の下の隈（くま）が垂れ下がっている。若いと聞いていたが、五十歳前後にしか見えない。

驚いたように男が立ち上がる。伸びきったシャツの襟首からは、あばらが浮き出ていた。

「こちらは日本の新聞社の方です」

郭子明の言葉を聞いた男が一歩、二歩と後ずさる。おそらく身の危険を察知し、逃げ出そうとしているのだろう。こんな迷路のような町で逃げ出されてしまっては、再び見つけるのは困難だ。留吉は咄嗟にポケットから札束を取り出すと、男に示した。

「少し話を聞きたいだけです」

郭子明が笑みを浮かべて言う。男はまだ逃げるかどうか考えているようだ。しかし留吉は、男が逃げないと知っていた。阿片中毒者は阿片と金に目がないからだ。

「入れ」と言うと、男が崩れかけた家の中に二人を招き入れた。

男は椅子を勧めると、まず言った。

「金を出せ」

留吉が数枚の紙幣をテーブルに置く。

「すべてだ」

郭子明がすかさず口を挟む。

「残りは話を聞いてからだ」

男が渋々紙幣を受け取る。それだけでも、かなりの量の阿片が吸えるはずだ。

「質問なら早くしろ。俺は忙しい」

「分かっています。では――」

ここからは、留吉の質問を郭子明が通訳することになる。

「あなたは王谷生ですね」

「そうだ」

「張作霖爆殺犯に仕立てられそうになり、逃げ出した方ですね」

王谷生がうなずく。

「どうして逃げたのです」

「阿片窟で阿片を吸っていたら、そこの主人がやってきて、日本人の家で仕事があるので来ないかという」

「つまり指名されたのですね」

「そうだ。主とは長い付き合いだから、うまい話を回してくれたのだと思っていた」

「ほかの二人は――」

「全く知らない者たちだ。彼らどうしも知り合いではないようだ。一人は北京訛り、もう一人は広東訛りがあったので流れ者だろう」

懐が温かくなったからか、王谷生の舌が滑らかになった。

「それで裏口に行くと、日本人の商人が待っていて、その車で商人の家まで行き、風呂に入れられ、散髪させられた」

王谷生が続ける。

やがて日本人将校がやってきて、明朝に迎えに来ると言い、前金を払ってくれた。仕事内容を聞くと、関東軍将校の家の庭を造る肉体労働だという。そのために身だしなみを整えさせられるのもおかしいと思ったが、言われるままにしていると、酒食が出された。

その席に将校も同席し、彼らのことを根掘り葉掘り聞いたという。

「どうしてですか」

「今思えば、この町に係累がいないかどうかを確かめていたのだろう。実は通報されるとめんどうなので、俺は阿片窟の主人には流れ者だと言っていた。だが日本の軍人に嘘を言えば、後でひどい目に遭わされる。それで、この町の出身で一族もこの町にいると、正直に告げた。その時に住所も聞かれたので、ここを教えた」

「それでどうなったのです」

「その夜、商人の家の寝室で寝ていると、その軍人がやってきて『お前は帰っていい』と言われた。俺が『仕事をしないと食べていけない』と告げると、その軍人は紙幣をくれた。それは一日分の労賃くらいはあった。それで喜んで俺は帰った」

「二人は、そのままそこに残ったのですね」

「そのようだ。それで二人は殺されて犯人に仕立てられた。それを知ったのは、遺骸の写真が奉天の中国語新聞に掲載されていたからだ。それで驚いた俺は大帥府に逃げ込み、保護してもらったのだ」

「なるほど、話はよく分かりました」

「では、さっさと金をくれ」

「待って下さい。その将校というのは、この人ですか」

留吉が差し出した慶一の写真を見ると、男が言った。

「そうだ。間違いない。実はその後、この将校は軍を逃げ出したと言って、ここに来た」

「そ、それは本当ですか」

「うむ。軍から命を狙われているという。最初は『ざまあみろ』と思ったのだが、話を聞くと、そいつも事件に巻き込まれたと分かった。それで、どこか隠れ場所を探してくれるなら金をやるというので、別の阿片窟に連れていった」

「なぜ阿片窟などに連れていったのですか」

そうなれば、どうなるかは明らかだ。

「そうする以外、俺にどうしろというのだ。阿片窟は恰好の隠れ場所だし、俺は阿片窟以外知らない」

「それはどこですか」

「その前に金だ」

留吉が札入れから紙幣を出そうとすると、手が伸びてきてすべて奪われた。

「何をする！」

取り返そうとする郭子明を抑えると、留吉が言った。

「金はこれでいいでしょう。その阿片窟はどこですか」

「さあてね。もっと金をくれたら教えてやる」

「汚いぞ！」

郭子明は怒ったが、王谷生はどこ吹く風だ。

「この世は金だ。俺も危ない橋を渡っている。だから金が要るんだ」

「それがすべてです」

それは本当だった。

「嘘をつくな」

留吉が札入れの中を示す。

「何てこった」

王谷生は舌打ちすると、吐き捨てるように言った。

「日本人は駆け引きを知らないから騙される」

「もう持ち合わせがありません。だから教えて下さい」

王谷生が煙草を指差したので、留吉は箱ごと渡してやった。

「お前は、あの将校の何にあたる」

「弟です」

「あいつを捜すために、日本から来たのか」

「そうです」

王谷生がため息をつく。

「仕方ない。満州人は義に厚い。奴が俺を救ってくれたから、俺も奴を救った。それで義理を果たしたつもりだったが――」

うまそうに煙草を吸うと、王谷生が続けた。

「もう一つ善行を施そう。教えてやる」

王谷生が言った場所を、郭子明がメモに書き取った。

「嘘ではないな」

郭子明が確かめたので、王谷生が不機嫌そうに言った。

「俺だって恩義は忘れない。兄を思う弟の気持ちに免じて教えてやったのさ」

「ありがとう。このご恩は忘れない」

「せいぜい、騙されないようにしろよ。ここには餓狼(がろう)しかいないからな」

王谷生のくぐもった笑い声が、狭い室内に響き渡った。

十四

中国大陸と阿片は切っても切れない間柄だ。

いまだ日本が泰平の眠りに浸っていた天保十一年(一八四〇)、中国大陸では阿片をめぐって、英国と中国(清)の軍事衝突が勃発していた。

阿片戦争である。

当時の英国は、清から茶、陶磁器、綿などを大量に輸入していたが、清がほしがる輸出品がなく、大幅な輸入超過となっていた。いわゆる貿易赤字だ。そのため英国は一計を案じた。植民地のインドで製造した阿片を輸出し、清に銀で支払わせたのだ。これにより貿易収支は逆転し、中国大陸から大量の銀が流出した。そのため激しいインフレが起こり、物価が高騰した。

　しかも阿片は中毒性が強い上、摂取し過ぎると精神錯乱を伴う衰弱が激しくなり、廃人になってしまうという恐ろしい薬物だ。それが凄まじいスピードで大陸を蝕んでいった。

　こうした状況を憂慮した清政府は阿片を禁輸したが、逆に密貿易が盛んになり、阿片の流入は止まらない。そのため清政府は英国商人の阿片を没収した。これに対し、英国は自国民保護の名目で兵を送り、双方は戦争となった。

　そうなれば、軍事力で圧倒的に有利な英国が勝つのは当然だ。

　こうした経緯があり、日本軍が満州に進出する前から、満州には阿片が蔓延していた。当初は取り締まりを強化しようとしていた日本政府の出先機関の関東庁だったが、阿片はロシアからも入ってくるので、禁輸することは困難だった。そこで関東庁は、阿片管理政策を取ることにした。

　これは特定の商人だけに阿片の製造・販売を託すことで、その蔓延を徐々に終息させていくという方法だが、中国系商人はしたたかで、専売権を与えられれば、さらなる商圏の拡大を図るのは自然の摂理だった。

　こうしたことに頭を悩ませた関東庁は、石本鏆太郎という満州の阿片調査を担当してきた人物に、すべての阿片事業を委ねた。この意を受けた石本は阿片の管理政策を徹底し、阿片患者の蔓延を防ぐことに力を注ぐ。だが石本もしたたかで、莫大な個人資産を築いた。これに関東庁が文句をつけられなかったのは、石本が私財で関東庁の財源を賄ったからだ。

さらに石本は、自身が稼いだ巨万の富を、旅順・大連間の道路の敷設、公園、市営住宅、図書館の建設、銀行開設などに注ぎ込んだことで、満鉄沿線の都市化も急速に進んだ。

大正四年（一九一五）、初代大連市長に就任した石本が、阿片の製造・販売業から足を洗ったことで、その翌年、関東庁は阿片を専売する阿片総局を設立した。阿片総局は宏済善堂（こうさいぜんどう）とも呼ばれ、阿片患者を救済する宏済部と卸も含めて阿片を販売する戒煙部（かいえんぶ）から成っていた。

さらに関東庁は市中に出回る密輸阿片を摘発し、それを正規ルートで売ったため、金庫には金が積み上がっていった。

かくして満州での阿片中毒者は、横這いから減少へと転じた。結果的に、関東庁のソフトランディング策が功を奏したのだ。しかも日本人の間では阿片中毒者が出なかったことで、日本国内への蔓延も防ぐ形になった。

昭和四年（一九二九）十月、留吉は郭子明を連れ、王谷生の指定した阿片窟に行ってみた。そこは、この世の地獄としか表現しようのない魔界だった。

阿片窟は出せる金によってサービスが格段に違ってくる。富裕層向けのものは豪奢（ごうしゃ）な内装の個室で、ゆったりとしたベッドに横たわり、品質のよい阿片を味わえる。その逆に貧民向けのものは、狭い場所に詰め込まれ、誰が寝ていたとも分からない寝台で、質の悪い阿片を吸わねばならない。

そこで阿片を吸う人々の顔は虚（うつ）ろで、何かを考えているように見え、実際は何も考えていない。ただ脳を麻痺（まひ）させる快楽を貪（むさぼ）っているだけなのだ。

二人が指定された場所に着くと、その店の周囲には、痩せて骨と皮だけになった中国人たちが群れていた。

「彼らには金がないので、阿片窟にも入れないのです」

　郭子明が顔をしかめる。

　日本人が来たことに気づいた中毒者の何人かは、けだるそうに立ち上がると群がってきた。彼らはそろって手を出し、「お金、お金」と片言の日本語で言う。

「出してはいけません」

　郭子明が強い調子でたしなめる。

「どうしてだ」

「一人に出せば、ここにいる全員が群がってきます」

　そこには、優に五十人近くの阿片中毒者がいた。群がってくるのはましな方で、大半は起き上がる気力もなく寝そべったままだ。中には、微動だにせず目を閉じ、生きているのか死んでいるのかさえ分からない者もいる。

　――これが阿片の威力なのか。

　留吉は改めて阿片の恐ろしさを知った。

「私も親から、絶対に阿片をやるなと言われました」

　そう言いながら、郭子明は群がる中毒者たちをかき分けていく。

「君は一度もやったことがないのか」

「何度かはやりましたよ」

　郭子明がにやりとする。

「よく中毒にならなかったな」

「やり続けなければよいのです」

　郭子明によると、慢性的中毒になる者は辛い現実から逃避したいからやり続けるのであり、自分の生活が成り立っている富裕層や将来に希望を持っている若者は、何度かやっても常習者にはならないという。

「そういうものなのか」

「はい。世の中と同じで厳しいものです」

　そこにたむろする中毒者たちを見れば、現実から逃れたいという一念から、阿片に耽溺（たんでき）していったと分かる。

「まあ、やらないに越したことはないな」

「そうです。やらないのが一番です」

そう言いながら店頭に着いた郭子明は、早口で店員と思しき男に話し掛けている。

気づくと、先ほどまで群がっていた中毒者らしき者たちは、関心をなくしたかのように元いた場所に戻っていた。彼らは照りつける太陽を気にするでもなく、この場所で、ひたすら阿片を吸える機会が来るのを待っているようだ。だが何かで稼ごうともせず、ここにたむろしているだけでは阿片を得る術はない。そんな道理さえ、もはや考えられなくなっているのだろう。

店員と話していた郭子明が振り向くと言った。

「店主は不在のようです。中に日本人はいないとも言っています」

「とりあえず確かめたい」

店員は郭子明の通訳を待たずに手を出した。

おそらく多少の日本語を理解しているのだろう。

留吉が満州中央銀行券を一枚出すと、店員の顔が輝き、「どうぞ、どうぞ」と言わんばかりに戸を開けてくれた。

中に入るや、阿片独特の酢酸臭が鼻をついた。暗い通路を行くと、部屋ごとに多少の違いがあるのか、すし詰めの部屋もあれば、空間に余裕のある部屋もある。その中を何人もの店員が阿片をのせた盆を持ち、行き来している。金のある客に阿片を届けているらしい。

「この人たち、もう先がないです」

郭子明が顔をしかめて言う。大半の客はあばらが浮き出るほど痩せていて、ぼんやりと横たわり、長い筒のようなものを口にしている。そこから出る煙は、彼らの命の灯(ともしび)を奪い取っているのだが、それさえも彼らは考えない。ただひたすら阿片が吸いたいだけなのだ。

――こうなったら人は終わりだ。

留吉は目を覆いたくなった。

阿片窟の中を隅々まで捜し回ったが、慶一はいなかった。

あきらめて店を出ようとすると、先ほどの店員が郭子明に声を掛けてきた。

話を聞いていた郭子明が首を左右に振る。

「何と言っている」

「自分は日本人を知らないが、ボスは知っているかもしれないと言っています」

「ボスというのは、ここのオーナーか」

「そうです」

「それは誰だ」

郭子明の顔色が変わる。

「阿片特売人の朱春山（しゅしゅんざん）です。とても悪い人。会わない方がよい」

「どこにいる」

「お金くれたら教える」

二人の会話に店員が割り込んできた。

「本当か。嘘をついたら、日本人の警察官を連れてくるぞ」

郭子明が趣旨を伝える。

「嘘はつかないと言っています」

それを聞いた留吉が紙幣を二枚渡すと、男が言った。

「長春だと言っています」

郭子明が訳す。

長春は満州国建国直後の昭和七年（一九三二）三月九日から新京と改名するが、この時期はまだ長春と呼ばれていた。

「満洲日報」からは、田中隆吉が奉天にいる限り奉天での滞在を許されているが、勝手に長春に行くことはできない。

落胆を隠しきれず宿舎としているホテルに戻ると、「満洲日報」編集長の臼五亀雄から電報が来ていた。関東軍が長春で何か画策しているらしいので、いったん田中隆吉の許を離れても構わないので、河本大作の後任となった板垣征四郎（いたがきせいしろう）高級参謀（大佐）とその部下の石原莞爾（いしはらかんじ）作戦参謀（中佐）から談話を取るよう命じられた。

調べると、二人とも長春に行っていた。

「しめた」と思った留吉は、郭子明と共に満鉄に乗り込んだ。

張作霖が爆殺された後、蔣介石は三十万の兵を率いて北京に入り、北伐の終了を宣言した。

これに対し、以前から蔣介石率いる国民党軍との融和を考えていた張学良は、東北軍閥の独立という父張作霖の基本方針を捨て、国民政府の統治下に入った。その条件は、国民政府軍は、奉天、吉林、黒龍江の満州三省の政治と軍事に干渉しないというものだった。その合意が成ったことで、昭和三年十二月、張学良は父の旗である五色旗を捨て、青天白日旗を掲げた。

これにより国民政府の支援が得られるようになった張学良は、激しい排日運動を始めた。

日本の息のかかった工場、農場、坑道を武装警官に襲わせ、再稼働できないようにするや、並行して満鉄潰しを図り、満鉄に並行した路線を敷設し、満鉄の収益を悪化させようとした。

これに日本が黙っているわけがない。陸軍きっての強硬派として知られる作戦参謀の石原莞爾中佐は、武力による満蒙領有を唱え、「満州問題解決方策の大綱」という論文を内閣に提出し、武力発動も辞さない構えを見せた。これを支持したのが高級参謀の板垣征四郎大佐だ。

二人を中心にした関東軍主流派は、これまでの穏健な政策を捨て、武力を前面に押し出し、満州統治に乗り出していくことになる。

十五

奉天から長春までは長い列車の旅になる。

南満州鉄道の終着駅に向かうことに、留吉は胸躍らせていたが、それもすぐに失望に変わった。列車から見える風景は一面の荒れ野か、わずかばかりの耕作地で、人の姿さえ見えるのはまれだったからだ。

ちなみに長春から先、すなわち北方のハルビン、チチハル、ハイラル、そしてソ連国境の満(まん)

州里（しゅうり）に行くには、ソ連が経営する東清（とうしん）鉄道に乗り換えねばならず、さらに満州里でシベリア鉄道に乗り換えればモスクワに至る。

また中国が経営する吉林までの吉長線も、長春から出ており、まさに長春は満州の交通の結節点だった。

鉄嶺、四平街、公主嶺といった主要な駅を経つつ、二日の車中泊の後、留吉たちは長春に着いた。途中で通過していった大きな町には、大連や奉天のように多くの人々が行き来し、生活臭がしていた。だが満州人も、移住してきたと思われる中国人も、なぜか薄汚い衣類をまとっている。それは、大連や奉天との経済格差にほかならなかった。

急いで長春行き列車の切符を取ったので、寝台が取れず二等だった。若いので何とかなると思ったが、さすがに列車の中で二泊もすると、心身共に疲労する。ようやく長春に着いた時は、ただただホテルのベッドで眠りたかった。

金にうるさい郭子明でさえ、「自分で払うので、帰りは寝台にして下さい」と言っていた。

這いずるようにして列車を降りると、留吉は驚かされた。大連や奉天と違って、長春駅構内には人の姿がまばらで、大豆などの穀物の袋ばかりが目立つ。

考えてみれば、長春は中国東北部の農産物集積地で、年間で大豆百万石（十八トン）、雑穀五十万石（九トン）、また木材や畜産品が長春を経由し、ソ連、中国各地、そして朝鮮半島へと運ばれているのだ。それゆえ長春駅は、旅客駅というよりも貨物駅だった。

駅構内を抜けると、突然視界が開けた。青く澄んだ空の下、広い街路が延びている。

——ここが長春か。

長春はこれまで見てきた大連や奉天と違い、ただただ広漠としており、町を歩いている人の数が少ない。しかも内陸部で風が強く、寒気さえ感じる。

――こんなところに人は集まらない。

だが満州庁は、ここ長春に満州の首都を築こうとしているらしい。

――大連や奉天に溢れるほどいた人々は、いったいどこに行ったのだ。

だが考えてみれば、人が食べられる場所に集まるのは当然だ。ここ長春の開発は進んでおらず、人が集まってくるのはこれからだろう。

遠くを眺めると、大地は延々と続き、はるか遠くに見える山嶺は、砂塵によって幻のように霞んでいる。

――これが大陸か。

留吉は、初めて大陸の広さを知った。だがその広漠さこそ、人を惹きつけてやまないものなのだろう。

――大陸浪人たちは、これだけ広いからこそ、自分の居場所がある気がするのかもしれない。

大陸浪人には、それを隠れ蓑にして政治活動をしている者もいるが、彼らの大半は放浪癖のある自由人で、単に知らない地を歩き回りたいという思いから大陸に渡ってくるという。

――大陸浪人になるというのはどうだろう。

この広い大地で好き勝手に生きるのも悪くはないが、それでは、ぬいの「一廉の者になってほしい」、実母の悲惨な人生から学んだ「自分で人生を選び取れる人間になる」という思いを裏切ることになる。

――自分の身の振り方は、また考えよう。それより今は兄さんを捜すことだ。

留吉は、この広い大地のどこかで、慶一が息をひそめている気がした。

「子明、この地に人はいるのか」

「元々何もない場所で、人もいませんでした」

「こんなところに人が集まるのか」

郭子明は笑って首をかしげるだけだ。

その昔、長春は蒙古族の放牧地にすぎなかった。だが次第に漢民族が入植し、開墾によって農地が増え、大豆の栽培によって多くの民を養えるようになった。

流暢な日本語で郭子明が語る。

「昔から、満州の中心は奉天と決まっていました。その証拠に、奉天には清朝の太祖ヌルハチと太宗のホンタイジ親子の墓があります」

太宗とは、太祖に準ずる皇帝の称号になる。

「どうやら日本は、満州に新たな国家を建国し、その中心をここに置くらしい」

満州国の正式な建国は昭和七年（一九三二）三月一日だが、この頃から、建国の噂は広まっていた。それゆえ板垣征四郎高級参謀とその部下の石原莞爾作戦参謀が長春の視察に来ており、また阿片特売人の朱春山も、新たな市場の拠点作りに来ているのだ。

——これからは、ここが満州の中心になる。

何となくだが、次第にそれは確信に近いものに変わっていった。

郭子明が訳知り顔で言う。

「本来なら、奉天こそ満州の首都にふさわしいのですが、奉天には張作霖派の残党が多く残り、復仇心に燃えているので、全く新たな首都を築くには、長春の方がよいと思います」

すでに長春の人口は十万人を超え、新たなチャンスを求めて中国人、日本人、朝鮮人が押し寄せてきていた。それゆえそれぞれの町が形成され、日本人街には宿屋から日用品を扱う店まで軒を連ねていた。もちろん日本人の大半は軍人か満鉄関係者で、商人や売春婦はまだ来ていないようだ。

「さて、どうしますか」

「まずは仕事だ」

留吉は郭子明を伴い、板垣と石原がいるという長春ヤマトホテルに向かった。

ヤマトホテルは、満鉄が経営する高級ホテルチェーンで、旅順、大連、奉天、長春など十カ所以上の主要駅に設けられていた。

ヤマトホテルのフロントで板垣と石原がチェックインしていることを確認した留吉は、ロビーに陣取り、どちらかが現れるのを待った。

ホテル側は迷惑そうな顔をしていたが、「満洲日報」には満鉄の資本も入っており、同じグループ会社なので、「出ていってくれ」とは言えないようだ。それでも郭子明は明らかに満州人と分かるので、致し方なくホテルの外で待つよう命じた。郭子明も居心地が悪かったのか、喜んで外に出ていった。

郭子明と雑談もできなくなったので、ロビーに置いてある日本国内の新聞に手を伸ばした。

——広陵は負けたか。

半年以上前の記事だが、選抜中学野球で、広陵中学が兵庫の第一神港商業に一対三で敗れたと書いてあった。野球にはさほど興味のない留吉だが、実家の居間にあるソファーに寝そべり、ラジオから流れる中学野球の中継に聴き入るランニング姿の慶一の姿を、今でも思い出す。そのおかっぱ頭の前髪は汗で額に張り付いていた。ラジオを聴きながら、慶一は野球のルールを教えてくれた。その半分も理解できなかったが、それでも近くにいるだけで留吉は楽しかった。

——会いたいな。

無性に慶一に会いたくなった。

その時だった。回転ドアを押すように開けて郭子明が入ってきた。留吉と視線が合うと、郭子明はうなずいた。

——来たか。

留吉は立ち上がると、入口付近まで歩き、出迎えようとした。近づいてきた郭子明が、擦れ違いざまに耳元で「石原さんです」と呟いた。

その男は颯爽(さっそう)と回転ドアから入ってきた。参謀付の武官らしき将校二人と下士官二人を従えている。

「失礼します。『満洲日報』の坂田と申しますが——」

早速、遮るように武官が立ちはだかる。

「近づくな！」

武官が留吉の胸を突く。どうやら石原は、張学良派か国民党軍の暗殺を警戒しているようだ。気づくと下士官二人は背後に回り、郭子明の腕を取っている。こうした際のフォーメーションができているとしか思えないほどの素早さだ。

「私は――」と再び名乗りながら名刺を差し出すと、武官が石原に取り次いでくれた。

「坂田留吉、『満洲日報』の記者か。となると米野や臼五の部下になるのか」

「そうです。こちらに田中少佐の紹介状もあります」

留吉は奉天を出る際、田中隆吉に紹介状を書いてもらっていた。

それを読んだ石原が問う。

「俺に何が聞きたい」

「まあ、いろいろと」

留吉が笑みを浮かべたので、石原も緊張を解いたようだ。

「後ろの中国人は誰だ」

「通訳です」

「私に通訳は要らんだろう」

「はい。私が土地の言葉に不慣れなもので、連れてきているだけです」

「分かった。通訳は帰せ。一時間後に君一人で部屋に来い」

最後に鋭い視線で周囲を見回すと、石原は四人の部下を引き連れ、階段を上っていった。

その後ろ姿を見つめつつ、郭子明が言う。

「何をされるかと、ひやひやしましたよ」

「すまなかったな。よし、私が石原さんの談話を取っている間に、君はこの地に詳しいガイドを捜しておいてくれるか」

「やってみます」

そう言い残すと、郭子明はぶらりと外に出ていった。

十六

ノックをして名乗ると、下士官の一人がドアを開けてくれた。部屋に入ると、先ほどの武官二人の視線が同時に注がれた。

それだけで、外から来る者を過度に警戒していると分かる。

「こっちだ」

ぞんざいな口調で武官がソファーを指し示す。

「失礼します」と言って座っていると、シャワーを浴びたばかりらしい石原が、バスローブ姿で現れた。下士官の淹れた茶を飲むと、ソファーに寄り掛かりながら言った。

「待たせたな。それで米野らは元気か」

「はい、多分。私は田中少佐に張り付いていたので、ずっと奉天にいたのです」

石原は酒や煙草を嗜まず、大の甘党で茶菓子を好んだ。この日も焼き菓子の月餅が盛られた皿がテーブルの上に置かれている。腕輪のように数珠を左手首に巻いているのは、石原が熱心な日蓮宗信者だからだ。

「君は田中と一緒だったのか。奴は賢い。君が一緒なら殺されないと分かっている。だが君は殺されるかもしれなかったんだぞ」

「誰にですか」

「一に関東軍の河本派、二に事情が分からぬ張学良一派、三に――」

石原がにやりとすると言った。

「俺たちにだ」

「ど、どうしてですか」

「決まっているだろう。田中にとって自分以外の者は、すべて出世の道具だからさ」

どうやら石原は、田中隆吉を快く思っていないらしい。

「冗談だよ。いくら嫌な奴でも、陸軍士官が同じ陸軍士官を殺すはずがなかろう。だがな、やりすぎはよくない。やりすぎはな」

事と場合によっては、田中でさえ闇から闇に葬られるのだ。

――やはり満州は無法地帯だ。

日本国内と違い、関東軍が天下を取った満州では、主流派の石原なら何をやっても許されるのだろう。もちろんしたたかな田中が、隙を作るはずはないのだが。

「で、何が聞きたい」

「はい。では――」と言うと、留吉は身を乗り出すようにして問うた。

「ずばりお聞きしますが、満州国を建国するのですか」

「ははは、知らんな」

「すでに国内外では、その噂で持ち切りです」

「君らが噂を報道するのは勝手だが、わしはそんな話は知らんぞ」

「でも石原参謀の『世界最終戦論』によると、最終戦争は不可避なので、そうなる前に、満蒙全域を領有すべきだと書かれていましたが」

「それは理想論だ。実現には、大きな壁が立ちはだかっている」

「どんな壁ですか」

「中国人、満州人、蒙古人だ。彼らの意向もあるし、欧米だって黙ってはいない」

「満州人の国を樹立させ、日本がその後見にあたるということではないのですか。それならば形の上では、満州人の独立国家になります」

「そこまでは知らんよ」

石原が月餅に手を伸ばす。

「君もどうだ」

「いただきます」と答えるや、留吉は月餅を一口かじった。

「うまいか」

「はい。うまいです」

「それが満州だ」

石原が続ける。

「手を伸ばせば、簡単に口に入る。しかも、これほどうまいものはない。だが、うまいものほど危険なのだ」

「では、満州国を建国することは、日本にとって危険と承知なのですね」

　満州国を建国するとなれば、それを支えるのは日本になる。つまり日本の傀儡政権となれば、国民党を率いる蔣介石やその傘下に入った張学良だけでなく、欧米列強もそろって非難することが想定される。石原は、それを危険だと言いたいのだろう。

「事を急ぐな」

　石原が茶で月餅を飲み下す。

「今、教えられるのは、ここ長春に、一つの大きな都市を築こうとしていることだけだ。そのために板垣さんと俺は、ここに来ている」

　石原が自らの構想を語る。

「われわれは、ここに人口三百万の一大都市を築こうとしている。そのための計画用地は百平方キロメートルだ。だが当面は二十万都市を目指し、それを五年で達成する。そのための計画用地は二十平方キロメートルだ」

「随分と大きな計画ですね。その総予算は――」

「それは教えられんが、途方もない額になる」

　まさに国運をかけた都市計画が、ここ長春で進もうとしているのだ。

「これまでは旅順や大連といった満鉄沿線の租借地を利用し、小規模な都市を造ってきたが、大半は旧ロシアの造った都市をベースにしたものだった。だがここ長春だけは、われわれの手でゼロから一つの都市を造ることになる」

　満州の実質的支配者となった関東軍は、単に駐屯する軍隊というだけではなく、満鉄と共に都市計画にまでかかわっていた。

「われわれの構想では、町は中心部の住宅地と商業地域、郊外の工業地帯と明確に分け、建物も新都市にふさわしい象徴的なものを建設していく。また幹線道路は幅六十メートルで統一し、交通量の増大にも対応できるようにする」

　石原は言葉を選びながら情報を開陳した。むろんそれらは、オープンにしても差し支えのないものばかりだ。

「なるほど、ここが二十世紀を代表する新都市となるのですね」

「そうだ。世界の範となるような都市とする」

石原の目が輝く。おそらく石原は軍人よりも、政治家か思想家が向いているのだろう。自らの計画を語る熱意溢れる様子が、それを如実に物語っている。

「よく分かりました。それ以上のことは教えてくれませんよね」

「ああ、記事にできるのはここまでだ」

「ありがとうございました」

「これからもよろしくな」

武官と下士官が視線で退室するよう促す。

「一つだけ個人的に関心のあることを、お尋ねしてもよろしいですか」

「何だ」

「張作霖爆殺事件の際、一人の将校が脱走したと聞きました。その将校は長春に潜んでいると聞きましたが、何かご存じありませんか」

「そんなことまで調べているのか」

「はい。実は、個人的に追いかけています」

石原が首を左右に振る。

「特ダネを当てたいんだな。残念だが、俺は知らんね」

「そうですか」

留吉が肩を落とす。

「なぜそんなにがっかりするんだ」

「実は、その将校は私の兄なんです」

石原の眼光が鋭くなる。

「では、先ほど俺から聞いた話は、どうでもよかったのか」

「そんなことはありません。米野さんと臼五さんから、正式に命じられての仕事です」

「では、記事にするのだな」

「もちろんです」

どうやら石原は、自分の知名度を高めたいのか、満州国建国の布石を打ちたいのか、自分の談話を記事にしてほしいらしい。

――そうか。日本人商人が目当てなのだな。

この記事が「満洲日報」に掲載されれば、長春に進出しようという日本人商人も出てくるはずだ。それを石原は見込んでいるに違いない。

「それならよい。だが、坂田少尉がどこにいるかは知らんぞ」

「今、少尉とおっしゃいましたね」

留吉は名刺を出しているので、姓が坂田というのは、知っていてもおかしくない。だが留吉は、少尉とは言っていない。

「ははは、さすが新聞記者だ。人の言葉尻を捉えるのがうまいな」

「何かご存じなんですね」

「知っていれば捕まえているさ。ところがそうもいかん」

どうやら何か事情があるらしい。

「どうしてですか」

「朱春山を知っているか」

やはり鍵を握っているのは朱春山なのだ。

「知っています」

「坂田は朱春山の許に逃げ込んだらしい」

「ということは――」

「われわれが手を尽くしても見つかるまい」

天下の関東軍が見つけられないとなると、留吉が見つけるのは、困難を通り越して不可能だ。

――だが、それでもやり遂げねばならない。

留吉は焦る気持ちを抑えて問うた。

「なぜ朱春山は兄を匿(かくま)っているのですか」

「張作霖爆殺事件の真相を知っているからだ。その手札をどう使うか、朱春山は考えているに違いない」

「つまり張学良に売り渡すと――」

「それも一つだ。だがそれをやられると、われわれには都合が悪い」

そうなれば、欧米がこぞって関東軍を非難してくるだろう。

「では、私が捜し出します」

「まあ、無理だろうな」

石原が食べかけの月餅を再び口にした。

「いいえ、捜し出してみせます」

「本気か」

「はい」

石原が視線を外すと言った。

「朱春山の居場所は分からんが、奴がこちらに来ているのは確かだ。来ている目的は、阿片芥子の栽培地を物色するためだ」

それがヒントなのは明らかだった。

「ありがとうございます。では、一つだけお願いがあります」

「何だ」

「車を一台貸して下さい」

阿片芥子の栽培地となると、郊外を走り回らねばならない。

「君は運転できるのか」

「できません」

「では、運転できる者を雇うしかないな。どのみちガイドが要るだろう」

「はい。ガイドだけでなく運転手も雇うつもりです」

「よし、一台、都合をつけてやる」

石原が目配せすると、武官がうなずいた。

「だが郊外は、危険がいっぱいだ。くれぐれも気をつけろよ」

「恩に着ます」

立ち上がって一礼すると、武官が車のキーを持ってきた。

「ホテルの裏に車が何台か止めてある。これがキーだ」

そのキーには、車のナンバーの書かれたタグが付いていた。

「ただし、兄貴を連れ帰ることができたら、俺に引き渡せ」

「それが条件ですか」

「そうだ。命は保証する」

いかに信義に厚いと言われる石原でも、それはあてにならない。留吉が黙っていると、石原が付け加えた。

「どこかに逃がそうなどとしたら、君も逮捕する。そうなれば、もう取材などできず、『満洲日報』からも放り出されるぞ」

満鉄を使わなければ、日本への航路がある大連まで逃げることなどできない。つまり慶一が大手を振って外を歩けるようにしない限り、日本に連れ帰ることはできないのだ。

「分かりました」

「よし、俺の手を煩わせるなよ」

「分かっています。ありがとうございます」

大きく息を吸うと一礼し、留吉は石原の部屋を後にしようとした。

「おい、これを忘れるな」

石原が、ホルスターごと拳銃をテーブルの上に置いた。

「銃など使ったことはありません」

「馬鹿だな。これを持たずに郊外に行けば、三日と持たずにお陀仏だぞ」

留吉が息をのむ。

「ど、どうしてですか」

「郊外には、馬に乗った匪賊、いわゆる馬賊がうようよしている。奴らは日本人と見れば、捕らえようとする」

「なぜですか」

「人質にして金を払わせるためさ。これまでも日本人商人などが囚われて、金を払って返してもらった」

「関東軍は助けてくれないのですか」

「軍が動けば人質は殺される。だから人質返還交渉は密かにせねばならない。『満洲日報』は救ってはくれんぞ。君が囚われても身は自分で守るしかないんだ」

石原が高笑いした。

十七

ガイド兼運転手として郭子明が見つけてきたのは、まだ頬を赤くした十六歳の少年だった。

「大丈夫か」と日本語で留吉が聞くと、郭子明が苦い顔で答えた。

「昨日の今日でガイド兼運転手を見つけるのはたいへんです。こんな少年でも見つけられただけましです」

　おそらく少年は無免許なのだろう。カーブなどでのハンドリングは不安定だ。だが文句を言っても仕方がない。

　郭子明があたりをつけた郊外の大豆農場に連れていくよう命じると、それだけで少年は「分かった」と答えて走り出した。

「どこに向かっている」

「北です。こうなれば任せるしかありません」

「仕方ないな」

　長春郊外は道など舗装されておらず、でこぼこ道を疾走するしかない。やがて左右に青々とした大豆畑が広がってきた。

　日本は、満州の鉱物資源が目当てで植民地化を図ってきたと言われるが、実際はそれだけではなく農産物も目当てだった。満州の輸出品のトップは大豆と豆粕、さらに大豆から搾り取った豆油の大豆三品で、それに石炭コークスや鉄鉱石が続くという輸出構成だ。そうした大豆単一栽培と言える満州の農作物の陰で、一部の畑を阿片芥子栽培に回しても、広大な満州では到底見つけられるものではない。

　荒っぽい運転には慣れているはずの郭子明でさえ、音を上げ始めた。

「おい、気分が悪くなってきたぞ。もっと優しく運転できないのか」

「だったら日のあるうちに着かないよ」

　二人の会話は満州語だが、留吉にも少しは理解できる。

やがて大豆畑が途切れたところに、大きな家が見えてきた。

少年が「着いた」という意味の言葉を言った。車が敷地に入ると、そこにいた人々が身構える。それは労働者というより匪賊に等しく、革製の袖なし服を着て、腰には大刀を佩いている。

――ここはどこなのだ。

それは郭子明も感じたらしく、少年に向かって問う。

「おい、ここが朱春山の農場なのか」

少年は「少し待って」と言うや、車を下り、ちょうど家から出てきた髭面の男の方に歩み寄っていく。

「おい、子明、ここはどこなのだ」

「分かりません。朱春山の農場なら、もっとまともな姿の人たちが働いているはずです」

「では、ここは――」

その時、少年が男から何かをもらっているのが見えた。

「あれはどういうことだ」

「金をもらっているようです」

「ということは――」

二人が顔を見合わせる。

その時、少年がこちらを指差すのが見えた。

「奴は俺たちを売ったんだ。逃げるぞ！」

「誰が運転するんです」

そのことを忘れていた。それを知る少年も、だから安心してキーを差したまま車を降りたのだろう。

「ええい、知るか」

後部座席から運転席に移った留吉は、見よう見まねで車を動かそうとした。退屈だったので、運転する少年の斜め後方から運転方法を見ていたのが幸いした。だがクラッチを離そうとすると、車はすぐにエンストしてしまった。それを見て匪賊たちが散開する。こちらに銃があることを、少年から聞いているに違いない。

――そうか。石原さんが言っていたのは、こういうことだったのか。

大陸では、自分の身は自分で守らねばならないのだ。

「子明、これを空に向けてぶっ放せ」

留吉は石原から借りてきた銃を抜くと、郭子明に渡した。

「私は銃など撃ったことはありません」

「とにかく撃て！」

キーを回すとエンジンが掛かった。今度は注意深くクラッチを離し、ギヤを入れた。

車がよろよろと動き出す。

その時、何かが爆発するような音が響いた。郭子明が銃を放ったのだ。

「ひいー」という郭子明の悲鳴が聞こえる。

だが幸いにしてエンストは起きず、車は走り出した。

――そうだ。ギヤチェンジだ。

スピードが出ないのでおかしいと思ったが、ギヤをセカンドやサードに入れねばならないことを思いだした。

突然、車のスピードが増す。だがUターンすることを忘れたため、走ってきた道路に戻ることができず、車は大豆畑を疾走していく。ルームミラーで背後を見ると、馬に乗った匪賊が追いかけてくる。

――ここは匪賊の巣窟だったんだ。

「たいへんです。奴らが追ってきています」

「分かっている」

だが泥土の上なので、車輪が空回りすることがあり、スピードが出ない。そのうち前方に回られてしまった。馬賊は「あきらめて車を止めろ」と言わんばかりに手で合図してくる。

「万事休すだ」

「嫌です。私は殺されます」

郭子明が泣き出した。

「殺させはしない。銃を捨てろ」

意を決した留吉が車を止めると、郭子明も覚悟を決めたのか、車窓から銃を投げ捨てた。

それを見た匪賊が馬を下りて近づいてくる。

――これからどうなるのだ。

どこまでも広い大平原の真っただ中で、留吉は途方に暮れていた。

十八

留吉は夢と現(うつつ)の間をさまよっていた。

雲一つない青空の下、岩礁に打ちつける波を見ていたかと思うと、雨の日、狭い下宿の部屋で、八重樫春子と一緒に見つめていた下宿の天井の木目模様が鮮烈によみがえってくる。その時の甘い気分に酔っていると、突然トロッコに乗せられ、轟音(ごうおん)を響かせて地下深くに潜っていく光景になった。その線路は無限に続いているような気がした。

――降ろしてくれ！

留吉はトロッコから飛び降りようとしたが、体が硬直して動かない。

――誰か助けてくれ！

やがて、トロッコの行く手に明るい光が見えてきた。

――ああ、地上に出られたのか。

その光を浴びた瞬間、上から声が聞こえた。

隣にいた郭子明が震える声で言う。

「起きろと言っています」

目を開けると、数人の匪賊が太陽を背にして立っている。

――そうか、俺は地下牢に閉じ込められていたのだ。

記憶がよみがえり、自分が絶望的な状況に置かれていることを思い出した。

「殺されるのか」

「分かりません」

「上がってこい」と命じられたので、覚束ない足取りで梯子(はしご)を上ると、太陽が眩(まぶ)しすぎて眩暈(めまい)がした。

「さあ、来るんだ」

匪賊は二人の腕を取ると、屋敷の方に連れていった。それは豪農の家だったらしく広壮で立派な構えだったが、おそらく匪賊に乗っ取られ、住人たちは追い出されるか殺されるかしたのだろう。

そこには、匪賊の首領らしき肥満漢が待っていた。

「ようこそ、新聞記者さん」

肥満漢が、留吉の身分証を見ながら笑みを浮かべる。

この頃の満鉄沿線の治安は最悪で、匪賊が沿線各地を跋扈し、日本人を捕らえては身代金を要求していた。

匪賊には共産匪と兵匪があった。共産匪は若い日本人を捕らえて共産思想を吹き込み、一定期間の洗脳が終わると解放した。要は、日本人の間に共産思想を蔓延させようというのだ。

一方の兵匪は主に張作霖軍の元兵士たちで、張作霖軍が瓦解した際、武器弾薬や馬などを奪い、徒党を組んでいる集団のことだ。彼らは日本人を殺さず、目隠しをしてどこかに連れていくと、身代金を要求した。その相場は一人あたり千円（現在価値で約六十万円）ほどで、金持ちなら払えない額ではない。

――どうやら兵匪のようだな。

それが分かれば怖くはない。この場は強く出るべきだと、留吉の直感が知らせてきた。

「私は大日本帝国の国民だ。私を害すればどうなるかは知っているだろう」

郭子明がつかえながら訳す。

「もう一人はどうかな」

「私は――」

郭子明の言を留吉が遮る。

「この若者は中国人だが、れっきとした『満洲日報』の社員だ。つまり大日本帝国の国民と変わらない」

郭子明は臨時雇いだが、社員と言っても調べようがないので留吉は強く出た。

「まあ、どうでもよい。『満洲日報』が金を払わなければ、お前ら二人とも殺すだけだ」

——俺も馬鹿だった。

満州では誘拐が頻発していると聞いていたが、わざわざ誘拐を専らとする匪賊の屋敷に連れていかれたのだ。

肥満漢が得意そうに言う。

「では、『満洲日報』に連絡させていただく」

「新聞社が応じるわけがあるまい。だいいち新聞社は大連にある。新聞社に連絡して金を持ってこさせるまで三カ月はかかる」

「何だと——」

「われわれの食費だけで足が出るぞ」

粗末な飯を食わされるので足が出るわけがないが、すぐに金にならないのは、匪賊としても困るだろう。

「では、どうする」

首領が困惑したような顔をする。

「私が手紙を書くので、それを持って奉天の石原莞爾という軍人を訪ねればよい」

「関東軍にはかかわりたくない」

関東軍にはこっぴどい目に遭わされているので、顔も見たくないのだろう。

「では、金はもらえないぞ」

「その石原というのは、金を出すのか」

「石原は関東軍の作戦参謀だ。つまり序列第二位だ。関東軍の金庫を押さえている」

「そうか。では三千円くらい出せるだろう」

——しまった。

つい口が滑ったが、三千円なら出せない額ではない。

「吹っ掛けるのは勝手だが、この中国人と一緒だぞ」

「分かった。日本人は中国人の分は払わない。この前、鉄道のために密林を伐採している現場を襲い、日本人三人と中国人の苦力二十人ばかりを捕らえた。だが満鉄は、日本人の分しか払わないという。それで仕方ないので日本人の分だけ金をもらって、三人を返してやった」

「中国人はどうした」

　肥満漢が両手を広げて「知るか」と答えた。

おそらく殺すのも手間なので、どこかで解放したのだろう。だが、水も食糧も持たせなければ生き残るのは難しい。

「石原か。仕方ない。では、そうするか」

　肥満漢が腹を揺すって笑った。


　石原宛ての手紙を書いた後、二人は地下牢に戻された。草木で覆われた揚げ戸を下ろされると、わずかに漏れる日の光を除けば、漆黒の闇が一面に広がる。

「坂田さん、石原さんは金を出しますか」

「分からん」

　実際のところ、石原が留吉に、なにがしかの好意を抱いてくれているのは確かだが、それが三千円の価値になるかどうかは分からない。

「坂田さんはまだしも、私の分は払ってくれるんですかね」

「心配するな。何としても連れていく。もしそうならなくても、私が解放されてから軍の車で捜しに来る」

「そうですね。この場所は分かりますからね」

「あっ」

　その時になって初めて、留吉はまずいことに気づいた。

「われわれは、この場所を知っている。つまり解放されれば関東軍を案内できる」

　通常の人質の場合、アジトに着くまでは目隠しをされ、アジトに至る道が分からないようにする。だが留吉たちは、ここまで車で来たのだ。

「どういうことですか」

「われわれはここに至る道を知っているから、解放はされない」

「ええっ！」

「致し方ない。あいつらが、それに気づかないことを祈るだけだ」

――どうとでもなれだ！

留吉は開き直り、体を丸めて目を閉じた。


どのくらい時間が経ったのかは分からないが、翌日の午後遅くのことだった。突然揚げ戸が引き揚げられた。

「早く上がってこい」

言われるままに上がっていくと、再び肥満漢の許に連れていかれた。

葉巻をくわえながら、肥満漢が言う。

「大事なことを忘れていた」

「何だそれは」

嫌な予感が湧き上がる。

「お前らはここまで車で来た」

「ああ、それがどうした」

留吉の背に冷や汗が伝わる。

「つまりこの場所を知っているということだ」

郭子明が通訳するが、歯の根が合わないのか、震え声になっている。

「ここに来る道など、もう忘れてしまった」

「何を言おうと、この場所を知っているからには、生きて帰すわけにはいかない」

肥満漢は留吉の書いた手紙を取り出すと、ゆっくりと引き裂いた。

絶望がひしひしと押し寄せてくる。背後では、郭子明のすすり泣きが聞こえる。

その時、開き直りにも近い気持ちが湧き上がってきた。一方、肥満漢が平手を首に持っていくと横に引いた。

――やはり殺されるのか。

「待て。私は新聞記者だ。常に関東軍には批判的だ。だから関東軍に、この場所を伝えるわけがない！」

郭子明が懸命に通訳するが、親方は首を左右に振ると、手で払うようにして「連れていけ」と配下に命じた。

背後から腕を取られた二人は、外に連れていかれた。

すでに外は夕暮れ時となっており、橙色となった太陽が地平線に沈もうとしている。

兵匪たちは、いかにもうれしそうに二人を庭に連れていくと、そこに立たせた。傍らで、膝をついた郭子明がすすり泣いている。

一瞬、走って逃げようかと思ったが、背後は荒れ野なので、たとえ逃げきれたとしても、水も食糧もないので苦しみながら死ぬだけだ。しかも後ろ手に縛られており、到底逃げきれるとは思えない。

——事ここに至っては、日本男児として堂々と死ぬしかない。

留吉は死を覚悟したが、郭子明だけでも救いたい。

「この中国人だけでも救ってくれないか」

郭子明が通訳するが、兵匪たちは聞く耳を持たず、銃に弾を込めている。

——いよいよ大陸の露と消えるのか。

悲しみが込み上げてくる。馬鹿なことをしたとも思う。だがすべては運命なのだ。

——父上、継母上、そしてお世話になった方々、これまでありがとうございました。

留吉が直立不動の姿勢で東に向かって拝礼すると、兵匪たちから笑いが漏れた。

その時だった。

脳裏にあの燈籠が浮かんだ。燈籠はいつもと変わらぬ不愛想な面持ちで、留吉に語り掛けてきた。

——弁財天は頼りにならなかったな。

——余計なお世話だ。

——お前は、ぬいや実母の期待を背負っているんだぞ。そんな簡単にあきらめてしまってよいのか。

——しかし、これではどうしようもない。

——それはそうだ。しかし何事も最後の瞬間まであきらめるな。

——ああ、俺だって死にたくはない。

——だったら、最後までベストを尽くせ。

それだけ言うと、燈籠は脳裏から消えた。

――だからといって俺にどうしろというのだ。

現実は甘くはない。これでは手も足も出ない。

――そうか。少しでも時間を稼ごう。そうすれば肥満漢の気が変わるかもしれない。

「おい、死ぬ前に煙草をくれないか」

「いいだろう」

配下の一人が留吉に煙草をくわえさせると、火をつけた。それをうまそうにふかしていると、肥満漢が問うてきた。

「死ぬ前の一服はどうだ」

「うまいよ」

「満州まで死にに来るとは、よほどの間抜けだな」

「ああ、間抜けな人生だった。尤も匪賊の大将よりはましだがな」

郭子明も開き直ったのか、正確に訳しているようだ。

「勝手なことを言えるのも今のうちだ。もうすぐお前は、犬の餌になるんだからな」

肥満漢が大笑いしたその時だった。

十九

突然、閃光が走ると、背後の屋敷の屋根が燃え始めた。

――火矢か！

火矢らしきものが次々と射込まれ、屋敷は瞬く間に燃え始めた。兵匪たちは何事か喚きながら右往左往している。

――どういうことだ！

愕然としている留吉の腕を、背後から誰かが取った。

「こっちだ！」

それは間違いなく日本語だった。郭子明も誰かに助け起こされている。

暗闇なので誰だか分からないが、日本人なら酷いことはしないと確信し、その言に従って荒れ野を懸命に走った。背後からは激しい銃撃音が響き、喚き声も聞こえる。

　やがて何台もの車が見えてきた。そこには篝(かがり)が焚かれ、何人もの人々が待っていた。

「ああ、助かった。ありがとうございます！」

　留吉は息を切らして車のところに着くと、その人物を見た。

「危なかったな」

　その人物は篝を受け取ると、自分の顔を照らした。

　留吉に衝撃が走った。

「兄さん――、慶一兄さんじゃないですか！」

「留吉――」

　思わず慶一の胸に飛び込むと、慶一はしかと受け止めてくれた。

「兄さん、会いたかった」

「俺もだ」

　予想外の事態に言葉がなかった。だが抱擁は一瞬で、慶一は留吉を引き離すと、満州語で「引き揚げるぞ！」と配下の者たちに命じた。

　思い出したように館の方を見ると、すでに館は焼け落ち、兵匪たちもどこかに逃げ散ったらしく影も形もない。

「さあ、行くぞ」と言うや、慶一は後部座席に留吉を押し込むと、自分も乗り込んだ。郭子明は後続する車に乗せられたらしい。留吉たちが借りた関東軍の車も、誰かが運転して最後尾に付いた。

　やがて五台ほどの車が動き出した。

「兄さん、生きていたんですね」

　車が走り出すと、改めて感激がよみがえってきた。

「ああ、死んでたまるか」

　慶一が精悍(せいかん)な顔に笑みを浮かべる。

「よかった。本当によかった」

「お前も助かってよかったな」

「はい、危機一髪でした。でも、どうして僕がここにいるって分かったんですか」

「そのことか」と言って、慶一が笑みを浮かべた。

「まず、俺の立場から説明しよう」

「聞かせて下さい」

慶一は胸ポケットからルビ・クインを取り出すと、留吉にも勧めた。ルビ・クインとは、ウエストミンスターと共に満州で大人気の煙草だ。

それを一本もらうと、慶一がライターで火をつけてくれた。二人は窓を開けて煙草を吸った。それで、ようやく落ち着いてきた。

「さて、どこから話そうか」

「張作霖爆殺事件のところからお願いします」

「そうだな」

慶一は河本大作大佐の下で、張作霖爆殺事件にかかわることになった。だが下働きなので、河本の工作の全貌を知らされず、河本に指示されたものを用意するような立場だった。それらが偽装工作に使うものだと分かったのは後になってからだが、命令はそれだけではなかった。

河本から、阿片窟で阿片中毒者を三人雇ってこいと命じられた。何の目的か問うたが、河本は「いいから連れてこい」の一点張りなので、致し方なく連れてきた。

ところが一人が脱走したと報告すると、河本は残る二人を殺せと命じてきた。慶一が「殺せない」と答えると、河本は「別の者に殺させ、お前は抗命罪で軍法会議にかける」と平然と言い放った。それを聞いた慶一は、とんでもない事件に巻き込まれていることに気づいた。だが当時の関東軍は実質的に河本が支配しており、誰に訴えることもできない。大使館関係者に訴えても、軍部を恐れて突き出されるはずだ。

「それで逃げ出したのですか」

「そうだ。もはや八方塞がりだったからな。しかしあの二人を救ってやれなかったのは、返す返すも無念だ」

あの二人とは、殺された二人の阿片中毒者のことらしい。

「その後、朱春山を頼ったのですね」

「ああ、それしかなかったんだ。手土産に関東軍の秘密文書を持ち出したので、春山は喜んだ。それで春山は俺を保護する代わりに、その文書を河本に金で買わせた」

慶一が気持ちよさそうに笑う。

「それから、ずっと春山の許にいたのですね」

「そうさ。ほかに行き場はないからな」

「で、なぜ私がここにいると知ったのですか」

「ああ、そのことか」

慶一によると、昨夜、禄山という男から朱春山の許に電話があったという。用件は「日本人の人質を買わないか」ということだった。春山が「自分で身代金を取ればよいものを、どうしてわしに売る」と問うたところ、禄山は理由を正直に話したという。

禄山としては、春山経由なら関東軍にもにらみが利くので、討伐軍を差し向けられないと思ったのだという。

どうやら禄山というのが、あの肥満漢の名前らしい。

「それで春山が日本人の名を聞くと、禄山が坂田留吉と答えた。それで春山は俺を呼び、『同じ苗字だが心当たりはないか』と問うてきたというわけさ」

「それで、助けに来てくれたのですね」

「そういうことだ。春山に頼んで人を貸してもらい、殴り込みをかけたってわけさ」

慶一の横顔には、かつてを上回るたくましさが表れていた。

命の危機から脱せたからか、急に安堵感が込み上げてきた。

「兄さん、少し寝ます」

「ああ、そうしろ」

留吉は深い眠りに落ちていった。

二十

　しばらくすると車が止まり、慶一がドアを開けたので、留吉は目が覚めた。

「兄さん、ここは――」

「春山さんのアジトさ」

　そこはかつてロシア人が所有していたのか、大農場主が住むような豪壮な邸宅だった。

「さあ、行こう」

　慶一の先導で中に入ると、ヴィクトリア調の家具で飾られた居間に案内された。留吉が郭子明のことを聞くと、慶一が別室で休ませているという。

「まず春山さんに助けてもらった礼を言え」

「もちろんです。通訳はどうしますか」

「春山さんは日本語を話せる」

　春山は阿片特売人をやっているくらいなので、日本語をマスターしているに違いない。


　やがて付き人を従えた白髪の老人が現れた。その顎鬚（あごひげ）は胸のあたりまで伸び、南画に描かれているような深山の仙人を思わせた。

　慶一は春山に心服しているのか、座っていたソファーから立ち上がると、大きな声で「ありがとうございました。無事、弟を救出できました」と日本語で言った。

　慌てて留吉も立ち上がり、礼を言った。

「礼はよい。こちらが弟さんか」

「はい、末弟の留吉と申します」

「そうか。危ういところだったな」

「そうなんです」と答えると、慶一が留吉たちを救った経緯を説明した。

「では、禄山一味は泡を食って逃げ散ったということか」

　ソファーに座った春山が二人にも座すよう手振りで示したので、二人も座った。

「はい。でも奴らのことです。またどこかで日本人を誘拐するでしょう」

どうやら禄山一味というのは、阿片の栽培だけでなく人質交換も飯の種としているようだ。

「奴らの阿片畑も焼いたのか」

「はい、焼き払いました」

「いい気味だ。質の悪い阿片を高く売りつけていた罰だ」

どうやら阿片にもピンからキリまであり、栽培に手を抜いたものは質が悪くなるらしい。とくに満州では水の供給が問題なので、乾期が続くと阿片の実が小さくなり、質も悪くなる。そうした阿片は、効きが悪いので処分せねばならないが、禄山一味は平気で売りさばいていたらしい。

「これからどうする」

春山が留吉に問う。

「兄を連れて、ひとまず大連に戻ります」

「大連にか――」

春山が慶一を促すように見る。

「留吉」と、慶一が改まった様子で言う。

「俺は帰れない」

予想もしなかった慶一の一言に、留吉は戸惑った。

「どうしてですか。一緒に帰りましょう」

「俺は関東軍ににらまれている」

「それは分かっています。だから、まずは大連に行き、『満洲日報』の庇護下に入り、その間に父さんに手を回してもらい、日本に帰国できるよう取り計らいます」

春山が口を挟む。

「大連までも行けないだろう」

「それまでに殺されるというのですか」

慶一がうなずく。

「そうだ。俺が殺されるのは仕方がない。だが日本を裏切った俺が、日本でどうやって生きていくのだ」

「張作霖爆殺事件の証拠文書のことですね」

「そうだ。俺は日本軍の文書を持ち出し、春山さんに渡した」

春山が再び口を挟む。

「それで私は大金を手にした。関東軍は慶一と私に恨み骨髄(こつずい)だろうな」

「では、兄さんはこの地で生きていくのですか」

慶一が眦(まなじり)を決する。

「それ以外に選択肢はない」

「待って下さい。少し考えさせて下さい」

——どうしたらよいのだ。

留吉は混乱していた。

「考えたところで答えは出ない。俺は春山さんの許を出たら殺されるだけだ」

「では、ずっとここにいるのですか」

「日本に軍隊がある限り、そうするしかない」

「そんな短絡的な——」

「短絡的ではない。じっくりと考えて出した結論だ。だが考えようによっては、この広い大陸で生きていくのも悪くはない」

——大陸浪人か。

それは、かつて留吉も考えたことだ。


春山が結論を出すかのように言う。

「私も慶一の今後については考えた。この地に関東軍がある限り、慶一は常に命を狙われている。だが唯一、私の手下になっていれば、身の安全だけは保障できる。しかも慶一は優秀だ。私の代わりに各地を飛び回り、様々なビジネスを切り開いてくれる」

春山が慶一の方を見てうなずくと、慶一も笑みを浮かべた。

「ということだ。それ以外に道はない」

「家のことはどうするのです。父さんや継母(かあ)さんを悲しませるのですか」

慶一の顔が曇る。

「それを言われると辛い」

「二人はもとより、正治兄さんや登紀子姉さんも、慶一兄さんの帰りを待ちわびています。ですから私と一緒に帰りましょう」

春山がぽつりと言う。

「君は兄さんが殺されてもよいのか」

その可能性を否定することはできない。慶一を帰国させてしまえば、関東軍の悪事がばれる。すでに河本は失脚しているが、後任の石原がそれを許すはずがない。だいいち留吉は、石原に慶一を連れてくる約束までしているのだ。

「留吉、俺は満州の地に骨を埋めるつもりだ。みんなには――」

慶一が嗚咽を堪えつつ言う。

「元気でやっていると伝えてくれ」

留吉は、軍部という乗り越えられないほどの大きな壁に直面したと覚った。

「情勢が変われば帰ってきてくれますね」

「情勢がどう変わるというのだ」

留吉が唇を嚙みつつ言う。

「例えば関東軍がなくなれば――」

「関東軍がソ連に敗れ、日本が満州を放棄せねばならなくなったら、それもあるだろう。だが日本に帰国すれば、軍部に命を狙われる」

「日本に軍がなくなればどうです」

「そんなことはあり得ない」

慶一が笑う。

「せめて希望だけでも持たせて下さい」

「分かった。父さんと母さんには、『情勢が変われば帰国する』と伝えてくれ。いや、手紙を書こう」

「そうして下さい。正治兄さんと登紀子姉さんにも」

「正治の具合はよくないのか」

留吉が黙ってうなずく。

「そうか。正治、すまない」

慶一が東の空に向かって呟く。

――もう会えないと分かっているのだ。

慶一の辛さが胸に迫る。

「兄さん、いつかまた皆で食卓を囲みましょう。そして満州での冒険譚を聞かせて下さい」

「そうだな。それができたらどれほどよいか」

慶一が俯くと肩を落とした。

翌朝、車で長春まで送ってもらった留吉は、大連行きの列車に乗った。板垣征四郎高級参謀と石原莞爾作戦参謀も、先に長春を後にしていたので、もうこの地に用はなかった。郭子明はショックで口もきけなかったので、寝台車のベッドに横たえると、出発までのしばしの間、慶一との時間を過ごした。

慶一はルビ・クインを取り出すと、留吉にも勧めた。

「ありがとうございます」

これが慶一から何かをもらう最後かもしれないと思うと、寂しさが込み上げてくる。

知らぬ間に、留吉は嗚咽を漏らしていた。

「泣くな、留吉」

「兄さんは、あの時もそう言ってくれました」

「お前が溺れた時か」

「そうです。僕を引き上げ、水を吐かせながら、『泣くな、留吉。もう大丈夫だ』と言ってくれました」

「ああ、そうだったな」

「あの時の喜びは今でも忘れません」

苦笑いを浮かべながら、慶一がルビ・クインを吸う。

「あの海に帰りたいな」

「そうですよ。また一緒に泳ぎましょう」

「次は、お前に助けてもらうか」

二人が笑った時、出発を告げるアナウンスが聞こえてきた。

「どうやら時間のようだな」

「いつかまた会いましょう」

「ああ、そうだな。皆のことをよろしく頼む」

留吉が汽車に乗って自分の座席まで行くと、開け放たれた窓から、慶一が分厚い手を差し出してきた。留吉が握ると、慶一が力強く握り返してきた。

「兄さん、これが最後じゃありませんよね」

留吉の瞳から涙がこぼれる。

「分からん。もうお前を助けてやることはできないかもしれない。だが留吉――」

汽笛を高らかに鳴らすと、汽車がゆっくりと動き出した。

「人生は白い画布と同じだ。慶一の手に力が入る。そこに何を描くかはお前次第だ」

「は、はい。立派な絵を描いてみせます」

「よし、満州の大地から、お前のことをしっかり見守っているぞ」

「ありがとうございます」

慶一が早歩きから駆け足になる。もはや握手しているのは限界だった。

「留吉、達者でな！」

「兄さんこそ！」

「皆を――、江ノ島の家族をよろしく頼む！」

「分かりました。満州の大地で思う存分生きて下さい！」

遂に慶一の手が離れた。ホームの端に佇(たたず)みつつ、慶一が大きく手を振る。

「兄さん！」

留吉も汽車から身を乗り出し、思いきり手を振った。むろんこれが、今生の別れになると分かっていたからだ。

やがてホームは黒煙に包まれ、慶一の姿は見えなくなった。


大連に戻り、一報も入れずに「満洲日報」本社に戻ると、編集局長の米野豊實、同編集長の臼五亀雄、同編集委員の中林金吾らが驚いて迎えてくれた。

米野らは、留吉が行方不明となってから石原大佐に連絡し、手を尽くして捜してもらうよう依頼したという。

彼らに丁重に礼を言った留吉は、自分の机に着くと、山積みになった手紙を整理した。

その中には、継母からのものがあった。

嫌な予感がした留吉は、真っ先にそれを読んだ。そこには「正治危篤(きとく)、至急帰れ」と書かれていた。

——来るべきものが来たのだ。

最後に会った時、正治は遠からず訪れるであろう死を覚悟していた。だが留吉は、正治が死ぬなど現実感を伴っておらず、構わず満州に渡った。だが運命は待ってくれなかった。

——あの病は快癒することがないのだ。

留吉は帰国を決意した。

その場で臼五のデスクに行った留吉が辞職を申し出ると、臼五は驚き、米野にそれを告げた。慌ててやってきた米野が、「何も辞めることはない。一段落したら戻ってこい」と言ってくれたが、留吉は「いつまでかかるか分からず、ご迷惑をお掛けすることになります」と言って辞意を翻さなかった。

それでも米野と臼五は引き留めてくれたが、「実は『満洲日報』に入ったのは、ジャーナリストになりたかったからではなく、兄を捜したかったからです」と正直に告げると、ようやく納得してくれた。

かくして留吉が満州を去る日がやってきた。すでに昭和六年も十一月になっており、大連にも寒風が吹いてくる季節になっていた。

大連の港には、中林と郭子明が見送りに来てくれた。

中林があきれ顔で言う。

「まさに雷騰雲奔だね」

雷騰雲奔とは、「現れたかと思うと、すぐに去ってしまうこと」を意味する中国の古典に出てくる言葉だ。

「自分にとっては、随分と長く感じられました」

確かに一年にも満たない期間だったが、留吉はかけがえのない体験をした。

「では、私はこれで失礼するよ。君の手紙は確かに預かった。何とか兄さんに届くよう努力してみる」

留吉は慶一宛てに帰国する旨を書いた手紙を認め、中林に託した。朱春山のアジトの場所が分からないので、通常の郵便では届くはずがない。そのため中林の伝手を使って届けてもらうことにしたのだ。

「恩に着ます」

「たいしたことではない」

「中林さん、短い間でしたが、ありがとうございました」

中林はパナマ帽を少し上げると、ステッキをつきながら「満洲日報」の車の方へと去っていった。

「さて、子明ともここでお別れだな」

「船が出るまでお付き合いしますよ」

そう言うと、郭子明は留吉のトランクを摑んで歩き出した。

「そうか。すまないな」

二人は談笑しながら埠頭待合所を通り、バルコニーに着いた。

その時、留吉の乗る船が汽笛を鳴らした。

「もう出航のようだ」

「本当に雷騰雲奔ですね」

「そうだな。だが人生は長いようで短い。雷騰雲奔でよいのではないか」

「さすがです」

留吉が手を差し出すと、郭子明が強く握り返してきた。

「とても楽しかったです。でも、もう冒険はこりごりです」

「達者で暮らせよ」

「はい。通訳の需要はありますから、これで稼いで、いつか大学に行きたいです」

「そうか。それがよい」

郭子明がトランクを渡してきた。

「では、これで」

「待てよ」と言って、留吉は千円札を取り出すと、郭子明の手に握らせた。

「特別ボーナスだ」

「こ、こんなにいただけませんよ」

「いいんだ。危ない目に遭わせたからな」

郭子明が感無量といった体で頭を下げる。

「ありがとうございます。学費の足しにします」

「ああ、それがよい。また会えるかどうか分からんが、会えたら祝杯を挙げよう」

「そうですね。また大連に来て下さい」

「よし、必ず来るぞ！」

「あてにしてませんよ」

二人は天にも届けとばかりに笑った。

郭子明と別れ、桟橋を渡ると、瞬く間に桟橋が片付けられた。どうやら留吉が最後の客らしい。

上甲板に出た留吉がバルコニーを見ると、郭子明はまだいた。

二人は手を振り合い、別れを惜しんだ。

やがて郭子明の姿も見えなくなり、船は白波を蹴立て港外へと出ていった。

――あの大きな空の下に、慶一兄さんはいるんだな。

大陸が瞬く間に小さくなっていく。

慶一を置いて帰らざるを得ないことは残念だが、なぜか心は晴れ晴れとしていた。

――俺には次の戦いが待っている。

留吉は周りに人がいないのを確かめると、大きな声で言った。

「さらば満州！」

満州の大地と共に、留吉の青春も波濤の彼方に去っていったような気がした。ところが満州は留吉を放さなかった。

第三章　雷雲来たる

一

歯車とはよくできたもので、何かの拍子に一つの歯車が動き出すと、それにつられて多くの歯車が動き出す。やがて、それは巨大な力となっていく。

歴史も歯車と同じだ。何かの小さなきっかけによって流れができると、次第に誰にも止められないほど大きな潮流となり、多くの人を巻き込んでいく。

第一次世界大戦が始まったのも、サラエボでの一発の銃弾が原因だった。それによって両陣営併せて死者一千六百万人、戦傷者二千万人以上の大惨禍となったのだ。

サラエボ事件に匹敵するのが張作霖爆殺事件だろう。この事件をきっかけとして、日本は抜き差しならない立場に追い込まれていく。むろんこの時の日本人には、その行き着く先がどこなのかは分かっていない。

一人ひとりの人生も、何かをきっかけにして大きく動き出す。その歯車が動き出してしまえば、誰にも止めようがない。

坂田留吉の人生も同じだ。何かをきっかけにして小さな変化が起こり、その変化に促されるようにして、さらに大きな変化がやってくる。

最初のきっかけは、自分の母が妾だったと知ったことだ。それは留吉に家族からの自立を促した。そして留吉は、母を捜す旅に出て大人の世界を垣間見ることになる。

その後、留吉は早稲田大学に入り、ひょんなことから反政府活動組織に近づき、政治の世界を知ることになる。

また恋もした。本来なら理想的な相手だったが、満州で失踪した長兄を捜しに行かねばならないため、悲しい別れを経験することになる。

そして満州に渡った留吉は、得難い経験をすることになる。

昭和六年（一九三一）十二月、留吉は横浜港に着いた。誰の出迎えもなかったが、帰国を伝えていなかったので当然だった。

大きな荷物を江ノ島の実家に送るよう手配した留吉は、横浜で一泊した後、船旅の疲れをものともせず、電車とバスを乗り継ぎ、兄のいるサナトリウムを目指した。


長野県の諏訪市にある富士見高原療養所は、以前に行った時と同じように、山々を背景にして静かな佇まいを見せていた。

受付で名乗ると、看護婦さんが正治の病室に案内してくれた。看護婦さんの話では、継母と姉はいったん江ノ島に戻ったので、入れ違いになったとのことだった。

クレゾール臭い病室に入ると、正治が横たわっていた。元々色白で優男の正治だが、久しぶりに相見える正治は蠟のように白い顔をし、別人のように痩せ衰えていた。

「兄さん」と声を掛けると、正治が目を開けた。

「ま、まさか留吉か」

その白い首を曲げ、正治が老人のように疲れ果てた顔を向ける。

「昨日、横浜港に着きました」

「よく帰ってきた」

正治が涙ぐむ。これまでにないことだった。

――それだけ弱っているのだ。

常に思慮深く、感情をあらわにすることがなかった正治だが、長い闘病生活が性格に変化をもたらしたのだろう。

「いろいろありましたが、無事日本に帰り着くことができました」

「慶一兄さんはどうした」

留吉が経緯を手短に説明する。

「そうか。あちらで元気にしているんだな」

「はい。意気軒昂(いきけんこう)でした。しかし――」

「分かっている。軍部ににらまれているので、簡単には内地に帰ってこられないのだろう」

「そうなんです。でも元気なことが分かってよかったです。状況が変われば帰国もできます」

「状況が変わればな」

それが望み薄なのは、正治にも分かるのだろう。しかも自由奔放な慶一にとって、満州は日本よりはるかに住みやすい地という気がする。

「慶一兄さんは帰ってこないかもしれないな」

正治がポツリと言う。

「私には分かりません。ただ手紙さえ出せない状況なので、無事を祈るしかありません」

「慶一兄さんのことだ。白い画布のように何も描かれていない大地の方が、性に合っているんだろう」

正治が、慶一と同じ「白い画布」という言葉を使った。かつて二人の間で、そんな会話をしたのだろう。

「私もそう思います。もはや大陸に根を下ろすも帰国するも、慶一兄さん次第です」

「うん。慶一兄さんなら、どんな場所でも生きていける」

太陽と月のように対照的だった慶一と正治だが、そこは兄弟なのだ。その思いを理解できるのだろう。

「正治兄さん、元気になって下さい。そして皆で一緒に慶一兄さんを迎えましょう」

「ああ、それができたらどんなによいか」

「弱気になっては駄目です。正治兄さんには、まだまだやることがあるはずです」

「うむ。やりたいことは山ほどある」

正治が寂しそうな顔で言う。

「例えば、どんなことですか」

「分からん。ただ漠然と、もっと人生の深淵をのぞいてみたいのだ」

「人生の深淵ですか」

留吉には何のことだか分からない。

「そうだ。言葉ではうまく言い表せないが、人は何のために生きるのか、幸福とは何なのか、宗教は人の救いになるのか、そして孤独とは何なのかといったことだ」

「哲学ですね」

正治が笑みを浮かべる。

「そうだ。例えばショーペンハウアーのように、思索を蜘蛛の糸のように張りめぐらせたい。彼は長命を得たこともあり、思索を巨大な建築物のように築き上げ、偉大な業績を残せた。一方の俺には、本文を書き上げる時間もない」

ショーペンハウアーは七十二歳で逝去した。その最後に到達した言葉の一つに、「人は、その生涯の最初の四十年間において本文を著述し、続く三十年間において、これに対する注釈を加えていく」がある。つまり最初の四十年で確立した思索を、残る三十年で検証していくのが、人のなすべきことだという。

「正治兄さんなら、今の苦境を乗り越えれば、本文どころか注釈まで書けますよ」

「だといいんだがな」

留吉が話題を変える。

「肺の摘出手術を受けたのですね」

「ああ、受けた。生き延びるためには、それしか方法はなかったからだ」

「父さんや継母さんは知っていたのですか」

「薄々な。もちろん医師は両親にも了解を取った。尤も父さんは関心がなかったようだが」

「後は快方に向かうだけです」

留吉は何とか正治を元気づけようとした。

「もし生き長らえても、もう歩くことはできないかもしれない」

「何を言うんですか。正治兄さんには足が二本あります。それで歩けないわけがありません」

「お前はそう言うが、俺はこのサナトリウムで肺摘手術を受けた人たちを見てきた。みんな痩せさらばえ、人とは思えないような姿になっている」

「そんなことも知らずにすいませんでした」

　正治は自分の将来に絶望していた。

「そのことはもうよい。それより、これから父さんと母さんを頼む」

「私は三男です、しかも妾の子で――」

「馬鹿野郎。そんなこと言うな。兄弟は兄弟だ」

「ありがとうございます」

　祖父によって幼少時に離れに住まわされたとはいえ、これまで祖父と父を除く家族は、留吉を家族の一員として扱ってくれた。そのことを思い出し、目頭が熱くなった。

「これからは、お前に負担をかけることになるが、しっかり頼むぞ」

「もちろんです。しかし妓楼は――」

「妓楼は手じまいにするんじゃなかったのか」

「しかし父さんは元気です。手持ち無沙汰になってしまうんじゃないでしょうか」

「老後を過ごすだけの金銭的余力はある。しかも妓楼を売った金ができれば、母さんともども生活は安泰だ。帳簿は父さんの部屋の金庫に入れてあるから、これからは、お前が管理しろ」

　正治は坂田家の経理を把握していたので、自信を持ってそう言えるのだろう。

「分かりました。父さんと継母さんに不自由はさせません」

「登紀子姉さんの縁談もまとまりそうなので、これで後顧の憂いはない」

「えっ、それは初耳です」

「そうか。手紙で知らされなかったのか」

「はい。手紙を読む暇もなかったので、封も切らずにこちらに持ち帰りました」

　帰国が決まってから送られてきた手紙の数々を、留吉は読んでいなかった。

「相手は父さんの知り合いの息子さんだ。前妻と離婚して独り身らしい。登紀子姉さんは年も年だし、器量も十人並みだ。それでも相手は一度会っただけで気に入ってくれて、とんとん拍子に話が進んだらしい。昔だったら父さんが難癖をつけたかもしれないが、もう関心もないようで、全く障害にはならなかった」

「そうでしたか。それはよかった」

　登紀子は留吉よりも十歳年上なので三十三歳になる。おそらく夫となる人は、もう少し年上なのだろう。

「これで家は両親とお前だけになる」

「何を仰せですか。正治兄さんはもとより、慶一兄さんだって、そのうち戻ってきます」

「そう思いたいのは分かる。だが慶一兄さんが戻ってこない前提で、すべてを考えるんだ」

　それは尤もなことだった。慶一の意向を慮(おもんぱか)れば、何一つ決められないからだ。

「その通りですね。慶一兄さんも、きっと向こうで所帯を持つことでしょう。だから正治兄さんだけでも、どうか戻ってきて下さい」

「留吉、俺だって生きたいさ。だけどな、自分の体は自分が一番よく分かっている。万が一――」

　正治が目に涙を浮かべて言う。

「生き長らえることができても、元のように暮らすのは難しい。だから惣領はお前だ。父さんがここに来た時、それを約束させた」

　父もサナトリウムに来たことを、この時、留吉は初めて知った。

「当面、私が坂田家を継ぎますが、兄さんたちが戻れば話は別です」

「とにかくお前には、様々なことを委ねねばならない。父さんには、もう無理だからだ」

「年老いたとはいえ、父さんは元気です。まだまだ家父長として頑張っていただかないと――」

「そうか。何も知らないのだな」

「知らないって、何をですか」

正治が眉間に皺を寄せる。

「実はな、父さんは少しおかしいんだ」

「おかしいって、何がですか」

「物忘れがひどくなり、怒りっぽくなっている」

留吉は、父の善四郎が四十二歳の時にできた子だった。つまり善四郎は今年六十五歳になる。まだまだ老け込む年ではないが、様々な面での衰えが隠せなくなってきたのだろう。

「まさか――、ぼけてきたのですか」

「そこまでは分からんが、母さんも苦労しているらしい」

「病院には行ったのですか」

「本人が頑なに拒否しているらしい。施設に入れられると思い込んでいるのだろう」

「分かりました。父さんのことは江ノ島に帰ってから考えます」

「江ノ島か。懐かしいな」

「体調がよくなれば戻れますよ」

しかし正治は、別のことを考えているようだ。

「俺にとってもお前にとっても、あの狭い世界がすべてだったんだな」

「今思えば狭い世界ですが、子供の頃は広く感じました」

人の感覚は成長によって変わっていく。とくに体の小さい子供と大人では、自分を取り巻くすべてのスケールが違って見える。子供の頃の留吉には、江ノ島が全宇宙に等しい広さを持っていた。だが大陸を知った今、感覚的に江ノ島は、燈籠ほどの大きさもない。

「覚えているか。慶一兄さんと三人で、幾度となく浜で魚介類を焼いたな」

「はい。焚火でサザエや蛸を食べましたね」

「あの頃は、命の大切さなんて意識したことはなかった。命なんてあって当たり前のものだったし、人生は、いつまでも続くものだと思っていた。だがな、健康を失って初めて分かった」

正治は一息つくと、涙声で言った。

「天から授かった時間には限りがある。留吉、それを忘れるな」

「はっ、はい」

「俺が言いたいのは、それだけだ。いつまでも元気でな」

そこまで話すと、正治は体の力が抜けたようにベッドに体を沈ませ、目をつぶった。

その姿から、正治が疲労してきていると感じた留吉は、今日はいったん引き揚げるが、江ノ島に戻って継母と姉を連れて戻ると告げた。だが正治は、ただうなずくだけで目を開けることはなかった。

病室を出た留吉が、担当医に病状を聞くと、もう一カ月も持たないという。

翌日、江ノ島に戻った留吉は、継母と姉にそのことを話し、父を交えた四人で、数日後に諏訪に向かうことになった。

だが正治の訃報は、留吉たちが江ノ島を出発する前に届いた。

坂田正治、享年二十六——。

留吉らはサナトリウムに赴き、遺骸を荼毘に付すと、江ノ島に戻って葬儀を執り行った。継母は泣き崩れて見る影もなく、父はただ茫然と進む葬儀に身を任せているだけだった。そのため葬儀全般は、留吉が中心になって行った。

正治の骨壺を墓に収めた時、家族の物語が一つの終わりを迎えたことを、留吉は覚った。

二

亡き正治の部屋に入ると、書棚に収まりきらない本が山積みされていた。継母のいさは、「要るものと要らないものを選別して下さい。本のことは分からないから、留吉さんに任せます」と言って去っていった。

いさは自らの腹を痛めて産んだ子の一人を失い、憔悴(しょうすい)していた。しかも頼りにしていた長兄の慶一は帰国の目処が立たず、唯一の娘の登紀子は嫁入りを控えている。

　哲学書から文学の名著、はたまた講談本まで、正治の趣味は多彩だった。

――もっともっといろいろな本を読み、いろいろな経験をして、人生の深淵をのぞきたかっただろうな。

　知識欲旺盛だった正治の無念を思うと、あらためて悲しみが込み上げてくる。

　残された大量の本は、正治が人生に大きな希望を抱いていたことの証左だった。

　そこかしこに積まれた本の山の一つから、一冊の本を手に取ってみた。

――『月に吠える』、萩原朔太郎か。

たまたま手に取った本は詩集だった。

――思ったより読みやすいな。

それがその本の第一印象だった。ぺらぺらとページをめくっていると、その中の一節が目に飛び込んできた。

　過去は私にとつて苦しい思ひ出である。過去は焦躁と無為と悩める心肉との不吉な悪夢であつた。月に吠える犬は、自分の影に怪しみ恐れて吠えるのである。疾患する犬の心に、月は青白い幽霊のやうな不吉の謎である。犬は遠吠えをする。私は私自身の陰鬱(いんうつ)な影を、月夜の地上に釘づけにしてしまひたい。影が、永久に私のあとを追つて来ないやうに。

その一節を読んだ時、背筋に震えが走った。

――これが詩というものか。

文意を汲み取ろうとすればするだけ迷宮に入っていく。だがその叩きつけられた言葉の数々が、なぜか胸に沁み込んでくるのだ。

その時、階下で悲鳴が聞こえた。

「どうした、継母さん！」

慌てて下りていくと、父と継母がテーブルを挟んで座っていた。父はぼんやりとしているが、継母は手に紙片を持ち、わなわなと震えている。

「これを見て！」

継母から手渡された書類を見ると、「賠償請求書」と書かれていた。文字を追っていくと、どうやら父が友人の借金の連帯保証人になり、友人が行方不明となったため、請求書がこちらに回されてきたらしい。

「父さん、ここに書かれている人の借金の連帯保証人になったんですか！」

善四郎はゆっくり茶を飲むと答えた。

「覚えていない」

「しかし、ここに『保証契約書』の青焼き（コピー）があるじゃないですか」

送られてきた封筒の中には、青焼きが入っており、善四郎の署名と実印が捺されていた。

「全く覚えていないんだ」

善四郎が他人事のように答える。

「では、この印鑑はどこにあるんです」

継母のいさが口を挟む。

「金庫に印鑑がないので、不思議に思っていたところでした。もしかすると、言葉巧みに奪われてしまったのかもしれません」

留吉が善四郎に問う。

「父さん、誰かに印鑑を預けたことはありませんか」

「分からない」

「このままでは、家と土地だけでなく財産もすべて奪われます」

「どうしてだ。わしは何もしていないぞ」

「父さんは連帯保証人になっていたのです」

父が首をかしげる。

「そんなものにはなっていない」

「この書類を見て下さい。ここに父さんの実印が捺してあります」

「待て」と言って善四郎が書類を凝視する。

「つまり、わしはこの借金を肩代わりせねばならないのか」

「このままでは、そうなります」

「そうか」と言って、善四郎が茶をすする。

それは頭の中が混乱しているというより、別のことを考えているようだった。

「父さん、しっかりして下さい。ここに書かれている名前に覚えはありませんか」

「ない」

――これは駄目だ。

帰宅してからは、善四郎と挨拶以上の会話をしていなかったが、どうやら今の善四郎は、以前の善四郎とは違うようだ。

いさが口を挟む。

「昔から、父さんには来客が多かったんです。それで、どこの誰だか分からなくても、応接室に通していました」

「この名前に、継母さんは覚えがありませんか」

「さあ」

おそらくその男は、金でも借りに来たのだろう。だが、話しているうちに父の様子がおかしいことに気づき、「印鑑を見せてくれ」とでも言ったのかもしれない。

――そして印鑑を盗んだのだ。

留吉は頭を冷やそうと、水道のところまで行き顔を洗った。

――しっかりしなくては。

その後、父の書棚から『六法全書』を見つけてきた留吉は、書類を食い入るように読んだ。

しかし裁判所から送られてきた書類には、落度も不備もなかった。唯一、署名部分の筆跡が善四郎のものではない可能性が高かったが、実印が捺されているので、申し開きはできない。

賠償額は十五万円（現在価値で約六千万円）に達しており、家や土地どころか財産まで根こそぎ持っていかれる金額だ。じんわりと汗がにじんでくる。

いさが震える声で問う。

「留吉さん、何とかならないのですか」

「今の時点では分かりません。それより継母さんは実印を探して下さい。見つからなければ、実印の遺失届を市役所に出してきて下さい」

「それを私が――」

いさは嫁入り後、家事しかやってきていないので、そうした手続きは不案内なのだろう。

「登紀子姉さんはどうしたんです」

「婚礼の打ち合わせで、出掛けています」

「帰ってくるまで印鑑を探し、登紀子姉さんが帰ってきたら市役所に行って下さい」

「分かりました。あなたは――」

「まずは債権者の安田銀行に行ってきます」

留吉は書類を持つと東京に向かった。

安田銀行は丁寧に接してくれたが、書類に不備はなく、警察と裁判所に行くよう指示された。

警察に行って借金をした当事者の行方を尋ねたが、警察でも把握のしようがなく、また事件でもないのに捜すのは困難だという。


翌日、裁判所にも行ったが、相談窓口ではけんもほろろの対応で、差し押さえ期限が迫っていることを繰り返し伝えられるだけだった。役所の常で、こうした場合には、紋切口調で対応するよう指導されているのだろう。

その後、父の妓楼で経理を担当していた者に相談し、一緒に顧問弁護士の許に行ったが、書類を入念に調べた弁護士は、首を左右に振るばかりだった。


その日は遅くなったので、横浜の旅館に泊まった。ところがその夜、登紀子から電話があり、善四郎がいないと伝えられた。すでに電車の走っていない時間だったので、留吉は翌朝に戻ることにし、近所の人たちに捜索を依頼するよう伝えた。江ノ島は狭いだけあり、隣組の結束が固く、何かあった時には全面的に協力してくれる。

まんじりともしない一夜が明け、始発電車で江ノ島に戻った留吉は捜索に参加したが、善四郎の行方は杳として知れなかった。午前中には警察や地元の消防団もやってきて、捜索範囲を広げてくれた。

善四郎が失踪してから三日目の朝を迎えたが、そこに一報が入った。

茅ヶ崎の漁船が男性の遺骸を引き上げたという。早速、三人は車を呼んで茅ヶ崎に向かったが、そこで対面したのは、変わり果てた善四郎だった。

遺書はなかったが、警察は自殺と断定した。結局、善四郎は死に、残ったのは借金だけだった。

その後、弁護士を雇って法廷闘争に持ち込もうとしたが、安田銀行の方でも同情したのか、示談という形で借金の軽減案を提示してくれた。おかげで、いさのためにわずかばかりの財産を残すことができた。だが、江ノ島の家屋敷を手放さねばならないことに変わりはない。

いさと登紀子と片づけをし、兄たちの本も、『月に吠える』を除いたすべての本を処分した。やってきた古本屋に足元を見られたのか、二束三文にしかならなかったが、それでも当面の生活費の足しになるので文句はない。

経理係の紹介で横浜に転居先も決まったが、手狭なので困っていたところ、登紀子の嫁ぎ先が、結婚前だが登紀子を受け容れてくれると申し出てくれた。これでいさと二人暮らしになる。

いよいよ家を後にするという時、留吉は家の中を見て回った。家族そろって食事をしていた食堂、父の書斎、慶一と正治の部屋、そしてぬいと過ごした離れ。すべてに思い出が刻まれていた。

離れの庭にある燈籠も、これまでと変わらず、そこに立っていた。

――今まで見守ってくれてありがとう。

その燈籠に手を掛け、留吉は礼を言った。

――出ていくのか。

――ああ、出ていく。

――ここを取られたようだな。

――うむ。残念だが仕方がない。

――そうか。では、これでお別れだな。

――お別れだ。今まで、うちの一家を見守ってくれてありがとう。

――俺はここにいて、お前らの足元を照らしていただけだ。礼には及ばぬ。

――分かっている。これからは――。

留吉は自分に言い聞かせるように言った。

――俺を守ってくれるものも、行き先を照らしてくれるものもない。一人で世間という大海に漕ぎ出すだけだ。

――そうだな。たいへんだが頑張れ。どうせ変わらないものなど何もないのだ。

――変わらないものなど何もない、か。

留吉は最後に燈籠の笠を撫でると、その場を後にした。燈籠はもう何も言わなかった。


図らずも「弁天楼」を手放すことになってしまったが、留吉は、いつかここを去る時が来ると分かっていた。それが、思っていたより早かっただけなのだ。

留吉は末っ子の上に妾の子でもあるので、財産分与など期待していなかった。それを思えば、何ら思い残すことはない。ただ懐かしいわが家に、もう戻ることができないことだけが寂しかった。

最後に江ノ島神社に詣でると、近所の人たちが総出でついてきてくれた。下に待たせてある車まで荷物を運んでくれる人もいた。小さい子らは留吉の周囲にまとわりつき、「次はいつ来る」などと尋ねてくる。

江ノ島神社から続く坂を下り、車のある場所まで来た留吉は、いさを先に乗せると、皆に頭を下げた。

「祖父の庄三郎、父の善四郎、そして私まで、三代にわたってお世話になりました。残念ながら、私たちは島を去ることになりましたが、皆さんのご好意は生涯忘れません。いつの日か再び会えるのを楽しみにしています」

皆に一礼した留吉は、島を見上げた。

――さらば、わが故郷！

車に乗り込もうとする留吉に、「頑張れ」「負けるな」という声援が飛ぶ。目頭が熱くなったが、それを皆に見せまいとした。

「継母さん、よろしいですね」

「はい。もう行きましょう」

継母は一切振り向かずに言った。どうやら留吉よりも早く気持ちを切り替えていたようだ。

車が江ノ島大橋を渡っていく。

――いつか戻ってくることがあるかもしれない。だがその時は、島の人間ではなく外部の者としてだ。

留吉も二度と背後を振り返らなかった。

三

昭和七年（一九三二）が明けた。

継母と一緒に、横浜市南区八幡町にある一軒家に移った留吉は、仕事探しから始めた。

経験を生かした仕事に就こうと、社員を募集している新聞社を探したところ、帝都日日新聞が創刊されるという情報を得た。そこで応募してみたところ、二つ返事で採用が決まった。勤め先は東京の芝公園なので、通勤もさほど苦にならない。

毎朝、近くにある中村八幡宮に詣でてから出勤する日々が始まった。

家事は継母がしてくれるので、随分と助かった。下町なので、近所の人たちともすぐに仲よくなり、幸先よく新生活を始めることができた。

一月下旬、姉の登紀子の挙式がつつましく行われた。場所は夫になる鈴木武男という人の地元にあたる埼玉県比企(ひき)郡だったので、電車とバスを乗り継ぎ、一日がかりで新居を訪れた。

　その日は武男の実家に泊まっていくことになり、留吉と継母は婚礼後の祝宴にも出られた。

　友人や親戚一同が帰り、武男の両親や兄弟もそれぞれの部屋に引き取ったので、部屋には、留吉、いさ、武男、登紀子の四人だけとなった。

いさを伴い、留吉も部屋に引き揚げようとしたところ、武男が威儀を正し、「実は、お話があるんです」と言ってきた。

　その改まった様子から大事な話だと思った留吉は、上げかけていた腰を下ろした。

「何なりとお話し下さい」

　武男が緊張した面持ちで言う。

「実は、私たちはブラジルに行こうと思っています」

「えっ、新婚旅行ですか」

　登紀子が噴き出す。

「いいえ、ブラジルに移民するのです」

「移民というと、あちらで働くのですね」

「そうです。ブラジルで事業を興そうと思っています」

　留吉がいさと顔を見合わせる。

「ということは、姉さんも一緒ですか」

　登紀子がやれやれといった顔で言う。

「当たり前じゃないですか。武男さんとは夫婦なんですから」

　――それで急いで嫁をもらったのだな。

　いかに移民が増えているとはいえ、ブラジルに行けば縁談は少ないのだろう。それゆえ武男は、こちらで嫁をもらってから行きたかったに違いない。

　武男が突然、いさの前で両手をつく。

「大事な娘さんを連れていくことをお許し下さい」

「えっ――」

　いさは、事情がよくのみ込めていないようだ。

「継母さん、武男さんは、登紀子姉さんを連れてブラジルに移民すると言っているのです」

「ブラジルって――」

小学校しか出ていないいさが、ブラジルを知らないのは仕方がない。

「日本の反対側にある国です」

「ああ、そう――」

だがいさは、まだ不得要領な顔をしている。

「継母さん、ブラジルはすごく遠い場所にあります。もう登紀子姉さんに会えなくなるかもしれないんです」

「えっ、それはどうしてだい」

留吉と武男が丁寧に説明すると、ようやくいさにも理解できたようだ。

「どうしてそんな遠いところに――」

武男が身を乗り出す。

「ここで人の後塵（こうじん）を拝しているより、ブラジルに行った方が、成功するチャンスが多いと思うのです」

元々、武男は実業家の父を手伝っていた。だが次男なので、いつかは独立せねばならない。独立するからには、日本よりチャンスの多いブラジルを目指すのは、自然な考え方だった。

「でも、登紀子は――」

いさが言葉をのみ込む。その様子から留吉は何が言いたいのか察した。

「慶一兄さんが帰国できず、正治兄さんが亡くなってしまった今、継母さんにとって、登紀子姉さんが血を分けた唯一の子なのは分かります。しかし行っても、帰ってこられないわけではありません」

登紀子も目に涙を浮かべて言う。

「そうですよ、母さん。三十日ほどの船旅で帰ってこられます」

「えっ、片道で三十日もかかるのかい」

武男がうなずく。

「はい。今の船舶事情ではそうなります。でも、これだけ移民が多くなると便数も増え、帰国が難しくなるわけではありません」

明治末期から大正期にかけて、新天地を求めて日本を出ていく者たちが増えてきた。当初は「経済的に行き詰まった人」「明治政府に不満を持つ人」「沖縄県出身者」「被差別部落出身者」といった社会的弱者が多かったが、彼らの成功譚が伝わってくるに従い、これらに当てはまらない者たち、すなわちブラジルで一旗揚げようという者も増えてきた。

一九二六年から一九三〇年までの五年間のブラジル移民の数は五万九千五百人余、一九三一年から一九三五年までの移民の数は七万二千六百人余を数えることになる。

いさが黙り込んでしまったので、留吉が武男に問うた。

「それで武男義兄さんは、あちらで何をするつもりですか」

「コーヒーのプランテーションを経営しようと思っています」

プランテーションとは、大量の資本を投入して単一の作物を大量に生産する大規模農園のことだ。現地の安価な労働力を利用できるので、成功すれば巨万の富をもたらす。

「コーヒーというのは、それほど有望なんですか」

「有望です。コーヒーの市場は今、欧米中心ですが、そのうち日本はもとより、アジア全域に広がっていくはずです」

「なるほど、確かに満州でもコーヒーを飲む人がいました」

「えっ、満州でも——。やはり、これほど有望な作物はない」

武男が独り言のように言う。

「それに人生を賭けるのですね」

「はい、賭けます。どのみち人生は一度きりです。それなら自分の道は自分で選び取りたいのです」

——羨ましい。

ここにも自分の選択で生きていく人間がいた。

留吉は流されるように生きている自分を恥じ、武男に羨望を感じた。

「事業が軌道に乗ったら、留吉君も来ませんか」

「えっ、私ですか」

「そうです。事業というのは、うまく回り始めると人手が足りなくなるものです。その時は手伝ってくれませんか。もちろん独立したいというなら全面的に支援します」

「ブラジルですか」

ブラジルといえば、青い空と広大な農園といったイメージしかなかったが、考えてみれば、だからこそ金城湯池なのかもしれない。

「考えておきます」

その時、突然いさが言った。

「留吉は行かないのかい」

「はい。こちらで仕事にも就けたので、当面は行かないつもりです」

いさを安心させるために、留吉はそう言ったが、いさの反応は逆だった。

「今、武男さんもおっしゃったように、勝負できるのは若いうちだけだよ」

武男が、わが意を得たりとばかりに言う。

「その通りです。日本の若者は、もっと海外に目を向けるべきです」

いつの間にか、留吉の背を皆が押すものに、会話の流れが変わってきた。その時、登紀子が突然言った。

「もしかしたら、母さんも行きたいの」

まんざらでもないといった顔で、いさが言う。

「年寄りは足手まといにならないかい」

武男が顔の前で手を左右に振る。

「そんなことありません。あちらには日本人の医師もいるし、成功した日本人たちが出資して建てた病院もあります」

登紀子も言い添える。

「母さんを日本に置いてブラジルに渡ることだけが、私の心残りなんです。一緒に来てくれれば憂いはなくなります」

「そうですよ、義母さん、一緒に行きましょう」

「私なんか――」

　いさは迷っているようだ。

――そうか。唯一の血を分けた娘と別れ難いのが一つ。自分の子でない僕に負担をかけたくないのが一つ。そして血を分けた孫の顔が見たいのが一つか。

　いさの気持ちが手に取るように分かる。いさには弟の予備役海軍大尉・又吉健吉がいるが、健吉は海軍兵学校の教官として江田島に赴任しているので、留吉の世話になるしかない。

　留吉がいさの顔をのぞき込む。

「継母さん、本当の気持ちを聞かせて下さい」

「私の気持ちかい」

　しばし沈黙した後、いさが言った。

「おそらく慶一は帰ってこられまい。となると私の子は登紀子だけ。登紀子と離れ離れになるのは辛い。その上――」

　いさが言葉を濁したので、留吉が代わりに言った。

「私の迷惑になりたくないというのですね。それは気にしなくて結構です。私は継母さんの子です。それだけは忘れないで下さい」

「ありがとう」

　その言葉には万感の思いが籠もっていた。

「お前には言わなかったけど、お前を離れに住まわせたのは、祖父様でも父さんでもない。実は私なんだよ」

「そうだったんですか」

　その言葉は留吉の心を抉った。

「あの頃は、私もまだ女を捨てられなかった。だから口惜しくてね。それで父さんに頼んで、憎い女の忘れ形見のお前を、母屋に入れたくなかったんだ」

　留吉は息をのんだ。祖父の庄三郎も父の善四郎も、狷介固陋な一面はあったが、性格はざっくばらんで細かいことを気にしなかった。それを思えば、留吉を離れに住まわせたのが、いさだというのはうなずける。

——だが、今更それを恨んでどうなる。

留吉が笑みを浮かべて言った。

「もう、いいんです。過去は過去です」

「そうかい。こんな私を許してくれるのかい」

「当たり前じゃないですか。私も継母さんの子なんですから」

登紀子の嗚咽が聞こえる。登紀子にも様々な葛藤があったのだろう。

しばし沈黙の後、武男が再び問う。

「義母さん、本当の気持ちは、どうなんです」

「私はね——」

いさの顔に笑みが浮かぶ。

「これまで自分から新しいことに踏み出すことはなかった。すべて誰かの意向に沿って生きてきた。だから一度くらい自分で決めたいんです」

——そうか。継母さんも自分で道を選びたいんだな。

いさの言葉が留吉の胸にずしりと響く。

武男がもう一度確かめた。

「われわれは大歓迎です。行くとなったら、いろいろ手続きがあります。この場で決めていただければ幸いです」

「母さん、一緒に行きましょう」

いさが小さくうなずくと言った。

「迷惑でなければ連れていっておくれ」

「母さん——、うれしい」

登紀子はいさの肩を抱き、頬ずりした。それを抑え、いさが威儀を正すと言った。

「留吉さん、私は新天地で新しい人生を始めるつもりです。おそらくさほど長くは生きられないでしょうが、ここで寂しく朽ち果てるよりも、希望が持てる気がします」

「そうですね。私もそれがよいと思います」

「よかった！」

武男が感極まったかのように涙を拭く。

「母さん、これからもずっと一緒よ」

留吉は座布団を取り除けると正座した。

「継母さん、これまでお世話になりました。お礼を言っても言い足りませんが、父さんの墓だけはしっかり守ります」

「それだけが気になっていたんだけど、お前がしっかり者だから安心だよ」

いさの顔に笑みが広がる。

武男が四つの酒盃に酒を注ぐ。

「これで話は決まった。では、祝杯を挙げましょう」

四人が盃を掲げた。


この一月半後の三月、三人はブラジルに向けて出発することになった。横浜港まで見送りに行った留吉は、いさと登紀子と別れを惜しんだが、船が出発を告げる汽笛を鳴らしたので、二人の背を押すようにして送り出した。

「継母さん、ありがとう」

「こちらこそ、すまなかったね」

これが最後だと思い、留吉は背後からいさの肩を抱いた。懐かしい匂いが鼻腔いっぱいに広がる。

「姉さんも、今までありがとうございました」

「何を言うの。また会えるわよ」

「そうですね。必ず――」

武男は渡し板に足が掛かっても、「留吉さん、あちらでお待ちしています」と言ってくれた。多少山っ気はあるにしても、登紀子はよき伴侶にめぐり合えたと思った。

いったん船内に消えた三人がデッキに顔を出すと、留吉は紙テープを投げた。いくつかはあらぬ方角に飛んでしまったが、一つだけ武男がうまくキャッチした。武男はその一本の紙テープを二人に渡してくれた。

いさと登紀子は涙ぐんでいたが、いつまでも紙テープを握っていた。だが船が動き出し、紙テープがちぎれた瞬間、留吉は家族との絆（きずな）が断ち切られたことを実感した。それでも留吉は、船が見えなくなるまで手を振り続けた。

――これで天涯孤独の身か。

だが留吉の胸中には、逆に爽やかな風が吹きすぎていた。

――別れは終わりではない。新たな扉を開くきっかけなのだ。

留吉は自分にそう言い聞かせると、ちぎれた紙テープを離した。その瞬間、何かが始まる予感がした。

昭和七年は、日本にとって激動の時代の始まりだった。

一月、第一次上海事変が勃発する。日本人托鉢僧が襲撃されたことに端を発した日本軍と中国軍の衝突は大規模な戦いとなり、日本側にも大きな損害が出た。

この時、上海公使館附陸軍武官補だった田中隆吉少佐は、板垣征四郎高級参謀（大佐）から「諸外国の注意を満州からそらしてくれ」と依頼され、中国人を雇って襲わせたと、戦後になって証言している。その真偽のほどは定かではないが、その狙いは的中し、一時的に諸外国の関心は上海に向けられた。

その間隙を縫うようにして三月、関東軍の後ろ盾により、満州国が建国される。これをきっかけにして日本は、いよいよ大陸の泥沼に足を取られていくことになる。

四

昭和八年（一九三三）、二十五歳の留吉にとって、初めての一人暮らしが始まった。すでに善四郎の妓楼も取り上げられ、債権債務もすべて整理したので、横浜に住む意味はなくなっていた。一軒家も広すぎる上、借家なので家賃も馬鹿にならない。そこで千駄ヶ谷辺りでアパートを探すことにした。

なぜ千駄ヶ谷なのかと言うと、いさの弟で予備役海軍大尉の又吉健吉が浦賀から千駄ヶ谷に引っ越し、さかんに留吉を呼んでいたからだ。

健吉は江田島で教官をしていたが、この頃には予備役となり、軍人恩給で悠々自適の生活を送っていた。

——継母さんから頼まれたんだな。

健吉が留吉を気に掛けるのは、いささに頼まれてのことだと分かる。だが留吉も懐が心許ない折でもあり、家賃が安ければ行ってもよいと思った。健吉が電話で、さかんに「来い」というので、恐る恐る家賃を聞いてみると、「要らん」とのことだった。

こうした経緯で、健吉の家に居候することになった留吉は、軽トラックを借りて家財道具を積み込むと、一路千駄ヶ谷を目指した。

初めての東京生活に胸は躍ったが、千駄ヶ谷周辺は田畑か空き地ばかりで、その中に住宅がポツンと立っているような状態だった。それでも健吉の家は庭もある立派なもので、離れもあるので助かった。しかもその離れは裏口が玄関代わりになっており、健吉の家族と顔を合わせずに一日を過ごせる理想的なものだった。

千駄ヶ谷での生活は楽しいものだった。休みの日には健吉の中学生の息子と釣りに出掛けたり、健吉の用事を引き受け、都心に買い物に行ったりした。

帝都日日新聞のある芝公園までは、都電やバスを乗り継いで一時間ほどなので、通勤もさほど苦にならない。

かくして留吉の東京生活が始まった。

新生活も軌道に乗り始めた五月のある日、仕事から戻り、いつものように又吉家の裏口から離れの中に入ると、玄関口に見慣れない下駄が転がっている。

——泥棒か。

考えてみれば、裏口は施錠もしていないし、離れの鍵をもらってもいない。泥棒が入ろうと思えば簡単に入れるのだが、ろくな家財道具はないので、とくに心配もしていなかった。

——不用心だったかな。

抜き足差し足で廊下を歩いていくと、居間に大の字になって寝ている男がいる。傍らには黒いソフト帽が放り出され、ボヘミアン・ネクタイにビロードの釣鐘マントが脱ぎ捨ててある。顔は童顔で小柄なので、強盗や泥棒には見えない。だいいち、入った家で寝てしまう泥棒はいないだろう。

——こいつは誰だ。

泥棒ではないようなので安心したが、見知らぬ男が勝手に上がり込んで寝ているとなると、気持ちのよいものではない。警察を呼ぼうかと思ったが、このまま大人しく退散してくれればよいので、男を揺り起こすことにした。

「お兄さん、起きて下さい」

いくら揺り動かしても、男は「うーん」と唸るだけで起きようとしない。近づくと酒臭い。

——仕方ないな。

流しに行ってコップに水を注いだ留吉は、男の頬にそれを注いだ。

「冷たい！　何しやがるんだ！」

男は目を覚ますと、左右を見回した。

「お前は誰だ！」

「お前は誰だって言われても、ここは私の家ですよ」

「お前の家だと。ここには俺が住んでいるんだぞ」

「はあ」

一瞬、自分が家を間違ったかと思ったが、そんなことはないと、すぐに思い返した。

「ここには、私が住んでいます」

「えっ、どうしてだ。お前は隅田さんではないのか」

「隅田さん——」

「そうだ。大家の隅田さんでは——。そうか、それにしては若いな」

「冗談はやめて下さい。もしかして家を間違えたんですか」

「あっ」と言って、男が周囲を見回す。

「どうやらそのようだな。この辺りは同じような家が多いからな」

「では、出ていってもらえますね」

「ああ、もちろん出ていく。だが、これも何かの縁だ。そこにある酒を一杯飲ませろ」

男が指差す先には、サントリーの角瓶が置かれていた。健吉が持ってきた転居祝いの残りだ。

「そいつは少し図々しいんじゃありませんか」

「そうかな」

男が頭をかく。その仕草には少年らしさが残っており、留吉はつい苦笑してしまった。

「分かりました。一杯だけですよ」

「ああ、一杯でいい」

欠けた茶碗にウイスキーを注ぐと、男がうまそうに飲み干した。

「これでよろしいですね」

「もう一杯」

「それでは、話が違います」

「必ず帰るから心配するな」

「約束ですよ」

そう言いながらも、留吉は男の差し出す欠けた茶碗にウイスキーを注いだ。

「ああ、うまい」

「で、ご自宅はどこですか」

「千駄ヶ谷八七四の隅田方だ。ついこの前、引っ越してきたばかりだ」

「あっ、近いですね」

近所に住んでいるとなると、ぞんざいに扱うこともできない。

「そうなのか。俺も割としっかりしているな」

どうやら男は自宅に帰り着けなくても、近くまで帰ってこられたことで満足しているらしい。

「あっ、あれは何だ」

そう言うと、男が四つん這いになって部屋の隅まで進み、そこに積んであった本を手にした。

「萩原朔太郎の『月に吠える』か――。まさか君が読むのか」

「はい。まだ読み始めたばかりですが、惹かれますね」

「そうか――」

男はページをめくりながら字を追っている。

「あなたも詩が好きなのですか」

「えっ、俺が朔太郎を好きかって」

「そうです。好きなんでしょう」

男は本を閉じると、机の上に放り出した。

「冗談じゃない。こんなのは、ただの文字の羅列だ」

「ええっ、そうなんですか」

「君は何も分かっちゃいないな。詩というのは上品な言葉を並べ、文学的な雰囲気を出すことじゃない。心の奥底にある血の塊を吐き出すものだ」

「血の塊を――」

「そうだ。何かつまみはないか」

近くにあるのは、明日の朝食べようと思って買っておいた食パンだけだ。

「これをどうぞ」

包丁はないので登山ナイフを渡すと、男は器用にパンを切り分けた。

「ほれ」

「ほれって、僕のパンですよ」

「遠慮せず食べろ」

男は呂律（ろれつ）が回らなくなってきていた。気づくと、勝手にウイスキーを茶碗に注いでいる。

致し方なく食パンを口に入れると、男もむしゃむしゃと食べている。その食べ方が子供のようで、留吉はつい笑ってしまった。

「何も食っていないから、こんなものでもうまいな」などと言いつつ、男は再び萩原朔太郎の『月に吠える』を手にする。

「この男は売文家だ。その辺に立っている娼婦と変わらぬ。だから形而上学的アピローチができていない」

「アプローチですよ」

「ああ、そうか。君は英語もできるんだな」

「少しですが――」

どうやら男は腰を据えてしまったようだ。

「あの――」

「何だね」

「帰らないのですか」

「帰らないとまずいかね」

男は寂しそうな顔をする。

「私にも勤めがありますから」

「ああ、そうか。仕事は何をやっている」

「新聞記者です」

「新聞記者か。それで、どうして朔太郎を読んでいる」

「たまたまです」

男が本を置くと立ち上がった。

「そうか。明日は平日か。今日はここまでとしよう。また来る」

「また来るって――」

「隅田さんちはどこだ」

「私も新参者で分かりません」

「では、探すか」

ソフト帽と釣鐘マントを手にした男は、覚束ない足取りで玄関に向かった。そこで苦労して下駄を履くと振り向いた。

「君の名は何という」

「坂田留吉ですが」

「ああ、末っ子か」

「そういうことになります」

「じゃ、またな」

男を押し出すようにして留吉が戸を閉めようとすると、男が言った。

「こいつは失敬。まだ名乗っていなかったな」

「ああ、はい」

留吉にとってはどうでもよいことだが、男は名乗りたいようだ。

「私の名は――」

室内の光に照らされ、男の顔が引き締まる。

「中原中也（なかはらちゅうや）だ」

「はあ」

「知らないのか」

「はい。知りません」

「仕方ないな。調べておけ」

中原と名乗った男は漢字まで告げてきた。

「分かりました。お休みなさい」

肩にたっぷりとギャザーを取った釣鐘マントを翻しながら、男は裏口から出ていった。

ため息を一つつくと、留吉は、中原が明け放したまま行ってしまった裏口の木戸を締めた。

その時、中原はまさに闇の中に溶け込もうとしていた。下駄を鳴らしながら高らかに何かを吟じているので、どこかの犬が激しく吠え立てている。

——中原中也か。

留吉は苦笑すると、家の中に戻っていった。

五

昭和八年は、世界でも不穏な動きが相次いでいた。一月にはヒトラーがドイツの首相に就任し、事実上ナチスの独裁政権が樹立された。

二月にはプロレタリア作家の小林多喜二（こばやしたきじ）が、築地署で拷問の末に殺された。

また軍部の暴走も過熱し、リットン調査団が満州に派遣され、リットン報告書をまとめた。だが、これは日本に全く不利な報告となり、さらに関東軍が中国大陸の熱河省（ねっか）に侵攻したことで、国際連盟が対日満州撤退勧告案を可決する。しかし松岡洋右（まつおかようすけ）代表は国際連盟への決別を宣言し、その場から退場した。そして三月には、日本が国際連盟から正式に脱退する。同年十月にはドイツも脱退し、両国は国際社会から孤立の道を歩み始める。

留吉は石原莞爾と知己ということで、帝都日日新聞の陸軍省担当となり、連日のように陸軍省に通うことになった。だが、何を聞いても機密扱いとのことで、特ダネ記事を得るのは容易なことではなかった。

留吉が仕事をしていると、文化部長の草野心平（くさのしんぺい）が、留吉の所属する政治部に顔を出した。

草野はぼさぼさの髪をかき上げながら、ずれ落ちそうになる丸眼鏡を片手で押さえている。

「草野部長」と声を掛けると、草野は「ああ、新人さんか」と応じた。

留吉が近づいていくと、草野が「何か用かね」と問うてきた。

「中原中也という詩人をご存じですか」

「ご存じも何も友人だよ」

草野の顔がほころぶ。

「えっ、それは本当ですか」

「ああ、ごく親しい友だ。中原がどうかしたか」

留吉が先日の顚末を語る。

「そうだったのか。翌日は来なかったか」

「とくに来た形跡はなかったですね」

来たかもしれないが、留吉も帰宅は八時を過ぎるので、不在で帰ったのかもしれない。

「君が文学に詳しくないと知り、興味をなくしたのかもしれない」

「それはあり得ますね。で、その中原というのは、たいした詩人なんですか」

草野が苦笑しながら言う。

「僕など足元にも及ばない天才だよ」

「ええっ、それは本当ですか」

詩人として一家を成している草野が、天才と言うのだから尋常ではない。

「まあ、詩というものに優劣はない。だが、文字だけで人の心を打つのは容易ではない。奴の詩は中原調としか言い表せない独特のリズム感を持っていてね。とても新鮮なんだ。ハスキーな低音の歌い手がいるだろう。いい声ではないが、何というか、胸に沁み込むような寂しさと、キリで心を揉まれるような痛みを感じるだろう。あれなんだよ」

「草野さんの詩も素晴らしいと思います」

留吉は草野の詩を読んだことがある。それらは、世辞でなく素晴らしいものだった。

「ありがとう。だが天才と職人の違いは明白だ。天才は誰の真似でもない言葉が溢れてくる。『朝の歌』を知っているか」

「知りません」

留吉がそう答えると、草野は朗々と吟じてくれた。

天井に　朱きいろいで
　戸の隙を　洩れ入る光、
鄙びたる　軍楽の憶ひ
　　手にてなす　なにごともなし。

小鳥らの　うたはきこえず
　空は今日　はなだ色らし、
倦んじてし　人のこころを
　諫めする　なにものもなし。

樹脂の香に　朝は悩まし
　うしなひし　さまざまのゆめ、
森竝は　風に鳴るかな

ひろごりて　たひらかの空、
　土手づたひ　きえてゆくかな
うつくしき　さまざまの夢。

留吉が息をのむ。

「確かにイメージが広がりますね」

「そうだ。天才にとって言葉など意味をなさない。中原は『天井に』の後を一字空けている。その理由が分かるか」

「分かりません」

「彼は時間の経過を表したかったんだ。つまり朝目覚めて、ぼんやり天井を見つめていると、次第に覚醒してきた。すると窓のカーテンか木製の雨戸の隙間から、天井に『朱きいろ』の光が差しているのに気づいた。それを見て美しいなと思っていると、昔聞いた軍楽が頭の中で聞こえてきた。おそらく本格的なものではなく、子供の頃に聞いた、薬売りのラッパが奏でるような調子っ外れのものだろう。すると次は唐突に自らの内心に向かう。『今の私には手にするものが何もない』、つまり今日一日、何もすることがないという意味だ」

その後、草野は第二連以下の詩の解釈も教えてくれた。

「詩というのは面白いものですね」

「そうさ。詩の面白さを詩人だけのものとしておくのは、実にもったいない。君も書いたらどうだ」

「私なんて――」

「詩は自分の心の内を吐露するだけだ。誰でも書ける。私は中原の私家版の詩集をいくつか持っているので、一冊進呈しよう」

「私なんかにもったいないですよ」

「構わない。何冊も持っていても仕方がない。後で誰かに届けさせる」

「ありがとうございます」

その時、誰かが草野を呼びに来た。

「おっと、こんなところで油を売っている暇はなかった。もうすぐ校了なんだ。そうだ、四月二十九日は中原の誕生日だ。誕生会をやるから、君も来ないか」

「だって私は一度しか会ったことがありませんし、ご迷惑ではありませんか」

草野が大笑いする。

「それは中原を知らないからだ。一人でも多くいると、あいつは喜ぶ」

「分かりました。よろしくお願いします」

「では、四月二十九日は一緒に退社しよう」

草野はそう言うと、政治部から去っていった。

翌日、草野から詩集が届けられた。留吉は中原の詩集『山羊(やぎ)の歌』を貪るように読み、その溢れるような感情の奔流に圧倒された。

六

草野と連れ立って待ち合わせ場所の渋谷駅に行くと、中原が煙草を吸っていた。その顔が驚きに満ちる。草野が不思議な縁を説明すると、中原は大いに喜んだ。

待ち合わせ場所には、村井康男（むらいやすお）と阿部六郎（あべろくろう）という詩作仲間も来ていた。留吉は丁重に自己紹介し、詩について、全くの素人だということも皆に伝えた。

入った店は、道玄坂にある渋谷百軒店（ひゃけんだな）の「千代田軒（ちよだけん）」という洋食屋だった。

「誕生会を開いてくれてありがとう」

中原が殊勝そうに言う。中原はその強烈な個性から、友人を作っては仲違い（なかたが）いを繰り返していた。だが草野を除く二人も、留吉同様、中原と出会ったばかりで、年齢も五つほど上なので、中原の毒舌にも寛容なようだった。

草野が中原に水を向ける。

「中原、君の詩作のきっかけは何なんだい」

「俺はずっと短歌をやっていた。それを故郷の防長新聞などに投稿していたんだ。その後、学校を落第したので、両親が外聞を気にして京都に追い払われた」

中原の郷里は山口県の湯田（ゆだ）で、父親は軍医をやっていた。子供の頃から成績は優秀だったが、十六歳になる頃、自我が目覚めたのか文学熱が高じ、勉強をしなくなる。そのため山口中学三年を落第し、それを恥じた両親が、京都の立命館中学に編入させたという。

「ということは、京都に行ってから自由詩に転じたのだな」

「うむ。関東大震災直後の大正十二年九月、京都丸太町橋際の古本屋で、高橋新吉（たかはししんきち）の『ダダイスト新吉の詩』に出会ってからだな」

中原は年上相手でも物怖じせず、対等の言葉遣いをする。

ダダイストとはダダイズムを信奉する詩人のことだ。ダダイズムとは、第一次世界大戦中にスイスで起こった文学の革新運動で、既成の価値観を破壊し、過去の芸術すべてを否定するところに特徴があった。

具体的に言えば、詩の場合、偶然浮かんだ言葉を大切にし、「何も意味しない」言語の羅列に価値を見出すことだ。この運動は第一次世界大戦で瓦礫の山と化したヨーロッパを見て、虚無感を抱いた若き芸術家たちによって提唱された。それが関東大震災で荒廃した東京と似通っていたため、日本でもたいへんなブームとなる。

中原は高橋新吉の『ダダイスト新吉の詩』の冒頭にある「DADAは一切を断言し否定する」という言葉に魅せられ、自らダダイストを名乗るようになる。

阿部が茶化す。

「そうか。中原にとって『ダダイスト新吉の詩』との出会いは、初恋のようなものなんだな」

「ああ、実際に恋もしたしな」

そのあたりの事情に通じているらしい村井が問う。

「長谷川泰子のことだな」

「そうだ。小林秀雄に取られちまったけどな」

一同に気まずい雰囲気が漂う。

長谷川泰子とは、新劇の劇団「表現座」の女優で中原の三つ年上だった。中原は大正十三年（一九二四）四月から京都で同棲生活に入り、翌年、東京に出るものの、泰子が小林秀雄の許に走ることで、中原の恋は終わる。だが泰子は中原にとってファム・ファタール（宿命の女）的存在で、中原の詩想を大いに刺激した。

草野が中原を制する。

「その話はよそう」

「どうしてだ。坂田君は知らないだろう」

留吉が口を挟む。

「いえ、私には話さなくても構いません」

「そうか。それならよいが――」

・中原は酔いが回ってきたのか、呂律がおかしくなってきた。
「関東大震災という未曾有の災害を経て、俺は人間社会の営みが実に脆いものだと知った。自然の脅威に対し、いかに人間が無力かを覚らされたんだ」

すでに村井と阿部は別の話に興じている。

「地殻も亀裂が入ったが、表現も震災前と後では全く違うものになった。否、違うものにせねばいかん」

「それは分かるが、中原はなぜダダイストになったんだ」

「そいつは簡単な話だ。奈良平安の昔から、日本人は端正な歌の世界に埋没し、昭和に至っても、それは変わらない。教師に『上手にできました』と言って頭を撫でられる小僧と同じだ」

「小僧はひどいな」

「大半の詩人がそんなもんだ」

「俺もそうだというのか」

中原が沈黙する。当たり障りのない話をしていた村井と阿部も、こちらの様子を窺う。

「まあ、そうだな」

「失敬な奴だな」

草野が不快そうな顔をする。

「失敬も何も、嘘はつけないからな」

「では、お前は何だ」

中原がけろっとした顔で言う。

「ダダイスト、つまり天才だよ」

草野が唇を嚙む。

「そうかもしれん。だが、俺を貶めてどうなる」

「誰が貶めた。質問されたから、自分の思うところを述べたまでだ」

草野が酒を流し込む。

「そうかもしれん。そうかもしれんから口惜しいのだ」

留吉は、草野が気の毒になってきた。だが詩というものをさほど知らないのだから、反論のしようがない。他の二人も黙っているところを見ると、中原の言葉が真を突いているのだろう。

中原が得意げに言う。

「気にすることはない。詩というのは革新的であればよいというわけではない。君のように誰にでも分かる詩を書く方が、レベルの低い読者は喜ぶ」

「この野郎！」

草野は激昂したが、中原はどこ吹く風だ。

「怒れ、怒れ。そのマグマの中から新しい表現が生まれてくる」

「畜生、表に出ろ！」

「いいだろう」

草野にとって、自分の詩を否定されるということは、親兄弟をけなされるのと同じことなのだろう。

だが、確執はここまでだった。村井と阿部が双方をなだめたからだ。しかも帰り際には、双方は打ち解け、共通の友人のネタで大笑いするほどだった。

外に出て初めて時計を見ると、もう十二時を回っていた。

中原は「今日は俺の誕生日だ！」と喚きつつ、人影のなくなった百軒店街の裏側にある坂を駆け下りた。それを四人が追いかける形になった。

「おい、待て、中原！」

だが中原は意に介さず、農大正門から道玄坂に通じる道路を横切り、その勢いで石を拾うと、どこかの家の軒灯に向かって投げた。派手な音がして軒灯が割れる。

その時、家の灯がつくと、二重回しを着た恰幅のよい男が現れ、中原の首根っこを摑んだ。

常なら謝って弁償すれば済む話だが、男は出てきた家人に警察を呼ぶよう告げた。

中原はそれでもへらへらしていたが、残る四人は男に近づき、平謝りに謝ったが、男は許してくれない。やがて警察がやってきて、男から事情を聞いた。どうやら男は区議会議員らしい。

男の剣幕が凄いので、警察も許すわけにはいかず、車に乗せられて渋谷警察署に向かうことになった。それでも残る四人は何とか中原を許してもらおうと、求められていないにもかかわらず、一緒に車に乗り込んだ。

五人は始末書の一つも書けば済むと思っていたが、案に相違して、警察署長は五人を監房に入れた。それも別々の監房だ。

監房には暴力団やテキヤらしき者もいたが、大半は思想犯だった。

――こいつは参った。

草野と一緒なので会社に言い訳はできるが、監房に何日間入れられるか分からず、留吉は弱っていた。

近くにいた者に話を聞くと、どうやら思想犯は共産党員やそのシンパたちだという。警察が共産党員の一斉検挙に踏み切り、片っ端から検挙して監房に放り込んでいたらしい。

周りは共産党員ばかりで、政治的な話が耳に入ってくる。留吉はわれ関せずを決め込み、膝を抱えて眠ろうとした。

「おい、君はもしかして坂田留吉君か」

その声に顔を上げると、どこかで見た顔があった。

「えーと、どなたでしたっけ」

「俺だよ。樋口新平だ」

――樋口新平って誰だ。

記憶をまさぐり、ようやく思い出した。

「ああ、学生運動家の樋口先輩でしたか」

「そうだ。お前が出前を持ってきたことで知り合えたな」

「は、はい。でも――」

樋口は痩せ細り、かつての潑剌（はつらつ）とした面影は消え失せていた。

「ああ、俺の姿に驚いているのか。そうなんだ。ろくなものを食わせてもらっていないからな。こんな痩せちまった」

樋口がズボンを横に引っ張ると、拳が一つくらい入るのが分かった。

「ということは、ずっと活動を続けていたのですか」

「そうだ。このままでは、この国はたいへんなことになるからな」

「たいへんと言われますと――」

「いいか、松岡の馬鹿が国際連盟を脱退したんだぞ。いかに全権を委任されているとはいえ、勝手に椅子を蹴って出てきたそうだ」

政治部記者なので、それがいかにたいへんなことかは、留吉にも分かる。

「分かっています。つまり国際社会で孤立の道を歩んでいるというのですね」

「その通りだが、松岡の件をよく知っているな」

留吉は、今の仕事や逮捕された経緯を伝えた。

「そうか。記者になったのか。そいつはよかった。朝日も東京日日も腰抜けぞろいだ。お前のところは、しっかり報道していってくれ。しかし逮捕された理由は笑えるな」

「情けない限りです」

「それはよいとして、君は今の政府に不満を持っていないのか」

留吉は左翼思想にシンパシーを感じてはいたが、活動家のような記者とは違う。

「不満がないわけではありませんが――」

留吉が言葉を濁すと、樋口はすぐに反応した。

「なんだ、君は右翼か」

「そうではありません。ニュートラルです」

「そういう態度がいかんのだ」

樋口は、あの頃に比べて頑なになっていた。

「では、どうすればよいのです」

「報道の力で軍部の暴走を止めるんだ」

「それは分かっていますが――」

「このままいけば、日本は満州の泥沼に足を取られ、兵を引くことができなくなるぞ」

「その通りです。早急に妥協点を見出さねばなりません」

それが容易でないのは、誰もが知っている。

「しかも最近知ったのだが、海軍は超大型戦艦を二隻も造り上げる計画らしい」

　これは「大和（やまと）」と「武蔵（むさし）」のことだが、この二隻については、終戦まで国民に秘匿されていた。

「それは初耳です。どうしてそんなものを造るんですか」

「ずっと前から計画があったからだ。もはや巨大戦艦が無用の長物にもかかわらず、海軍もお役所的な組織なので、止められないんだ」

　そこには、組織的な駆け引きと様々なしがらみがあると推測できた。

「しかし、それだけの巨大戦艦を造っていると立証できるのですか」

「証拠はない。だが、造りかけの船殻（せんこく）を見た者はいる」

「写真はないのですね」

「ない。写真など撮れれば、憲兵にしょっ引かれるだけだ」

　いかに活動家でも、そこまでできないのは分かる。

「分かりました。気に留めておきます」

「それだけでは不十分だ。記事にしろ」

「無理を言わないで下さい。新聞は私一人が作っているわけではありません」

　そんな記事を書いたところで、編集長やデスクに没（ぼつ）にされるだけだ。

　その後も二人は、ひそひそ話を続け、最後には連絡先を交換した。

　結局、留吉らは五日間、中原は十五日間も拘留されることになる。


　警察署を出ると太陽が眩しい。髭も生え放題で、シャツからも汗染みの匂いがしている。

「坂田、すまなかったな」

　草野が疲弊した顔で言う。ほかの二人は自宅に戻っていったが、留吉と草野は先に会社に顔を出すことにした。

「お気になさらず。致し方ないことです」

「中原はああいう男だ。だから友人が次々と去っていく」

「そうでしょうね。何か純粋なものを持ちながら、それを持て余し、自分で自分を制御できなくなっているのかもしれません」

「うまいことを言うな。まさにその通りだ」

やっと円タクを見つけたので、二人が乗り込むと、運転手が窓を全開にした。

「すいません」

留吉は謝罪したが、草野はどこ吹く風だ。

「詩というのは難しい」

「あの時の話で、よく分かりました」

「端正で美しい詩など、誰も評価してくれない。ごつごつした岩のようでいて、その岩をかち割るような言葉を投げつける。それが現代詩だ」

それは留吉にもよく分かる。

「口惜しいが、奴は本物だ」

詩について何も分からない留吉に言葉はない。

「もう詩を書くのをやめようかと思っている」

草野が頭を抱えたので、ようやく留吉が口を開いた。

「詩に優劣はありません。草野さんは草野さんの書きたい詩を書けばよい。それが世間に受け容れられなくても、草野さんは満足でしょう」

「そうだな。それが詩や文学というものだ」

会社に戻ると、皆に嫌な顔をされた。致し方なく留吉は上司に弁明し、今日のところは帰らせてもらうことにした。

七

その後、中原は毎日のようにやってきて、留吉に詩や文学について語った。それは何かを教えるというより、自分の考えをまとめるために一方的に話している気がした。面白いのは、中原は留吉について何の関心も払わず、「これについて、君はどう思う」といった問い掛けが一切ないのだ。

留吉としては、それでも構わないので、中原の話に聞き入った。

七月、中原は豊多摩郡高井戸町中高井戸に引っ越していった。それを手伝ったのは留吉だったが、中原は礼の一つも言わず、当然のような顔をしていた。

というのもこの頃、中原は高田博厚という彫刻家と親しくなり、高田のアトリエの近くに引っ越したいと言い出し、高田が一軒家を探してくれたのだ。高田は中原の塑像まで作り、教鞭を執る中央大学に編入させてやった。

実は中原の目的は別にあった。高田のアトリエには長谷川泰子が頻繁に顔を出しており、彼女に会いたかったのだ。だが中原は泰子の前に出ると、激しい口調で面罵するので、いつも言い争いになった。

九月のある日、高田のアトリエで中原が塑像のモデルになっていると、泰子がやってきた。

この時、留吉は初めて泰子を見たが、中原と小林が取り合いになるのもうなずけるほどの美人だった。

だが泰子は中原の顔を見ると、汚物でも見るように顔をしかめて出ていこうとした。

中原が泰子を呼び止める。

「どこへ行く」

「私の勝手でしょ」

「それはそうだが、何の挨拶もなしに去るとは、高田さんに失礼ではないか」

「高田さん、失礼します」

高田が口を挟む。

「二人とも喧嘩はほどほどにしなさい。人というのは出会いと別れだ。それを承知で付き合ったのだから、別れた後も仲よくすべきだ」

中原が謝る。

「その通りですね。申し訳ありません」

だがその謝罪は、泰子に対して「ざまあみろ」という意図があったに違いなく、泰子は口惜しそうにしながら、「用事を思い出したので失礼します」と言って出ていった。

その後ろ姿を茫然と眺めていると、中原が言った。

「留吉、泰子の後を追いかけて真意を確かめてくれないか」

「えっ、真意って」

「俺とよりを戻す気があるかどうかだ」

――あの様子では無理でしょう。

そう答えようとしたが、中原が機先を制した。

「こういう時に頼りになるのが友ではないか」

「分かりました。やってみます」

アトリエを後にして通りを見回すと、泰子の後ろ姿が目に入った。

「長谷川さん」と声をかけると、泰子が振り向いた。

「あら、中原にこき使われている方ね」

その皮肉の利いた一言で、泰子が留吉によい印象を持っていないのが分かった。

「そうです。確かに振り回されています」

「やはりね。あいつといると、男も女も振り回されて最後には疲弊し、精神を病むのよ」

「えっ」

「だから、悪いことは言わない。すぐに距離を取りなさい」

「でも――」

「あいつの詩の魅力に取りつかれたのね」

留吉がうなずく。

「仕方ないわね。そう言って何人もが中原に惹かれ、そして疲れきって去っていったわ」

「でも、あの才能を何とか世に出してあげたいんです」

泰子がため息をつく。

「仕方ないわね。ここで立ち話も何だから、高円寺の駅前のカフェーでも入りましょう」

そう言うと、泰子はあてがあるのか、どんどん先に歩いていく。

泰子が入ったのは、「カフェーフクヤ」という喫茶店だった。

　泰子がアイスコーヒーを注文したので、留吉も同じものにした。

「中原というのは大きな子供なの。だから、まず相手を馬鹿にして自分が上位だと分からせる。それで支配者になったら、こき使う。いつも同じパターンだわ。でもね、中原は自分に自信がなく、臆病なことこの上ないの。彼の中では、フィジック（肉体）と思想が一体化していないからそうなるのよ」

「フィジックと思想、ですか」

「そう。彼は無意識に思想を前面に押し出すわ。頭は悪くないから、しっかり勉強していたら一流の思想家になっていたかもしれない。でも彼は詩人になった。おそらく日本で随一の象徴派詩人だわ」

「つまりボードレール、ヴェルレーヌ、ランボーに匹敵すると――」

「おそらくね。でも彼は強すぎる自我のおかげで、その才能を持て余している。ランボーも同じだった。だからランボーは詩を捨て、貿易商人になった。でも中原にその度胸はないわ。あいつは詩を捨てたら何も残らないからね」

　ちなみにランボーとは、フランスを代表する象徴派詩人アルチュール・ランボーのことだ。

　泰子がうまそうにアイスコーヒーをすする。

「で、中原との生活に疲れた長谷川さんは、小林秀雄さんのところに逃れたのですね」

「そうね」と言って泰子が笑う。

「あれも理屈っぽくてつまらない男だったわ」

「小林秀雄がつまらないと――」

　すでにこの頃、小林は一家を成すほどの評論家となっていた。

「あなたは知らないの。女にとって世間の名声なんてものは、何の価値もないの。私が何を思い、何を求めているかを知り、それを先回りして用意してくれるのが男の価値よ」

「では、小林さんとは――」

「とっくに別れたわ」

　小林と泰子の同棲は大正十四年（一九二五）十一月から昭和三年（一九二八）五月まで続いたが、最後は小林が堪えられなくなり、泰子の前から姿を消したことで終わりを迎えた。これを聞いた中原は手を叩いて喜んだが、泰子が中原のところに戻ることはなかった。

「では、中原とよりを戻す気はないのですか」

　泰子が高らかに笑う。

「何を言ってるの。もう子供の面倒を見るのはうんざりよ」

「でも中原は、泰子さんのことを『ファム・ファタール』だと言っていましたが」

「私が、あの男の『ファム・ファタール』だって。いい加減にしてよ。私は、ただのつまらない女よ。たまたま中原と縁があって男と女の関係になったけど、それだけのこと」

「つまり中原の元に戻る気はないのですね」

「ないわ。金輪際ね」

「分かりました。そう伝えます」

「あんたもさあ」

　泰子が艶っぽい声を出す。

「あの男にかかわっていては駄目」

「ありがとうございます。気をつけます」

「何を言っても聞きゃしないようね。みんなそう。それで最後に心身共に疲れ果て、中原から離れていくの」

「つまり中原というのは、純粋な詩想と悪魔のような人間性が同居しているのですね」

「そういう言い方もできるわね」

　カフェーで泰子と別れ、高田のアトリエに戻ると、中原が「待っていた」とばかりに問うてきた。

「どうだった」

「全く戻る気はありませんね」

「そうか。だろうと思った」

　中原は落胆もせずに、高田と塑像について語り合っていた。

それを見て留吉は、天才という代物の扱いにくさを思い知った。

八

中原は良識的な人間ではない。とくにその唯我独尊の自慢話には嫌悪を催す。しかし中原と知り合った男たちは、その絶妙な話術に引きずり込まれていく。

――それはなぜなのか。

「無垢な魂に魅せられて」というのとも少し違う。強いて言えば、人間の醜い部分を見せられているうちに感覚が麻痺し、しばらくすると、その自己中心的な世界観や他人への容赦ない罵倒を聞きたくなってくるのだ。

それはあたかも自分の暗部を映す鏡のようであり、その醜い部分を見ること、そして嫌悪感を催す話を聞くことが、贖罪になっているような気がするからだろう。

――厄介な男だ。だが離れられない。

留吉のように文学に携わっていない人間にとって、中原の吸引力は分かりにくい。だが会うことを重ねていくうちに、難解な文学論の片鱗が理解できるようになり、その流れるような弁舌と、ジャズのパッセージのように挟まれる悪口雑言が、そのハスキーな声音と共に心地よくなっていくのだ。

昭和九年（一九三四）正月、前年にあたる昭和八年十二月に昭和天皇の第一男子、明仁親王が誕生し、日本中が祝賀ムードに包まれていた中、中原が上野孝子という女性と結婚した。

近頃現れないなと思っていたところで、その一報を草野から聞いた時、留吉は驚いた。というのも、結婚という一般人の習慣を、中原が受け容れるとは思っていなかったからだ。

昭和七年から八年にかけては、中原にとって活発な創作活動と相反して失意の年となった。

というのも中原は昭和七年、処女詩集『山羊の歌』の編集に着手し、六月下旬には予約募集の通知を諸方面に送っていた。しかし予約者は知友十人ほどしかなく、当然のように刊行も頓挫した。それで酒量が多くなり、そんな時に留吉と出会ったのだ。

だが中原は、あきらめきれず自費出版を決意し、詩集印刷の費用三百円を母に捻出させ、九月には印刷を始めたものの、一部を刷っただけで資金が足りなくなり、こちらも中断していた。

こうした計画性のなさも中原の特徴だ。しかし、そんなことはおくびにも出さず、中原は余裕を持った態度で友人たちに接していた。元来が見栄っ張りなのだ。

ちょうどこの年、中原は東京外国語学校（現・東京外国語大学）専修科仏語部を卒業し、フランス行きを模索し始めていた。かねてより中原は、フランス文学、とくにランボーやヴェルレーヌの詩に傾倒し、自ら訳していた。それが高じ、フランス行きを望むようになった。

フランス行きを計画している最中に結婚というのも合点がいかないが、そうした矛盾を矛盾とも思わず生きているのが、中原という男なのだ。

だがこの頃から、中原は神経衰弱に苦しめられ、幻聴さえ聞こえるようになる。

友人と酒を飲み、理路整然と文学論を語っていたかと思うと、突然泣き出し、「山口に帰りたい」と言って周囲を困らせた。しまいには、この頃住んでいた森川町の下宿の近くから聞こえる新築の槌音を聞き、「あれは俺を閉じ込めるための牢を造る音だ」と言って逃げ出そうとしたこともあった。それを友人たちは、おろおろしながら見守ることしかできなかった。

実は、中原は強迫神経症を患っていたのだ。

中原が近所から引っ越していったこともあり、昭和八年の後半は会う機会もめっきり減った。だが詩人とはそういうものだと思っただけで、留吉は中原の変調に気づかなかった。

結局、中原の病は収拾がつかないほど進み、最後は弟が上京し、中原を帰郷させることにした。ところが帰郷するや、中原を待っていたのは縁談だった。

強迫神経症により、中原は自らの意思を持たない廃人のようになっており、母と弟の勧めに素直に従い、結婚に合意した。相手の上野孝子が美人だったこともあるが、中原の茫然自失状態の隙を突いた形になった。

この結婚は、十一月十日に見合いし、十二月三日に挙式というスピード婚だった。中原は二十六歳、孝子は二十歳だった。

そのまま故郷の山口にとどまるのかと思いきや、二人は上京し、四谷の花園アパートで新婚生活を始めた。そのため昭和九年の前半、中原は留吉の前に姿を現さず、留吉は、ほっとした半面、寂しくもあった。

「という次第だ」

数寄屋橋（すきやばし）の菊正ビル（現・東映会館）にあるカフェーで、中原はビールをラッパ飲みしながら顚末を語った。

六月、中原から「久しぶりに飲もう」という電話があったので、留吉も会うことにした。

「ということは、結婚は本意ではなかったのですか」

「ああ、そうだ。母と弟にノイローゼの治療などと言われて山口に連れていかれ、そこでぼんやりと過ごしていると、背広に着替えさせられ、料亭に連れていかれた。そして孝子に会わされた。あの頃は思考力もなかったので、何が何だか分からないまま話が進み、結婚することになった。本来詩人なるものは食べていけないのが当たり前なので、所帯など持てないと思っていた。だが孝子と親族は、それでもよいと言う」

上野家は山口の名家だったが、この頃没落し、広大な田畑も他人の手に渡っていた。そのため孝子は行き場を失っており、上野家の親戚連中が、金持ちで通っている中原家の長男に押し付けたのだ。

──つまり中原本人が稼ぐ金でなく、中原家の財産が目当てということか。

中原の父は軍医から開業医に転じて成功を収めたので、中原家は父亡き後も裕福だった。

「詩人は結婚できないのですか」

「当たり前だ。詩人が所帯を持ってどうする。詩人は放浪の果てに野垂れ死にするものだ。ランボーのようにな」

中原の話なので、どこまでが本気かは分からない。ただしランボーは癌で死去したとはいえ野垂れ死に同然だったので、そんな死に方に中原は憧れているのかもしれない。

「その割には、血色がよいようですね」

「まあな、孝子は料理がうまいんだ」

そう言いながら、中原は孝子の写真を見せてくれた。

「美人じゃないですか」

「そういう見方もできる」

中原はまんざらでもないようだ。

「とにもかくにも、おめでとうございます」

「ありがとう。それでその後、泰子から何か言ってきたか」

意外な名が飛び出し、留吉は戸惑った。

「ぼくはあの時に会ったきりですよ。だいいち連絡先も教えていません」

「そうだったのか。てっきり同棲でもしているんじゃないかと思っていた」

中原が疑いの目を向ける。人一倍嫉妬深いのだろう。

「どうして僕が泰子さんと同棲するんですか。飛躍が過ぎますよ。いくらなんでも──」

「いくらなんでも何だ」

「中原さんと小林さんの彼女じゃないですか」

「いいや、泰子にとって相手など誰でもよいのだ。奴に必要なのは金だ。つまり泰子は生活力のある男を頼りにする」

「それならなおさらですよ。僕はしがない新聞記者です。金なんて持ってないから、はなから相手にされませんよ」

この時になって、中原が留吉に会いたいと言ってきた理由が分かった。留吉と泰子が同棲しているのではないかという疑念が生じたのだ。だが今度ばかりは、いかに勘の鋭い中原でも外したことになる。

「本当に同棲していないのか」

「当たり前ですよ。だいいち中原さんは、もう妻帯者じゃありませんか。いつまでも過去の恋愛に囚われていてどうするんですか」

「それが詩人というものだ」

中原は分が悪くなると、すぐに詩人という殻に逃げ込む。それがヤドカリのようで可笑（おか）しい。

「詩人だからといって、社会の倫理は守らねばなりません。とにかく長谷川さんのことは忘れて下さい。今は孝子さんのために、いい詩を書いて下さい」

「素人が俺にいい詩を書けだと！」

「申し訳ありません」

中原は無言でズダ袋の中に手を突っ込むと、一冊の雑誌を取り出した。

「これを見ろ」

「これは何ですか」

「同人誌だ。俺の詩が掲載されている。とにかく読んでみろ」

中原が渡してきたのは、『紀元』と書かれた雑誌数冊で、確かに同人誌のようだ。

中原が女給を呼んでウイスキーの水割りを注文している間に、一月号を手に取った留吉は、栞（しおり）の挟んであるページを開いた。

――タイトルは「汚れつちまつた悲しみに」か。

汚れつちまつた悲しみに
今日も小雪の降りかかる

汚れつちまつた悲しみに
今日も風さへ吹きすぎる

汚れつちまつた悲しみは
たとへば狐の革裘（かわごろも）
汚れつちまつた悲しみは
小雪のかかつてちぢこまる

汚れつちまつた悲しみは
なにのぞむなくねがふなく
汚れつちまつた悲しみは
倦怠のうちに死を夢む

汚れつちまつた悲しみに
いたいたしくも怖気づき
汚れつちまつた悲しみに
なすところもなく日は暮れる……

その書き出し部分を読んだだけで、留吉の背筋に戦慄が走った。

「どうだ」

「どうだと問われても、素晴らしい作品だとしか答えられません」

「そうか。お前にも詩が分かるのか」

「この悲しみというのは、泰子さんへの思いが、次第に汚れていくということですか」

中原がため息をつく。

「だから俗人は困る。すぐに詩と私生活を結び付けたがる」

「では、違うのですか」

「いいか」

中原の顔が近づく。

「詩人は宇宙を見ている」

「宇宙、ですか」

留吉にとっての宇宙とは、星々がきらめき、宇宙船がその間を行くような「少年倶楽部」のイメージだ。

「そうだ。この世の生きとし生けるものすべての営みを、詩人は体で感じ取り、それを文字にする」

「これは、そんなにたいそうな詩なのですか」

「失礼な奴だな」

「しかし、なぜ狐の革裘が出てくるのですか」

詩の中に「汚れつちまつた悲しみは　たとへば狐の革裘」という一節があった。そこだけがやけに具体的で、全体の詩の基調から浮き上がっているような気がした。

「新聞記者のくせに、そんなことも知らないのか。昔から中国では狐の革裘、すなわち革で作った衣服を尊重し、漢詩などでは高貴な女性の比喩（ひゆ）として使うのだ」

「つまり泰子さんのことですか」

「この俗物め！」

中原がテーブルを叩いたので、ちょうどウイスキーの水割りを運んできた女給が、驚いて身を引いた。

「すいません。お気になさらず」

中原の代わりに留吉が謝る。女給は水割りを置くと、逃げるように戻っていった。

「お前は何でも泰子に結び付けるな。さては気があるな」

さすがの留吉もうんざりしてきた。

「やめて下さいよ。そんなことを言うなら、もうあんな役は引き受けませんよ」

あんな役とは、高田のアトリエから泰子の後を追って、泰子の真意なるものを確かめに行った時のことだ。

ウイスキーを一気飲みし、女給に大声で「もう一杯」と怒鳴ると、中原が言った。

「それもそうだな。邪推（じゃすい）が過ぎた」

「分かってもらえれば、それでいいんです」

「まあよい、詩人の悲しみは詩人にしか分からん。では、教えてやろう。ここで言っている悲しみとは、俺自身なんだ」

「ああ、そういうことですか」

「そうだ。人というのは、生きているだけで様々な悲しみを背負う。つまり悲しみが人というものを形成していく」

　中原本人の解説で、この詩の趣旨が理解できたが、どうしても「狐の革裘」だけが浮いているような気がする。

「どうして中原さんが狐の革裘なんですか」

「いいか、狐の毛皮なんてものは、ほかの動物の毛皮に比べれば、さほど寒さを凌（しの）げるものではない。つまり風雪に耐えられるものではないということだ」

「ああ、なるほど」

　その一節の意味がようやく理解できた。つまり狐の革裘では、世間の風雪に対して何の役にも立たないということを言いたいのだ。

「それほど世間の風雪とは厳しいものだ」

　その詩には、世間の風雪におびえるナイーブな一人の青年の姿があった。

「ありがとうございます。目の前の霧が晴れたようです」

「目の前の霧だと」

「はい。つまらぬ比喩を使ってしまい申し訳ありません」

「それはどうでもよい。いけないのは、詩の意味を理解しようとする、その俗物根性だ」

「詩の意味を理解してはいけないのですか」

「そうだ。詩は意味を理解するものではない。感じるのだ」

　またしても中原は、煙（けむ）に巻くようなことを言い始めた。

「感じると言われましても――」

「まあ、よい。ではこれを読め」

　次に渡されたのは『紀元』の六月号で、タイトルは「骨」だった。

　ホラホラ、これが僕の骨だ、
　生きてゐた時の苦労にみちた
　あのけがらはしい肉を破つて、
　しらじらと雨に洗はれ、

ヌックと出た、骨の尖。

それは光沢もない、
ただいたづらにしらじらと、
雨を吸収する、
風に吹かれる、
幾分空を反映する。

生きてゐた時に、
これが食堂の雑踏の中に、
坐つてゐたこともある、
みつばのおしたしを食つたこともある、
と思へばなんとも可笑しい。

ホラホラ、これが僕の骨――
見てゐるのは僕？　可笑しなことだ。
霊魂はあとに残つて、
また骨の処にやつて来て、
見ているのかしら？

故郷の小川のへりに、
半ばは枯れた草に立つて、
見てゐるのは、――僕？
恰度立札ほどの高さに、
骨はしらじらととんがつてゐる。

その詩を読んだ時、留吉は息をのんだ。

「これは――、素晴らしい詩じゃないですか」

「お前も語彙の少ない男だな。何でも素晴らしいんだな」

そうは言いながらも、中原はご満悦のようだ。

その詩は、これまで中原の詩にまとわりついていた殺伐とした悲しみや孤独がユーモアに転化され、一種の乾いたイメージをもたらしていた。そこにはある種の余裕さえ感じられた。

「やはり妻帯したことで、何かが変わったのですね」

「そんなことはない。年を取っただけだ」

中原も、年相応の成熟の境地に達しつつあるのだろう。

「この詩からは、死に対する透徹した達観が感じられます」

「死、か――」

中原がため息をつく。

「そうです。生きている時に受けた苦しみを吸収してきた肉体が剝げ落ちれば、そこには赤子のように純粋な骨だけが残るんですね。それを本人が第三者的に見つめている。つまり本人の意識は肉の方にあり、骨には何もないというわけですね」

「厳密には、人は肉と骨と魂からできている。つまり見つめているのは魂であり、すでに肉は洗い流されている」

「なるほど。だから無垢なる者が無垢なるものを見つめているという構図ですね」

「そういうことだ。お前も、少しは詩が分かってきたな」

「ありがとうございます。つまり中原さんの肉体は、もう苦しみを受け入れ難いということですか」

思い出したように煙草を取り出すと、中原がうまそうに吸った。

「多分な。だから骨だけになれば、せいせいすると思ったのだ」

「では、なぜ立て札ほどの高さに、骨はしらじらととんがっているのですか」

「それは俺の骨、すなわち作品は、俺の死後も人の目に晒(さら)され続けるという意味だ」

「骨は作品の比喩でもあるのですね。俗世界で生きている中原中也が肉体というわけか」

「うむ。死ねば肉体はなくなり、骨と魂だけが残る。だが魂は、生きている人間と会話できない。つまり残された作品だけが、後世の人々と会話できるのだ」

この解釈により、最終連の「僕」にクエッションマークがつく意味も分かった。見ているのは僕ではなく、後世の人々なのだ。

「中原さん、あなたは凄い詩人だ」

中原が紫煙を吐くと言った。

「だから俺は詩集を出したい」

「えっ、詩集ですか」

「そうだ。詩を書き続けるためには、食い物が必要だ。それは俺の面倒を見てくれる孝子とて同じ。つまり金を稼がねばならない」

「それは分かりますが――」

「要は、金を貸してくれということだ」

中原が会いたいと言ってきた本当の理由が、これで分かった。

「必ず返す。だから些少でもよい」

中原がそこまで言うからには、全く返す気はないのだろう。

「しかし僕に金なんてありません」

「少しはあるだろう」

「少しって――」

「五百円くらいは出せるだろう」

この時代の一円は、現代価値の六百三十八円に相当する。つまり五百円なら、約三十二万円になる。

「とんでもない」

「だったら、いくら出せる」

「待って下さい。出すなんて言ってませんよ」

「おい！」

中原が再びコップを強く置く。

「詩人が会いたいと言ってきたら、金策に決まっているだろう！」

「そんなことは知りません」

冷静になって考えれば、留吉は誰かの紹介で中原と知り合ったわけではなく、中原が勝手に家を間違えたことで知り合っただけなのだ。そんな友人とも知人ともつかない相手に、「金を貸せ」と言われるのも理不尽な話だ。

――しかし、これだけの作品群を世に出さないのも惜しい。

同人誌では、読者の数は限られてしまう。しかも紙質が悪いので、読んだそばから捨てられる。だからこそ中原は、しっかり製本した上製判を世に出し、それを骨のように掲げたいのだろう。

中原が泣き出しそうな声で哀訴する。

「そんなつれないことを言うなよ。俺だって結婚して物入りなんだ。孝子は貧乏生活に慣れていないし、こちらに知己もいないので、毎日泣いてばかりだ。うまいものの一つも買ってやり、慰めてやりたいが、先立つものがない」

中原が泣き落としに移る。草野から聞いていたが、中原が無心をする時は横暴な態度から始め、最後は泣き落としにかかるという。その時は、百五十センチという身長とその憂いの深い美少年顔が効果を発揮する。

だが留吉は知っていた。

――先立つものは飲んでしまうのだろう。

中原が留吉の心中を読んだかのように言う。

「お前は、金を出したところで酒代に消えると思っているのだろう」

「そこまでは思っていませんよ。出してあげたくてもないんですから」

「嘘をつくな」

「嘘などついていません。考えてもみて下さい。私は安い給料で働く勤め人ですよ。出せる金などありません」

「いくらなら出せる」

留吉は少し躊躇すると言った。

「これまでの貯金の大半ですが、結婚のご祝儀も含めて百円なら出せます」

中原の顔色が変わる。

「百円だと――。よし、決まった！」

中原が手を差し出したので、留吉は握手せざるを得なかった。おそらく留吉以外の知り合いという知り合いに、中原は借金を申し入れているのだろう。しかし百円も出すお人よしはいないので、中原はとたんに上機嫌になったのだ。

「坂田君、君は素晴らしい。きっと将来出世する」

「出世しなくても構いません」

中原はそれには答えず、女給を呼ぶとシャンパンを注文した。

「よし、乾杯だ！」

上機嫌になった中原は、留吉を誉めそやし、瞬く間にシャンパンを空けた。もちろんこの日の飲食代は留吉持ちとなった。

留吉は銀行で百円下ろし、数日後にやってきた中原に渡した。中原は借用書に実印を捺したが、その金が戻ってくる可能性は、皆無に等しかった。

結局、中原の処女詩集『山羊の歌』は、文圃堂からこの年の十二月三日に出版されることになる。しかも四六倍判、タイトルと著者名は背表紙も含めて純金箔押しという豪華本だった。

刷数は限定二百部で、価格は三円五十銭という無名の新人の処女詩集としては破格のものになった。

九

それ以降、中原から「会おう」と言ってくることはなかった。寂しい反面、追加の無心がなくて一安心していると、とんでもないことが起こった。

九月某日の深夜、激しくノックする音がした。深い眠りから覚まされた留吉は、目をこすりながら飛び起きると玄関に向かった。

「どなたですか」と問うと、女の声で「私よ」という声が聞こえた。

「私よって――、こんな深夜に誰ですか」

改めて時計を見ると、一時を回っている。

「長谷川泰子」

そのぶっきらぼうな声を聞いた留吉は、ため息を漏らすと問うた。

「何の用ですか」

「入れてよ」

――仕方ないな。

全く知らない仲でもないので、留吉は玄関の鍵を外した。

次の瞬間、大きな風呂敷包みを持った泰子がなだれ込んできた。

「厠を貸して」

「どうぞ」

留吉が厠の位置を教えるよりも早く、草履を投げるように脱いだ泰子は、当てずっぽうで厠に向かった。

――参ったな。

おそらく中原に付きまとわれ、身一つで逃げてきたのだろう。

やがてすっきりした顔で、泰子が厠から出てきた。

「きれいにしているのね」

「そりゃそうですよ。借家ですから」

「よかった。私は汚い厠は苦手なの」

――どういうことだ。今済ませたじゃないか。

泰子の言葉の意味が、留吉には分からない。

勝手に居間に上がった泰子は、ちゃぶ台の上に置いてある急須から碗に茶を注いだ。

「さっきからずっとしたかったの。でも路上でするわけにもいかないでしょ。ようやく人心地がついたわ」

「そいつはよかったですね。それで、こんな夜中にどうしたんですか」

「ああ、そのことね」

泰子がしどけない仕草で髪をかき上げる。化粧をしていなくても、それは十分に魅力的だ。

――中原と小林が惚れただけのことはある。

自分の魅力を、泰子も十分に心得ているのだろう。

昭和六年、泰子は東京名画鑑賞会が主催した「グレタ・ガルボに似た女性」というコンテストに応募し、見事一等に選出されていた。グレタ・ガルボとは、一世を風靡したハリウッド女優のことだ。

「実はね、私、托鉢をしているの」

「托鉢って、あのお坊さんがやる托鉢ですか」

「そう。無一文の上に宿なしだから、知人の家を回っているの」

「それで、ここに来たわけですか」

「そうよ。草野さんに聞いたの」

「ということは、草野さんの家に先に行ったんですか」

「そうなの。でも草野さんは妻帯者だから、一宿一飯をお願いするわけにもいかないでしょ」

「それはそうでしょう」

留吉は内心舌打ちした。草野が独身者の留吉の住所を教えたのだ。

「でね――」

泰子が急に笑顔になる。

「女日照りの坂田さんなら泊めてくれるんじゃないかと、草野さんは言うのよ」

「冗談はやめて下さいよ。そんなことをしたら中原さんに殺されます」

「なんであいつに殺されるのよ。あいつは私に未練を持ちながら、別の女と結婚したのよ」

「では、泰子さんも中原さんのことが好きだったんですか」

「ははは」と甲高い笑い声がした。その声が家主の又吉健吉一家に聞こえないか、留吉ははらはらしていた。

「あんな小僧に惚れるわけがないでしょ」

「でも、かつては――」

「あいつは金を持っていたの。山口の坊ちゃんでしょ。あの頃の仕送りの金額を聞いたら、原節子でも同棲するわよ」

原節子とは、この時代の日本のトップ女優のことだ。

「でも、僕は金なんて持っていませんよ」

「誰が金をくれって言ったの」

泰子が懐から煙草を取り出した。その時、わざと胸をはだけたので、留吉は目を逸らせた。

「ねえ、私はここが気に入ったわ。何日間かいていいでしょ」

「それは、ここに居候するってことですか」

「そうよ。ほかに行くあてもないし」

泰子が紫煙を留吉の顔の方に吐き出す。

「待って下さいよ。確かに泰子さんは魅力的だ。僕だって男です。こんなうまい話はありません。しかし――」

「しかし何よ」

「曲がりなりにも、泰子さんは中原さんの恋人だったんでしょ」

「それがどうしたのよ。私は自由な女よ」

「いや、しかし――」

「こんな夜中に、あんたは女を放り出すの」

どうやら一泊はさせないとまずいようだ。

「分かりました。今夜は構いません。でも、明日には出ていって下さい」

「あんたんとこは二部屋あるでしょ。蒲団もあるわね」

泰子は素早く立ち上がると、押入れを開けて蒲団を確かめた。

「よしよし」

――なにがよしよしだ。まあ、一つ蒲団で寝ることだけは避けられたな。

中原のことがあってから、友人用の蒲団を買っておいたので、それが幸いした。

「風呂はどこ」

「風呂なんてあるわけないですよ。いつも銭湯（せんとう）です」

もちろん又吉家に風呂はあるが、留吉は遠慮して銭湯に通っていた。

「こんな夜更けに銭湯は開いていないわ」

「もちろんです」

「じゃ、しょうがない。少し飲んでから寝ましょう」

「寝るのは別室ですよ」

「分かっているわよ」

留吉とて男だ。魅力的な女性が転がり込んでくれば、抱きたいと思うのは当然だ。しかし相手は、中原がいまだに未練を持っている女なのだ。その手のトラブルだけは避けたい。

「乾杯！」

湯飲み茶碗にウイスキーを注ぐと、泰子は飲みだした。幸か不幸か、ウイスキーは買ったばかりで、泰子一人が酔い潰れるのには十分な量がある。

——そうだ。酔い潰そう。

「どうぞ、飲んで下さい」

留吉がウイスキーを注ごうとすると、泰子が言った。

「私を酔い潰そうっていう魂胆ね。その手には乗らないわ」

「だったら寝て下さい」

「あんたも飲むのよ」

留吉もやけくそになってきていた。

——据え膳食わぬは男の恥、か。

その後のことは成り行きだった。

事が終わった後、すやすやと眠る泰子の傍らで、留吉は今後のことを思い、暗澹たる気持ちになった。

翌朝、会社に出社すると、草野が笑顔で待っていた。

「いや、すまんすまん」

「草野さん、困りますよ」

「でも、いい思いができただろう」

留吉が黙ったので、草野は察したようだ。

「やはりそうか。まあ、君も若いんだ。いいじゃないか」

「朝からやめて下さいよ」

「どうせ一晩だ」

留吉が声を潜める。

「そんなことはありません。泰子さんは何日か滞在するようです」

「それはまずいな」

草野が深刻な顔をする。

「やはりまずいですか」

「まずい。中原というのは何をしでかすか分からん男だ」

「脅かさないで下さいよ。草野さんがうちの住所を教えたばかりに――」

「そうだな――。泰子や中原の知らない場所に引っ越したらどうだ」

「それは無理ですよ。今は親戚の家に居候させてもらい、家賃はなしなんです。転居するとなると家賃がかかります」

草野が「うーん」と言いながら腕組みする。

「でも抱いたんだろう。君にも責任がある」

それを言われれば、留吉とて反論はできない。

「それはそうですけど、一晩ならまだしも、ずっといられると困ります。家主にも何と言い訳してよいか――」

又吉健吉は、留吉の継母のいさに留吉のことを請け負ったに違いない。だから何くれとなく心配してくれる。だが泰子は今、銀座の「エスパニョル」というキャバレーで踊り子をしているのだ。そんな女と同棲していることがばれれば、さすがに怒るだろう。

――前門の狼(おおかみ)、後門の虎か。

わけありの女を抱いたがゆえに、事態は複雑な様相を呈してきていた。

「困ったな。おっと、もう始業時間だ。解決策は考えておくよ」

そう言い残すと、草野は去っていった。もちろんいつまで経っても、解決策なるものは伝授されなかった。

十

泰子は、留吉の妻になったかのように甲斐甲斐しく働いた。留吉の出勤前には朝飯を作り、帰宅すると夕食ができていた。外食が大半だった留吉にとって、暖かい飯がいかにありがたいか身に沁みた。

まさに新婚家庭のような蜜月が続き、留吉も有頂天になっていた。

それが壊されたのは、約一カ月後の十月末だった。

留吉が駅からの道を急いでいると、何やら騒然とした雰囲気が伝わってきた。角を曲がって又吉家の方を見ると、怒鳴り声と何かが壊れるような音が聞こえてきた。近所の子供ははしゃいで走り回り、そこかしこから集まったおばさんたちが、ひそひそ話をしている。

――あれはうちだ！

野次馬の中を突っ切るようにして、留吉は走った。背後から、「あら、あの人よ」という声が聞こえてくる。

――中原が来たのだ。そうに違いない。

この狂態は、中原と泰子が鉢合わせした以外に考えられない。

慌てて玄関に駆け込むと、凄まじい勢いで襖が倒れてきた。中原と泰子が取っ組み合っているのが見えた。それを茫然と見下ろしているのは、カイゼル髭を蓄えた又吉健吉だった。健吉の手には木刀が握られている。

「よせ！」と言いながら、留吉が二人を引き剝がそうとすると、中原は気づき、「あっ、てめえ！」と言いながら殴り掛かってきた。もちろん中原のパンチなどよけるのは容易だが、その手首を押さえながら思ったのは「少し殴られてやるか」という気持ちだ。

それで手を放すと、中原は子供のように拳を叩きつけてきた。その何発かは顔に当たったが、身長差があるので、多くのパンチは胸を打つだけだった。

「この間男め！」

中原は泣いていた。

「あんたやめなよ！」

倒れていた泰子が起き上がり、背後から中原を抱きとめる。十センチほど泰子の身長が高いので、容易に中原は押さえつけられた。

「いいかげんにしろ！」

その時になって、初めて健吉の怒鳴り声が聞こえた。

「おじさん、すいません」

留吉は謝罪すると、泰子と二人で中原を組み伏せた。中原は泣きながら暴れていた。

「中也、大人しくしろ！」

泰子に耳元で怒鳴られ、ようやく中原は体の力を抜いた。

「ああ――、口惜しい」

地獄の底から聞こえるような呻き声を、中原が上げる。

「何が口惜しい。お前には女房がいるだろう」

中原の髪を摑みながら、母が子を叱るように、泰子が言い聞かせる。

何かを言いながら体を起こした中原は、泰子の胸に顔を埋めて泣いた。それを泰子が「よしよし」と言いながら抱き締めている。

「これはいったいどういうことだ」

健吉の声で、留吉もわれに返った。

「おじさん、申し訳ありません。話せば長くなります」

「長い話など聞きたくない」

健吉は母屋に戻りながら言った。

「同居人がいることは知っていたが、お前も大人だ。見て見ぬふりをしていたが、こんなことになるとはな」

「申し訳ありません」

「お前は他人の女房を奪ったんだろう」

健吉の視線には、蔑みの色が漂っていた。

「それは違います。これには複雑な事情が――」

「もうよい。自分の仕出かしたことは、自分で始末をつけられるな」

「もちろんです」

健吉が去っていくと、その先でばたばたという足音がした。健吉の家族が母屋と離れを結ぶ廊下まで来て、こちらの様子を窺っていたのだ。

離れには、泣き続ける中原とそれを抱き締める泰子、そしてただ茫然と二人を眺める留吉の三人だけになった。

何を言っていいか分からず、きまり悪そうにしていると、中原が「おい」と声をかけてきた。泰子の胸に抱かれ、まさに勝ち誇ったような視線を留吉に注いでいる。

「貴様、どういうつもりだ」

「どうもこうもないですよ」

泰子に視線で助けを求めたが、泰子は知らんぷりをしている。

「他人の女を奪っておいて、貴様は謝りもしないのか」

「いや、それは――」

留吉にも言いたいことはある。すでに泰子は中原の女ではなく、中原は別の女と所帯を持っているのだ。だが、ここでそれを指摘すれば、感情の囚われ人となっている中原が激昂するのは、目に見えている。

「貴様は罪深い男だ。ここで腹を切れ」

「腹を、ですか――」

さすがに腹を切るわけにはいかない。

その時、泰子が中原から体を離した。中原はまだしがみついていたいのか、手を伸ばしたが、それを振り払って泰子は立ち上がると、鏡台の前まで行き、髪の乱れを直している。

「ここを出ていくわ。それでいいでしょう」

中原が得意げに言う。

「それがよい。こんな勤め人と同居していても面白くはないだろう」

「あんたも同じよ」

中原の顔が、一瞬にして得意げなものから悲しげなものに変わる。

「どうしてだ！」

その声は慟哭（どうこく）に近いものだった。つまり「あんたも同じよ」という一言で、詩人のプライドが引き裂かれたのだ。

「あんたは、上手に詩を書けることを鼻にかけている俗物よ。あんたの友人たちは『無垢の魂』

などと言って、あんたを誉めそやすけど、私にとっては、そのへんにいる男たちと何ら変わらないわ」

「そ、そんなことはない！」

「詩人が何なのさ。詩を書いて飯が食えるの。そうじゃないから、あんたも苦労しているんでしょ」

「飯くらい食えている」

「嘘おっしゃい。夜な夜な友人の家を訪れ、飯と酒にありついているじゃない。しかも結婚してからも、そんな生活は変わらない。少しは奥さんの気持ちになったらどうなの」

　他人の家を転々としているのは、泰子とて変わらない。おそらく中原の振る舞いを見て、泰子も同じことをやっているのだろう。泰子には若くて美人という圧倒的な強みがあるので、中原よりも托鉢は効果的なはずだ。

　中原が啖呵(たんか)を切る。

「俺は詩集を出す。それが売れてから擦り寄ってきてもしらんぞ」

「はははは」という甲高い笑い声を上げると、鏡台から離れた泰子は荷造りを始めた。

「あんたは、田舎(いなか)から連れてきたおぼこ娘と所帯を持ち、一人前のような顔をしているけど、一銭も稼げていないじゃない。すべては家からの仕送り。それも先細っているようね。早晩、奥さんにも愛想を尽かされ、あんたはこの東京で野垂れ死ぬでしょう。それよりもここにいる――」

「坂田留吉です」

「そうそう。留吉さんの方がよっぽどましよ」

「そんなことはない。こいつはただの勤め人だ！」

　中原が再び泣き出した。一般人と蔑んでいた留吉よりも下とされ、プライドを引き裂かれたのだ。

「さあ、これで支度(したく)はできたわ」

　泰子が立ち上がる。

「行くのか」

中原がまるで自分の家のように言う。

「行くわよ」

さすがに留吉が引き止める。

「こんな夜中に女性一人では危ないですよ。明日の朝にでも——」

「いいの。心当たりがあるから」

「待て」

その言葉は留吉ではなく、中原の口から発せられた。

「何を待つのよ。あんたは結婚した。もう私とは一緒に住めないの。それを未練たらしく追いかけてくるなんて、女々しすぎるわ」

そう言い捨てると、泰子は玄関に向かった。

それを留吉が追いかける。

「本当に出ていくんですか」

「うん。出ていくわ。短い間だったけどありがとう」

「いえ——」

留吉が言おうか言うまいか迷っていると、泰子が言った。

「私を引き留めたいのね。それはよした方がいいわ。私はこんな女よ。あんたには、いつかふさわしい人が現れる」

「でも、僕は泰子さんと一緒にいたいんです」

「うれしい言葉ね。それを胸にしまっておく」

そう言うと、泰子は留吉を抱き寄せてくれた。

「これでお別れなんですね」

「そうよ、それがあんたにも私にも、そしてあいつにも一番いいことなの」

「分かりました。またどこかで——」

「その時は他人よ」

そう言い残すと、少し笑みを浮かべ、泰子は出ていった。

茫然とそれを見送っていると、隣に中原が立っていた。

「行っちまったな」

「そのようですね」

「あんな女はもういい。奥で飲もうや」
中原が倒れた襖をまたぎながら居間に戻っていく。その小さな後ろ姿を見ながら、留吉は詩人という生き物の不思議を思った。

十一

昭和九年も師走を迎えようとしていた。思えば日本にとって、この年は大きな曲がり角だった。というのもこの年の三月、満州国の皇帝の座に溥儀（ふぎ）が就き、国号を満州帝国に改めて帝政が開始された。だが満州帝国とは名ばかりで、すべての決定は関東軍に委ねられていた。要は傀儡政権である。日本は引き返せない道に踏み出してしまったのだ。

だが、未来を知らない日本人の大半は快哉を叫び、新たな友好国の誕生を祝した。

満州帝国の建国は、留吉にとっては感慨深いものがあった。満州での体験は鮮烈だったからだ。そのため今でも満州への関心は高い。しかし関東軍が本当に傀儡政権まで打ち立てるとは思わなかった。

関東軍の暴走が始まったのは、昭和六年（一九三一）九月の柳条湖（りゅうじょうこ）事件からだった。この事件は奉天駅の北東八キロメートルほどにある柳条湖で、日本が経営する南満州鉄道の線路が爆破されたことに端を発する。

この事件は、張学良率いる東北軍の仕業と発表された。それを口実として、関東軍は南満州の主要都市を次々と占拠すると、錦秋（きんしゅう）への爆撃を敢行した。かくして石原は、政府の不拡大方針を無視する形で戦線を広げていった。そして昭和七年初頭には、東北三省を制圧した。

この成功には理由があった。蔣介石は国内統一のために軍を温存し、二十五万の兵を有していた張学良は病で倒れて弱気になり、東北軍に「抵抗するな」と命じていたからだ。こうした情勢を踏まえた石原の読み勝ちだった。そして三月、「王道楽土」「五族協和」を旗印にした満州帝国が建国される。

五族とは、和（日本）、朝（朝鮮）、満、蒙、漢の五つの民族を指し、「五族協和」とは、この五族が協調して暮らせる国を目指すことだ。

こうした風雲急を告げる情勢を、帝都日日新聞も無視するわけにはいかず、この年の十一月、留吉を満州に派遣することにした。


――またここに来るとはな。

大連港に降り立った留吉は、その半円形のエントランスに佇み、懐かしさで胸がいっぱいになった。

――慶一兄さんはどうしていることか。

慶一に会いたい気持ちはあるが、満州に留まることを選択した慶一にとって迷惑ではないかとも思う。それゆえ今回は、あえて捜さないことにした。

その時、手を振りながら走ってくる人影が見えた。

「坂田さん！」

「郭子明！」

二人は手を取り合って再会を喜び合った。

「立派になったたな」

「はい。おかげさまで日本語がうまくなり、今は大連で自分の貿易会社を興しました」

「そうか。では、大学に入るのはやめたのだな」

「はい。これから満州は大きく発展します。それに乗り遅れたくはないですからね」

「だとしたら、本業が忙しくて通訳の仕事はできないな」

帝都日日新聞に通訳の予算を取ってもらったので、通訳の一人ぐらいは雇えるが、子明自ら事業を行っているとなると迷惑はかけられない。

「そうなんです。そこで通訳をやりたいという人を連れてきました」

子明の背後に隠れるように立っていた女性を、子明が前に押し出す。

——美人じゃないか。

年の頃は二十歳を過ぎたぐらいで、目鼻立ちがはっきりとしている。

「彼女は君の秘書ではないのか」

「いえいえ、わが社の社員です」

その女性が小さな声で言った。

「周玉齢と申します」

玉齢はゆったりとしたワンピースにクローシェ帽をかぶり、東京にいそうな中流階級のお嬢さんといういで立ちをしている。

「初めまして。しかし――」

「心配は要りません。私と同じように、どこでも連れ回して下さい」

「それは分かったが――」

留吉は子明の腕を取ると手前に引っ張り、耳元で問うた。

「君の彼女ではないのか」

「ははは、違います。彼女は別にいます」

「そうか。しかし――」

「彼女なら仕事もできます。たんまりお礼を払ってやって下さい」

その後は給料などの話をしたが、とくに不満はなかったので条件が整った。

子明が問う。

「で、どうします」

「すぐに長春、いや新京まで行き、関東軍の石原参謀に会う」

「そうだと思いました。玉齢――」

「列車は一時間後に出ます」

満鉄は船の到着時間に合わせて列車を走らせていた。とは言っても飲食物や切符を買う時間も必要なので、五十分から一時間の余裕はある。

「分かった。ゆっくり飯を食う暇もないな」

子明が自慢げに言う。

「汽車の中には食堂車もありますので、ご心配なく」

三人は、埠頭の目の前にある満鉄の大連駅へと向かった。

その異形の機関車を見た時、留吉は驚いた。

――こんな機関車は内地でも走っていない。

留吉がカメラを向ける傍ら、子明が説明する。

「これが満鉄の誇る特急『あじあ号』です。まだ新京までしか通っていませんが、来年にはハルビンまで延長されると聞きました」

特急「あじあ号」は、大連～新京間の七百キロメートルを約八時間半で走破するという高速の蒸気機関車だ。大連からハルビンまでの九百四十三キロメートルは、十三時間半で走ることになる。そうしたスペックよりも、特徴的な流線形の機関車の顔が未来を感じさせる。

子明の説明に留吉が確かめる。

「内地のどの機関車よりも速いんだな」

「そうなんです。何でもレールの幅が取れるかで、平均時速八十二・五キロ、最高速度百十キロで走ると聞きました」

この時代の日本国内を走る特急の最高速度は「つばめ」の六十七キロなので、特急「あじあ号」の快速ぶりは際立っている。

「誇らしいことだ」

留吉は日本の技術の進歩に感慨深かった。

――アジアの小国日本が、ここまでの技術を持つに至ったんだな。

「しかも空調設備が完備されているので、窓を開けずに済みます」

蒸気機関車に付き物の煤を浴び、顔が真っ黒になることもないようだ。

その時、乗車券を買ってきた周玉齢が小走りに戻ってきた。

「一等展望車が取れました」

「それはよかった」

「一等展望車は、そんなによいのかい」

「はい。『あじあ号』に乗るなら、一等展望車が一番です」

三人が最後列の一等展望車に向かう。

その乗り口で車掌に切符を見せると、子明が言った。

「では、私はここまでです。よい旅を」

「ありがとう。また会おう」

「はい。大連で待っています」

留吉と玉齢が一等展望車に乗り込むと、ほぼ満席になっていた。

やがて「あじあ号」が走り出した。子明は黒煙を浴びながら、列車が見えなくなるまで手を振ってくれた。

一等展望車の室内を見渡すと、日本人はもとより、中国人の金持ちから西洋人と思しき紳士までいる。彼らにいちいち黙礼していると、どこかで見た顔があった。男はパナマ帽を深くかぶり、手に持つステッキを支えに、こくりこくりしている。

「中林さんじゃないですか」

留吉が近づくと、かつて「満洲日報」で同僚だった中林金吾が目を開けた。

「ああっ、まさか坂田留吉君か」

「そうです。坂田です」

中林の隣は空席らしかったので、留吉はそこに座った。

「ここで何をしている」

留吉が経緯を説明する。

「そうだったのか。帝都日日新聞に就職したのか。よかったな」

「中林さんは相変わらず『満洲日報』ですか」

「そうなんだ。ということは君も新京まで行き、石原さんの記者会見を聞くんだな」

「えっ、記者会見が開かれるのですか」

そのことを、留吉は知らなかった。

「知らないのか。ああ、そうか。記者会見を開くと発表されたのは三日前だからな。船の上では知らなくて当然だ」

「でも、ちょうどよかったです」

「そうだな。これは重大な記者会見になる」

「はい。個別に会ってくれるかどうか分からないので、出張が無駄にならずよかったです」

中林がにやりとする。

「ところで、あの姑娘（クーニャン）は誰だい。まさか君の嫁さんじゃないだろうね」

「えっ、ああ、彼女は通訳です」

「そうだったのか。君ぐらいハンサムだと、姑娘を射止めるのは簡単だと思うけどな」

「よして下さいよ。私は今日、日本から着いたばかりです」

「それにしては通訳を雇うのが早いな」

留吉が再び経緯を説明する。

「なるほどな。それで、その郭子明とやらが通訳に若い女を連れてきたというわけか」

「そういうことです」

「よかったな」

「やめて下さい。これは仕事です」

「悪かったな。でも、道連れができたのはよかった」

そこまで話したところで、中林の隣に席を取ったらしき中国人がやってきた。

「これは失礼」と言って留吉は席を立った。

中林が残念そうに言う。

「まあ、仕方ない。後で食堂車に行って飲もう」

「ぜひ」

留吉が席に戻ると、玉齢が問うてきた。

「お知り合いですか」

「ああ、以前に世話になった人だ」

かつて満州に来た時のことなどを玉齢に話していると、「あじあ号」は、早くも田園地帯を走っていた。

留吉と玉齢は、日本語と中国語を交えた会話をすることで次第に打ち解けていった。

玉齢は、「あれが大和尚山（だいわしょうざん）、あれは金州城、熊岳（ゆうがく）城、望小山（ぼうしょうざん）」などと、車窓から見える風景を説明してくれたので、代わり映えしない風景にもかかわらず飽きなかった。

かつて子明と一緒に満鉄に乗った頃は「あじあ号」がなかったので、二十時間を超える旅で疲れきったが、「あじあ号」のおかげで随分と楽になった。

その青い弾丸は、凄いスピードで万里の荒野を走っていった。

十二

記者会見場で記者たちが雑談していると、下士官がやってきて「静粛に」と告げるや、石原が入室してきた。フラッシュが焚かれ、石原が眩しそうにする。

石原は以前と変わらず丸刈りだったが、頭髪には白いものが混じり始めていた。考えてみれば、石原はもう四十五歳なのだ。

前回会ったのが昭和四年なので、それから五年が経っている。その間、石原は関東軍司令官の本庄繁中将や高級参謀の板垣征四郎大佐を差し置いて実質的に関東軍の指揮を取り、満州帝国を建国したのだ。それを思えば、気苦労は並大抵のものではなかっただろう。

「お集まりいただき恐縮です」

石原は、明確な論旨で滔々と語り始めた。

それは国際情勢から始まり、今なぜ満州を日本の保護下に置かねばならないかまで、多岐にわたっていた。

「第一次世界大戦後、世界に平和が戻ったが、列強はいずれ次の世界戦争を始める。どのような戦いが繰り広げられるかは分からないが、米国とソ連が生き残るのは間違いない。その時、日本は国力を蓄え、無傷で東洋に君臨していなければならない。おそらく米ソ戦争は米国の勝ちとなり、世界の覇権は米国に握られる。だがその時、日本が満州を確保し、中国と手を組んで米国に対抗すれば、それまでの戦いで傷ついている米国は、日本と戦争できない。これにより日本は、いつか決勝で米国と戦うか、世界を米国と二分していくことができるわけだ」

石原の話は満州国に及んだ。

「私の個人的な見解を言わせてもらえば、当初は、独立国という形までは構想していなかった。本来は民族平等による自治を目指し、日本の関与を少なくすべく満州国協和会を作り、そこを介して政策に関与しようという構想だった」

自らの構想から逸脱し、政府や軍部が主導権を握りつつある満州帝国に対する不満を、石原がぶちまけた。こんなことを言えば、石原の出世は頭打ちになり、左遷されるのがオチだが、石原は小心翼々たる軍人とは違う。

――それが、満州事変を成功に導いた自負なのだろう。

石原は自信に溢れていた。

その後も石原の饒舌(じょうぜつ)は続き、遂には政府や軍部批判まで飛び出した。

記者たちは笑っていたが、懸命にメモを取っている。むろん留吉もその中の一人だ。

やがて時間が来て、下士官が「今日は質問を受けません」と言ったが、何人かが食い下がった。だが石原は、「では、これにて！」と言うや、右手を挙げて部屋から出ていった。その後ろ姿に、期せずして拍手が起こった。彼の言動に是非はあっても、あまりに見事な弁舌ぶりに、記者たちも感銘を受けたのだ。

ひとしきり拍手した後、中林が言った。

「今回はこれでおしまいだな。今夜は新京に泊まって、明日の汽車で大連に戻るつもりだが、君はどうする」

「はい。ご一緒したいのはやまやまですが、上司から個別のインタビューを取ってこいと命じられているので――」

「そうか。それはたいへんだな。まあ、夜にでも飲もうや」

留吉も中林も、新京ヤマトホテルに部屋を取っている。

「そうですね。早く帰れたら中林さんの部屋に内線します」

「いいのかい」

中林が玉齢の方を示しながら問う。

「何を言っているんですか。そんな気はありません」

「分かった。話半分で聞いておく」

そう言うと思わせぶりな笑みを浮かべ、中林は行ってしまった。

——石原に個別に会えないものか。

留吉が石原の後を追おうとすると、廊下の途中にいた下士官が声をかけてきた。

「帝都日日新聞の坂田さんですね」

「はい、そうですが——」

「石原中佐がお会いしたいとのことです」

「えっ、本当ですか」

「石原中佐は先に関東軍本部に戻りました。私の車で後から来るようにとのことです」

「分かりました。ありがとうございます。でも——」

留吉が背後に控える玉齢の方を見る。

「私は、坂田さんだけをお連れするよう命じられています」

「分かりました」

留吉は玉齢に先にホテルに戻るよう言うと、下士官の後に続いた。

下士官に従って裏に停めてある陸軍の乗用車に乗り込んだ留吉は、関東軍本部に向かった。

「入れ」という声が聞こえたので、下士官に従って石原の執務室に入ると、石原は書類に目を通していた。

「坂田留吉氏をお連れしました」

「ご苦労。下がっていいぞ」

「失礼します」

石原が手で指示したので、留吉は対面の椅子に座を占めた。

「久しぶりだな」

「はい。五年ぶりです」

「もう、そんなになるのか。あの時の武勇伝を後で聞いて驚いたぞ。だが兄さんを連れて帰ることができず、残念だったな」

「はい。兄は兄の道を歩んでいくそうです。だから、これでいいんだと思います」

「そうか」と言うと、石原が書類の山の中から、何かを取り出した。

そこには「満蒙国防資源調査報告書」と書かれていた。

「これは――」

「突然なので面食らっただろう。順を追って説明しよう」

出された茶を一飲みすると、石原が問うた。

「私が満州に固執する理由が分かるか」

「ソ連の南下を防ぐための緩衝地帯が必要だからではないのですか」

「それもある。だが、それだけではない。いや、それよりも大切なことがある」

「それは何ですか」

「資源だ」

留吉の眼前にある「満蒙国防資源調査報告書」が、それなのだ。


昭和四年五月、張作霖爆殺事件で更迭された河本大作大佐の後任として、石原と肝胆相照らす仲の板垣征四郎大佐が関東軍の高級参謀として赴任してきた。そこで同年七月、石原は板垣を誘い、「対ソ作戦計画の研究」と称して北満の長春、ハルビン、チチハル、満州里に「関東軍参謀旅行」を行い、さらに十月、今度は遼河西方の奉天、新民、錦州、阜新などを回り、敵情視察はもとより対抗演習まで行った。しかしその裏で石原は、石油採掘の専門家を同行させ、調査も行わせていた。そこで可能性が高いとされたのが満州里と阜新だった。

ちなみに、地下から採取されたままのものを原油と呼び、原油を精製して製品化したものを石油製品と呼ぶが、石油という用語は双方を含む総称になる。

「つまり、この広い原野のどこかに石油が埋まっていて、それを見つけようというのですね」

「そうだ。実は、われわれは民間に委託し、満蒙の地に石油を求めて探鉱調査を実施している。具体的に言うと、昭和四年末に『満鉄地質調査所』を設立し、満州里近辺のジャライノール地区で探鉱を始めた。だが探鉱というのは実に辛い仕事だ。何と言っても人里離れた地に何年も住み、試掘井を掘っては破棄することの繰り返しだ。それで日本から派遣された民間の技術者たちが音を上げてしまい、二年半後、『この地にアスファルト鉱床は存在するものの、鉱量少なく商業化は難しい』という報告書を残して帰ってしまった」

　石原が「満蒙国防資源調査報告書」のあるページを指し示す。

「なるほど。つまり彼らは、この地に腰を据えて探す気力がなかったのですね」

「そうだ。奴らは月給取りだからな。石油を掘り当てたところで、自分の懐が温かくなるわけではない。そんなことでは、必死になるわけがあるまい」

　石原は煙草を取り出すと、うまそうに一服してから続けた。

「昭和六年九月の満州事変の直後、再び調査隊を編成し、満州里を中心にした地域の試掘を行った。この時は十分な地質調査を行い、有望だという報告を受けて、二十もの試掘井を掘削したが――」

　石原がため息交じりに言う。

「全く成果が出なかった」

「それはお気の毒」

　留吉としては、そう言うしかない。

「それでも昭和七年、奉天の西の阜新辺りが有望と聞き、一千メートル級の試掘井を掘ったところ、油兆があった」

「そこで石油が出たんですね」

「ああ、二百リットルね」

「えっ」と言って留吉が絶句する。

「それでも出ないよりましだ。それで四十七もの試掘井を掘った。中には深度二千メートルのものもあったが――」

「駄目だったんですね」

「結果的にはそういうことになる。だがな――」

石原がいかにも残念そうに続ける。

「俺は口惜しい。この原野のどこかに、どでかい石油が眠っている気がしてならないんだ」

「しかし――」

留吉は石原のあきらめの悪さに驚いたが、それが石原なのだと思い直した。

「それで上の方は、『石原、もうあきらめろ。すでに出ている油田をいただけばいい』と言うんだ」

「つまり南方ですね」

「そうだ。スマトラ、ボルネオ、ビルマ、ジャワといったところだ」

「ああ、私も聞いたことがあります。スマトラのパレンバンとかボルネオ島の近くのタラカンですね」

「うむ。だが、油田地帯に侵略などすれば、列強は黙っちゃいない」

石原が珍しく弱気な顔をする。

「石原中佐でも、列強とは戦えませんか」

「当たり前だ。米国一国が相手でも全く歯が立たん」

「そんなに日本は弱いですか」

「ああ、弱い。戦争は資源の勝負だ。日本のようなからっけつが、どうやって資源大国の米国に勝つんだ」

この時代の日本の石油自給率は八パーセントにすぎず、八十パーセントは米国からの輸入に頼っていた。中東の油田が開発される前なので、米国は世界最大の産油国であり、原油生産量は日本の七百四十倍に達していた。それは量だけでなく、航空機用の高性能ガソリンといった石油製品の品質でも、他国を凌駕（りょうが）していた。

「その通りです。だから南方進出は無理です」

「いや、そうは考えない連中もいる。内地の参謀本部には、俺よりも強硬な奴が出始めている。

だから奴らが南方に手を出す前に、満州で石油資源を見つけねばならん」

「しかし大油田を見つけるとなると、たいへんな予算と人手が必要ですよ」

「そんなことは分かっている。俺の計画では、昭和十六年（一九四一）までに対ソ戦争準備を終え、対ソ八割の軍備を整える。そのためには、満州の産業を内地並みに育成せねばならない。それを実現するために石油が必要なんだ」

「なるほど、尤もなことですね」

石原の弁舌が終わりに近づいたと思った留吉がメモ帳を閉じると、石原がおもむろに言った。

「そこでだ。君に一働きしてもらいたい」

「一働きって何ですか。私は一介の新聞記者ですよ」

「先ほどの記者会見で、君の顔を見て閃（ひらめ）いたんだ。『こいつにやらせよう』ってな」

「待って下さい。何をやらせるんですか」

石原が二本目の煙草に火をつける。

「石油を見つけるのさ」

「どうして私なんですか。私は門外漢ですよ」

「以前に、炭鉱で働いたことがあると言っていなかったか」

雑談でそんなことをしゃべった記憶はあるが、石原が覚えているとは思わなかった。

「そりゃ、働いていたことはありますが、ごく短期間です」

「まあ、聞けよ」

「満蒙全図」と書かれた地図を鞄から取り出すと、石原が広げた。

「俺が有望だと聞いたのはここだ」

「黒龍江省の大慶（たいけい）ですか」

「そうだ。またここも有望だ」

石原が、遼寧省（りょうねいしょう）の遼河平原という場所を指し示した。

「こんなところ、地上には何もありませんよ」

「分かっている。だから内地から来た民間の連中は腰が引け、最初は望み薄と言っていた。だがな、どうも怪しいと思い、一人を酔い潰して本当のところを語らせたところ、有望だというんだ」

「そこまでやるんですか」

「当たり前だ。日本の未来が懸かっている」

石原が中空を見据える。その目には強い意志が表れていた。

「しかし日本人技術者が来ないのに、私に何ができるんです」

「もちろん少しは寄越してもらうさ。でも、こんな時のために満州炭鉱、満州石油、満州鉱業開発といった会社を立ち上げ、内地から来た技術者に技術移転をやってもらった」

「では、日本人技術者の誰かにやらせたらいかがですか」

「奴らは本当のことを言わない。しかも技術者というのは扱いにくい」

石原がぼやく。

「つまり、日本人の世話役が必要というわけですね」

この場合の世話役とは、関東軍との連絡係とか総務・庶務といった仕事全般を指す。

「そうだ。それを君にやってもらいたいんだ。そうすれば君も巨万の富が築ける」

「しかし――、私にできるとは思えません」

「おい」

石原がどすの利いた声で言う。

「俺を見くびってもらっちゃ困るぜ。これでも人間洞察力には自信があるんだ」

「ありがとうございます。でも、どうやって油田や油層を見つけるのですか」

「それは、日本人技術者と中国人や満州人が知っている、はずだ」

――頼りないな。

石原は多忙なので、細かいところまでは把握していないのだろう。

「いずれにしても、少し考えさせて下さい」

「もちろんだ。いつまで考える」

「どのみち、いったん帰国して身辺を整理せねばなりません」

「尤もだ。では、二カ月で決めてくれ」

「分かりました」

留吉は一礼すると、石原の執務室を後にした。

――どうしたらいいんだ。

留吉にとって、またしても人生の決断の時が迫っていた。

十三

新京ヤマトホテルに引き揚げてきた留吉が、フロントで鍵を受け取ろうとすると、メモを渡された。

――「玉齢さんとバーにいる。中林」だと。

こっちは飯も食べていないんだぞ。

中林の調子のよさに呆れながらバーに入ると、二人が笑顔で迎えてくれた。

いつの間にか、玉齢は欧米人が着るようなハイウエストのベルトに大きめの襟のドレスに着替え、優美な白い指でマティーニのグラスを持っている。慎ましさの中にも、ビジネスウーマンらしさが漂っていた。

「仲がよさそうですね」

「なんだ、妬いているのか」

「そんなことはありません」

玉齢が首をかしげる。

「妬いてるって、どういう意味ですか」

中林が丁寧に教えてやると、玉齢は「また一つ、日本語覚えました」と言って喜んでいる。

留吉がウオッカの水割りを注文すると、ロシア人の女給が不愛想にうなずいた。

中林がにやりとしながら問う。

「それで石原さんは何だって」

留吉が石原に呼び出されたことを、中林は知らないはずだが、おそらく玉齢から聞いたのだろう。

「いや、別に話すほどのことではありません」

「何か密命を託されたな」

「えっ、どうして分かるんですか」

「あの人が君だけを呼び出したんだ。何かを託されたんだろう」

「中林さんは何でもお見通しだな。これはオフレコですよ」

「分かった。天地神明に誓って記事にしない」

——あてにならないな。

そうは思いつつも、石原から口止めされたわけでもないので、留吉は顚末を語った。

「そうか。君は、石原中佐からそれほど信頼されているんだな」

「誰もやり手がいないからですよ」

「しかし資源ビジネスというのは、大もうけできる上に面白いぞ」

「石油を発見できたらでしょう」

「それはそうさ。だが、しがない新聞記者をやっていても、嫁さんの一人も食わせられない。僕が若かったら、その話に乗るけどな」

中林が、いかにも羨ましそうに言う。

——確かにその通りだ。

いくつかの運命の変転によって、留吉は新聞記者になったが、それほどやりたかった仕事ではない。

「いいかい、よく聞けよ」

中林がスコッチウイスキーを片手に語る。

「人生は一度きりだ。こんなことを言っても、たいていの人は、『そうですね』と答えて、右の耳から左の耳だ。だが人生には、そこら中にチャンスが転がっているわけではない。若いと、チャンスを逃しても、また別のチャンスがめぐってくると思うだろう。だがチャンスなんてものは、なかなかやってこない。そうこうしているうちに年を取ってしまい、チャンスがめぐってきても、それを摑むことができなくなる。分かるかい玉齢」

玉齢が大きく目を見開いてうなずく。

「チャンスは空中ブランコと同じなんだ。タイミングよく摑まなければ、二度とチャンスは来ない。摑み損ねれば奈落の底に落下する」

中林が身振り手振りを交えて語るので、玉齢にも分かるようだ。

「若いと、このチャンスを逃しても、またチャンスが来ると思うだろう。確かに、また別のチャンスが来る場合もある。だが人は年を取る。家庭を持って子供でもいたら、チャンスと思っても飛びつけない」

ようやく留吉のウオッカが来たが、注文と違ってダブルのストレートだ。しかし文句を言っても始まらないので、それを喉に流し込むと、一瞬にして気分がよくなった。

「つまり中林さんは、この話に乗れと仰せなのですね」

「そこまでは言わんさ。君の人生は君が決めろ。ただし僕だったら、これほどのチャンスは逃さないけどな」

確かに、飛ぶ鳥を落とす勢いの関東軍の石原参謀が、人も金も出してくれる巨大プロジェクトだ。成功すれば、利権の一部ぐらいは手にできるだろう。

――やってみるか。

肚(はら)は固まりつつあった。

「中林さん、ありがとうございます」

「いいってことよ。若いっていいな」

スコッチ片手に中林が中空を見ている。自分の若い頃に思いを馳(は)せているのだろう。

「そろそろ私は部屋に戻ります」

会話が途切れたので玉齢がそう言うと、中林がうなずいた。

「そうだな。そろそろお開きとしよう」

「そうしましょう。でも、私は夕食を食べていないので――」

玉齢が如才なく言う。

「お弁当を部屋に届けさせます」

「ああ、そうしてくれるか。ありがとう」

中林が得意げに言う。

「ここのお代は私が持つよ」

「いいんですか」

「ああ、予算はもらっている」

伝票を手にすると、中林が席を立った。


部屋に戻って窓から新京の夜景を眺めていると、ノックの音が聞こえた。

ボーイが弁当を届けにきてくれたと思った留吉が、「今行く」と応えてドアを開けると、弁当を手にした玉齢が立っていた。

「あ、ありがとう」

弁当を受け取ろうとすると、玉齢はそれを手渡さず部屋の中に入ってきた。

「お茶を淹れます」

「すまないね」

早速、熱いジャスミン茶が淹れられ、それを飲みながら留吉は弁当を空にした。

弁当を食べ終わったが、玉齢は隣に座ったまま自分の部屋に戻ろうとしない。

「どうしたんだい」

そう問うても、玉齢は俯いて何も答えない。

――あっ、そういうことか。

玉齢は、郭子明から何かを命じられたに違いない。

「子明から何か言われてきたのかい」

玉齢は何も答えないが、それが答えだった。

「そうか。あいつは、変な気の利かせ方をする男だからな」

その言葉に玉齢は少し笑ったが、その瞳は濡れていた。

「ここでは、辛いことをしなくていいんだ。自分の部屋に戻りなさい」

「えっ、よろしいんですか」

「ああ、君が泣くほど辛いことを、どうして僕ができる」

「私がきれいじゃないからですか」

「それは違う。君は美しい。でも僕は――」

玉齢の涙を見ていると、万感の思いが込み上げてきた。

「見ず知らずの他人であっても、意にそぐわない思いをさせることが嫌なんだ。実は僕の母は――」

留吉が実母の話をすると、玉齢が驚いた顔をして問うてきた。

「坂田さんは、よい家の出だと思っていました」

「そんなことはない。確かに実家は裕福だったが、母は――」

そこまで言うと、胸に迫るような思いが込み上げてきた。

「坂田さんのお母さんは立派です。だから泣かないで」

いつの間にか立場が逆転していた。

玉齢が悲しげな顔で言う。

「私は貧しい農家の出です。十二歳で大連の貿易商人に売られ、そこのご主人の妾にされそうになりました」

「もういいんだ。話さなくてよい」

「いいえ、聞いて下さい。そんな私を見た子明さんが可哀想に思い、私を買ってくれました。でも子明さんは私に手を出さず、日本語と仕事を教えてくれました」

――奴はそんな男だ。

子明は「彼女は別にいます」と言っていたので、手を出すことなどできないのだろう。

「でも今回の旅に、子明さんは一緒に行けないので、私を通訳として付けました。その時、坂田さんの接待を命じられました」

――それも子明らしいな。

中国人は仁義に厚い。かつて行を共にした留吉に報いられるのは、それしかないと思ったに違いない。

――馬鹿な奴だ。

だが実母の境遇が違っていたら、留吉は玉齢を抱いたかもしれない。

――男とはそういうものだ。

これまで留吉は、八重樫春子と長谷川泰子を抱いた。だがその時とは状況が違う。春子も泰子も積極的だったからだ。

「坂田さん」と玉齢が思いつめたように言う。

「私を抱いて下さい」

「よせよ」

「私、今までは嫌でした。でも坂田さんの話を聞いて、抱かれたいと思いました」

一瞬、「本当かい」と言おうと思ったが、自制心がそれを押しとどめた。

「今夜はやめておこう。いつか——」

「いつか——」

「そんな日が来るかもしれない」

「ということは、やはり石原中佐の話を受けるのですね」

「ああ、そのつもりだ」

玉齢が立ち上がると、留吉の瞳を見つめて言った。

「その時は私を通訳で雇って下さい」

「分かった。約束する」

「よかった」

玉齢の頬を涙が伝った。

十四

大連から日本行きの船に乗ったのは、年末も押し迫った十二月二十九日のことだった。

新聞社は一月六日から始まるので、留吉は挨拶回りや荷造りで、昭和十年（一九三五）の正月を過ごすことにした。

又吉健吉に居候になった礼を言い、満州に渡航することを告げると、健吉はとくに驚かず、「そうか」とだけ言った。

引き留めてもらえないことが少し寂しかったが、その理由を問えないでいると、健吉が封筒を手渡してくれた。

「ブラジルの登紀子からだ。わしにも別に手紙が届いたので、内容は分かる」

開封すると、時候のあいさつの後すぐに、継母のいさが病で亡くなったと書かれていた。

「ええっ、継母さんが――。行ってから、いくらも経っていないのに」

留吉は驚きで手が震えた。

「ああ、ブラジルに渡ったことが原因とは思いたくないが、あれは姉さんの選択だった。きっと悔いはないだろう」

幼い頃から、いさと一緒に育った健吉にも万感の思いがあるのだろう。涙を見せまいとしていたが、その瞳は真っ赤になっていた。

「わしは姉さんから、お前のことを頼まれていた。だからもし姉さんが生きていたら、満州に生活の拠点を移すことには反対した。だが姉さんも死んだ今、お前を縛っておくものは何もなくなった。好きにするがよい」

「ありがとうございます」

留吉の脳裏に、在りし日の江ノ島の家が浮かんだ。父は難しい顔で新聞を読み、いさは登紀子に包丁の使い方などを教えながら食事を作っている。その周囲を、慶一と正治が走り回っていた。

――時の流れは残酷だな。

その時は、そんな状態が半永久的に続くと思っていた。だが知らぬ間に、すべては二度と取り戻せない過去になっていた。

「留吉、何があっても音を上げるなよ」

「は、はい」

「わしが言えるのは、それだけだ。もうこれでお別れかもしれんな」

「そんなことはありません。日本に戻ってきた時には必ず顔を出します」

「うん、そうしてくれ」

健吉が母屋の方に戻っていく。その後ろ姿には、かつて海軍大尉の制服を着て、意気揚々と江ノ島にやってきた頃の面影はなかった。

やがて留吉にも老いが訪れるだろう。だが、その前にやっておかねばならないことがある。

留吉は荷造りに精を出した。

夜になり、飯でも食おうと出掛ける準備をしていると、玄関の戸が開く音がした。

「いるか」

その声を聞いた時、留吉はどっと疲れが出た。

「いますよ」と声をかけて玄関に行くと、案に相違せず、中原が小さな靴を脱いでいるところだった。

「よかった。ちょうど昨日、山口から出てきたところなんだ」

「私も数日前に満州から戻ったばかりです」

「ああ、そうだったのか。ということはグッド・タイミングだな」

中原は勝手に上がると、荷造りの終わった部屋を見回して問うた。

「引っ越すのか」

「ええ、まあ」

「どこに」

「満州です」

「こいつは驚いた」

中原が芝居じみた仕草で驚きを表す。

「あちらで事業をやります」

「たいしたものだ。一介の新聞記者が社長様になるのか」

「一介というのは余計です。それにしても、酒を持ってくるなんて珍しいじゃないですか」

中原が、手にしたサントリーオールドをちゃぶ台の上に置く。

「ああ、ここのところ羽振りがいいんでね」

「ということは、詩集が売れているんですか」

「まあな」と照れ臭そうに言いながら、中原が二つの茶碗にウイスキーを注ぐ。

「満州にいたのなら知らなくても仕方がない。俺は以前の俺とは違う」

留吉はくすりとしてしまった。

「何が可笑しい」

「中原さんは中原さんです。何も変わりません」

「そりゃそうだ。だがな、昨年末に出した詩集の『山羊の歌』が大評判でね。様々な版元から、寄稿の依頼が次々と舞い込んできた。それで今日は、ランボオの韻文詩を訳すという仕事を引き受けてきた」

　仕事が増えて金回りがよくなったのか、中原は上機嫌だった。

「それはよかったですね」

「そうだ。子供もできた」

「ええっ、中原さんに子供ですか」

「うむ。まだ赤子だから故郷の湯田に置いてきた」

「そうですか。おめでとうございます」

　これほど毒のない中原を見たのは初めてだった。これまでの灰汁（あく）の強さの反動ゆえか、留吉はたまらなく中原が好きになった。

「互いの前途を祝して」

　二人は茶碗で乾杯した。互いの近況を話した後、したたかに酔った中原が真夜中頃、「そろそろ帰る」と言い出した。

「泊まっていってもいいんですよ」

「いや、版元がせっかくホテルを取ってくれたんで帰るよ」

「そうですか。残念だな」

「またゆっくり飲めることもあるだろう」

　そう言うと、中原はソフト帽をかぶり、裾を引きずるほど長い釣鐘マントを羽織ると、覚束ない足取りで玄関を出ていった。

「満州から帰ったら連絡します」

　留吉の言葉に、中原は右手を挙げて応えた。それで去るのかと思ったら、何かを思い出したように振り向くと言った。

「泰子が去ろうとした時、なぜもっと引き止めなかったんだ」

「えっ、あの時のことですか」

「そうだ。俺と泰子が大喧嘩した時のことだ」

「あの時は、泰子さんの決意が固いと思っていました」

「お前は泰子を愛していなかったのか」

中原のマントが風を孕んでたなびく。それが何とはなしに中原を大きく見せた。

「自分でも分かりません」

「後で聞いたんだが、あの時、お前が泰子をもっと引き止めていれば、泰子はここにとどまったと言っていたぞ」

「そうですか。でも——」

「いいんだ。お前の泰子への思いがその程度だと知っただけで、あの時、俺は幸せだった」

——この男は心底、泰子さんを好いていたのだな。

中原の思いが風と共に運ばれてきた。

「もう終わったことだ。だがな、お前のそうしたあっさりした性格が、お前の人生を過たさねばよいと思ったのだ」

「私はあっさりしていますか」

「うん。それがよさでもあるんだけどな」

中原は少し微笑むと、マントを翻して去っていった。


これが意識のある中原に会う最後になるとは、この時の留吉は思ってもみなかった。

第四章　熱砂の大地

一

「神は石油を持てる国に味方し給もうた」


　これは戦後、東大名誉教授が残した言葉だが、まさに二十世紀の戦争は資源の争奪戦だった。資源を持つ者が勝ち、持たざる者は持つ者の膝下にひれ伏さねばならなかった。

　そんな原理に、戦前から気づいていた男の一人が石原莞爾だった。

　石原は『世界最終戦争』の中で、「われわれは第一次欧州大戦以後、戦術から言えば戦闘群の戦術、戦争から言えば持久戦争の時代に呼吸しています」と記し、資源の確保こそ日本の生命線だと訴えていた。

　石原の考えは明快で、これからは男性的な決戦戦争よりも、女性的な持久戦争が主流になるので、米ソ対決後の日米の最終戦争に備えるべく、資源の確保を重視すべきだというのだ。

　十九世紀、イギリスを中心に起こった産業革命を支えたのは石炭だった。石炭を燃料とする蒸気機関は列車や軍艦を動かし、石炭産業は巨万の富を生み出した。

　ところが一八五九年、米国のペンシルベニア州で油田が発見されたことで、すべては一変する。石油が石炭に代わるものと認識した米国は、迅速に石油精製事業を軌道に乗せ、ガソリン・エンジンやディーゼル・エンジンという新たな動力を開発した。かくして二十世紀の燃料の主役は石油となった。

それを証明したのが、一九一四年に始まる第一次世界大戦だった。戦車や飛行機といった石油を燃料とする内燃機関で動く新兵器が登場し、それが勝敗を左右するようになっていく。

ドイツと戦っていたフランスの首相のクレマンソーが、「石油の一滴は血の一滴」という名言を残し、ウィルソン米国大統領に石油を求めたのは、この頃の話だ。

一方、第一次世界大戦当時、ドイツは欧州最強の艦隊を有していたが、石炭から石油への転換が遅れたことで敗れ去った。

戦後、中東が無尽蔵の産油地帯だと分かり、英米仏がその利権を独占する。

第一次世界大戦で戦勝国になったとはいえ、日本はドイツ同様、国土から石油は出ず、石油利権も持たない国だった。それゆえ政府も軍部も石油の確保に奔走していくことになる。

目的地のジャライノールに行くには、東清鉄道の終点の満州里まで行かねばならない。

新京からハルビンまで満鉄本線を使い、そこで東清鉄道に乗り換え、ハルビンとチチハルを通過し、大興安嶺（だいこうあんれい）を越えてハイラルを経た後、黒龍江を渡り、ようやく満州里に着く。

満州里は北京から北へ二千三百キロ、ハルビンから西へ九百三十キロの内蒙古自治区にあり、西はすぐ国境線となっており、ロシアのマチェブスカヤという町がある。

満州里はかつて臚浜（ロヒン）という名だったが、「清朝の領土である満州は、ここから始まる」という意味を込めて満州里と改称された。

満州里からは、関東軍が用意してくれた「九五式小型自動車」と「九四式六輪自動貨車」数台に分乗し、調査隊一行は目的地のジャライノールを目指した。

　満州里から東に三十里ほど行ったところに、ジャライノールはある。その語源は蒙古語のダライ・ノール（大きな湖）から来ている。

　確かに南に湖があり、ダライ・ノールと命名されていた。

　――こんな何もないところがあるのか。

　満州里からジャライノールまでは、見渡す限りの広漠たる平原が広がっていた。まさに不毛の地だ。それゆえ華北でありながら漢字の地名はつけられておらず、原住民の蒙古族が呼んでいた地名をそのまま使っていた。

　土埃を蹴立てながら道なき道をしばらく行くと、平原の彼方に油井らしきものが見えてきた。

　あまりに過酷な地なので、今回は周玉齢を連れてきていない。その代わりに、日本石油から満州石油に出向している長田正則（おさだまさのり）という技術者兼通訳が同行してきていた。

「また、ここに来るとはな」

　長田が自嘲気味に呟く。長田は明るくて気さくなので、留吉はすぐに打ち解けたが、文句が多いのには閉口した。

「いいところじゃないですか」

　留吉の皮肉に、長田が声を上げて笑う。

「その通り。いいところだよ。何にも煩わされることなく孤独を味わえる」

「長田さんは、ここにどれほどいたんですか」

「昭和八年の半ばから十年の半ばまで約二年だね。食い物どころか水も底をついた時があって、もう二度と来るつもりはなかった」

　長田によると、満州での石油採掘はジャライノールから始まったという。ここに油兆があるという情報は、一九二八年頃にロシア人からもたらされた。つまり一緒に採掘して事業化を図ろうという提案だ。満鉄はロシア人技師を雇って調査に乗り出すが、油兆はアスファルトで、しかも「アスファルト鉱床としては鉱量が少ないので事業化は難しい」という結論だった。

その後、満州事変を挟み、関東軍は国防資源調査隊を編成した。この時の調査では石油の兆候が認められたため、俄然色めき立った関東軍は試掘を決定した。

これを受けた日本石油は昭和九年（一九三四）、満州石油を創設し、本格的な試掘に踏み切るが、いかんせん満州事変の余波で、満州里周辺には、正規軍なのか馬賊なのか正体不明の匪賊が跋扈し、水や食料が奪われることもしばしばだった。そのため日本人技術者たちから文句が出て、試掘は頓挫しかかっていた。

長田が得意げに言う。

「さすが石原さんだ。今回はしっかり補給線を確保してくれると、君に約束したんだろう」

「はい、そう仰せでした」

「確かだろうな」

「もちろんです。関東軍の駐留部隊も多いので、水と食糧には事欠かないでしょう」

盗賊に襲われるのは、満州里の駅からジャライノールまでの間だ。そのため石原は、食糧等の運搬の際には、満州里に駐屯する部隊から警備兵を付けてくれた。

「それなら安心だが、君はよくあの難物に取り入れたな」

「ああ、そのことですか」

留吉はこれまでの経緯を語った。

「なるほどな。馬賊相手に派手にやったのか」

「ええ、そのあたりが気に入られたのだと思います」

「でも、君は石油に関しては素人なんだろう」

「そうなんです。でも懸命に学ぶつもりです」

「そんな意気込みも買われたんだろうな」

やがて試掘現場に到着した。そこは厳重に鉄条網が張りめぐらされ、中には採掘設備を守る関東軍の兵と管理を担当する満州石油の中国人社員が数名いた。

一行は出入口で通行証を示し、中に入れてもらった。

「ここは何度か馬賊に襲われたが、関東軍が撃退に成功した。それから連中は、ここを襲わなくなった」

長田が自慢げに言う。

「さてと、一休みしてから打ち合わせだ」

いったん解散となり、留吉は宿舎の一室に落ち着いた。

——随分と遠くに来たな。

自分の運命は自分で決めるべきだと思うが、運命という乗り物は、人を勝手にどこかに連れていく。運命に翻弄(ほんろう)され、ジャライノールなる地まで来てしまった留吉だが、それもまた面白いと思った。

部屋でくつろいでいると、打ち合わせをするので集まるようにという触れが回ってきた。

ここで最も大きな建物にある会議室に入ると、すでに日本人技術者たちが集まっていた。

「ああ、来た、来た。彼が今話していた坂田留吉君だ。一応、陸軍軍属となっているが、元は新聞記者だった。そうだね」

軍属とは軍人ではないが、軍隊に勤務する者のことだ。

留吉が簡単に自己紹介すると、早速技術者の一人が問うてきた。

「ということは、君は石油に関しては素人なんだね」

「そうです。そのことは石原大佐に確認しましたが、『それでもよい』と仰せなので、この仕事を引き受けました。私の役割は、必要な物資を取りそろえ、さらに三カ月に一度程度の頻度で新京まで戻り、石原大佐およびその指名した将官に経過報告をすることです」

別の一人が確かめる。

「要は、ここの庶務を担当してくれるんだね」

「そうなります」

長田が言う。

「二年前にここができた頃は、庶務を中国人に任せていたんだが、ここを建てるための資材や食い物を横流ししていたんだ。とんでもない奴だった」

別の一人が付け加える。

「もちろん中国人にも真面目な者はいる。彼らに偏見を持っては駄目だ。われわれは『五族協和』を実現するために、信頼できる者を見極めていかねばならない」

それは留吉も同感だった。郭子明のような信頼できる者もいれば、全くでたらめな輩もいる。

――それが中国大陸なのだ。

大陸で生きている者たちは、民族も違えば習慣も違う。しかも日本のように画一的な道徳教育を受けていないので、自分のことしか考えない者が大半だ。

長田が「あっ、そうだ。まだ紹介していなかったな」と言いながら、日本人技術者たちを紹介する。

「俺と同じように日石から出向でやってきた面々だ。右から――」

四人ほどの同僚を紹介し終えると、長田は白髪の紳士を示した。

「そして、こちらが京大の松沢教授。地震学の大権威だ」

先ほど「五族協和」を唱えた人物が会釈した。

「松沢実です。専門は地震研究で、主に重力偏差と磁気探査から石油のありそうな断層を探っていきます」

松沢が、これまでの経緯を語る。

昭和七年（一九三二）、満鉄から話を持ち掛けられた関東軍は、国防資源調査隊を編成し、ジャライノールに派遣した。この時の探査でアスファルト層は、さらに地下の油層から伝ってきた脂が固化したものと判明した。つまり見込みがあるということだった。

関東軍は、この年に建国された満州国政府の名で、満鉄にジャライノールでの試掘を命じた。

満鉄は日石の協力を得て、翌昭和八年から試掘を開始する。

ところが、ダイヤモンド・ボーリングという方法で四つの坑が掘られたが、油兆は全くなく、さらに地質調査を行い、有望な場所を掘ることにした。そのためには、満鉄から独立した組織が必要ということになり、昭和九年、満州石油株式会社が設立され、満鉄から事業を引き継ぐことになった。

長田が話を替わる。

「というわけだ。それで今年から関東軍が本腰を入れて支援してくれることになり、われわれが再び招集されたというわけだ」

松沢が再び話を替わる。

「それで今回の方針ですが、重力偏差と磁気探査の結果から湖の北西岸が有望なので、そちらを重点的に当たっていきます。では、配った書類を見て下さい」

会議は技術的な話に移っていったので、留吉にはさっぱり分からない。だが、石原に報告せねばならないので、懸命に耳を傾けた。

結局、この年は地質調査で終わり、厳しい寒気が押し寄せる前に一行は新京に戻り、来年の四月から本格的な試掘に入ることになった。

二

そもそも石油とは、藻類やプランクトンの遺骸が、泥と共に堆積してできた油母(ケロジェン)と呼ばれる物質となり、それが地熱の作用によって分解してできるもので、どこにでもあるものではない。この油母は、地殻変動で地層がたわむ背斜と呼ばれる現象により、地層の突き上げ部分に溜まるものと考えられていた。

要は、かつて海だった第三紀層背斜構造の地層にしか石油は存在せず、海ではなかった中国大陸には存在しないというのが、世界的定説となっていた。すなわち「石油は海成堆積物からできるもの」という先入観が大陸での石油採掘の阻害要因となり、それが日本の技術者たちのやる気を削いでしまう一因となっていた。

　新京駅に着くと、石原が迎えに出した車が待っていた。それに乗って関東軍本部に着くと、石原が「昼時なので満州料理でも食べに行こう」と言うので、報告は後にして、石原が好む満州料理の店に向かうことにした。

　この頃、石原は参謀本部の作戦課長の座に就いていたが、比較的自由な立場なので、満州に来て、こちらの情勢の把握に努めていた。

　石原は酒を飲めないためか、健啖家で料理にうるさいと聞いたことがある。それゆえ留吉も酒なしで付き合うことにした。

　テーブルに着くと、早速、石原が蘊蓄を垂れ始めた。

「そもそも満州料理などというものは存在しない。強いて言えば山東料理の分派だ。最も名高いのは水餃子で、清朝華やかなりし頃、北京に伝えられ、中国全土に広がっていった」

「それは知りませんでした」

「知らなくてもよい。満州の産物と言えば大豆とトウモロコシだが、豆腐とトウモロコシを使った料理も多い。蛋白質を取りたい時は豚や羊の内臓、いわゆる腸詰が人気だ」

　しばらく雑談で時を過ごした後、石原がおもむろに問うた。

「で、どうだった」

「ジャライノールですか」

「当たり前だ。それ以外、何を聞く」

　留吉が試掘の状況を説明する。

「やはり簡単には当たりは引けないな。夜店のくじと同じだ」

「夜店のくじはよかったですね。でも来年四月からの試掘は有望なようです」

「誰が言っていた」

「松沢教授です」

　石原がため息を漏らす。

「ああ、あのメチャラクチャラ博士か」

　メチャラクチャラ博士とは、「少年倶楽部」に出てくる奇問奇答滑稽大学の学長にして頓智の権威を自称する博士のことだ。

「そんなにいいかげんな人物なのですか」

「いやいや、曲がりなりにも地震学の第一人者だ。いいかげんなことは言わない」

「では、なんで――」

「顔や雰囲気が似ているだろう」

　石原が笑う。似ているとは思えないが、とりあえず留吉も笑った。

「まあ、たいした御仁だが空振りも多い。この仕事は空振り九割と言われているので、それも仕方ないが――」

　しばし笑い合った後、留吉が来年からの方針などを語った。

「で、来年もジャライノールで試掘を続けるということでよろしいですね」

　石原が水餃子を食べようとして「あちち」とやっている。それを何とか食べてから、石原が言った。

「そろそろ別の場所も、探さねばならないと思っている」

「別の場所とはどこですか」

「満州は広い。いろいろある」

「そんな簡単に目移りしてもよいのですか」

　松沢から聞いた話だが、鉱脈を掘り当てるには、見切りの速さと粘り強さという相反する二つの要素が必要だという。何をもって見切るのか、また何をもって粘るのか、そこが難しいらしい。

「鉱物探鉱の技術は日進月歩だ。別の方法を導入すれば、ジャライノールも展望が開けてくるかもしれない」

「私には技術的なことは分かりませんが、とにかく石油を見つけるしかありません」

「その通りだ。頼りにしているぞ」

　それで、この日の報告は終わった。

石原は「来年の四月に戻ってこい」とだけ言って席を立った。

「おっと、言い忘れた。内地にいる間も給料は出し続けるので安心しろ。内地との間を往復する旅費も出す。だが来年の四月には、再びジャライノールに行ってもらう」

「分かりました。では、とりあえず帰国させていただきます」

「なんだ、日本が恋しくなったのか」

「違います。日本語で書かれた地質学や地震学の本を、国会図書館で読むつもりだからです」

「そうか。本腰を入れてやるつもりだな」

「もちろんです。これもお国のためですから」

「分かった。明日の大連行きの『あじあ号』の一等展望車の席を手配しておこう」

「えっ、今から明日の切符が取れるのですか」

一日に一本しか走っていない『あじあ号』の一等展望車の席を前日の夜に取れるなど、困難を通り越して不可能だ。

「心配無用だ」

石原が平然と言った。関東軍の要求なら、何でも通るのが満州なのだ。


夜になり、新京ヤマトホテルにチェックインすると、手紙が数通来ていた。その中には周玉齢からのものもあった。そこには美しい日本語で、「大連で待っています。着いたら連絡を下さい」と書かれていた。

――玉齢か。

留吉とて玉齢のことは憎からず思っている。だが、自分のような浮草人生を歩む者が、若い中国人女性の人生を左右するわけにはいかないという思いもある。

新京ヤマトホテルの最上階の部屋からは、日進月歩で発展していく新京駅周辺が俯瞰（ふかん）できる。駅前は広場になっていて円形の植え込みがあり、そこから三方に大路が延びている。半年ほど前に満州里に向かった時は、建物もまばらだったが、今は建築途中のものも含め、一等地はすべて埋まっている。

——関東軍は、満州の地に「五族協和」の「王道楽土」を築けるのか。そして日本はどこへ行くのか。

留吉の胸中には、不安とも期待ともつかないものが渦巻いていた。

三

「あじあ号」が大連駅のホームに滑り込むと、故郷に帰ってきたような安堵感に包まれた。

——だが来年には、またジャライノールに行かねばならない。

石油を探す仕事にはやりがいを感じるが、何もない僻地に何カ月も閉じ込められるのには閉口する。それでも三カ月に一度は新京まで報告に行けるので、それが救いといえば救いだ。

大連ヤマトホテルに着くと、郭子明から「連絡して下さい」という伝言が入っていた。

まだ夕方だったので電話すると、子明は周玉齢を連れてやってきた。

「お疲れ様です」

日本語でそう挨拶した子明は、連鎖街でも有名な「扶桑仙館」を予約したという。三人は子明の自動車で「扶桑仙館」を目指した。五人乗りなので、三人でも後部座席に座れるが、子明は助手席に座った。

隣の玉齢はぎごちない笑みを浮かべていたが、子明は饒舌で、最近の大連の様子などを語った。

「扶桑仙館」に入ると、店員が銅鑼を叩いて迎えてくれた。子明によると、これが名物となっているとのことだ。

メインの海鮮料理を平らげたところで、店の者が子明の耳元で何かを囁いた。

「今、連絡が入りまして、急な仕事で事務所に戻らなければならなくなりました」

「そうか。では、お開きにしよう」

「いや、この後に出てくる火鍋が名物なので、ぜひ召し上がって下さい。自動車も置いていきます」

「じゃ、君はどうやって事務所に戻るんだい」

「人力車があるから大丈夫」

そう言い残すと、子明は慌ただしく店を後にした。

――あいつめ。

その時になって、ようやく子明が気を利かせたと分かった。

やがて火鍋が来たが、二人ともお腹がいっぱいで、少ししか食べられなかった。

会計は子明が済ませているとのことだったので、外に出た二人は自動車に乗った。

「君の家まで送ろう」

「――――」

「また子明から何か命じられているのか」

「そんなことはありません」

玉齢が泣き出しそうな声で言う。

「私は留吉さんのことが好きなんです」

「俺のことが――」

「そうです」

「それは、好きというのとは違う」

その言葉に、玉齢がさめざめと泣き出した。

「分かった。すまなかった」

留吉は玉齢の肩を抱いた。

「留吉さんも、私が好きですか」

「ああ、好きだよ。でも俺は日本人だ。長くこの地に留まることはないだろう」

「それでもいいんです」

玉齢の瞳は涙に濡れていた。

「君は俺の境涯に同情しているだけだ。それを恋だと勘違いしている」

「そんなことはありません。自分の気持ちは、自分にしか分かりません」

「本当に俺のことが好きなのか」

「はい」

留吉は胸の高鳴りを抑えられないでいた。

「俺に身を任せる覚悟があるんだね」

「あります」

そこまで聞いてしまっては、もう後には引けない。

「運転手さん」と、留吉がうっかり日本語で呼びかけようとするのを制し、玉齢が中国語で言った。

「ヤマトホテルまでお願いします」

その後は成り行きだった。


事が終わった後、シャワーを浴びた留吉が窓辺で夜景を眺めていると、玉齢が問うてきた。

「いつお帰りになるのですか」

「明日の船で帰る」

「そんなに早く――」

「ああ、知人が手配してくれたんだ」

「関東軍ですね」

「そうだ」

玉齢が黙り込む。気まずい沈黙を破るかのように、留吉が問うた。

「初めての男が日本人でよかったのか」

「私には、どこの国の人かは関係ありません。好きな人は好きです」

「明快だな」

窓の近くの椅子に腰掛けると、買っておいたバーボンウイスキーをストレートで流し込んだ。

「日本人は本当のことを言いません」

「それは本音というんだ」

「そうです。ホ、ン、ネです」

「日本人は、自分の意見を強く主張しないよう教育を受けてきたんだ」

「どうしてですか」

ベッドから出た玉齢がガウンを羽織り、テーブルを挟んで対面の位置にある椅子に座った。

「日本には武士の時代があった。武士は主君から『腹を切れ』と命じられたら、理由を聞くことなく即座に腹を切った」

「そんなことがあるのですか」

「嫌いな民族の言語を学ぶことに、抵抗はなかったのか」

玉齢がうなずく。

「ありました。でも仕事をしないと食べていけません。たまたま子明さんと縁があり、日本語を学ぶことを勧められたので、これも自分の運命だと思い、懸命に学びました」

「それを生かすのはこれからだ」

「いいえ、もう学んでよかったと思っています」

「どうしてだ」

玉齢は立ち上がると、留吉の方に近づいてきた。何事かと留吉も立ち上がると、玉齢が胸に飛び込んできた。

「必ず戻ってきて下さい」

「ああ、そのつもりだ」

「では、明日は見送りに行きません」

「そうだな。また会えるから見送りは要らない」

だが、またここに来れば、玉齢を抱いてしまうことになるだろう。それが今後何をもたらす

「子明に勧められたのだな」

「生きていくためです」

「では、なぜ日本語を学んだ」

「私は日本人が嫌いでした」

唐突に玉齢が言った。

確かに留吉は、祖父や父のような日本人的気質を憎んでいた。だが、それが留吉の中にないとは言えない。それだけ教育というのは、人の中に刻み込まれるものなのだ。

「本当にそうでしょうか。留吉さんと接していて、私はそれを感じません」

「玉齢、君と僕の間には、国と国との違いぐらい大きな溝が横たわっている」

再びウイスキーを注ぎ、それを飲み干すと苦い味がした。

「そうかもしれない」

その言葉には、ささやかな矜持(きょうじ)があった。

「われわれとは違います」

「それが日本人だ」

のか、見当もつかない。

――深みにはまると後には引けなくなる。

それはまさに、中国大陸の泥沼に足を取られていく日本軍と同じだった。

その夜のうちに玉齢は部屋を出ていった。

翌朝、留吉はホテルを出ると大連埠頭に向かった。どこかで玉齢が見ている気がしたが、気のせいだと自分に言いきかせた。

――またこの地を踏むことはあるのか。

それは、留吉にとっても分からなかった。

四

すべてを引き払って日本を後にしたため、帰国してもホテルに泊まるしかない。それで安ホテルを探そうと思ったが、その前に石原に帰国報告しようと参謀本部に電話すると、石原の秘書官が、来年の一月いっぱいまで山王(さんのう)ホテルを取ってくれた。

石原に報告に行くと言ったが、石原は多忙なので、正月明けまで会えないという。そのため年末から年始にかけて暇を持て余すことになった。国会図書館も年末年始は閉まっているので、鉱物や地層について学ぶことができない。「神田の古本屋でも回ってみるか」と思ったが、たいていの古本屋は図書館同様、年末年始は閉まっている。

――こいつは参ったな。

致し方なく、年末から正月にかけてホテルで寝て暮らすことにしたが、ほとんどの知人に自分の所在を知らせていないので、何か連絡が入っているかもしれない。それで前にいた帝都日日新聞に電話を入れてみると、郵便物がたくさん来ているという。それで頭を下げて送ってもらうことにした。

二日後、その小包が届いたので開けてみると、中に小さな絵葉書があった。

――岩井からか。

それは、中学時代の親友の岩井壮司からのものだった。

――久々に会わないか、だと。

電話番号が書かれていたので勤務先に電話してみると、すぐに岩井が出た。

昭和十一年（一九三六）の正月が明けた十四日、二人は新橋の「末げん」で会うことにした。

「ここの鶏鍋はうまいんだぞ」

岩井が得意げに言う。

「それよりも、まず乾杯だ」

二人は再会を祝して盃を掲げた。

「われわれも今年で二十九か」

「時の流れは速いな」

「こうして年を取っていくんだな」

再会して早々しんみりしてしまったので、留吉が元気よく言った。

「それで岩井、仕事の方はどうだ」

「ぼちぼちだよ。弁護士の資格は取れたものの、師匠の事務所を出たら食べていけない」

岩井は金井啓二法律事務所というところに勤めており、金井のことを師匠と呼んでいた。

「そうか。士族もたいへんなんだな」

士族とは旧来のものではなく、弁護士や税理士といった資格を持つ者のことだ。

「そんなお前はどうだ」

留吉が近況を語る。

「おい、中原中也と知り合いなのか」

「そうなんだ。でも、よく中原を知っているな。あいつは無名の詩人じゃないのか」

どうやら岩井は、大陸や油田発掘よりも中原に興味があるようだ。

「何を言っている。文壇注目の新進気鋭の詩人じゃないか」

詩集『山羊の歌』が大好評だった中原は、この頃から「文学界」や「四季」といった文壇の有力誌に詩を発表し始めているという。

――そうか。中原もいよいよ表舞台に登場か。

中原の得意げな顔が目に浮かぶ。

「草野さんも、『いつか中原は世に出る』と言っていた」

前菜をつまみながら留吉が言うと、岩井が息をのむような顔をした。

「草野さんて、草野心平か」

「そうだよ。前の新聞社で一緒だったんだ」

「お前の文壇人脈は凄いものだな」

「自分から探した人脈ではない。中原は家に転がり込んできただけだし、草野さんは入った新聞社にいただけだ」

「それでも凄いな。とくに中原と飲み友だちというのには驚いた」

岩井によると、昨年すなわち昭和十年の中原の活躍は目覚ましく、とくに『山羊の歌』は、文壇を震撼させたという。

「よせやい。中原はただのわがまま坊主だ」

留吉には、長谷川泰子の絡んだ苦い思い出がある。

「元来、詩人というのはそういうものだ。詩人が社会生活に適応し、にこにこ笑って生きていてどうする」

「草野さんは、そんな感じだけどな」

「それは新聞社に勤めているからだろう」

その時、鶏鍋が運ばれてきたので、岩井が蘊蓄を述べた。

「ここの鶏ガラスープは門外不出の秘伝だとさ」

「おう、これは確かにうまいな」

「中華料理ばかり食べている胃には、こうしたものがありがたいだろう」

「本当にそうだな」

大陸では中華料理を食べるしかないので、薄味の日本食がありがたい。

「坂田は、石原さんとも親しいんだって」

「そうだよ。あの方は、これからの陸軍を背負って立つ立派な人物だ」

「よからぬ噂も聞くがな」

「どんな噂だ。まさか芸者と――」

「あの人は、そっちの方はしっかりしている。よからぬ噂というのは、陸軍での確執さ」

「何を言っているんだ。昨年の八月に作戦本部の作戦課長になったばかりだぞ。作戦課長といえば、陸軍の花形ではないか」

石原が、陸軍内の誰かと確執があるなど、留吉は聞いたことがない。

「それはそうだが、石原さんの四期上に東條(とうじょう)英機(ひでき)というのがいてね。板垣征四郎中将が中心になって組織した一夕会(いっせきかい)で石原さんと一緒なんだが、去年の会合で派手に喧嘩したらしい」

一夕会とは、佐官級の若手幕僚将校らによる非公式組織で、陸軍士官学校の十四期生から二十五期生を中心に結成されていた。板垣は十六期、東條は十七期、石原は二十一期になる。

「四期も上の人と喧嘩したのか。石原さんらしいな」

「そうなんだ。一夕会は満蒙問題をどうするかを話し合う集まりなので、いつも酒を飲んで激論を戦わせているらしい。石原さんは板垣さんに可愛がられているだろう。それでつい東條さんを批判したらしいのだ。軍隊というのは上下関係が厳しい。それで『表に出ろ！』となったんだが、腕力は石原さんの方が上だ。東條さんが殴ろうとしたら、その腕を取って背後に回してしまったんだ」

「何だって。あの人はそんなことをしたのか」

「それで、その場にいた板垣さんも激怒し、石原さんを内地に呼び戻したらしい」

板垣としては、東條に一発殴らせて仲直りさせるつもりだったのだろう。ところが石原は殴らせるどころか、四期も上の上官の腕を締め上げたのだ。

――満州で会った時、石原さんは、そんなことを一言も漏らさなかった。

石原にとって、それは些細なことだったに違いない。

「そうか。それで石原さんは内地に戻されたんだな」

「そういうことだ。八月に石原さんが戻されると、翌月には、東條さんが関東軍憲兵司令官兼関東局警務部長に就任した」

――つまり東條なる人物が、関東軍を牛耳ることになるわけか。

この人事が資源問題に暗い影を落とさねばよいと、留吉は思った。

「つまり満州の王が替わったということだ」

「そういうことだ。それで昨年、石原さんが満州に行った時、東條さんは『もう君は満州に関与するな』と告げたらしい」

「そんなことまで言ったのか」

「ああ、言ったと聞いた。だからお前の請け負っている仕事は、どうなるか分からんぞ」

「確かに俺の仕事は、予算がもらえなければおしまいだ」

「まあ、せいぜい頑張れ」

「ありがとう。だが、なんでお前がそんなことを知っているんだ」

「師匠は諸方面に顔が広くてね。板垣さんとも親しいらしく、たまに飲んでいるらしい」

「そういうことか。それなら、お前も陸軍人脈が築けるな」

「ああ、今は師匠の鞄持ちだが、せいぜい諸方面に人脈を増やしていくさ」

岩井らしく、どこに行ってもしたたかに生きているのが、留吉には頼もしかった。

「で、岩井、結婚はまだか」

「そっちの方は、とんと話が来ないな」

「俺もだ」

二人は再び盃を掲げて笑った。

店を出ると、ハイヤーらしき自動車が待っていた。誰か偉い人が来ているのかと思いきや、子連れの家族が出てきた。その紳士の顔を見た岩井が声を掛けた。

「平岡さんじゃないですか」

「ああ、金井先生のところのお弟子さんだね」

「そうです。岩井壮司と申します」

どうやら二人は顔見知りらしい。

「その節は助かった。先生によろしくな」

どの節だか留吉には分からないが、金井が平岡なる人物を助けたらしい。

「はい、もちろん伝えておきます」

その時、店から子供が飛び出してきた。

「あっ、坊ちゃんですか」

「うん。長男の公威だ。今日は、こいつの十一歳の誕生日でね」

平岡が子供の頭を撫でる。

「それはおめでとうございます」

「ありがとう。公威、挨拶しなさい」

「公威と申します。よろしくお願いします」

――随分と賢そうな少年だな。

その黒々とした瞳には、間違いなく知性が宿っていた。

岩井は留吉も紹介してくれたが、留吉が「軍属をやっています」と言ったからか、平岡は気にも留めていないようだった。

平岡一家の乗るハイヤーを見送った後、二人は新橋駅まで歩いた。

「あの人は平岡梓さんといってね、農商務省米穀部の経理課長をやっている。東京帝大出のばりばりのエリートさ」

「子宝にも恵まれ、順風満帆な人生だな」

平岡は、公威のほかに二人の子供を連れてきていた。

「ああ、俺たちとは違う」

岩井が夜空に向かって高笑いした。

後年、この時の公威が三島由紀夫と名を変え、文学史を彩ることになるとは、この時の二人は想像もしなかった。その三島が最後の晩餐の場所に選んだのが新橋「末げん」で、この世の名残に食べたのが鶏鍋だった。

五

二月二十三日の夜半から、東京では三十年ぶりと言われる大雪が降り始めた。ホテル生活も長くなったので、二十六日は三越に出掛け、衣類などを買ってきた。帰りは円タクを拾ったので苦にはならなかったが、雪は深々と降り積もっていた。

山王ホテルの一室に戻った留吉は風呂に入り、そのまま寝てしまった。

翌朝の八時頃、外が随分と騒がしいと思い、ベッドから出て窓の下を見下ろすと、多くの兵が行き来している。

――演習か。

しかし演習にしては、これほど宮城(きゅうじょう)に近い場所で行うのもおかしい。それでも「そういうこともあるのかな」と思って静観していると、慌ただしく階段を駆け上がる音が聞こえてきた。

――何事だ。

続いて激しくドアをノックする音が響いた。

「開けて下さい!」

「どなたですか」

「陸軍です」

――すわ、戦争か。

だが、これほど宮城に近い都心に敵が迫っているとは思えない。

「今開けます」と答えたものの、どうしようか迷っていると、「早く開けて下さい」という声が聞こえた。

なぜか胸騒ぎがしたので、時間を稼ごうと思い、「着替え中です」と答えると、次の瞬間、ドアを蹴破られた。

そこには、陸軍の三八式歩兵銃を肩に掛けた伍長が立っていた。

「何事ですか!」

「緊急事態です。ここから出ていって下さい」

「何を言うんです。私は石原大佐から、ここに逗留するよう命じられているのです」

「あなたは軍属ですか」

「そ、そうです」

「では、お待ち下さい」

伍長が背後にいた若い二等兵に命じる。

「おい、ここで見張っていろ」

そう言い残すと、伍長は足早に階下に降りていった。

二等兵は緊張の面持ちで、銃を構えようとしている。

「待ってくれ。私は武器を持っていない。銃を下ろしてくれ」

相手は年端も行かないような二等兵だ。銃など構えられたら、何があるか分からない。

「うるさい！」

二等兵が構える銃口は震えていた。

——冗談ではない。

二等兵の緊張から、どうやらたいへんなことが進行していると察せられた。

——ここは逆に威圧した方がよい。

そう思った留吉は、毅然とした態度で言い放った。

「今聞いた通り、私は石原大佐の命により、ここに逗留している。私をどうこうしようとすれば、石原大佐が黙っていないぞ」

「それがどうした！」

——ということは、これは革命か！

石原が体制側だとしたら、ここにいる連中は反体制側になる。

やがてどやどやと、階段を駆け上る複数の足音が聞こえてきた。

「失礼します！」と言って部屋に入ってきたのは、少尉の肩章を付けた者だった。その少尉は眼鏡を掛け、理知的な顔をしていたので、留吉は少し安心した。

「ご無礼の段、お許し下さい」

「いいえ。それより何の騒ぎですか」

「今から、このホテルを接収します」

「接収って——、どういうことです」

「氏名と石原大佐との関係をお聞かせ下さい」

留吉が手短に応える。

「それで、あなたは誰ですか」

「はっ、申し遅れました。私は歩兵第一旅団の山本又と申します」

「歩兵第一旅団が、ここで何をしているのです」

「それをご説明する時間はありません。それより石原大佐のお知り合いなら、ここから解放するわけにはいきません」

——しまった。

この時になり、留吉は石原の名を出したことを悔やんだ。

「では、私をどうするのですか」

「ひとまず、身柄を拘束させていただきます」

「待って下さい。石原大佐に連絡して下さい」

山本が難しい顔をする。

「つまりあなた方は、石原大佐の敵にあたるのですか」

「帝国陸軍に敵味方はありません」

「それなら、石原大佐に連絡することはできるでしょう」

「しばしお待ち下さい。私も上の指示で動いています」

——これは大規模な反乱なのか。

ようやく留吉も、一大事が起こりつつあると気づいた。

「あなた方は反乱を起こしたのですか」

「それについては、お答えしかねます」

「分かりました。では、私をどうするというのです」

「ひとまず、ここにいていただきます」

山本が有無を言わさぬ口調で言う。

「致し方ありません」

「食事は運ばせます」

先ほどの二等兵に留吉を見張るよう命じると、山本は階下に行ってしまった。

留吉が窓の外を見ると、バリケードのようなものができ始めていた。その周囲では、兵士が走り回り、装甲車も行き来している。

――どうやら長い一日になりそうだな。

留吉は白い息と共にため息をついた。


拘束されて二日目の翌二十七日、どうとでもなれという気持ちで寝ていると、「昼飯です」という声が聞こえた。

「よいしょ」と声に出して起き上がると、山本少尉も来ていた。

「ご相伴ですか」

「そういうわけではありません」

山本は何かに困惑しているようだ。

それに構わず、留吉は運ばれてきた料理のクローシュを取り上げた。

「ローストビーフですか。大好物です。まだ料理人を人質に取っているんですか」

「いいえ。材料はこちらのホテルのものですが、これは、わが隊の炊事兵が作ったものです」

「ということは、私以外は解放したのですね」

「はい。支配人は残るというので、まだいますが――」

「立派な心掛けだ。ここは城と同じですからね。出て行けと言われて出ていくような城主では困ります」

留吉は開き直ったかのように語り続けたが、山本が雑談をしに来たわけではないのは、その青白い顔つきから分かる。

「こいつはうまい」

留吉が当てつけのように舌鼓（したつづみ）を打つ。

「よかったです」

「それはそうと、私が囚われの身となっている理由を、お聞かせ願えませんか」

「そうですね。失礼しました」

山本が山王ホテルを取り巻く状況を語り始めた。その話は驚愕に値するものだった。

二月二十六日早暁、陸軍皇道派の青年将校たちは昭和維新を目指して蹶起（けっき）した。参加したのは歩兵第一・第三連隊、近衛歩兵第三連隊などの精鋭約一千五百で、総理大臣官邸、大蔵大臣官邸、陸軍大臣官邸、陸軍省、参謀本部、警視庁、政府関係者の私邸などを占拠した。山王ホテルが接収されたのは、反乱軍の司令部とするためで、対峙が長引いた際、交代制で休みを取る目的もあった。

　反乱の趣旨は、元老、大臣、財閥、政党、軍首脳部らが結託して私利私欲に走り、天皇の判断を曇らせていることで、これらの奸臣軍賊を取り除き、昭和維新を断行し、天皇統帥を絶対とする国体を築くことにあった。

　陸軍軍人でも、「奸臣軍賊」の汚名を着せられた者が数名いた。その中に石原も入っているという。

「私を人質にすれば、石原大佐が譲歩してくると思ったのですね」

「まあ、そういうことです」

「あの方はマキャベリストだ。いざとなれば『お国のため』という大義を持ち出し、私なんて簡単に切り捨てますよ」

　山本が困惑する。

「私には分かりませんが、上からの指示なので拘束させていただきました」

　山本の報告を聞いた大尉か中尉が、「とりあえず確保しておけ」とでも命じたのだろう。

「だいいち、こんなことがうまくいくと思っているんですか」

「うまくいきます。現に陸軍省や参謀本部を中心にした三宅坂一帯を制圧しています」

「それは奇襲が成功しただけです。各地にいる軍隊が駆けつけてくれれば、瞬く間に揉み潰されますよ。海軍だって黙ってはいないでしょう」

　この時、陸軍が何と言おうが、海軍は「断固鎮圧」の方針だった。というのも襲撃された岡田啓介首相（当初は死亡したと思われていた）、鈴木貫太郎侍従長、斎藤実内大臣の三人の天皇側近は、いずれも政治家に転じる前は海軍大将だったからだ。これは全くの偶然だったが、海軍首脳部は、「この反乱は海軍の政治力を奪うクーデター」という捉え方をしていた。

山本は真剣そのものだった。

「状況の厳しさは、われわれにも分かっています。しかし昭和維新の趣旨が天聴に達すれば、必ずや天皇陛下は、われらの行動を認めてくれます」

「私には分かりませんが、股肱の重臣たちを殺された陛下が、あなた方の要求をのむとは思えません」

食事を取り終えた留吉は、ナプキンで口元を拭いながら、ふと気づいた。

「私にそんな話をしに来たということは、何か依頼の筋でもあるんですか」

「実は、そうなのです」

「私に何ができるというのです」

「参謀本部の作戦課長の石原大佐が『断固鎮圧』の方針を崩さないため、風向きが変わりそうなのです」

二十七日の午前まで、反乱軍にとって事態の進行は順調だった。陸軍大臣告示も戒厳司令官軍令も反乱軍に同情的で、クーデターは成功するかに見えた。しかし石原を中心とした参謀本部の強硬姿勢が次第に陸軍内部に広がり、「皇軍相討つ」ことさえ辞さない雰囲気が醸成されつつあった。

「まさか、私に石原大佐を説得しろと言うんですか」

「まことにもって心苦しいのですが、以前から石原大佐は、われら皇道派を目の敵にしており、全く対話のルートがないのです。そのため、われわれが『お会いしたい』と申し上げても、『会う必要なし』の一点張りなのです」

「待って下さい。私は一民間人です」

「それは分かっています。それでも石原大佐に、『維新を断行すること、これがため建国の精神を明徴にし、国民生活を安定せしめる』という、われわれの蹶起の趣旨をお伝えいただきたいのです」

　実はこの頃、石原を動かしたところでどうにもならない事態が進行していた。天皇が激怒し、近衛師団を自ら率いて討伐すると言い出したのだ。そのため驚いた重臣たちは、枢密院会議を夜中に開き、二十七日の早朝、戒厳令施行が決定されていた。

「趣旨をお伝えすることならできますが――」

「もちろん『蹶起趣意書』を提出いただきます」

「しかし私は陸軍将校ではありません。説得まではできませんよ」

「それで結構です。まずは石原大佐に、われらと会うことだけでも勧めていただけませんか」

「分かりました。それで、ここから出していただけるなら引き受けましょう」

　それでようやく話がついた。

六

　山王ホテルの周囲には、バリケードが張りめぐらされていた。山本にそこまで送ってもらい、バリケードの外に出ると、鎮圧軍の銃口が一斉に向けられた。雪の積もった中、両手を挙げ、「民間人です！」と声を張り上げつつ、覚束ない足取りで鎮圧軍の陣内に入ると、まず荒々しく身体検査をされた。

「貴殿は何者か！」と誰何（すいか）されたので、身分を明かし、解放された趣旨を説明すると、すぐに車に乗せられ、九段会館に連れていかれた。どうやらそこが戒厳司令部らしい。

　広い会議室のようなところに案内されると、石原が地図を広げ、部下に次々と指示を飛ばしていた。それが一段落すると、石原が相好（そうごう）を崩した。

「坂田君か。たいへんな目に遭ったな」

「たいへんどころではありませんよ」

「山王ホテルで囚われの身となったと聞いた時は、悪いことをしたと思ったよ。本来なら帝国ホテルに泊まってもらうところを、経費節減の煽り（あお）で山王ホテルにしたからな」

「どうなることかと、ひやひやしました」

しばらく情勢を歓談した後、留吉が「蹶起趣意書」を石原に手渡した。

「それは受け取れない」

「私は構いませんが、なぜですか」

「あいつらと会わないのと同じことだ。これを読めば、あいつらの話を無視できなくなる。しかし読まなければ、粛々と鎮圧に取り組める」

その理屈はよく分からないが、軍隊とはそういうものなのだろうと、自らを納得させた。

「では、『断固鎮圧』の方針は変わりませんね」

「変わらない。だいいち陛下御自身が『断固鎮圧』を唱えておられる」

それには誰も逆らえない。

「せめて青年将校たちに会い、話を聞いてもらえませんか」

「今は駄目だ。投降すると決め、武装解除したら会う」

「分かりました。では、これで失礼します」

「どこに行く」

「山王ホテルです」

石原が意外そうな顔をする。

「行けば、また拘束されるかもしれないぞ」

「彼らが私を拘束したのは、石原大佐とつながりがあったからです。石原大佐の意思が揺るぎないと伝えれば、納得するはずです」

「そうか――」と言って石原が煙草を勧めてきたので、留吉は一本もらった。

――確かに、交渉が不首尾となって戻るとなると、やけくそになった連中に何をされるか分からない。

それでも胸腔（きょうこう）に広がる煙で、高揚した気持ちも落ち着いてきた。

「戻るのなら、投降を促してもらえないか」

「また私に難題を押し付けますね」

留吉は笑って言ったが、石原が真顔で返した。

「実は今朝、戒厳令の施行が決定され、奉勅命令が下達された。もうあいつらに勝ち目はない。それを伝えてほしいのだ」

「ほかに適任者がいるのでは――」

「皆、あいつらに同情的だ。少しでも甘い顔を見せれば、そこに希望を見出し、奴らは一歩も引かないだろう。この場は、断固たる態度で投降を促さねばならん」

留吉は正直困惑していた。

「待って下さい。私のような民間人が断固たる態度で投降を命じれば、逆効果ではないでしょうか」

「そんなことはない。とにかく妥協の余地がないことを伝えるのだ」

留吉がため息をつく。

「分かりました。やってみます。しかし結果に責任は負いませんよ」

「もちろんだ」

それで話し合いは終わった。

九段会館を出た留吉は、石原が手配した車に乗って山王ホテルに戻った。

すでに夕方になっていたが、出た時に比べ、山王ホテルには、緊張が漲(みなぎ)っていた。

「山本少尉」

ロビーにいた山本を呼び止めると、留吉は手短に石原からの投降命令を伝えた。

「やはり駄目でしたか」

「残念ながら陛下もお怒りです。この場は矛を収めて下さい」

「陛下のお怒りは諸方面からも聞きました。どうやら潮時のようですね」

山本が肩を落とす。

「元気を出して下さい。軍法会議で主義主張を堂々と述べればよいではありませんか」

山本が唇を嚙み締めながら言う。

「われわれは吉田松陰先生の『かくすれば、かくなるものと知りながら、やむにやまれぬ大和魂』という言葉を信奉し、蹶起しました。しかし昭和維新は実現しませんでした」

「その心意気は、誰もが知っています。しかし陛下の大命には服さねばなりません」

「仰せの通りです。われらに残された手立ては、もはやありません。後は皇国の前途を案ずるのみです」

山本は敬礼すると、留吉に背を向けた。おそらく指揮官や仲間に、石原の意思を伝えに行くのだろう。

——これでよかったのか。

しかし民間人の留吉には、これ以上のことはできない。

留吉は去り行く山本の背に、慣れない動作で敬礼した。


自室の荷物をまとめた留吉は、山王ホテルを出てバリケードに向かった。誰にも咎(とが)められず外に出られた留吉は、そのまま鎮圧部隊に保護された。

この後、ぎりぎりの交渉が続けられたが、石原の「断固鎮圧」の方針は変わらず、戒厳司令部は「攻撃開始は二十九日の九時」と決定した。

一方、反乱軍も決戦の覚悟を決めて、閑院(かんいん)宮(のみや)邸、陸軍省、参謀本部、首相官邸、山王ホテルなどに兵を集中した。しかし皇軍相討つ愚だけは犯すことができず、しばしの猶予をもらった後の同日午後二時、降伏を決意し、二・二六事件は終わりを迎える。

偶然とはいえ、留吉は事件の渦中に放り込まれ、その解決に少なからぬ貢献をした。これにより石原からの信頼は、さらに厚いものとなっていった。

七

昭和十一年（一九三六）五月、留吉は大連港に降り立った。

郭子明にも周玉齢にも満州に行くことを知らせなかったためか、迎えはない。

――その方がよい。

留吉は後悔の念に苛（さいな）まれていた。自分の母親が虐げられていたことから、女性と関係を持つことに人一倍神経質だった留吉だが、子明が気を利かせて付けてくれた玉齢を、結局は抱いてしまった。

――俺はなんて駄目なんだ。

留吉は自己嫌悪に陥っていた。

満鉄本線「あじあ号」の車窓から、見慣れた風景を見るでもなく見ながら、留吉の思いはこれまでの人生に向けられていた。

――子供の頃は、ぬいがすべてだった。

母が妾どころか女郎だったことから、一人だけ離れに住まわされた留吉のめんどうをみてくれたのは、平井ぬいという老婆だった。ぬいの夫は寒川神社の社前で車力をしていて、二人の間には勇という男児がいたが、幼い頃に亡くなり、それを機に、ぬいは離婚したらしい。しかしぬいがどこの生まれで、結婚までどのような暮らしをしていたかは、ついぞ聞きそびれてしまった。それは父の善四郎も継母のいさも知らなかったらしく、後に問うても、首をかしげるばかりだった。

――知っているのは燈籠だけか。

突然、江ノ島の旧宅にあった燈籠のことが思い出された。家と土地は人手に渡ってしまったので、燈籠は捨てられてしまったかもしれない。だが留吉は、まだ燈籠があの場所に腰を据え、世間の動きを睥睨（へいげい）しているような気がしてならなかった。

――随分と遠いところに来てしまったな。

「あじあ号」は、凄まじい音を立てて大陸の原野を駆け抜けていく。その姿こそ、これまでの留吉の人生を象徴しているかのようだった。

——そして、ぬいが亡くなることで、俺は一人で生きていかねばならなくなった。

その後、十一歳で私立藤澤中学校に入学し、岩井壮司と出会った。「生涯の友」などと言えば、岩井は「よせやい。そんなものは幻影さ」とでも返すのだろうが、なぜか二人は馬が合い、社会人となった今でも付き合いがある。他の友人たちがどこで何をしているかは分からないが、岩井とだけつながっていれば、自分にも過去があったことを思い出させてくれる。

——とくに関東大震災のことは、鮮明に覚えている。

学生時代の思い出で最も鮮烈だったのは、関東大震災の時のことだ。九死に一生を得たと言えば大げさだが、それに近い状況だったのは間違いない。

——そして出生の秘密が暴かれた。

今となってはどうでもよいことだが、井口昇平という意地の悪い男に、留吉の出生の秘密を学校内に流布されてしまった。それで何が変わったということはなかったが、それまでの楽しい学校生活が一変したのは事実だ。

それでも母に会いたいという一心から、留吉は小田原近郊栢山郷の母の生誕地を訪ね、さらに母を探して北九州の筑豊まで行った。

——だが母さんは、すでに亡くなっていた。

その時の落胆は今でも覚えている。だが、それで何かの踏ん切りがついたのも確かだった。

——そして俺は大学に入った。

そこで学生運動家なる者たちと知り合い、政治に興味を覚えた。また初恋の相手とも出会えた。こうした経験を経て、留吉は次第に大人になっていった。

——だが、あの事件ですべては変わった。

留吉が大学四年の時、長兄の慶一が満州で行方不明になるという大事件が起こった。この頃、正治が肺をやられ、サナトリウムに入院したので、そちらも心配だったが、留吉は慶一を捜して大陸へと旅立った。そこでは様々な人々と出会い、生きるか死ぬかの冒険もした。

そして慶一と出会えた。だが慶一は、大陸で新たな人生を歩き始めていた。それに感化されたわけではないが、いつしか大陸という強い磁場に、留吉も吸い寄せられていった。

しかし帰国すると、正治や善四郎との死別、継母と姉との別離が待っていた。かくして一人となった留吉は新たな人生へと踏み出した。そこで待っていたのは中原中也との出会いだった。

——そして俺は大陸へと舞い戻った。

石原莞爾の肝煎りで、石油採掘という慣れない仕事に従事することになった留吉の将来には、何が待っているか分からない。だが、未来が未知だからこそ生き甲斐があるのだ。

——俺は運命に翻弄されてきた。しかし、これからは違う。俺が運命を操るのだ。

留吉の決意は固かった。

満州里に着くと、長田正則が待っていた。

「お迎えすいません」と言って頭を下げると、

「これも仕事だからね」と言って長田が笑った。

車に乗ると今度は運転手付きだった。

「少し予算が取れたんで、運転手を雇ったんだ。これからは、彼が満州里まで買い物に行ってくれる」

「それは助かります。で、あたりはどうですか」

採掘関係者の間では、調査による感触を「あたり」と呼ぶ。

「相変わらずだね。松沢先生によると、『かなり有望だ』とのことで期待が持てないわけじゃない。でも、話半分で聞いておくのが正解だよ」

二人で世間話に興じているうちに、ジャライノールに着いた。

松沢たちは現場に行っているというので、昼飯を食べた後、二人も現場に向かった。

目指すはダライ・ノール湖の北西岸だ。

松沢たちは、地図を片手に油井の近くで語り合っていた。

「松沢先生！」

留吉が松沢の名を呼ぶと、皆が振り向いた。

「おお、坂田君か。ようやく来たな」

「はい。遅くなりました」

「間に合ってよかった」

「ということは、あたりそうなんですか」

松沢は力強くうなずいたが、ほかの者たちは渋い顔をしている。

長田が説明する。

「アスファルト層の油兆はあるが、その下に石油の層が眠っているかどうかは分からない」

松沢が反駁する。

「アスファルト層は、その下の油層から伝ってきた脂が固化したものだ。つまり、ここは見込みがある」

別の者がため息交じりに言う。

「しかし先生、ジャライノールでは昭和八年から、トータルで二十一坑も掘っているんですよ。油兆があるなら、もっと反応があってもよいではありませんか」

「いや、どれも深度が百メートルちょいのダイヤモンド・ボーリングだからだ。地震調査によると、さらに下にあるジュラ紀の堆積岩の層厚は六百から七百メートルもある。その下に油層が眠っているはずだ」

「その堆積岩の切れ目から、アスファルトが染み出しているのですか」

「そうだ。そこまで掘って駄目なら、私も納得する」

「先生」と長田が諭すように言う。

「掘って駄目となれば、そこまでかけた予算が無駄となります。もっと油兆を確実に捉える方法はないのですか」

「ある。最新の反射法の探鉱機を使えば、かなりの確率で油兆を確認できる」

「それはどこにあるのですか」

「米国の物理探鉱会社にある」

皆がため息をつく。

「米国の機械は購入させてもらえません」

この頃、米国は機械などに禁輸措置を取っていた。

「それは分かっている。われわれの前には、堆積層だけではなく政治も横たわっている」

留吉が口を挟む。

「油層が深ければ、汲み出しにもコストがかかるんですよね」

「そうなる。装置の故障も多くなる」

「では、ここに固執することもないのでは」

「そこが難しいのだ。どこに行っても油兆がないとあきらめ、『では、次の場所へ行こう』とやっていると、埒（らち）が明かなくなる」

「それは分かります。しかし見切りをつけるのも大切です」

長田がなだめるように言う。

「やはり石油は、海成層中にのみあるのでは」

それが、この頃の常識だった。

「それは先入観だ。陸上にも油田はある」

留吉は、孤立しがちな松沢を支えねばならないと思った。

「分かりました。当初の方針通り、掘っていきましょう」

それで話は終わった。


その日の夜、留吉は内地から持ってきたニッカウイスキーを携え、松沢の部屋を訪れた。ドアは開け放たれており、松沢は机に向かって仕事をしていた。

「よろしいですか」

眼鏡をずり下げて、松沢が留吉を見る。

「君か。何だね」

「お邪魔だったら、またにします」

「いいんだ。入り給え」

留吉がウイスキーを丸テーブルに置くと、松沢の顔色が変わった。

「ストレートでいいか」

松沢がコップを二つ置く。

「もちろんです」

二人はグラスを傾けた。

「まだ乾杯とはいきませんが、そのうち祝杯を挙げる日が来るでしょう」

「そうなるといいんだがな。満州石油の連中はもっと大連に近い場所で掘りたいので、ここに油兆はないと、わしに断じてほしいのだ」

満州石油といっても、日本人の社員全員が日本石油の出身者だった。

「ということは、間違いなく石油が眠っているんですね」

「間違いなくと問われると、私も苦しい。石油は出ても、かけるコストに見合うだけの油田とは限らないからな」

確かに油兆はあっても、それが大油田とは限らないのが、この仕事の難しいところだ。しかも、これだけの遠隔地から日本内地へと運ぶとなれば、どれだけ運搬コストがかかるか分からない。

「実は、石原さんから伝言をもらっています」

「何だね」

松沢の目つきが鋭くなる。

「阜新での地震調査の結果、油兆があるという報告が届いたそうです」

すでに別のチームによって阜新で地震調査が行われ、かすかな油兆が確認されていた。

「阜新というと、奉天の西か」

「そうです。遼河河畔の小さな村です」

阜新は満鉄の路線からは外れるが、奉天で奉山線に、大虎山（だいこさん）で支線に乗り換え、特急で二駅目にあたる。満州里よりもはるかに大連に近い。

「では、こちらは見切られたのだな」

「そうではありません。双方を並行して調査し、有望な方に力を注ぐのです」

松沢がウイスキーをあおる。

「もう少しなんだがな」

「分かっています。しかし――」

「期限を切られたんだな」

「はい」

「いつまでだ」

「年内に油兆が見られない場合、われわれは阜新に移ることになります」

「そ、そうか」

松沢は落胆を隠しきれなかった。だが誰かと競い合っているわけではないので、阜新がこちらより有望なら、それを選択するのは当然だ。

その後、二人はボトルが空になるまで語り合った。松沢は石油掘削技術全般について、留吉に教えてくれた。それが庶務役の留吉に役立つかどうかは分からないが、留吉は貪るように松沢の話に耳を傾けた。

八

七月、石原が来満するというので、呼び出しを受けた留吉は新京に向かった。

かつて放牧地にすぎなかった新京は、今では人口三十万の都市に成長していた。将来的には三百万都市を目指しているので、ようやく十分の一に達した程度だが、それでも様々な物を売る店が立ち並び、人の行き来は多くなり、自動車の数も目立って増えてきている。

まだ日本人は少ないが、満州人、中国人、ロシア人と思しき人々が、新たな可能性を求めて新京に集まってきていた。というのも新京には、満鉄のみならずロシアの東清鉄道と中国の吉長鉄道も乗り入れていたからだ。

新京の関東軍司令部は、城郭建築を模した佇まいで、ひときわ目立っていた。自動車で乗りつけると、かつて訪れた時とは比較にならないほどの数の将兵が出入りしていた。

　受付で名乗ると、当番兵が石原の部屋まで案内してくれた。

　互いに時候の挨拶を済ませると、早速、石原が切り出した。

「あの時はたいへんだったな」

「二・二六事件のことですね。あれで『皇軍相討つ』ことになったら、私の命だってどうなっていたか分かりません」

「だが君の働きによって、奴らは降伏した」

　それが留吉だけの働きではないのは明らかだが、青年将校たちと石原の間の橋渡し役を務めたことは、今でも留吉の誇りになっている。

「私などは、たいした働きはしていませんが、『皇軍相討つ』ことにならずに済んだのは幸いでした」

「その通りだ。われらの敵は外にいる」

「できれば敵など作りたくはないのですがね」

　留吉は平和主義者というわけではないが、軍人ではないので、何事も仕事が円滑に進むことを好む。それゆえ戦争だけは避けたい。

「尤もだ。われわれは戦争をしないために軍備を増強し、十分な資源を持とうとしている」

「列強と戦える軍備を持ち、継戦能力を保証する資源を持つことが、平和を維持できることにつながるのでしょうか」

　石原が膝を叩く。

「それが問題だ。人は武器を持てば使いたくなる。だが、それを使わないようにしていくのも軍人の役割だ」

「それを石原大佐ならできると——」

「それは俺の地位次第だ」

　満州事変の原因を作ったのは石原だが、石原によれば、それは満州に限られたことで、ほかの地域で、列強や中国と戦う愚だけは犯さないつもりだという。いわば陸軍内ではハト派になる。何事も強硬姿勢が好まれる風潮なので、石原の立場は危ういものになっていた。

「石原さんの地位を盤石にするためにも、石油を掘り当てねばなりません」

「そう言ってくれると助かる。それでジャライノールは相変わらずか」

「残念ながら、まだ確実な油兆はありません。しかし松沢教授は有望だと言い張り、満州石油の連中と対立しています」

「だろうな。日石から来た連中は、一刻も早く帰国したがるので困る。奴らには、国家の危機というものが分かっていない」

油田を探す意義は、彼らにも分かっているはずだ。しかし危機感のなさから、どうしても必死さが足りない。

「それで、松沢教授の言うことは本当なのか」

「私には何とも言えません」

「だろうな」と言いつつ、石原が煙草を吸い始める。

「この前、ジャライノールは年内までと言ったが、九月いっぱいでチームを阜新に移したい」

「えっ、期限を前倒しするのですか」

「そうだ。われわれには時間がない」

英米との関係が緊張を孕んだものになりつつあるのは、留吉にも分かる。また陸軍内での石原の立場も、危うくなってきている。

「松沢教授に何と言うのですか」

石原が苦い顔をする。

「それは君の仕事だ。下手に『軍の命令です』などと言えばへそを曲げる。阜新でも前向きに働いてもらわねばならない人だ。何とかうまく言いくるめてくれ」

「また私が説得ですか」

石原が高笑いする。

「青年将校よりはましだろう」

「それはそうですが――」

「阜新はかなり有望だ。今なら東大の連中も来ていない。来てからでは手柄を横取りされるとでも言っておけ」

松沢は京都大の教授なので、東大の教授たちにはライバル心がある。

「そうですね。今なら阜新は松沢さんの縄張りですからね」

「そこを強調し、ジャライノールを見切らせるのがよい。満州石油の日本人たちも、奉天や大連に近いところであれば、やる気を出してくれるだろう」

「そうですね。あの連中は喜ぶと思います」

「よし、それで行こう。ジャライノールのチームは九月末には阜新に移動してもらう。十月から三カ月は準備期間だ。君らは三カ月の休暇を内地で満喫し、正月明けから阜新で本格的調査の開始だ」

「分かりました」と言って席を立つと、石原が心配そうに問うてきた。

「山王ホテルは閉まったままだ。滞在は帝国ホテルでいいか」

「これからは、しばしば帰国することもあるので、どこかにアパートを借ります」

「いいのか。陸軍用の宿舎もあるが――」

「いや、結構です。私は一民間人です」

「そうか。では、家賃の分くらいは給金を上げてやる」

「それは助かります」

煙草を揉み消した石原は立ち上がると、一言だけ言った。

「俺の身とて安泰ではない。突然、計画が打ち切られても、食べていけるようにしておけ」

「どういう意味です」

石原が真顔で言った。

「今まで俺は、自分の才覚なら出世は思いのままだと思ってきた。だが、その自信も揺らいできた。どの世界でも出世するのは、寝技を得意とする輩だ。そんな連中に足をすくわれることにもなりかねん」

「つまり政治的な駆け引きで、誰かに後れを取っているのですか」

「まあな。二・二六事件で青年将校たちが銃殺刑となった。それは自業自得だが、俺が銃殺刑を勧めたなどという、ありもしない噂を流布している奴がいる」

三権分立で司法は独立しているので、石原が裁判官たちに銃殺刑を勧めることなどできない。しかし噂を流せば、信じる者もいるのが世の中なのだ。

「奴とは、もしかするとあの方ですか」

「そうさ。東條上等兵だ」

石原が高笑いする。石原は東條のことを「上等兵」と呼んでいた。石原は常々、「東條さんは上等兵なら務まる」と広言していた。だが有能な者の常で、無能な者の政治力を侮り、次第に味方を失いつつあった。しかも二・二六事件での「断固鎮圧」方針に批判的な陸軍軍人は多く、裁判によって有為の青年将校たちが死刑にされたことで、その怒りの矛先は石原に向けられていた。

「石原さん、頼みますよ」

「ああ、何とかするしかない。俺が失脚すれば、満州での油田採掘は水泡に帰す。一方の東條はしきりに南方の油田を狙っている。それだって国家のためというより、俺の顔を潰すためだ」

この頃、艦艇が増えてきていた海軍も、対米依存度の高い石油の供給状況を打破すべく、「自存自衛」の石油資源の確保を求めていた。そのため東條ら陸軍のタカ派を巻き込み、南部仏印への進駐を目指すようになっていた。すなわち出るか出ないか分からず、運搬に手間もかかる満州の石油ではなく、インドネシアの石油資源をオランダから奪う方向に向かおうとしていた。

確かに南方の油田は魅力だが、それに手を出すことは英米蘭仏豪を怒らせることにつながり、彼らとの戦争に発展しかねない。

石原が留吉の肩に手を置く。

「松沢さんはのめり込むタイプだ。その一方、満州石油の連中はやる気がない。だが油田の採掘には、双方の力が必要だ。君がかすがいの役割を果たしてくれ」

「分かりました。できる限りのことはやらせてもらいます」

「頼りにしているぞ」

石原が寂しげな笑みを浮かべた。


その後、九月まで粘ったがジャライノールでの油兆はわずかだった。地下六百から七百メートルに膨大な原油が眠っているかもしれないが、それを汲み出して運ぶとなると、コスト割れする可能性が高かった。

九月末という期限を決められた松沢は必死に探索を行ったが、遂に白旗を上げた。これにより人材と設備は阜新に回されることになった。

留吉は松沢を励ますようにして満鉄に乗せたが、松沢は酒を飲んでは何事か呟いているばかりだった。ジャライノールの放棄は、松沢自身の信用を失うことにつながっていたからだろう。

十月初旬、大連でジャライノールの採掘チームは、いったん解散となった。年明けの再会を約して、留吉は皆を見送った。留吉だけが残ったのは、来年の物資調達などの仕事があったからだ。

九

いよいよ明日の旅客船で、留吉も帰国することになった。

ジャライノールで成果は出なかったが、仕事をやり切った充実感から、留吉は心地よい気分に満たされていた。

しかもアパートは岩井壮司が見つけてくれたので、帰国したらすぐにそこに入れる。

ヤマトホテルで夕食の後、ボトルで取り寄せたブランデーを飲んでいると、ドアをノックする音が聞こえた。

ボーイが誰かからの伝言を持ってきたのだと思い、ドアを開けると、そこに立っていたのは周玉齢だった。

「君がどうしてここに――」

「ここで日本人を探そうと思えば簡単です」

「だろうな」

「どうして私に連絡してくれないのですか」

「まあ、座れよ」

玉齢を椅子に座らせると、もう一つのコップにブランデーを注いだ。

それを手に取った玉齢は一気に飲み干した。

「無茶はよせ」

「私のことを、どう思っているのですか」

「君のことは好きだよ。しかし私は通り過ぎていく人間だ。君を幸せにはできない」

「日本に連れていってくれないのですか」

再びブランデーを注ぐと、玉齢は一口飲んだ。さすがにそれ以上は飲めないのだろう。

「それは連れていきたいさ。でも俺の仕事は安定しておらず、君を食べさせていくことはできない」

「私も働きます。日本語ができるので貿易関係なら、仕事はいくらでもあるはずです」

「それは分かっている。だがな――」

所帯を持つことは、責任が発生する。留吉は、行動の自由を束縛されることが嫌だった。しかも中国人の玉齢が日本で暮らすのは、容易なことではない。

「どうしてなんですか」

玉齢はその双眸（そうぼう）に涙をためていた。

「俺は君を幸せにできない」

「幸せにできなくてもいいんです。あなたといたいんです」

――俺なんかといたいのか。

その言葉は留吉の心に刺さった。

――だが駄目だ。心を鬼にしなければ。

「われわれは一緒にはなれないんだ」

「結婚してくれとは言いません。でも一緒にいたいんです」

「君は祖国にいた方が幸せになれる」

「日本に女の人がいるんですか」

長谷川泰子の面影が一瞬浮かんだが、留吉はそれを打ち消した。

「いない。それどころではなかったからね」

「では、中国人とは一緒になれないというのですか」

「そんなことは言っていない！」

中国人への差別など考えてもいなかったので、留吉は心外だった。

「では、どうして――」

玉齢の目から涙が溢れ出た。

「あの時、君を抱いたことを悔やんでいる」

「そんなことを言わないで下さい。私は悔やんでいません」

「分かっている。あれは美しい思い出だ」

「どうしても駄目なんですね」

留吉に言葉はない。

「答えて下さい」

――心を鬼にすべきか。


ここで希望を持たせるようなことを言ってしまえば、最後には玉齢を苦しめることになる。だが考えてみれば、漠然と自由の身でいたいと思うだけで、玉齢と一緒になれない具体的な理由はない。

「結婚はできない。それでもよかったら一緒にいてくれ」

「本当ですか！」

「もちろんだ。いろいろ考えることがあったので、厳しいことを言ってしまい申し訳ない」

「いいえ、一緒にいられるだけでいいんです」

玉齢の涙が、その白い頰を伝う。

見かねた留吉がハンケチを渡すと、玉齢はそれで涙を拭いた。

――先に待つものが何かは分からない。だが、これも縁なのではないか。

留吉は、中国と日本を結ぶ商人になってもいいと思っていた。

「さあ、涙を拭いて笑顔を見せてくれ」

「は、はい」

玉齢が宝石のような白い歯を見せる。

留吉は玉齢を立ち上がらせると、その細い体を抱いた。玉齢もしがみついてきた。

濃密な一夜が過ぎていった。

翌朝、留吉は帰国の途に就いた。

「次に大連を後にする時は、一緒に船に乗って日本に行こう」と言ったので、玉齢は歓喜に咽んだ。そして玉齢は、桟橋からいつまでも手を振っていた。

まさかそれが玉齢の姿を見る最後になるとは、この時の留吉は思ってもいなかった。

十

昭和十二年（一九三七）一月、正月明けに参謀本部を訪れた留吉は、松沢教授が中心となってまとめた報告書を提出した。

煙草を片手に、ジャライノール周辺の試掘結果を聞いていた石原は、留吉の報告が終わると、ため息をついた。

「そうか。ジャライノールから遂に石油は出なかったか」

「はい。結論から言えばそうなりますが、松沢教授によると、『可能性は大いにあった』とのことです。今更仕方のないことですが――」

「この仕事は見切りが難しい。しかし情勢の変化は待ってくれない。阜新で何とかせねばなるまい」

「ということは、石原大佐のお立場にも関連してくるのですね」

「もちろんそうだが、それだけではない」

石原が乱暴に煙草をもみ消す。

「ということは――」

「この国の存亡が懸かっている」

「やはり満州で石油が出ないと、南方の資源地帯へ進出ですか」

「陸軍も海軍も、そういう雰囲気になってきている。上等兵がさかんに煽っているからな。あいつは本当にしょうもない。俺を失脚させるために、この国を戦争に引き込もうとしているのだからな」

　上等兵とは東條英機のことだ。

「南方の油田地帯を取りにいけば、英米蘭仏豪と戦争になります。それだけは避けねばなりません」

「そうだ。だから阜新で何とか石油を見つけるのだ」

「もちろんです。ベストを尽くします」

「君には期待しているぞ。そうだ、今日は天気もよいし、皇居の周辺でも歩いてみないか」

「ご多忙なのでは」

「今日の午後は空いているんだ。だから一人で散歩しようと思っていた」

　多忙を極めているはずの石原が暇というのも不思議だが、歩きながら考えをまとめたいのかもしれないと思い、付き合うことにした。


　桜田門から皇居外苑に入った二人は、まず楠木正成（くすのきまさしげ）像に向かった。その背後には石原付武官が二人、十メートルほどの距離を取ってついてきている。石原の顔は知られているので、反政府主義者や暴漢に襲撃されるのを防ぐためだ。

「楠公（なんこう）は知っているだろう」

「はい。学校で習った程度なら」

　石原が相好を崩す。

「楠公は尽忠報国の象徴だ。少しは知っておかねばならんぞ」

「あっ、はい。申し訳ありません」

　その後、西の丸大手門付近に至った二人は、皇居正門（二重橋）に向かって拝礼した。

「宸襟（しんきん）を安んじ奉るべきわれらが、逆に煩わせてしまっているのではないだろうか」

　珍しく石原が弱音を吐いた。

「どうしてそう思うのですか」

「すべての始まりは、俺の起こした満州事変だった」

昭和六年（一九三一）九月、石原は満蒙領有計画を実現させるべく、柳条湖で満鉄線を爆破し、これを「暴戻（ぼうれい）なる敵（中国軍）の仕業」と断定した。これを機に、石原は一万四千の精鋭部隊を動かし、奉天、営口、安東、遼陽、長春といった南満州の主要都市を占拠した。

さらに十月、錦州に爆撃を敢行し、翌年二月にはハルビンを占領し、遂に東三州（奉天省・吉林省、黒龍江省）を制圧した。まさに電光石火の勢いで侵攻計画を実行に移し、中国軍に対抗策を考える暇さえ与えなかった。

しかしこれは、政府の不拡大方針を無視して独断専行させていった結果で、天皇の怒りを買った。それでも天皇は、追認した軍令部の「やられたからやりました」という弁明を真に受け、「正当防衛なら仕方ないが、これからは突然やるな」と返してきた。

それを石原は申し訳なく思っているのだろう。

「俺はやりすぎたかもしれん。しかも天皇陛下に嘘までついた」

「陛下に嘘をついたのは、石原さんではありません」

「たとえそうであっても、軍令部に尻拭いさせた。つまり軍令部を嘘つきにさせたのは俺だ」

――石原大佐は、確かにやりすぎたかもしれない。

昭和七年（一九三二）三月、石原の構想していた領有とは違った形だったが、満州帝国が建国された。

石原は己の理想を実現すべく、「五族協和」と「王道楽土」を政策決定の核とする満州国協和会を創設した。それは、日米両国の最終決戦を見据え、アジアの力を結集していく第一歩でもあった。

「命令系統を無視しても、結果さえよければ何をやってもよいという風潮を、俺は陸軍内に植え付けてしまったのだ」

それは事実だった。満州事変当初、石原は作戦参謀（中佐）でしかなく、その上には板垣征四郎高級参謀（大佐）が、さらにその上には本庄繁関東軍司令官（中将）がいた。しかし彼らは石原の暴走を抑止するでもなく、黙認ないしは追認という形を取った。

「果たしてそうでしょうか。ただ満州に進出して鉄道と付属地の警備だけしていたのでは、南下するソ連に対抗できません」

ここで言う鉄道とは、ポーツマス条約によってロシアから分割された東清鉄道の南満州支線（大連―長春）と、その鉄道施設及び付属地を指す。付属地とは、満鉄路線の左右六十二キロメートルのことをいう。その安全確保と権益擁護のために派遣されたのが関東軍になる。

「政府や軍令部のことを言っているのか」

「そうです。無為無策では、ただの鉄道の警備員にすぎません」

年功序列で上に立ってしまった者たちが満州の支配構想を持たないため、石原がそれを代行したという解釈もできる。つまり政治的にノーアイデアの上が下に依存した結果が、満州事変だったのだ。

「とはいうものの、俺のやったことが飛び火し、それが俺の首を絞め始めている」

二重橋に向かって一礼した石原は、二重橋堀を左手に見つつ坂下門方面に向かった。

「どういうことですか」

「満州事変を成功させた俺は昭和十年（一九三五）八月、参謀本部の作戦課長の座に就いた。そして翌年には戦争指導課長、そしてこの一月、参謀本部作戦部長心得と栄転を重ねた」

この間、石原はソ満国境における日ソ両軍の兵力差を埋めることに注力し、さらに戦車や航空機といった軍備の増強も推し進めた。政治的側面では、林銑十郎（はやしせんじゅうろう）を内閣総理大臣に、かつての上司の板垣征四郎を陸軍大臣に据えようとした。林と板垣なら石原の言いなりだからだ。

「そこに立ちはだかった人がいるのですね」

「そうだ。それが上等兵殿だ」

こうした石原の出世に嫉妬する者は多くいる。陸軍の上層部とは、誰もが「われこそは」と思っているエリート集団だからだ。

そうした心理をうまく利用したのが東條英機だった。東條は陸軍中央部で石原を快く思っていない将官や佐官を取り込み、反石原勢力を作った。その結果、総理大臣は双方に都合のよい林となったが、陸相に反石原派の中村孝太郎を据えることに成功する。

林銑十郎内閣は、この翌月の二月に発足するが、野党との政争に敗れ、六月には解散という極めて短命の内閣となる。ここから石原への風あたりが、さらに強くなる。

「こうなったからには、手は一つだ」

坂下門から桔梗門を経て和田倉門まで来たところで、石原が止まった。

「その一つしかない手とは石油ですね」

「そうだ。満州から石油が出れば、それが逆転の一手となり、東條らが画策している南方進出も立ち消えになる」

「出なかったら——」

「俺は予備役編入さ」

「そこまでのことはないでしょう」

「いや、ある」

石原が煙草を取り出そうとして、それを元に戻した。ここが皇居だということを思い出したのだろう。

「しかし石原さんは、戦略、作戦、戦術まで立案できる陸軍の頭脳ではありませんか。しかも満州事変の実績もあります」

石原は軍人というより政治思想家だった。石原の理想は、日本を盟主として満州を「五族協和」の地とし、互いに補完関係を築き、経済的繁栄を謳歌しようというものだった。具体的には、大陸沿岸部に重化学工業の拠点を築き、内陸部には、大農法の導入によって効率的に収穫を得る仕組みを作り上げるという構想だ。

こうした互恵関係によって、強靭なアジア連合国家（石原は後に東亜連盟と呼んだ）を築き、米国との世界最終戦争に備えようというのが、石原の構想だ。

「君は、まだ世の中を知らんな」

和田倉門から外に出つつ、石原が笑みを浮かべて言った。

「どういう意味ですか」

「能力だけで評価されるほど、世の中は甘くない」

「東條さんのことを言っているのですか」

「そうだ。あいつは出世しか考えていない」

石原が吐き捨てるように言う。

「まさか、総理大臣にでもなる気ですか」

「かもしれん。しかし総理大臣になったからといって、何がしたいというわけでもない。ただ皆の上に立ちたいだけだ。あのような者が総理大臣になったら、この国は終わる」

「終わるとは、どういうことですか」

石原がにやりとすると言った。

「この国の国体が変わるかもしれない。つまりドイツのように戦争に敗れ、凄まじいインフレに襲われ、賠償金で身動きが取れなくなる」

第一次大戦後のドイツは、多額の賠償金と極端なインフレに苦しめられ、国民生活は惨憺たる有様となっていた。

「分かりました。皆の尻を叩いても、阜新で石油を採掘します」

「頼んだぞ」

石原が留吉の肩を叩いた。

十一

三月、大連に着いた留吉は急いでいたこともあり、そのまま阜新へと向かった。本来なら大連に着いたことを郭子明と周玉齢に知らせるべきだが、阜新に先乗りしている人たちのために機材や物資を手配せねばならず、それに忙殺されていたので時間がなかった。これらの機材や物資は貨物車両に積載し、阜新まで運ばれる。むろん阜新に行くことも、関東軍の機密に関することなので、二人には知らせていない。

――帰りに寄ればよい。

玉齢に会いたい気持ちはあったが、石原から大切な使命を託されている身としては、そうもいかない。だいいち松沢教授や満州石油の人たちは、もう試掘を始めようとしているのだ。

留吉は満鉄本線で奉天まで行くと、そこから奉山線へ、さらに大虎山でその支線に乗り換え、ようやく阜新に着いた。

――ここが阜新か。

留吉も阜新に来るのは初めてだが、そこら中に日本兵がおり、日中両国の緊張が高まっていることが伝わってきた。

阜新は遼寧省の省都で、満州族の故地でもある奉天の西北にある。北はモンゴルまで続く草原、東は遼河が形成する沖積平野、西は熱河(ねっか)山地、南は松嶺(しょうれい)山脈に遮られている。ただしジャライノールが日ソ両国の境界線に近いことで、治安が比較的安定していたのと違い、阜新は、かつて張作霖が本拠を置いていたことからも分かるように、奉天軍閥の勢力が強い地域でもあった。

機材や物資の運搬を業者に託した留吉が阜新の駅頭に立っていると、三台の九五式小型乗用車がやってきた。それが留吉の目前で止まったので、同じ汽車に乗ってきた客たちが驚いている。

「お待たせ」と言いながら降りてきたのは、一足先に阜新に入っていた長田正則だ。

「お出迎えありがとうございます。それにしても、やけに物々しいですね」

「こっちは物騒なんだよ。それで阜新駅まであんたを迎えに行くので警護役を出してくれと、関東軍に掛け合っていて手間取ったのさ」

「それは申し訳ありません」

「いいってことよ。警護車両なしで行けば、帰途を襲われるかもしれんからな」

「誰にですか」

「蔣介石の正規軍もいれば、張学良の私兵もいれば、馬賊もいる」

「ここは、そういうところなんですね」

車に乗り込みながら長田が高笑いする。

「そうさ。大連に近いから治安もよいと思ったら大間違いさ。こんなところで落ち着いて穴を掘れって言われても、いつ何時、どうなるか分かったもんじゃない」

「どうなるかって――、そうなんですね」

車が走り出した。ジャライノールと違って私的な車ではなく、運転も軍属らしき日本人が担っている。

「関東軍は阜新の採掘現場を警備していると言うが、後備役のような老兵が三十人ほどいるだけだ。敵の大軍が押し寄せてくれれば、俺たちはひとたまりもなく殺されるか捕虜にされる」

「待って下さい。石原さんは安全だと――」

「ここでは、もう石原さんの影響力は衰えてきているんだ」

「そ、そんな――」

満州が、石原の帝国から東條の帝国へと変貌を遂げつつあるのが、これで分かった。

――そうか。東條さんの影響だけでなく、石原さんの出世に不満を持つ関東軍の将校たちが、俺たちにも嫌がらせをしているのか。

「ただ、ここには近くに満鉄の炭田があるので、そちらには、もう少し兵がいる」

満州国成立後、満州炭礦（たんこう）株式会社が創設され、すでに阜新で炭田開発を始めていた。

「もう少しって、どのくらいですか」

「一個中隊というところだね」

一個中隊は約二百名の歩兵から成る。

「では、安心ですね」

「あてにはならないよ。満州炭礦は満州石油とは別会社だからな」

「分かりました。警備に関しては、後で私も掛け合ってみます」

「もういいよ。俺たちは『もう引き揚げたい』と会社に要求しているんだ」

「待って下さい。それはまずいですよ」

「君は石原さんとツーカーだから、そう言うんだろう。だが陸軍内部の勢力争いなんて、俺たちの知ったことではない」

九五式小型乗用車はエンジン音がうるさい上に悪路を行くので、互いに大声になる。それが感情に火をつけることになるので、留吉は黙ることにした。

気まずい思いを抱えつつ、二時間ばかり車を走らせると、阜新の採掘現場に着いた。そこには「東崗営子（とんがんえいし）採掘試験場」という看板が掛かり、ジャライノールと同じように急造の金網が張りめぐらされていた。

そこでは、長田が「後備役」と呼んだ老兵たちが警備にあたっていた。

急造のバラック造りらしき事務所内に入ると、険悪な雰囲気が漂っていた。

「どうしましたか」

再会の挨拶もそこそこに、留吉が松沢と満州石油の技術者たちの間に割って入るように問うと、松沢が答えた。

「ここでは石油が出る」

「確証があるのですか」

すかさず長田が口を挟む。

「問題はそこなんですよ。出たからといって、どのくらいの量が埋蔵されているのか、採掘施設を作って商業的に成り立つのか、そして石油が出れば関東軍が守ってくれるのか。疑問は山積しています」

長田や日本の技術者たちは、明らかに腰が引けていた。ジャライノールに比べれば、阜新は遠隔地ではないものの、はるかに危険だからだろう。

留吉が松沢に確認する。

「ここで、石炭ボーリング中に油兆があったのは確かなんですよね」

「そうだ。間違いない」

先に阜新で炭田開発を始めていた満州炭礦株式会社が行った石炭ボーリング中に、液状の石油らしきものが見つかり、それが報告されたことから、石原の要請で調査が始まったという経緯がある。

松沢が自信ありげに続ける。

「阜新の南西三十キロメートルのところにあるトホロ地区の石炭は、この地域唯一の粘結炭で、これを乾留すると、石油と成分が変わらないものになる。満州炭礦が露頭と竪穴（たてあな）を掘って調査したところ、炭層の下にアスファルトがあり、断層の亀裂によって地下から石油が上昇して固化したものだとされた。そこで満州炭礦は、予定深度一千メートルのボーリングをすることになった。その結果、火山角礫岩（かくれきがん）中に突き当たり、深度六百四十メートル付近から泥水に交じって約二百リットルもの石油が回収された。これに色めき立った政府は、満州炭礦から満州石油に替わって採掘を続けるように指示した。そこで満州石油は、深度二千メートルのロータリー堀を掘ることにしたんだ」

「では、なぜトホロ地区とやらに採掘基地を設けないのですか」

それには長田が答えた。

「そこまでは順調に行ったんだが、そこを襲われたんだ」

「襲われた――」

「張学良の息のかかった奉天軍か匪賊か分からんが、採掘基地が襲われ、施設は焼き払われた。幸いにして満州炭礦の社員に人的被害はなかったが、こんなことでは採掘など続けられないとなった」

松沢が口を挟む。

「トホロは凹凸地形の上、近くに身を隠す藪（やぶ）などもあるので、馬賊などが接近するまで分からない。つまり守りにくい地だと、軍人さんたちは言うのだ」

「それでここ、つまり東崗営子に試掘基地を築いたのですね」

東崗営子は、トホロの東七キロメートルほどになる。

「そうだ。ここなら四方に見通しが利く」

「でも、トホロのように地下に石油が埋蔵されているのですか」

「石油層は広く長いので出るはずだ」

「では、国家のためにやるしかありません」

「おい、待て」と長田が口を挟む。

「勝手に決められては困る。ここも危険なことに変わりはない。それで関東軍の警備隊が増援されてこない限り、俺たちはここを退去すると関東軍に通達した」

「そんな勝手なことが許されるのですか」

「当たり前だ。すでに日本石油の社長から内閣に訴えてもらっている」


松沢が怒りをあらわにする。

「この仕事には、日本の存亡が懸かっているんだ。引くわけにはいかない」

誰かが机を叩いて怒鳴る。

「だったら勝手にやって下さい。われわれには家族もいるんだ！」

「ここで石油を見つけなければ、日本は南方に石油を求めることになる。そうなれば英米蘭仏豪が黙っていない。つまり戦争になる。どうしてそんなことが分からないんだ！」

「待って下さい」

留吉が双方の間に入るように言う。

「双方の言い分は分かります。では、関東軍の警備兵を増援してもらえばよいのですね」

長田がうんざりしたように言う。

「それは何度も要請したし、日石の社長からも働き掛けてもらった。それでも関東軍は増援などしてくれない」

「どうしてですか」

「それは、君が一番よく分かっているだろう」

――やはり東條か。

満州での石油採掘は、石原の構想の下で行われている。それが失敗に終われば、石原は面目を潰されて失脚する。それを東條は狙っているに違いない。

「おおよそのことは分かっています。しかしわれわれ採掘チームが、陸軍内部の政治闘争に巻き込まれるわけにはいきません。これは国家にとって重大な事業なのです」

長田がため息をつくと言った。

「十月末までに一個中隊規模の警備兵を送ってこない限り、ここから退去してもよいと日石の社長から言われている」

いずれにしても、冬場の試掘は寒気が厳しく効率が上がらない。しかも予算に限りがあるので、冬場すなわち十一月から翌年の二月まで、採掘現場を閉鎖することで、石原の合意は取れている。

「分かりました。では、確実に油兆があったらどうするのです」

「そこからは採掘段階だ。われわれの仕事ではない」

そこまで言われては、留吉に言葉はない。

「松沢教授、ここから石油は出ますね」

「出る。ただし私の言う通りにしてもらわねばならない」

「どういうことです」

「問題は予算だ。ここではダイヤモンド・ボーリングの掘削機で、五年くらいかけて百五十坑は掘らねばならない。つまり、もっと掘削機が必要だ」

「ジャライノールから移された分では足りないのですか」

「それは一基だろう。国内からもっと集めねばならない」

「長田さん、何とかならんのですか」

「無理だな。陸軍は、国内にある一千メートル級の掘削機を南方に運ぼうとしている」

それは事実だった。石原と東條の確執を別にしても、試掘が予算を無尽蔵に食い潰すと知った陸軍は、すでに石油が出ている南方の油田地帯、すなわちスマトラのパレンバンやボルネオ島の近くのタラカンに目を向け始めていた。

――この賭けに勝てるのか。いや、勝たねばならない。

留吉と松沢は、十月末までに一基の掘削機で石油を掘り当てねばならなくなっていた。


その後、頻繁に油兆はあるものの、確実とは言い切れない状態が続いた。ジャライノールから移されてきた一千メートル級の掘削機によって手応えもあったが、松沢はまだ確実とは言えないという。

留吉たちの苦闘とは別に、日本は大きな歴史の境目に立たされていた。それが昭和十二年（一九三七）七月に勃発した盧溝橋事件だ。これは、北京郊外の盧溝橋で日中両軍が衝突した事件のことで、七月中に日本軍は北京・天津地方を制圧した。八月には、上海で日本軍の中尉が射殺されたことをきっかけに、日本軍は上海地方まで兵を進めた。

この時、石原は事件の不拡大方針を提唱したが、陸軍内でそれに賛同するものは少なく、拡大派から「あんたは満州事変の張本人ではないか。私らはあんたの業績にあやかろうとしているのだ」と言われ、返す言葉を失ったという逸話がある。

かくして石原の思惑とは裏腹に、大陸の事変は拡大の一途を辿っていった。

当時、関東軍参謀長だった東條は、どちらかと言えば不拡大派だったが、「石原憎し」の思いから事態を拱手傍観していた。かくして石原の孤立は深まっていく。

九月末、石原への報告があるため、留吉は皆と再会を約して帰国することになった。幸いにして、中国軍や馬賊の攻撃もなかったため、満州石油の技術者たちにも安堵の空気が広がり、来年の三月再開にも、いやいやながら応じてくれた。

その帰途、留吉は大連に着き、郭子明に電話した。玉齢の家には電話がないからだ。電話口に出た子明は、「すぐに行きます」と言ってくれた。むろん留吉は、子明が玉齢を伴ってくるものと思っていた。

十二

子明は少しやつれているような気がした。それを不思議に思いつつ、留吉は「元気そうだな」と言って肩を叩いたが、子明の顔に笑みはなく、苦い顔で「カフェーに行きましょう」と言って先に歩き出した。

港の朝は早い。魚介類や野菜を積んだ荷車や、膨大な数の自転車が走り回り、それらが鳴らす警笛の音が耳を圧するほどだ。

路上には露店や新聞売りが店を出し始めていた。そんな中、二人は「氷室（ピンサッ）」と書かれたカフェーに入った。「氷室」とは軽食も取れる喫茶店のことで、「茶食（チャシ）」と呼ばれる朝食がある。

留吉は、小豆ミルクとハムとねぎの卵とじにトーストが付いたものを注文したが、子明は何も注文せずに言った。

「実は、辛い話をせねばなりません」

「辛い話――」

嫌な予感が体中を駆けめぐる。

「はい。とても辛い話――」

そう言うと、子明は俯いた。

「どうした子明、構わないから言ってくれ」

「はい」と答えて顔を上げた子明が、生唾（なまつば）をのみ込むと言った。

「玉齢が亡くなりました」

「えっ」

あまりの衝撃に、言葉が出てこない。

「可哀想に――」と言って子明が嗚咽を漏らしたので、料理を運んできた女給が何事かと驚いている。

「いったい――、いったい玉齢の身に何が起こったんだ」

この時は、玉齢が何らかの事故に巻き込まれたと思っていたが、子明の答えは予想もしないものだった。

「襲われたのです」

「誰に――」

「日本人を嫌っている人たちです」

「ということは、反日主義者たちか」

子明がうなずく。

「ま、まさか、俺が原因か」

子明は何も言わない。だが、それが答えなのは明らかだった。

体に震えが走り、絶望が胸底から込み上げてくる。

――玉齢は俺のせいで殺されたのか。

それが実感として迫ってきた時、喩えようもない悲しみが襲ってきた。

留吉はかろうじて問うた。

「つまり、俺と付き合っていたことに不満を持った輩に襲われたのか」

ようやく子明が声を絞り出した。

「はい。突然家に押し入られ、どこかに連れていかれ――」

「強姦されたのか」

「そうです。強姦された上、首を絞められ、墓場に捨てられていました」

「犯人は捕まったのか」

子明が首を左右に振る。中国人女性一人が殺されたくらいで、大連の警察が本気で動くはずがない。

「何てことだ」

あまりのことに、運ばれてきた小豆ミルクも茶食にも手が伸びない。

「田舎の両親にも手紙を書き、遺骸を骨にして引き取ってもらいました」

日本語を自在に操る子明も、さすがに「荼毘に付す」という言葉までは知らないようだ。

「では、墓は大連にないのか」

「墓は玉齢の故郷にあります。それはとても遠いところ」

せめて墓参りし、花だけでも手向けようと思ったが、それもできないと知り、留吉は胸が張り裂けそうだった。

――俺と出会い、男女の仲になったことが殺された理由か。

確かに玉齢は、留吉の滞在するホテルに警戒心を抱かずに出入りしていた。それを苦々しく思っていたボーイや外で客を待つ車引きの中に、反日勢力につながる者がいたに違いない。

――辛かったろうな。

墓で強姦されながら、玉齢は懸命に抵抗し、留吉に助けを求めたに違いない。それを思うと胸が張り裂けそうになる。


「私がいけなかったんです」

子明が悄然として言う。

「そんなことはない。彼女を抱いたのは俺だ。すべて俺の責任だ」

留吉の寂しさを紛らわせるために、子明が日本語を話せる玉齢を連れてきたのは事実だ。しかし玉齢と男女の関係を持ったのは留吉なのだ。

「中国人の反日感情は、日に日に激しいものとなっています」

中国人が愛国心を抱くのは当然のことだ。しかしそうした中には、まともでない者もいる。その歪んだ感情が玉齢に向けられたのだ。

――もう玉齢とは会えないんだ。

寂しさが波濤のように押し寄せてくる。大連に来る楽しみの一つが玉齢との逢瀬だった。もはやそれがないとなると、活気に溢れる大連でさえ色あせて見える。

「俺にしてやれるのは、これくらいだ」

財布を取り出した留吉は、その大半を子明に渡した。

「こんなにいいんですか」

それは、中国人の一年間の稼ぎに等しい額だ。

「ああ、銀行に多少の貯えはある。だからご両親に渡してくれ」

「分かりました」

「子明――」

留吉が子明の肩に手を置く。

「君に責任はない。すべて俺が悪いんだ」

「玉齢を守ってやれなくてすいません」

「俺以外の誰も悪くはない」

「留吉さんも気をつけて下さい」

「うむ。分かっている」

大連や満鉄沿線で日本人が殺されれば、関東軍が乗り出してきて厳しい捜査が行われる。そのため日本人に手を出すことはないだろう。

――そうか。俺を襲えない腹いせに玉齢を襲ったのか。

反日主義者たちの卑劣さに、留吉は激しい怒りを覚えた。

「留吉さん、玉齢を殺した犯人捜しは、大連の警察に任せて下さい。留吉さんは、すべてを忘れて仕事をして下さい」

「ありがとう」

だが子明が警察に何度訴えたところで、警察はさほどの力を割かないだろう。

その時、汽笛が鳴った。留吉が乗る日本行きの船の出航が迫っている。

――この船で日本に連れていきたかった。

留吉は立ち上がると子明と握手し、船着場に向かった。足元がふらついたが、留吉は自らを叱咤し、タラップを上った。

十三

横浜港に着いた留吉は、誰かから連絡が入っていないか確かめるために、又吉健吉に電話をした。留守が多いので、下宿先に電話は引いていない。そのため伝言は健吉にするよう、友人や知己に頼んでいた。

健吉は連絡メモらしきものを、次々と読み上げていった。

「次は――、女の人からだな」

「誰ですか」

「長谷川――、泰子と書いてある」

――いったい何の用だ。

泰子について悪い印象は持っていないが、留吉にとって、泰子はすでに過去の人だった。

「で、その長谷川さんの連絡先はもらっていますか」

「ああ、もらっている。そうか、あの時の女だな！」

「そうです。しかし悪い人間ではありません」

健吉の口調が一変する。

「何を言っている。こんな女は切った方がよい。どうせ金の無心か何かだろう」

「そうかもしれませんが、ほかにも彼女に連なる人間関係があるんです」

「あのマントを羽織っていた小男か」

「そうです」

「あれもやめた方がよい。わしは海軍時代に人相見の兵曹と知り合い、人相の見方を教わった。それで言うと――」

「すいません。電話代が――」

「ああ、そうか」

それでも又吉は、渋々ながら泰子の連絡先を教えてくれた。

その番号に電話すると、「はい、鎌倉養生院です」という女性の声が聞こえてきた。

――えっ、泰子は病院にいるのか。

それを問うまでもなく「長谷川泰子さんをお願いします」と告げると、話が通っているのか、「お待ち下さい」という答えが返ってきた。

三分ほど待たされると、懐かしい声が聞こえてきた。

「坂田さんね」

「そうです。久しぶりですね」

「ええ、久しぶりね。で、用件だけど、中原がたいへんなことになっているのよ」

「また暴れて、どこかに留置でもされているのですか」

「いいえ」

泰子の口調はやけに深刻だった。

「どうしたんです」

「実は死にそうなのよ」

「えっ」

予想もしなかった泰子の言葉に、留吉は絶句した。

「詳しいことは会って話すわ」

「で、どこに行けばいいですか」

中原の家は市ヶ谷にあったが、最初に電話口に出た女性は、確か鎌倉と言っていた。

「中原は鎌倉に引っ越したの。だから鎌倉養生院に来て」

「どこにあるんですか」

「鎌倉駅から鶴岡八幡宮に向かって五分ほど歩くとあるわ。円タクに乗る必要もないわ」

「分かりました。すぐ行きます」

電話口の向こうで泰子が嗚咽を漏らす。

「あいつ、どうしてこんなことに」

「中原はそんなに悪いんですか」

「そうなのよ。ああ、中原が可哀想」

それで電話は切れた。おそらく投入した硬貨が尽きたのだろう。

留吉は横須賀線に乗ると鎌倉を目指した。


鎌倉養生院は鎌倉駅から徒歩で五分ほどだった。電信広告があったので、それを辿っていったので迷うことはなかった。

すでに日は暮れかかっており、橙色の夕日が差す段葛（だんかずら）を鶴岡八幡宮に向かって歩き、途中で右に曲がると養生院はすぐだった。

受付で中原の病室を聞くと、看護婦の一人が、緊張の面持ちで三階の病室に案内してくれた。

病室のドアは閉まっていたが、廊下には数人の男たちが行き来していた。和服姿の者は著名な文士かもしれない。背広姿の者は出版関係者だろう。しかし留吉は顔を知らないので、軽く頭を下げただけだった。

しばらく待っていると、病室から泰子が出てきた。

「やす――、いや、長谷川さん」

「あっ、坂田さん、早かったわね」

「ああ、すっ飛んできました。中原はどうです」

泰子が首を左右に振る。

「それは、どういう意味です」

「いいから、こっちに来て」

三階のロビーらしき場所まで行くと、泰子が椅子に腰掛けるよう促した。留吉が座ると、泰子は近くの窓を少し開け、煙草を吸い始めた。灰皿が置いてあるので、ここは吸っていい場所なのだろう。

「いったい中原はどうしたんです。まさか喧嘩でもして――」

「違うのよ。あれからいろいろあったのよ」

「あれからって」

「中原に最後に会ったのはいつ」

「確か、昭和十年の正月です」

それから二年と十カ月近くが経っている。

「じゃ、そこから話すわ」

泰子は煙を吐くと話し始めた。

十四

昭和九年末に出した中原の詩集『山羊の歌』は、文壇に大きな衝撃をもたらした。

反響の大きさに有頂天となった中原は、多作の季節を迎える。その詩の掲載誌も『文学界』『四季』『文芸』といったメジャーなものになり、十年五月には草野心平らと『歴程』を創刊、さらに『四季』の同人となる。

遂に中原は、文壇の中心に進出したのだ。

一方、泰子は青年実業家の中垣竹之介と知り合い、結婚した。それでも中原と友人としての付き合いは続き、中原は中垣とも友人となる。

そんな中原に突然の不幸が襲う。

十一月、中原の愛息の文也が病死したのだ。その直後から、中原は幻視や幻聴を伴う神経衰弱に陥り、まともに外も歩けないようになる。

周囲は文也の死のショックから来たものと思っていたが、実は中原自身が病魔に冒されていたのだ。

文也の死の翌十二月、妻の孝子は第二子を出産するが、それについて中原が書き残したものはない。文也の死と自らの病魔によって、中原は正気を保つことさえ難しくなっていたのだ。

昭和十二年初頭、中原は千葉の療養所に入院させられた。後に小康を得た中原が書き残した手記によると、故郷湯田から出てきた母のフクが「診察してもらいに行こう」と言って中原を連れ出し、診察が終わると、すぐに「入院してもらいます」となり、病室に監禁されたという。

二月半ば、中原は半ば脱走するように退院するが、中原が書き残した「治療体験録」によると、「私の神経衰弱は子供が急に亡くなる前後、三昼夜眠れず、また死後の弔い事に忙殺されたことに起因し、しかも妻は臨月で看病もできない上、自分が世間知らずだったため、何もかもが負担になってきたため」としている。

退院した中原は、療養のため鎌倉へ転居することにした。市ヶ谷の家には、文也の思い出が沁み込んでいるというのが理由だった。

泰子が運命を呪うような口調で言う。

「その頃の中原は、まだ前を向いていた。文也の思い出を断ち切り、新たな人生に踏み出そうとしていたの。それで二月末に鎌倉に移っていった」

それからは、中垣と東京で新居を構える泰子とも疎遠になったという。

「中原は少し元気になると、鎌倉に住む文士たちの許を訪れていたというわ」

「小林さんたちですね」

鎌倉には、小林秀雄をはじめ旧友がいた。しかし小林によると、中原は食欲に異常を来しており、常に何かを食べずにはいられないようだったという。

　そうした異常性とは裏腹に、中原はこの頃、『ランボオ詩集』と呼ばれる訳詩集と、自らの詩集『在りし日の歌』の編集に力を入れていた。まさに蠟燭（ろうそく）が、最後の力を振り絞って炎を発するような仕事ぶりだった。

　しかし九月二十六日、小林秀雄に『在りし日の歌』の清書（最終）原稿を託した時、中原は黄ばんだ顔をしており、生気がなかったという。

　倒れる二日前の十月四日、中原は尋ねた先の友人に帰郷の決意を告げた後、「頭痛がひどい上に乱視の気があるのか、電信柱が二つ見える」と語っている。そしてその二日後、中原は激しい頭痛を訴え、鎌倉養生院に担ぎ込まれた。入院時の診断は「結核性脳腫瘍」だった。

　一気呵成にしゃべると、泰子はため息をついて、灰皿で煙草をもみ消した。灰皿の底には薄く水が敷いてあるらしく、「ジュッ」という音がした。

「坂田さん、中原の顔を見ていく」

「もちろんです」

「回復の見込みはないし、意識もないわよ」

「構いません。お別れがしたいんです」

「分かったわ。少し待って」と言いつつ、病室の前まで来た泰子は、そこに佇む数人に頭を下げた後、一人病室に入っていった。

　しばらくして、病室のドアから半身を出した泰子が手招きした。

　中に入ると、母親のフクらしき初老の女性と妻の孝子らしき女性が、中原の横たわる左右に座り、フクは中原の右手をさすり、孝子は悲しげな眼差（まなざ）しで中原を見つめていた。

「失礼します」と言って留吉が入ると、泰子が

「友人の坂田さんです」と紹介した。二人は青ざめた顔を少し向けて頭を軽く下げた。多くの人が出たり入ったりを繰り返しているので、挨拶するのにも疲れている様子だった。

　中原の顔を見た留吉は唖然とした。中原の眼球は異様に膨れ上がり、完全には瞼（まぶた）を閉じられないようだった。そのため半眼を開け、ちょうど足の先に立つ来訪者を見つめるようになっていた。おそらく脳腫瘍が膨らみ、内部から眼球を圧迫しているのだろう。

　その時、中原が何かをうわ言のように言うと、フクの指を自らの人差し指と中指で挟み、自分の口に持っていこうとした。煙草だと思っているらしい。

「中原さん、坂田です」

　そう言ったところで分かりはしないと思いつつも、留吉は頭を下げた。

「ああ、そうか。ああ、そうか」

　中原のうわ言が言葉になった。

「Je Voyage ――」

「中原さん、何か言いましたか」

　泰子が小声で耳打ちする。

「多分、『俺は旅する』と、フランス語で言ったと思う」

『ランボオ詩集』を完成させたばかりなので、中原の脳裏には、フランス語が渦巻いているのだろう。

「中原は、心の中で旅をしているのですか」

「そうかもしれないわ。あなたの顔を見て、旅人のイメージが湧いたのかもね」

　中原は留吉の顔を見るでもなく見ていた。

――もっと長く生きられたら、どれだけ素晴らしい詩を残せたか。

　それを思うと、中原の無念が胸に迫ってくる。

　留吉は中原に十年、いや五年でも月日を与えてやってほしいと弁財天に祈った。しかし病状を見れば、それが叶わないのは明らかだった。

「これでいいんだ」

中原がそう言った気がした。

はっとして中原を見ると、瞳を半ば開けて、こちらを見ていた。その唇は何かを言おうと、かすかに動いているが、言葉にはならない。もしかすると留吉の隣に泰子が立っているので、罵詈雑言（ばりぞうごん）を並べているのかもしれない。

――それが中原中也だ。

死が近づいているからといって、中原は中原であり、聖人や人格者などになれるわけがない。

――中原は、中原中也という人生を存分に生きた。何の悔いがあろうか。

泰子が小声で囁く。

「もういいでしょう」

「はい。十分です」

別れの言葉を述べようかと思ったが、家族の前で、死を前提とした言葉を口にするわけにはいかない。

留吉は大きく息を吸うと言った。

「中原さん、ありがとうございました。これでお暇申し上げます」

フクと孝子が戸惑ったように会釈する。

病室を出ると、泰子が問うてきた。

「中原に何のお礼をしたの」

「ほかに言うべき言葉が見つからなかったんです」

「そうなの」

泰子はそれ以上聞いてこなかった。

養生院の一階まで来ると、泰子が言った。

「お通夜とお葬式の知らせは、どこに送るの」

「私は文士でも文壇関係者でもないので、通夜と葬式に行くのはやめておきます」

「どうして。そうじゃない人も大勢来ると思うけど」

「いいんです。このまま別れた方が、中原と私には似つかわしいように思います」

留吉は財布を取り出した。横浜の銀行で金を下ろしてきたので、随分と膨らんでいる。その札束の大半を摑むと、泰子の手に握らせた。

「香典代わりです。これで少しでも立派な葬式を出して下さい」

香典は、通夜、葬儀、告別式といった一連の葬式で遺族が受け取る。そのため葬式は遺族の資金で賄わねばならない。しかし事前に渡しておけば、少しでも立派な葬式を出せると思ったのだ。

「こんなにいいの」

「いいんです。私の名は出さないで下さい。あなたの名で渡すんです」

「どうして」

「あなたは、そうしてやりたいのでしょう」

「すみません」

泰子が丁寧に頭を下げた。中原の家族に金銭的支援をできないことが、泰子は残念でならないに違いない。考えてみれば、泰子と中原の家族は奇妙な関係だ。本来なら泰子の来訪さえ断ることができるのに、母のフクも妻の孝子も泰子を信頼しているように見える。

――そうか。中原は、女に世話を焼かせるために生まれてきたような男だからな。

それは女性だけにとどまらない。留吉も含め、誰もが中原を憎むと同時に愛していた。それが中原という詩人の不思議だった。

「さっきの質問の答えを思い出しました」

「何のこと」

「何であの時、中原に『ありがとうございました』と言ったかです」

泰子が不思議そうな顔をする。

「中原は、文学という私の生きる世界とは全く異質の世界を見せてくれました。そのお礼を言いたかったんです。それと――」

留吉は少し笑みを浮かべると言った。

「あなたと出会えたことの礼が言いたかったんです」

泰子が少女のように頬を赤らめる。

「坂田さん――、あんた、いい男になったね」

「あなたもいい女になりました」

留吉が差し出した手を泰子が握る。

「もうこれで会うこともないでしょう」

「そうね。もう、あんたの家に転がり込んだりしないわ」

二人は笑い合うと、手を離した。

留吉は片手をあげて別れを告げ、二度と振り返らなかった。


留吉が一人で駅まで続く段葛を歩いていると、途次にいくつかの石燈籠があった。行きは日が落ちていなかったので気づかなかったが、夜になって灯が入れられたので、気づいたのだろう。

一瞬、そのうちの一つが江ノ島の家にあった石燈籠かと思い、留吉はどきりとした。しかしその石燈籠は最近になって置かれたものらしく、御影石らしき輝きをまだ保っていた。

――俺の大切な人たちは、みんな行っちまったよ。

留吉が心中で語り掛けると、かつての中原のように、石燈籠が横柄に答えた。

――それが人生というものだ。

――君に人生を説かれたくはない。

――では、勝手にしろ。

――済まなかった。俺はどうしたらいい。

しばしの沈黙の後、石燈籠が答えた。

――自分の道は自分で選べ。

――やはり、それしかないんだな。

――そうだ。運命に翻弄されるも、運命を自ら切り開くも、自分次第だ。

それだけ言うと、石燈籠は口を閉ざした。

――そうだな。俺はもう運命に流されない。自分で人生を切り開くんだ。

その時、口をついて言葉が出た。

ホラホラ、これが僕の骨だ、
生きてゐた時の苦労にみちた
あのけがらはしい肉を破つて、
しらじらと雨に洗はれ、

ヌックと出た、骨の尖（さき）。

留吉は中原の『骨』を口ずさんでいた。なぜか『朝の歌』でも『汚れつちまつた悲しみに』でもなく、口から出てきたのは『骨』だった。そのとぼけた感じが、なぜか死を前にした中原には似つかわしい気がしたのだ。

この翌日の二十二日、中原は死を迎える。最終的には「結核性脳膜炎」と診断されたが、友人たちの証言によると、随分前から脳に変調を来していたことが明らかなので、「脳腫瘍」が妥当かと思われる。その夜、通夜が行われ、翌二十三日に葬儀が行われた。

そして二十四日、中原は荼毘に付され、告別式が行われた。その席で挨拶に立った葬儀委員長の小林秀雄は、「本日は、中原のためにおいでいただいて、たいへんありがとうございました」と言ったきり、感極まって言葉が続かなかったという。

小林だけでなく、参列者の誰にも万感迫る思いがあったのだろう。それだけ中原という男の存在は大きかった。

十五

昭和十三年（一九三八）一月、留吉は再び大連に降り立った。いつものように必要な物資を手配し、皆より数日遅れて阜新に向かった。

阜新に到着すると、松沢が興奮していた。昨年十一月に満州炭礦が開坑させていたトホロの一千メートル・ボーリング坑で、アスファルトを発見したというのだ。

だがそれ以降、油兆らしきものはなく、「東崗営子採掘試験場」には、再び沈滞したムードが漂い始めていた。

――あきらめてたまるか。

留吉の心の片隅には、中原の言った「お前のそうしたあっさりした性格が、お前の人生を過たねばよいと思ったのだ」という言葉が、いつまでも残っていた。それゆえ留吉は皆を鼓舞し、試掘を続けさせた。

それがようやく実り始めたのは、六月になってからだった。深度六百四十一メートル付近から掘削泥水に混じり、石油が出始めたのだ。

油兆は七百八十メートル付近まで続き、幅広い石油の帯が、火山角礫岩層内にある可能性が高くなった。松沢はもちろん、長田ら満州石油の連中もこれに色めき立った。

この報告が関東軍になされると、満州炭礦のトホロ地区の施設も、満州石油に引き継がれることになった。

八月の灼熱の中、ダイヤモンド・ボーリングを続けていると、地下からわずかな振動が伝わってきた。

油井の傍らで松沢と話していた留吉が問う。

「松沢教授、何か感じませんか」

「確かに何か感じるな」

振動は次第に大きくなり、地震のように感じられ始めた、その時だった。突然、油井から黒い何かが噴き上げてきた。

「あっ、こ、これは何だ！」

今まで見たこともない勢いで、何かが天に向かって噴き上げている。

「ああ、何ということだ」

松沢がその場にひざまずく。遠くから皆が駆けつけてくるのが見えた。

真っ先に到着した長田が、唖然として天高く噴き上がる黒い水を見つめている。

「教授、出たんですか！」

松沢が自分の額に付いた黒い水をなめる。

「教授、どうですか。石油ですよね！」

松沢がうなずく。

「ああ、間違いなく石油だ。われわれは掘り当てたんだ！」

風向きが多少変わったので、原油の飛沫は、駆けつけてきた皆の上にも降り掛かり始めた。だが、それを避ける者はいない。そのため皆は瞬く間に真っ黒になった。

「喜んでいいのか。いいんだな！」

誰かが叫ぶと、松沢が「もちろんだ！」と返した。それを機に、皆は「やった、やった！」と言いながら、抱き合うようにして歓喜に咽んだ。その輪の中には留吉もいた。

――遂にやったんだ。俺たちはやったんだ！

留吉は感激のあまり、その場にへたり込んだ。

「万歳！」

誰かが万歳を唱え始めると、皆がそれに唱和した。

――これで石原さんも救える。そして日本も南方に進出しないで済む！

それを思うと、次第に激しい歓喜が込み上げてきた。

――俺たちが日本を救ったんだ！

松沢が留吉の肩を叩く。

「やったな、坂田君」

「教授の粘り勝ちですよ」

真っ黒になりながら握手する二人の手の上に、次々と手が重ねられた。

長田が眼鏡を黒くしながら言う。

「あきらめずに続けていてよかったです。お二人のおかげですよ」

松沢がかすれた声で返す。

「何を言う。みんなのおかげだ。私一人では、ここまで来られなかった」

「そう言っていただけるんですね。ありがとうございます」

クールな長田も涙ぐんでいる。

――さて、報告だ。

留吉はすぐに冷静さを取り戻した。

「教授、早速ですが、関東軍や関係者たちに連絡を入れたら、採掘計画を練りましょう」

「そうだな。善は急げだ」

歓喜に咽びながら、二人は事務棟に向かって走っていった。

これにより、東崗営子やトホロ一帯に原油が胚胎（はいたい）していることが明らかとなり、関東軍や関係者たちは色めき立った。次から次へとお偉いさんが「東崗営子採掘試験場」にやってきて、自らの目でそれを確かめると、それぞれの伝手を使って、政府にこのことを伝えてくれると約束してくれた。

松沢の策定した計画は精緻（せいち）だった。「石油採掘五カ年計画」と題したそのリポートによると、五カ年で百四十七坑を掘り、日本の国内消費量の約四倍に相当する千八百万キロリットルを採掘するというものだ。

だが、ここからがたいへんだった。この計画を実現するためには、東崗営子に製油所を造らねばならない。そのためには、五十億円規模の莫大な予算が要る。また輸送手段や労働者の宿舎も建設せねばならない。それらを考慮すると、採掘が軌道に乗るのは昭和十五年（一九四〇）半ばと見積もられた。

だが報告書を出してから、この計画に暗雲が垂れ込め始める。

九月になっても関係諸機関から連絡がなかったため、留吉は奉天の関東軍本部に向かった。しかしこの時、関東軍参謀副長を務めているはずの石原は、東條と衝突して帰国した後だった。それでも関東軍の担当者に試掘の成功を訴えようとしたが、東條の息のかかった者たちから門前払いを食らわされた。

十月、留吉は石原に会うべく東京に向かった。

十六

東京に戻った留吉が陸軍省に石原を訪ねたところ、石原は新宿区戸山町の東京第一陸軍病院に入院しているという。

早速、病院に電話すると、容体は安定しているので面談可能だという。それを聞いた留吉は、円タクで病院に向かった。

「失礼します」と言って留吉がノックすると、個室の中から「誰だ」という声が聞こえた。

「満州で石油を掘っている軍属です」

「ああ、坂田君か。入りたまえ」

病室に入ると、石原は浴衣姿でベッドに横たわり、新聞を読んでいた。その顔色を見ると普段とさほど変わらず、病はさほど深刻なものではないと思われた。

花束と虎屋の芋羊羹を石原の傍らに置くと、石原が相好を崩した。

「俺が甘党で、そいつが好物だと覚えていたな」

「はい。もちろんです」

石原は酒が飲めない分、甘いものに目がない。山本五十六も全く同じなので、同時代を生きる陸・海軍のキーマン二人が、奇しくも下戸で甘党ということになる。

「石原さんは、どこが悪いのですか。まさか――」

「仮病とでも言いたいのか」

石原が高笑いする。

「いえ、ここでは仮病は通じないと聞いていますから」

陸軍病院は主に陸軍軍人のための病院だが、それもあってか、検査してたいしたことがないと、追い出されると聞いたことがある。

「実は血尿が出たんだ。以前から膀胱内に乳頭腫ができる体質でね。今回もそれのようだ」

「そうだったんですね。深刻な病でなくて安心しました」

「ありがとう。だが予断は許さない」

後にその心配はあたり、石原は膀胱癌で死去することになる。

「それで今日は、お願いがあって参りました」

「東崗営子で、原油の鉱脈にぶち当たったんだってな」

「よくご存じで」

すでに石原は、その話を聞き及んでいた。

「俺は陸軍の石原だよ。陸軍がかかわっていることなら、何でも知っている」

「そうでしたね」

「だがな、その陸軍のすべてに、俺の力が及ぶわけではない」

「どうやら、そのようですね」

「知っての通り、上等兵がこそこそ動いているようだ」

この頃、東條は陸軍大臣の板垣征四郎の下で、陸軍次官を務めていた。

「だからといって東崗営子の石油は、国家の利益に直結するものです。いかに東條さんとて、無視することはできないでしょう」

「それはそうだ。しかしな、世の中には大局に立てない人間がいる。その典型が東條というわけだ」

「まだ陸軍内の駆け引きは続いているのですね」

石原が傍らの急須に手を伸ばそうとしたので、留吉が代わりにお茶を淹れてやった。

「まあ、俺の負けだろうがね」

茶をすすりながら石原が笑う。

「内輪もめの勝敗は、国家にとってどうでもよいことです。それより東崗営子の石油は国家に資するところ大です。これで南方へ進出する必要もなくなりました」

石原が大笑いする。

「坂田君もたくましくなったな」

「大陸の砂塵に鍛えられましたから」

「そうだな。しかし俺が正しかったことが証明されれば、東條の立場はどうなる」

「待って下さい。いくら大局観のない東條さんでも、陸軍次官ですよ。自分の立場よりも、国家の存亡を重視するでしょう」

「分かっていないな」

石原が顎で虎屋の芋羊羹を切るように指示したので、留吉はいくつか切ると、楊枝に差して手渡した。

「うまい」と言って、石原が茶と共に芋羊羹を飲み下す。

「満州で石油が出たことで、俺と東條の立場は逆転するかもしれない。それで東條が南方進出をやめるとなると、奴の出世はここまでだ」

「そこまで腐っているんですか」

「残念だが、そこまで腐っている。考えてもみろ。東條が陸軍大臣の座を占めれば、奴の取り巻きも出世する。だから奴らは何としても俺を失脚させた上、南方に進出したいのだ」

石原が不快そうに眉根を寄せる。

「しかし、目の前にある石油を、あたら無駄にするのですか」

「その可能性はある。製油所がなければ石油が出ても役に立たないからな。それを造るには、どれくらいの期間がかかる」

「松沢教授の計画書によると、二年から遅くとも二年半です」

「で、費用は」

「ざっと五十億円です」

「そこだよ」

石原が再び茶をすすると続けた。

「君も知っての通り、日本は製油所ごと石油がほしいんだ」

「ということは、やはり南方の油田地帯を押さえに行くのですね」

「東條は、そのつもりだろうね」

「そんなことをすれば、列強は一斉に制裁措置を取ります。下手をすると戦争になります」

「それは東條も承知の上さ」

留吉には石原の言葉が信じられない。

「そんな馬鹿な。日独伊三国防共協定があるにしても、列強を相手にして、日本が勝てるはずがありません」

昭和八年（一九三三）に国際連盟を脱退した日本は、国際的な孤立を防ぐため、当初はドイツと二国で、その後、イタリアも加え、昭和十二年（一九三七）、日独伊三国防共協定を締結した。

「たとえ三国同盟があっても、列強には勝てないだろう。だが、そうした常識が通じなくなっているのが、今の日本政府と陸海軍だ」

石原が無念そうにため息をつく。

「では、列強相手に戦争も辞さないというのですか」

「ああ。南方の資源地帯を製油所ごと占領すれば、勝てると踏んでいるのかもしれない」

「では、石原さんはどうなるんですか」

「俺か――」

石原が、虎屋の芋羊羹を口に放り込むと言った。

「陸軍軍人の俺は店じまいさ。病が癒えたら、どこかに左遷されるだろう。そこで東條の手並みを拝見させてもらう。そしてそのうち予備役に編入されて消えていく」

「しかし石原さんの見込み通りだった東嶋営子石油は、どうするのです」

「おそらく閉鎖だろうな。これも運命だ。仏様は、日本に鉄槌を下そうとしているのだろう」

石原は熱心な日蓮宗信者だ。

「石原さんは、それでよいのですか」

「俺のキャリアのことを言っているのか」

「そうです。残る人生をどうするのです」

「心配してくれてありがとう。だが俺にも退役後の構想はある」

「失礼しました」

「いずれ教えてやろう。そうだ、俺の仕事を手伝わないか」

留吉は首を左右に振った。

「私にも進みたい道があります」

そんな道など考えていないのだが、留吉は運命に従うのではなく、これからは運命に抗う、ないしは運命を操ってやろうと思っていた。

ここで石原の秘書のような立場に就いてしまえば、運命に従うことになる。

「そうか。どうやら俺は、君を見くびっていたようだな」

「そんなことありません。ただ運命を自分で切り開いていきたいんです」

「ああ、それがいい。しかし俺が、いつまで陸軍にいられるかは分からない。君はよく働いてくれた。せめて俺の顔が利くうちに、何か依頼があれば言ってくれ」

「日本石油への就職とかですか」

「そういうことだ」

「結構です。私は一人でやっていきます」

「分かった。でも何か望みがあれば、遠慮せずに言ってこい」

「ありがとうございます」

一礼して石原の病室を出ると、今後のことが思いやられた。

——「東崗営子採掘試験場」が閉鎖されれば、皆はさぞがっかりするだろうな。

とくに松沢の落胆は、想像を絶するものになるだろう。

——こうなったら開き直るしかない。

留吉は覚悟を決めた。

この直後に行われた重慶爆撃の制裁措置として、米国はさらに厳しい制裁を日本に科してきた。

同年十二月、航空機用ガソリンの製造設備を禁輸したことを皮切りに、昭和十六年(一九四一)八月の石油の全面禁輸まで、日本にない様々な資源を禁輸し、米国は日本の体力を奪おうとしてきた。

当時の日本の石油海外依存度は九十二パーセント、米国からの輸入が八十一パーセントに上った。つまり日本の石油輸入量の四分の三は、米国に依存していた。しかも米国は日本の七百四十倍の石油を生産していた。また石油製品の精製能力でも五十二倍の開きがあった。さらに高性能ガソリンのオクタン価でも、日米には開きがあり、量だけでなく質の面でも、日本は米国に後れを取っていた。そのほかにも無資源国の日本は、重要物資の大半を海外に依存しており、制裁が続けば、日本は戦わずして白旗を掲げるしかなかった。

十七

昭和十四年（一九三九）、阜新での採掘を継続させるべく、留吉は内地の関係者の間を走り回っていた。しかしなかなか成果は上がらない。そのうち予算が続かなくなり、「東崗営子採掘試験場」の技術者たちが引き揚げてくるという噂も流れてきた。

松沢に電話すると、それは事実で、試掘範囲も縮小してきているらしい。しかも悪いことに、思ったより東崗営子の油層は薄く、埋蔵されている原油量も予想を下回っているかもしれないとのことだった。こうしたことから製油所を造るとなると、初期投資が回収できるかどうか見えなくなってきているという。

それでも松沢は現地に残るとのことで、留吉は激励の言葉を送ると、いっそう努力することを約束してくれた。

だが採掘および事業化の目処は、いっこうに立たなかった。

――どうしたらいいんだ。

日が暮れると、自然に足は夜の街に向いてしまう。酒で気を紛らわせるしかないからだ。

翌昭和十五年から、日本の男女は強制的に国民服を着ることになるが、この頃は、自由を謳歌する若者がまだいた。

銀座のカフェーとバーは合わせて六百軒を超えており、通りには、数が減ったとはいえモボ（モダン・ボーイ）とモガ（モダン・ガール）が闊歩していた。双方共に、その全盛期は昭和四年（一九二九）くらいまでだったが、時代の風潮に反逆する若者は、いつの時代もいる。

モボはオールバックにボルサリーノをかぶり、セイラーズボンをはき、ロイド眼鏡を掛けている者もいる。一方、モガは断髪のイートンクロップに黒々と引かれた眉毛、色鮮やかな洋装に身を包んでいた。

——俺も今年で三十二歳だ。奴らと同じ恰好はできない。

街路のスピーカーからは、少し前なら米国のジャズが流れていたものだが、日中戦争の影響からか、『愛国行進曲』や『麦と兵隊』といった軍歌が聞こえてくる。それも時代の成せる業だと納得はするものの、海外を知る留吉には少し寂しい気がした。

馴染(なじ)みのバーに向かうべく、路地に入った時だった。

「この野郎、しばいたるぞ！」

三人のヤクザ者が、一人のモボらしき青年を小突き回している。

黙ってその前を通り過ぎようとしたが、狭い路地なので通れない。仕方なくそこに佇んでいると、ヤクザの一人が留吉に向かって言った。

「てめえ、文句でもあるのか！」

「いいえ、通れないからここに立っているだけです」

「だったら失せろ！」

その言葉にカチンと来た留吉は、言い返した。

「では、道を開けて下さい。私はそっちに用があるんです」

「何だと！」

三人の興味の対象が留吉に移った。モボらしき青年に逃げられるチャンスが到来した。だが青年は、じっとこちらの様子を窺っている。

「お前は、俺たちが誰だか知っているのか」

年かさらしき一人が留吉の胸倉を摑む。

「知りません」

「何だと！」

留吉は腕力に自信はないが、大陸での経験で度胸だけはある。

「あっ、この人知ってる！」

その時、突然三人の背後から、モボの青年が素っ頓狂（すっとんきょう）な声を上げた。

「この人は講道館の柔道家です。確か名前は――」

「木村だ」

さりげなく留吉が言う。

「兄貴、木村って言えば、木村政彦じゃないですか」

木村政彦といえば、講道館柔道七段で史上最強を謳われた柔道家だ。身長は百七十センチなので、ちょうど留吉と同じくらいになる。年齢は留吉より十歳ほど若いが、暗がりなので分からないだろう。

「て、てめえ、はったりかましてたら、ただじゃ済まねえぞ」

「そうかい」と言いつつ留吉が一歩前に出ると、三人は後ずさりした。

「いいだろう。この場は、てめえに免じて許してやる！」

そう啖呵を切ると、三人は風のように走り去った。

「ありがとうございます」

青年が揉み手をしながら頭を下げる。

「事情は知らないが気をつけろよ」

「はい。でも私が悪いんです」

「何をやった」

「いかさま賭博です」

青年が下卑た笑みを浮かべる。

「しょうがない奴だな。もうそんなことをするんじゃないぞ。さあ、道を開けてくれ」

「お願いです。私におごらせて下さい」

「えっ、君がおごってくれるのか」

飲む金には困っていないが、意外な申し出に留吉は驚いた。

「はい。奴らから巻き上げた金があります」

「しかし俺におごったところで、これっきりの間柄だぞ」

「それで結構です。助けてくれたお礼です」

「そうかい。それなら一杯だけいただこう」

「よかった。この近くに私が懇意にしている店があります」

青年は銀座の隅々まで知っているのか、路地を縫うように歩いていく。しばらく行くと、うらぶれたバーの前で、青年が止まった。

――「Ｂａｒ野良猫」か。

青年が「さあ、どうぞ」と言うので、中に入ると、安酒の臭いが鼻をついた。

留吉は帰りたくなったが、ここまで来たらそうもできず、致し方なく店内に入った。

「いらっしゃい」

御年四十になんなんとする厚化粧の女が、けだるそうに言う。ほかに客はいない。

「どうぞ、どうぞ」

青年が勧めるままに座に着くと、女が尻を振るようにしてウイスキーとグラスを運んできた。

「おい、俺はオレンジジュースだ」

どうやら青年は下戸のようだ。

「分かっているわよ」

二人のやりとりを聞いていると、まるで夫婦のようだ。

「こいつは、俺のこれで」

青年が自慢げに小指を立てる。その動作は品性の欠片もないが、どこかしら愛敬がある。

「では、一杯いただこう」

青年が氷をどうするか聞いてきたので、留吉は「ストレートでいい」と答えた。

「お名前を聞いてもよろしいですか」

「ああ、構わない」と答えつつ、留吉が名乗る。

「それで君の名は」

「はい。横田英樹と申します」

「東條さんと同じヒデキだな」

「東條さんって――」

「何でもない。忘れてくれ」

青年が満面に笑みを浮かべて頭を下げる。

「実は、本名は別にあるのですが、勝手に改名しました」

「そういうことか。どうもモダンな名前だと思った」

横田が頭を深々と下げる。

「あらためまして、ありがとうございました」

「いいってことよ。道が狭かったから、ああなったまでだ」

留吉は正直に言った。

「それでも助かりました。これは兄貴への借りです」

「兄貴なんて呼ぶなよ。俺は堅気なんだ」

「えっ、そうなんですか。この辺りの顔役かと思いました」

「とんでもない」

「では、お仕事は何ですか」

「軍属だ」

横田が驚く。

「ということは、軍に顔が利くんですね」

「利くといえば利くが――」

――何か望みがあれば、遠慮はするな、か。

留吉は石原の言葉を思い出していた。

「実は、私は繊維問屋をやっています」

横田がポケットから皺くちゃの名刺を取り出すと留吉に渡した。そこには「横田商店　代表取締役社長」と書かれていた。

「何だ、坊ちゃんか」

「とんでもない。横田商店は、私一人で興した小さな会社です」

「では、叩き上げだな」

「ええ、そんなところです。でも、この程度じゃ満足しませんよ」

「どでかい商人になろうというのか」

「そうです。今は、軍に何かを納めることで大利を得られます。そのため八方手を尽くして軍に渡りをつけようとしましたが、陸海軍共に大手や老舗ががっちり食い込んでおり、付け入る隙もありません」

軍に食い込むことが、この時代の最も大きなビジネスチャンスなのは間違いない。

気づくと、横田が留吉のグラスになみなみとウイスキーを注いでいた。

「それでご相談なのですが、軍服などの——」

「待ってくれよ。君と俺は出会ったばかりだ。しかもあんな形で出会ったんだ。それだけで君を信じるわけにはいかない」

「尤もなことです。ですから、坂田さんも共同経営者になってはいかがでしょう」

「待ってくれよ。話が早すぎる」

横田と名乗った青年は、どうやらせっかちのようだ。

「申し訳ありません。では、まずは飲んでお互いを知りましょう」

横田がカウンターの中の女に、「若い女を二、三人連れてこい」と命じると、女は黙って裏口から出ていった。

「いいだろう。どうせ飲むために銀座に来たんだからな」

考えてみれば、縁や運というのは突然やってくる。それを摑むも摑まないも本人次第なのだ。

——多くの人は、気づかずに運や縁を逃している。だがこうした些細なものにこそ、大きな宝が隠されている。

女たちが来てひとしきり騒いだ後、横田が女たちにチップをやって帰した。

その後、横田は熱心に繊維業界について語り始めた。その話は端的で的を射ており、横田の頭脳が並々ならぬものだと察せられた。

「つまり君は、軍に繊維関係の物資を売り込みたいのだな」

「そうです。今は大手や老舗が固めているので、手も足も出ません。しかし伝手さえあれば、大もうけしてみせます」

——悪い話ではなさそうだな。

留吉は次第に乗り気になってきた。

十八

昭和十三年（一九三八）十一月、軍務に復帰した石原に面談を求めると、快く会ってくれた。

この面談には横田も連れてきたが、留吉は横田を廊下で待たせ、まずは一人で石原に会うことにした。

「ご快癒、おめでとうございます」

「快癒はしていないが、こんなポンコツでも、まだ使えそうだ」

石原の血色は、病院を訪問した頃よりも格段によくなっていた。

「それはよかったです。これを――」

留吉が虎屋の芋羊羹を渡すと、石原の顔に笑みが浮かんだ。

「うれしいね。当番兵を虎屋に走らせるわけにもいかないので助かる」

「そうだったんですね。では、あれ以来ですか」

「うん、実はそうなんだ。これからは、こいつをめったに食べられなくなる」

「と、仰せになられると――」

「実は、十二月から舞鶴（まいづる）要塞司令官という閑職に回される」

「石原さんがですか。まさか――」

「ああ、そのまさかだ。まあ、『病人なので、しばらく養生せい』という含みもある」

石原の顔には、第一線から退かされる寂しさが漂っていた。

「残念です」

「で、今日は何の用だ」

「実は、前回お会いした時の言葉を覚えていらっしゃいますか」

「ああ、何か依頼の筋があれば言ってくれ、というやつだな」

石原がにやりとする。

「そうです。その件で参りました」

「分かった。話してみろ」

「では、連れてきた者を呼んでもよろしいでしょうか」

「誰か連れてきたのだな。構わないから中に入れろ」

留吉が廊下に出て横田を呼ぶと、横田が転がるようにして入ってきた。

石原の前に出た横田は、過度に恐縮していた。

「横田英樹と申します。どうぞお見知りおきを」

横田は頭を下げて名刺を出すと、繊維業界や自分のことを語り始めた。

話を聞き終わった後、石原が問うた。

「要するに、坂田君は、横田君と一緒に繊維問屋をやろうというのだな」

「そうです。もちろん石油の件もあきらめてはいませんが」

「なるほど、二股掛けるのか」

「そういうことになります」

「で、横田君は、陸軍に繊維関連の軍需物資を納入したいのだね」

「は、はい。そうです。お安くしておきます」

石原が高笑いする。

「安くなくてもよい。それよりも品質だ」

「尤もです。どこよりも品質のよいものを納めます」

「もちろんだ。俺の顔を潰すようなことはしないでくれよ」

二人が同時に「はっ」と答える。

「分かった。数日待ってくれ。担当者から連絡が行くようにしておく」

「ありがとうございます」

「横田君か。いくつになる」

「大正二年（一九一三）生まれの二十六歳です」

「そうか。君のような若い人が、これからの日本を背負っていくのだな」

石原が遠い目をする。石原は明治二十二年（一八八九）生まれなので、今年で五十歳になる。

留吉が励ますように言う。

「石原さんも、まだまだ若いです」

「そう言ってくれるのはうれしいが――」

その先の言葉を石原はのみ込んだ。

横田が元気よく言う。

「日本はこれから末広がりに栄えます。われわれ若者が、それを支えていきます」

「そうなればよいのだがな。で、君の夢は何だ」

「日本一の商人になることです」

石原が感心したように言う。

「日本一か。たいしたものだな」

「目指すところは大きく、と思っています」

「それはよいことだ。坂田君はどうだ」

「私は――」

留吉が言葉に詰まる。

――俺は今まで運命に流されてきた。しかしそれではいけない。これからは、自分の運命は自分で操らなくては。

「無理して言わなくてもよい」

「いえ、私は日本一大きなことがしたいです」

「そうか。大きなことか。その具体像は、まだ結んでいないのだな」

「はい。様々な可能性を探っていきたいと思っています」

「よし、二人とも頑張れ」

石原はドアまで二人を送ると、留吉の肩に手を置いて言った。

「いつの日か、俺の田舎に遊びに来い」

「確か、庄内（山形県鶴岡市）でしたね」

「ああ、広々とした田園風景が広がるよいところだ」

「ぜひ、行かせて下さい」

「うむ。その時、君のしたい大きなことが何か分かるだろう」

石原が遠い目をする。

「そうですね。失礼します」

石原の部屋のドアが閉まった。

その時、留吉は石原に二度と会うことがないような気がした。

この数日後、留吉に陸軍の購買担当から連絡が入り、打ち合わせに来るよう伝えてきた。

留吉と横田が駆けつけると、ほんの小口だが装備品の発注があった。横田は「これで陸軍に口座ができました。これを突破口としてやっていけます」と言って歓喜した。それは小さな発注だったが、横田の手腕なら、この突破口を広げていけると確信した。

その確信は当たり、横田は陸軍から次々と受注していくことになる。しかも些少な手違いから、大手の繊維問屋が失態を犯して陸軍を怒らせたことから、大口の発注が舞い込んできた。しかも陸軍なので金払いがよく、横田商店は瞬く間に大きくなっていった。

一方、石原はこの後、不遇をかこつことになる。昭和十四年（一九三九）八月、石原は中将に昇進し、京都十六師団長に就任するが、陸軍の中枢からは、さらに遠ざけられていった。

そして昭和十六年（一九四一）三月、遂に石原は予備役に編入された。その後、すぐに石原は立命館大学で国防学研究所所長に就任し、国防学の教鞭を執ることになる。だが東條の命を受けた憲兵と特高の監視の目が厳しく、大学に圧力まで加えてきたので、九月には故郷庄内に帰ることになる。

その後、隠遁生活を送っていた石原だが、昭和十七年（一九四二）の秋、総理大臣となった東條英機から呼び出しを受け、陸軍省内で面談をする。行き詰まってきている戦局の打開策について、東條は石原の考えを聞きたかったのだ。

しかし石原は「戦争は君では勝てない。このままでは、君が日本を滅ぼしてしまう。だから即刻総理大臣をやめるべきだ」と突き放した。

終戦後、極東軍事裁判の酒田特別法廷に証人として呼び出された石原は、「満州事変の中心はすべて自分であり、戦犯として連行されないのは腑に落ちない」と言い放ち、裁判官たちを感嘆させた。その後、講演活動や「東亜連盟」という思想団体を率いて活躍するが、反民主主義的団体として弾圧されてから、表舞台に立つことはなくなる。そして戦後わずか四年の昭和二十四年（一九四九）八月十五日、石原は肺炎と膀胱癌により、この世を去る。

稀代（きたい）の戦略眼を持つ天才児も、病には勝てなかった。石原莞爾、享年六十。

十九

昭和十四年（一九三九）九月、英独戦争が始まり、昭和十六年（一九四一）十二月八日、遂に日本は真珠湾を攻撃し、米国と開戦した。

その後、日本の快進撃は続いていたが、昭和十七年六月、陸軍省は突然、留吉に満州に渡ることを命じてきた。陸軍省に赴くと、担当官から幕引き、すなわち満州の石油採掘事業からの撤収を図ってほしいとのことだった。つまり様々な契約の当事者が留吉なので、現地の業者との間に揉め事が起こり、収まりがつかなくなっているという。そのため採掘機材を差し押さえられているので、金銭で始末をつけ、何とか内地に持ち帰ってほしいという依頼だった。

石原の舞鶴要塞司令官への左遷によって、石油採掘事業から手を引く形になっていた留吉だが、軍属の正式な解雇通知はなかったので、給料は支払われ続けていた。そのため一肌脱ぐことにした。さらに横田からも、「横田商店の事業は軌道に乗っているし、陸軍の心証をよくしておいて下さい」と言われたので、満州に赴くことにした。


大連港に降り立つと、郭子明が待っていた。二人は再会を喜び合い、早速仕事に掛かった。言葉の問題もあり、子明に働いてもらわねばならず、留吉は多額の報酬を約束した。

大連で債権者らとの話をまとめた二人は、鉄道を乗り継いで阜新に着くと、何台かのトラックを雇って「東崗営子採掘試験場」に赴いた。

「東崗営子採掘試験場」は、かつての活気が嘘のように静まり返っていた。

子明が呆れたように言う。

「確か日本では『夏草や兵どもが夢の跡』と言うのですよね」

「松尾芭蕉だ。よく知っているな」

「昔、習いました」

まだ多少の要員や採掘設備は残っているので、関東軍の警備兵はいる。だが以前にも増して老兵のような気がする。

事務棟の中に入ると、ほとんどの部屋に人はいない。だが松沢教授は残っていると聞いていたので、留吉は運搬の段取りなどを子明に任せ、一人で松沢の部屋を訪れた。

ノックすると、中で人の動く気配がした。

「教授、坂田です」

「えっ、誰だって」

「坂田留吉です」

「ああ、坂田君か。入れ」

松沢は顔中に鬚を生やし、かなりやつれていた。

「松沢教授、ですよね」

「ああ、そうだ」

部屋には煙草とアルコールに、何日も風呂に入っていない人間の体臭が混じり合った悪臭が立ち込めていた。

松沢にその後の詳細経緯を語ると、松沢は「うん、うん」と合の手を入れるが、上の空のようだった。

「それで坂田君、どうしてここの石油が掘れないんだ」

それまで説明していたにもかかわらず、あらためて松沢から問われたので、留吉は簡略化して伝えることにした。

「政府の方針が変わったからです」

「どう変わった」

「日本は南方の資源地帯に進出したので、満州の石油が要らなくなったんです」

「それでは、米国と戦争になるぞ」

「もう、なっています」

「そうだったのか。だとしたら、たいへんなことになる」

　どうやら松沢は世事に疎いようだ。

「もはや、われわれの手の届かないところで、事態は動いているのです」

「満州で石油が出たのに残念なことだ」

「はい。私もそう思います。しかし政府の決定には逆らえません」

「残念だ、実に残念だ」

　松沢が天を仰ぐ。

「それで言いにくいのですが、こちらの設備を内地に引き揚げることになりました」

「それは本当か」

「はい。それで教授も、われわれと一緒に内地に戻っていただくことになりました」

「内地にだと――」

　松沢が虚ろな目をする。

　――無理もない。

　松沢には妻子もなく、満州の石油事業に人生のすべてを賭けてきた。それを突然終わらせられるのだから、たまらないだろう。

「そうです。一緒に帰りましょう」

「帰ってどうする」

「それは――」

　留吉が言葉に詰まる。

「また、どこかで石油を探せるのか」

「もちろんです」

「だが、同じことの繰り返しではないのか」

「それは、私には何とも言えません」

「君は石原さんとツーカーだと、長田君たちが言っていたぞ」

「ですから、その石原さんが失脚したのです。それで満州の試掘事業も終わったのです」

　どう説明しようと、松沢には通じないようだ。

「私はここに残る」

「そうはいきません。ここは原野に戻ります」

「嫌だ。私は石油を見つけたではないか」

「分かっています。その功績は大きなものです。陸軍省も評価してくれています」

「そんなことは、どうでもよい」

松沢が肩を落とす。

「いずれにしても、荷物をまとめて下さい」

留吉が土産のウイスキーボトルを机の上に置いたが、松沢は視線も向けず、感謝もしない。

「では、私は撤収の仕事があるので、これで失礼します。重ねて申し上げますが、荷物をまとめておいて下さい」

冷淡だとは思ったが、留吉はそう言い残すと、松沢の部屋から外に出た。

その日は子明と共に走り回り、機材の運び出しの段取りをつけた。

そして翌朝、留吉は松沢の部屋をノックしたが、松沢は出てこない。何かあったと察した留吉がドアを蹴破ると、松沢は手首を切って自殺していた。

留吉に言葉はなかった。

出航三十分前を知らせる汽笛が、高らかに鳴らされた。待合室の椅子に座り、子明と思い出話に花を咲かせていたが、いよいよ帰国の時が迫ってきた。

「さて、名残惜しいが、そろそろ行く」

「そうですね。私も名残惜しいです」

子明が珍しく言葉に感情を込める。

「子明、今までありがとう」

「こちらこそ、楽しかったです」

「これで俺の満州での仕事も終わりだ。次に来る時は観光旅行だ」

「必ず来て下さい。待っています」

「もちろん来るさ。だが今は戦時だ。いつになるかは分からない」

子明がにやりとする。

「留吉さん、正直に言って下さい。本当は大連に来たくはないのでしょう」

「そんなことは――」

そう言いかけて留吉は口をつぐんだ。子明の言うことが的を射ていたからだ。

――大連に来れば、確かに辛いことを思い出さねばならなくなる。

これまで二人は、どちらともなく玉齢の話題を出さなかった。しかしこれが最後だと思ったのか、子明が思い切るように言った。

「留吉さんは、玉齢のことが忘れられないのでしょう。だから大連には、もう来たくないはず」

「ああ、そうかもしれん」

「だとしたら、私ともこれでお別れですね」

留吉が首を左右に振る。

「それは分からん。いつの日か、この世に平和が訪れた時、五十代かそれ以降かもしれないが、君とまた会える日が来るかもしれない」

「それを願っています」

二人は握手すると、欧米人がやるように抱擁を交わした。

――おそらく二度と会うことはないだろう。

それは子明も分かっているに違いない。

「子明、ありがとう」

「こちらこそ、ありがとうございました」

留吉は乗船すると、最後尾のデッキから大連の町を眺めた。

埠頭には子明が一人佇み、手を振るでもなく、こちらをずっと見つめていた。

やがて汽笛と共に船が動き出した。

――さらば大連、さらば満州、さらば青春。

留吉は若き日々に別れを告げた。

これからの人生が、どうなるかは分からない。だが羅針盤のない荒海を行くように、運命に翻弄されてきた若き日々と違い、しっかりと地に足を着けて、運命を操ってやろうという気概が、胸腔に満ちてきていた。

気づくと、大連の町も子明の姿も小さくなっていた。

――新たな旅立ちか。

その時、あの燈籠の声が聞こえてきた。

――これから、お前はどうする。

――俺にも分からん。

――自分の進む道も分からん奴に、大きなことはできない。

――いや、自分の進むべき道を必ず見つけてやる。

――これから日本は、未曾有の大難に巻き込まれる。お前はその荒海を一人で泳いでいけるのか。

――ああ、泳いでいく。どこまでもな。

――よし、お前のお手並みをじっくりと拝見しよう。

やがて燈籠の声は、波の音にかき消されていった。

――たとえどんな困難が待ち受けていようと、俺はやってやる！

留吉の胸内に、得体の知れない情熱が湧き上がってきた。


（つづく）

【主要参考文献】

『江島詣——弁財天信仰のかたち』鈴木良明　有隣新書　二〇一九年

『筑豊炭坑絵物語』山本作兵衛　田川市石炭資料館［監修］森本弘行［編］岩波現代文庫　二〇一三年

『画文集　炭鉱（ヤマ）に生きる　地の底の人生記録』山本作兵衛　講談社　二〇一一年

『戦争と筑豊の炭坑　私の歩んだ道』「戦争と筑豊の炭坑」編集委員会編　海鳥社　一九九九年

『１９７３　筑豊・最後の坑夫たち』永吉博義　帆足昌平　集広舎　二〇一五年

『謎解き「張作霖爆殺事件」』加藤康男　ＰＨＰ新書　二〇一一年

『張作霖——爆殺への軌跡一八七五—一九二八』杉山祐之　白水社　二〇一七年

『〈満洲〉の歴史』小林英夫　講談社現代新書　二〇〇八年

『満洲国　交錯するナショナリズム』鈴木貞美　平凡社新書　二〇二一年

『日本の戦歴　満州帝国の誕生　皇帝溥儀と関東軍』山川暁　学研Ｍ文庫　二〇〇一年

『図説　写真で見る満州全史』太平洋戦争研究会編　平塚柾緒著　河出書房新社　二〇一八年

『図説　満州帝国』太平洋戦争研究会（平塚柾緒・森山康平）河出書房新社

『図説　満鉄　「満州」の巨人』西澤泰彦　河出書房新社　二〇一五年

『関東軍——満洲支配への独走と崩壊』及川琢英　中公新書　二〇二三年

『昭和の参謀』前田啓介　講談社現代新書　二〇二二年

『世界最終戦争　新書版』石原莞爾　毎日ワンズ　二〇一九年

『石油技術者たちの太平洋戦争』石井正紀　光人社ＮＦ文庫　二〇〇八年

『陸軍燃料廠』石井正紀　光人社NF文庫　二〇一三年
『「大東亜共栄圏」と日本企業』小林英夫　社会評論社　二〇一二年
『帝国日本と総力戦体制　戦前・戦後の連続とアジア』小林英夫　有志舎　二〇〇四年
『増補改版　二・二六事件「昭和維新」の思想と行動』高橋正衛　中公新書　一九九四年
『二・二六事件蹶起将校　最後の手記』山本又　文藝春秋　二〇一三年
『中原中也』大岡昇平　講談社文芸文庫　一九八九年
『中原中也　沈黙の音楽』佐々木幹郎　岩波新書　二〇一七年
『年表作家読本　中原中也』青木健編著　河出書房新社　二〇一七年
『中原中也との愛　ゆきてかへらぬ』長谷川泰子　村上護編　角川文庫　二〇〇六年

この作品は、文芸サイト「ｗｅｂ　ＢＯＣ」で二〇二二年一二月より、二〇二四年四月まで連載された「夢燈籠」に加筆・修正したものです。

また、この作品はフィクションであり、登場する人物・団体等は実在するものとは一切関係ありません。

伊東潤

1960年、神奈川県横浜市生まれ。早稲田大学卒業。『黒南風の海――加藤清正「文禄・慶長の役」異聞』で第1回本屋が選ぶ時代小説大賞を、『国を蹴った男』で第34回吉川英治文学新人賞を、『巨鯨の海』で第4回山田風太郎賞と第1回高校生直木賞を、『峠越え』で第20回中山義秀文学賞を、『義烈千秋　天狗党西へ』で第2回歴史時代作家クラブ賞（作品賞）を受賞。近著に『江戸咎人逃亡伝』がある。
伊東潤公式サイト　https://itojun.corkagency.com/
Xアカウント　@jun_ito_info

夢燈籠（ゆめとうろう）
――野望（やぼう）の満州（まんしゅう）

2024年12月25日　初版発行

著　者　伊東　潤（いとう　じゅん）
発行者　安部順一
発行所　中央公論新社
〒100-8152　東京都千代田区大手町1-7-1
電話　販売 03-5299-1730　編集 03-5299-1740
URL https://www.chuko.co.jp/

DTP　平面惑星
印　刷　TOPPANクロレ
製　本　大口製本印刷

Published by CHUOKORON-SHINSHA, INC.
Printed in Japan　ISBN978-4-12-005867-7 C0093